UN SANCTUAIRE
POUR ELLE

UN SANCTUAIRE POUR ELLE

POUR ELLE — ROMANCE À SUSPENSE
TOME UN

TONI ANDERSON

TRADUCTION PAR
SOPHIE SALAÜN

Publisher: Toni Anderson. Toni Anderson Inc. C/O Fillmore Riley LLP, 1700-360 Main Street, Winnipeg, MB, Canada. R3C3Z3. Telephone: (204) 808-3112.

Courriel de contact : info@toniandersonauthor.com

Conception de la couverture par Regina Wamba de ReginaWamba.com

Numérique ISBN-13 : 978-1-998554-04-1

Imprimé ISBN : 978-1-998554-07-2

Pour plus d'informations sur les livres de Toni Anderson, inscrivez-vous à sa newsletter ou consultez son site web : www.toniandersonfrancais.com

AUTRES LIVRES DE TONI ANDERSON EN FRANÇAIS

LE SOMMEIL DES JUSTES

Dans l'ombre de la loi

Par une nuit si froide

Entre chien et loup

L'eau qui dort

En clair-obscur

Comme l'ombre d'un doute

Des agents au secret

Obscurantisme

Une ombre au tableau

De sang-froid

LE SOMMEIL DES JUSTES – LES NÉGOCIATEURS

Glacé à cœur

Péchés givrés

De froides vérités

Baisers frappés

D'ombre et de glace

POUR ELLE — ROMANCE À SUSPENSE
Un sanctuaire pour elle
Une dernière chance pour elle
Un risque pour elle

N'hésitez pas à visiter la boutique de Toni Anderson pour découvrir ses autres livres et bénéficier d'offres exclusives !
https://toniandersonshop.com

À John Edward William Mepham.
Grand-père... un vrai romantique.
Tu me manques.
15 novembre 1920 ~ 7 février 2012

CHAPITRE UN

Elizabeth Ward écarta les stores et jeta un coup d'œil dans la rue tranquille qui longeait l'immeuble. La pluie ruisselait sur les vitres, les gouttes se rejoignaient et se séparaient dans la lueur orangée des lampadaires. Une Lincoln de couleur sombre se trouvait comme une ombre à côté d'une bouche d'incendie trapue, noire et argentée. Ses anciens collègues de l'unité de lutte contre le crime organisé du FBI, l'ULCO, étaient assis dans cette voiture. Ils observaient. Ils attendaient. Sa prétendue protection.

Un sentiment de trahison brûlait les confins de son esprit comme de l'acide de batterie.

L'horloge dans le couloir sonna cinq fois, ce qui la fit sursauter.

Cinq heures.

Presque l'heure.

Ses doigts s'agrippèrent au bord du cadre de la fenêtre. La pénombre de la nuit imprégnait la brique rouge du bâtiment victorien d'en face, ses contours fragiles et son souffle froid rognant sur ce qui aurait dû être le printemps.

Un ivrogne traînait son chariot de supermarché dans la ruelle, à la recherche d'un endroit sûr à l'abri du vent violent. On trouvait des indigents même dans les quartiers huppés de Midtown, réfugiés derrière des bennes à ordures, recroquevillés entre des voitures en stationnement. Une communauté d'âmes désespérées, apathiques, décharnées et puant la mort.

Elle les enviait.

Elle voulait être à ce point invisible.

Ravalant la boule qu'elle avait dans la gorge, elle compta jusqu'à dix et inspira lentement une grande bouffée d'air. Elle avait fait son travail, et elle l'avait bien fait, mais il était temps pour elle de prendre le large.

Elle s'assit devant son ordinateur dans la pièce sombre et se connecta à un compte mail anonyme par le biais d'un réseau privé virtuel qui masquait son adresse IP. Elle rédigea deux messages.

Le premier disait : « Termes du contrat acceptés. Procéder. »

Ses dents claquaient, mais pas à cause du froid. Un tremblement commença au bout de ses doigts et remonta jusqu'à ses poignets ; elle ignorait si c'était sous l'effet de la rage ou de la peur. Elle croisa fort les mains et se massa les jointures avec ses doigts entrecroisés, accueillant avec joie la morsure de sa chevalière en or qui s'enfonçait dans sa chair.

La douleur constituait un bon rappel.

Elle ramena ses épaules en arrière, et tapa soigneusement : « Prenez garde à la colère d'un homme patient. »

Elle appâtait le tigre, ou le diable lui-même.

Ordure.

Une larme glissa sur sa joue, froide et humide. Elle la laissa tomber, effaça les souvenirs douloureux de son esprit.

Elizabeth se déconnecta. Elle formata son disque dur, effaçant tous les ordres qu'elle avait jamais reçus, tous les rapports qu'elle avait jamais envoyés. Laissant tourner l'ordinateur, elle se rendit dans l'élégante salle de bains de l'appartement que le FBI avait loué pour son alter ego sous couverture et se prépara pour le dernier chapitre de sa vie à New York. Elle se pencha près du miroir et mit une lentille de contact colorée.

Un œil la contempla, d'un bleu glacé. L'autre semblait étrangement exposé, ses profondeurs vert pâle brillaient de peur. Les doigts tremblants, elle mit la deuxième lentille et se maquilla. Un fond de teint épais masqua les cernes sous ses yeux et une poudre translucide couvrit ses innombrables taches de rousseur. Un rouge à lèvres rouge sang et un eye-liner noir épais prédominaient sur son visage, lui donnant un air plus dur, plus audacieux.

— Bonjour, Juliette.

Elle connaissait cette vieille impostrice mieux qu'elle ne se connaissait elle-même.

Le fard à joues fit ressortir des pommettes saillantes, et le mascara allongea ses cils épais. Elle épingla ses cheveux en un chignon soigné, serré sur la nuque. Elle se coiffa d'une perruque semblable à ses propres cheveux roux teints, mais coupée plus court en un carré qui lui arrivait juste au-dessous du menton.

Elle était prête à mourir maintenant.

Elle esquissa un sourire. Ses joues remuèrent, ses yeux se plissèrent, mais il n'y avait pas la moindre once de joie pour le soutenir. La façade tint bon, en dépit de la pression interne croissante.

Elizabeth Ward, agent spécial du FBI, était restée silencieuse lorsque le procureur adjoint l'avait informée que le mafieux Andrew DeLattio était autorisé à transformer les preuves de l'État[1]. Ensuite, elle s'était excusée et elle avait vomi dans les toilettes.

Ses yeux et sa bouche étaient marqués par des plis de tension. Son pouls battait la chamade.

La vérité, c'était qu'elle se fichait de mourir. Mais elle n'allait pas rester debout sur le trottoir avec une cible tatouée sur les fesses. Juliette Morgan était la cible de toutes les familles du crime organisé aux États-Unis, et Elizabeth avait l'intention de la faire disparaître.

De manière permanente.

Elle passa dans la chambre principale, sortit un tailleur-pantalon Versace écarlate et un chemisier en soie mandarine de la penderie, et retourna dans la chambre.

Puis-je vraiment faire ça ?

Oui ! La réponse résonna comme un cri dans sa tête. Sinon, comment pourrait-elle se réapproprier sa vie ? Et si elle mourait en essayant ? Alors, qu'il en soit ainsi.

Elle s'habilla. Le rouge et l'orange contrastaient violemment dans une démonstration tape-à-l'œil de haute couture, exactement l'effet qu'elle recherchait.

Satisfaite, Elizabeth traversa le salon et jeta un dernier coup d'œil à l'élégant appartement de Manhattan ; elle en avait fini avec tout cela, elle était épuisée, perdue, sans avenir, et son passé était chargé de regrets. Le temps n'avait pas atténué sa fureur. Au contraire, elle brûlait plus intensément et plus vivement chaque jour. DeLattio avait une dette envers elle et, protection des témoins ou pas, elle allait se venger.

S'obligeant à bouger, elle s'arrêta avant d'avoir fait deux pas. Ses yeux se posèrent sur une vieille photo sépia qui la fixait

---

1. *Note de la traductrice (NdT)* : un criminel peut admettre sa culpabilité et témoigner contre ses complices en échange de la clémence ou d'une immunité.

depuis la table de l'entrée. Un jeune couple lui souriait depuis son perchoir, serrant affectueusement deux petites silhouettes.

Elle fut frappée de plein fouet par la vie entière de chagrin que contenait cette photo si précieuse. Elle déglutit trois fois avant de pouvoir reprendre son souffle.

Oh, bon sang !

Elizabeth cligna des yeux pour chasser les larmes, et elle glissa la photo dans son sac à main, près de son Glock. Se cachant derrière des lunettes de soleil, elle prit ses clés et s'en alla sans un regard en arrière.

Ranch Triple H, Montana, 3 avril

Dans l'embrasure de la maison du ranch, son vieux chien collé contre lui, Nat Sullivan contemplait l'immensité noire du ciel nocturne. La lune ne brillait pas ce soir-là, mais les étoiles scintillaient comme de minuscules diamants dans le noir charbon.

Il était deux heures du matin et il avait mal aux yeux.

Une fine couche de neige fraîche recouvrait le sol, luisant comme de l'os. La tempête avait été une explosion de colère rapide, totalement imprévue, mais pas inattendue. Les arbres craquaient comme des pétards au cœur de la forêt.

Un élancement sourd lui tenaillait le crâne, comme une gueule de bois. Non pas qu'il ait eu le temps ou le luxe de se saouler. Le mal de tête était la conséquence persistante d'une divergence d'opinion qu'il avait eue avec un couple de récupérateurs de dettes au cours de l'après-midi. Ils pensaient avoir le droit de débarquer au ranch et de lui voler sa propriété. Il ne se laisserait pas faire sans se battre.

Alors qu'il caressait la douce fourrure recouvrant le crâne du vieux chien, la tension accumulée dans son cou se dissipa, tandis que ses muscles se décrispaient peu à peu. Il expira et son dos se détendit, ses épaules s'abaissèrent.

Il connaissait enfin la paix, après une journée d'enfer.

Nat et sa famille avaient bénéficié d'un sursis temporaire lorsque sa mère avait été victime d'une crise cardiaque. Les hommes de la société de recouvrement étaient repartis aussitôt, craignant manifestement un procès. Nat essaya de s'obliger à sourire, mais l'effort était trop grand et sa mâchoire trop douloureuse pour qu'il puisse le faire.

La dernière fois qu'il avait vu sa mère, elle avait le teint gris pâle, les cheveux dressés sur la tête et était couchée sur le dos dans un lit d'hôpital.

Elle donnait encore des ordres.

Elle était vieille. Faible. *Acariâtre.* Sa mère se battrait jusqu'à la mort pour cette terre. Il ne pouvait pas en faire moins.

Distraitement, il joua avec la fourrure soyeuse des oreilles de Blue. Le Triple H était niché dans les contreforts des montagnes Rocheuses, dans une vallée verdoyante proche du Bob Marshall Wilderness[2]. Construit par ses arrière-arrière-grands-parents, il faisait partie de son patrimoine au même titre que son ADN. Quelques centaines d'hectares de pâturages de premier choix, façonnés au fil des millénaires par le frottement de la glace sur la roche.

Nat avait vécu des aventures, voyagé dans le monde entier, vu plus que sa part de magnifiques pays, mais maintenant il était de retour, et il comptait bien rester. Le Montana faisait partie de lui, il était la toile de fond de chacune de ses pensées et l'oxygène de chacune de ses respirations. Il s'appuya sur l'enca-

---

2. *NdT :* Parc naturel de l'ouest du Montana, baptisé ainsi en l'honneur du garde forestier du même nom, défenseur de l'environnement et cofondateur de la Wilderness Society.

drement de la porte, contempla les montagnes et se réjouit de l'air frais et pur qui effleurait ses joues.

C'était un sacrilège de penser que le ranch pouvait leur être enlevé.

Une étoile filante traversa le ciel nocturne, tombant vers sa mort dans un spectacle éclatant. Nat prit une brusque inspiration devant cet éclat de beauté. Le chien se raidit sous sa paume, émettant un faible grognement qui vibra de son ventre jusqu'à ses dents. Nat pencha la tête, les oreilles à l'affût, attentif. Un faible ronronnement s'amplifia, comme le bourdonnement d'une abeille qui se rapprochait.

Une voiture.

Qui venait vers lui.

— Silence, Blue. Allez, couché.

Il ne voulait pas que le chien fasse du bruit et réveille sa nièce. Sortant le babyphone de sa poche, il le plaça contre son oreille pour s'assurer qu'il fonctionnait toujours, puis se retourna vers la porte ouverte.

Ce n'est peut-être rien.

Ce pourrait être Ryan qui rentrait ivre chez lui, mais il savait qu'il n'en était rien. Mais il ne faisait pas toujours preuve de discernement après une mauvaise journée. Cela dit, cela ne ressemblait pas à son camion. Nat remit le babyphone dans sa poche.

Le Hidden Hollow Hideaway[3] était excentré et isolé, avec des montagnes entourant et enfermant le ranch sur les quatre côtés. À des kilomètres des chemins fréquentés, il était difficile de le trouver, même à la lumière du jour. La nuit, c'était presque impossible. Les gens ne passaient pas par là, et ils n'attendaient pas d'hôtes payants avant au moins une semaine. Troy Strange

---

3. *NdT :* Autrement nommé le Triple H, « Refuge de la vallée cachée ».

était leur seul voisin à des kilomètres à la ronde et il aurait sans doute été plus enclin à rendre visite à des victimes de la variole.

Les ennuis arrivaient : Nat les sentait, il en avait presque le goût au fond de sa gorge.

Poussant un juron, il saisit son fusil et ses munitions sur le râtelier au-dessus de la porte de la cuisine et le chargea.

Il sortit rapidement pour se placer dans l'ombre à côté de la grande grange hollandaise. Le bétail mugit derrière lui et le hurlement d'un loup résonna dans les collines à l'est.

Des picotements remontèrent le long de la colonne vertébrale de Nat. Les agents de recouvrement revenaient-ils pour tenter à nouveau de lui prendre ses chevaux ? En dépit des belles paroles de son avocat ?

La voiture grimpait la colline à une centaine de mètres de la maison principale. Non, ce n'était assurément pas le camion de Ryan. Le cœur de Nat cognait contre sa cage thoracique et l'adrénaline chassait la fatigue. Il se plaqua contre le côté de la grange quand les phares transpercèrent l'ombre. Le véhicule, une Jeep Cherokee, se gara dans la cour devant la maison principale. Le conducteur éteignit les phares et coupa le moteur.

Le silence résonna autour des pics de granit comme un boom dans ses oreilles. Nat inspira et expira. Il sentit les gaz d'échappement souiller l'air pur de la montagne, écouta le silence se répandre dans l'obscurité, comme si rien n'existait à part le désert incolore de la nuit. Rien que le temps, l'univers, le froid et la pierre.

Tous ses sens étaient en éveil tandis qu'il attendait, en équilibre sur la pointe des pieds. Personne ne bougea. Personne ne sortit de la Jeep. Personne ne s'introduisit dans son écurie pour voler son étalon arabe primé.

La respiration de Nat se stabilisa, son rythme cardiaque ralentit. Il relâcha sa posture et ajusta sa prise. Attendit.

Les agents de recouvrement avaient amené un camion ce matin.

Nat attendit une minute, puis une autre. La fatigue lui irritait les yeux, et il réprima un bâillement. Ce n'étaient pas des agents de recouvrement. Il ne savait pas qui c'était, mais ce n'était pas eux. Le froid s'infiltrait dans ses mains à cause du métal glacial de l'arme ; son index était gelé.

— *Merde alors !*

Il n'allait pas laisser un étranger traîner dans sa propriété au beau milieu de la nuit.

Même s'il faisait complètement noir, Nat avait une vue perçante et bien ajustée. Il connaissait chaque centimètre de terrain, chaque pierre, chaque clôture et chaque pièce mécanique en panne sur ses terres. Repérant les nuances de gris, il se déplaça vers la voiture. Il retira le cran de sûreté du fusil et regarda à l'intérieur à travers les vitres gelées. C'était comme essayer de voir le fond du lit d'une rivière en plein hiver. Il ne distinguait absolument rien.

D'un doigt, il souleva la poignée de la portière du côté conducteur. Elle s'ouvrit, mais le plafonnier ne s'alluma pas. Nat recula d'un pas et jeta un coup d'œil à l'intérieur. Il distingua une silhouette emmitouflée sur le siège arrière, recroquevillée, immobile.

Serrant plus fort son fusil, il sentit la tension crépiter comme de l'électricité statique un jour de sécheresse. Les fins cheveux de sa nuque se hérissèrent.

— Lâchez le fusil, monsieur, exigea une douce voix féminine.

— Pourquoi ferais-je une chose pareille ?

Elle resta silencieuse. Il sentait son appréhension, et il pouvait presque l'entendre peser ses options à l'abri de la Jeep.

Il serra les dents.

— Je ne crois pas, m'dame, dit-il.

On lui avait peut-être appris à se montrer poli envers les femmes, mais il n'était pas idiot.

— Pas tant que vous ne m'aurez pas dit pourquoi vous vous introduisez sur ma propriété au milieu de la nuit.

La femme se déplaça légèrement. Il entendit le bruissement des couvertures quand elle les écarta.

— Quel est votre nom ? lui demanda-t-elle.

Sa voix avait une certaine inflexion, une sorte d'accent qui semblait à la fois chaleureux et agressif. Ce qui atténua une partie de son irritation et fit naître une pointe de curiosité.

— Eh bien, m'dame, répondit la voix de Nat, grave et d'une courtoisie à toute épreuve. J'ai une meilleure question : quel est le vôtre ?

C'ÉTAIT UNE BONNE QUESTION. C'était une excellente question. Mais Elizabeth travaillait sous couverture depuis si longtemps qu'elle commençait à se poser des questions.

Elle avait suivi les instructions données par la femme au téléphone, s'était trompée une douzaine de fois avant qu'une intervention divine ne décide qu'elle avait besoin d'un défi encore plus grand et ne lui envoie un pneu crevé. Finalement, elle avait conduit pendant trois jours, ne faisant que peu d'arrêts, et elle n'avait pas mangé depuis dix-huit heures. La peur et l'épuisement avaient fait d'elle une amatrice.

Stupide.

Au lieu de se fondre dans la masse, elle pointait une arme sur le visage d'un homme innocent.

Doublement stupide.

Elle rangea le Glock dans son sac à main. Lentement, sans bruit. Elle ne voulait pas l'alarmer ni se faire tirer dessus par un dingue à la détente facile invoquant le deuxième amendement[4]. Elle avait déjà suffisamment de dingues à la détente facile dont elle devait se préoccuper.

Elle avait la vue brouillée et ses réflexes étaient ralentis, comme si elle était engluée.

Le rancher n'avait pas non plus l'air très enjoué. Mais à quoi s'attendait-elle en débarquant au milieu de la nuit ? Elle pinça les lèvres, se réprimandant intérieurement.

Un sentiment d'irritation se répandit dans l'obscurité sous la forme d'une vague d'hostilité palpable. Le cow-boy était sérieusement énervé.

Elle s'était plantée.

— Je suis Eliza Reed. J'ai réservé l'un de vos cottages de vacances pour le mois prochain, dit-elle, la voix étonnamment légère et délicate. Je suis partie plus tôt que prévu. J'avais l'intention de dormir dans ma Jeep ce soir, et de vous supplier de me trouver une chambre demain matin.

Se faire passer pour une idiote n'était pas difficile à ce stade de sa vie. Elle s'éclaircit la gorge et l'observa attentivement. Elizabeth remarqua que son menton était incliné, alors que le reste de son corps restait aussi immobile qu'une montagne. Le silence s'étira pendant qu'elle retenait son souffle en attendant sa réponse. La silhouette de l'homme était sombre et menaçante, impitoyable.

Merde.

Il allait la renvoyer.

Elle essaya d'humidifier sa gorge, déglutit plusieurs fois, mais rien n'y fit. Elle ne pourrait pas conduire davantage ce soir. Son estomac gargouilla, mais elle ne pouvait pas imaginer manger. Elle avait seulement besoin d'un million d'années de

---

4. *NdT* : Le deuxième amendement garantit à tout citoyen américain le droit de détenir des armes.

repos. Elle ferma les yeux et son corps vacilla. Elle attrapa l'appuie-tête devant elle, redressa les épaules et leva le menton.

— Je suis sûr que nous pouvons faire mieux que votre Jeep, m'dame, dit-il enfin.

Il avait une voix grave et un timbre indolent qui lui rappelaient son enfance passée à regarder des westerns à la télévision le samedi matin. Cette enfance était morte en même temps que ses parents.

— Merci. Merci beaucoup.

Bafouiller n'était pas bon signe.

Elizabeth leva les yeux, soulagée, puis elle prit une grande inspiration et essaya de se détendre.

— Je vais sortir maintenant, d'accord ?

Elle fit un signe de tête en direction du fusil et attendit qu'il acquiesce brièvement. Elle sentit le léger relâchement de sa posture, comme un serpent en colère qui se détend, quand il pointa l'arme vers le sol et enclencha le cran de sûreté.

Elle leva les yeux vers le visage de l'homme, veillant à ce que ses mains soient bien visibles avant de bouger. Elles tremblaient méchamment, mais ce n'était pas grave. Entre le froid et la montée d'adrénaline, il ne saurait pas pourquoi elle avait peur, en réalité.

— Vous m'avez fait une peur bleue en ouvrant la portière comme ça.

Elizabeth se força à rire nerveusement, et se rendit compte que cela venait naturellement. Portant une main tremblante à sa poitrine, elle ajouta :

— J'ai entendu toutes ces histoires d'horreur sur les grizzlys et les loups.

Comme si quelqu'un avait déjà entendu parler d'un loup qui ouvrirait une portière.

L'homme ne bougea pas. Il ne dit rien. C'était terriblement déconcertant. Le regard de la jeune femme s'accrocha à une ombre qui creusait son menton, la seule chose qu'elle distinguait dans l'obscurité. Son équilibre vacilla sous l'effet de la fatigue nerveuse et, soudain, elle n'arriva plus à respirer.

De l'air. Elle avait besoin d'air.

Les couvertures lui emprisonnaient les jambes ; elle se mit à paniquer. Elle les repoussa et sortit précipitamment de la Jeep. L'homme ne bougea pas d'un pouce, et Elizabeth se retrouva face à sa fossette au menton.

Il avait une bouche forte et ferme et elle n'aimait pas ça.

Une bouffée d'air froid de la montagne lui glaça les entrailles et elle frissonna, laissant échapper une grande bouffée d'air et la regardant, hypnotisée, s'enrouler pour frôler la joue du cow-boy. Il s'écarta très légèrement, comme pour éviter ce contact éphémère.

Son agacement irradiait par vagues, de la raideur de ses épaules à la manière inflexible dont il tenait son fusil.

Contrariée par la fraîcheur de l'accueil, elle fit une nouvelle tentative.

— Je suis sincèrement désolée, j'aurais bien téléphoné, mais je ne capte plus...

Elle voyait qu'il fronçait les sourcils.

La peur parcourut ses nerfs. L'effroi lui bloqua les cordes vocales et paralysa ses muscles. Soudain, elle fut incapable de parler. Personne ne savait qu'Elizabeth était ici. Personne ne savait qu'elle se trouvait dans un ranch isolé dans les montagnes, à quelques centimètres à peine d'un grand cow-boy en colère.

Et n'était-ce pas là l'une des petites ironies de la vie ? Assassinée alors qu'elle était en fuite.

Figée, elle resserra les pans de sa veste, s'en enveloppant pour se protéger. Elle tripota les gros boutons ronds et se concentra sur leur douceur. Elle regretta de n'avoir pas mis son Glock dans sa poche plutôt que dans son sac à main, ou de n'avoir pas pensé à porter une arme de secours. Stupide, stupide, stupide.

Calme-toi. Respire. Calme-toi.

Elle avait été un bon agent autrefois, plus que bon. À présent, son cœur battait à tout rompre et elle transpirait à grosses gouttes. Elle avait envie de s'enfuir. De courir et ne jamais revenir en arrière. Mais elle n'avait nulle part où aller.

Tous ses sens se mirent en éveil tandis qu'Elizabeth essayait d'évaluer les intentions de l'inconnu. Sa vue s'était adaptée à la lumière des étoiles et sa main droite cherchait son arme. L'homme l'examinait attentivement, comme s'il cherchait à se décider.

Allait-il lui tirer dessus ou la renvoyer ?

Elle était à deux doigts de se mettre à rire nerveusement une fois encore... L'épuisement l'abrutissait. Le rancher avait la mâchoire tellement crispée qu'elle la voyait fléchir en dépit de la faible lumière. Involontairement, elle recula d'un pas, et se retrouva plaquée contre l'acier glacial de son véhicule.

— Je suppose que je devrais vous souhaiter la bienvenue au ranch Triple H, m'dame.

Il parlait d'une voix grave et douce, si douce qu'elle dut se concentrer pour l'entendre. Il tendit une main devant lui, l'autre tenant toujours fermement le fusil.

— Nat Sullivan.

Elizabeth esquissa une grimace ironique en entendant la réticence dans sa voix. La vérification des antécédents de Nat Sullivan semblait indiquer que c'était un type direct. Célibataire, âgé d'une trentaine d'années, il avait renoncé à une brillante carrière de photographe animalier pour *National Geographic* afin de rentrer chez lui et de diriger le ranch à la mort de son père.

Mais ces vérifications ne révélaient pas toujours toute l'histoire.

— Merci, lui dit-elle en prenant la main qu'il lui tendait, bien décidée à se montrer courageuse.

Le contact de sa peau rugueuse sur ses doigts envoya une onde de choc à travers les nerfs d'Elizabeth, comme une explosion de flammes. Elle retira sa main brusquement, enroula ses bras autour de sa taille et placarda un sourire sur son visage avec le peu d'énergie qui lui restait.

Elle n'avait pas été préparée à cela. *Non, monsieur.*

Elle ne s'était pas attendue à ce qu'une étrange alchimie se manifeste et la frappe de plein fouet. *Non. Monsieur.*

Peut-être la montée d'adrénaline qu'elle avait vécue plus tôt l'avait-elle rendue hypersensible. Peut-être l'épuisement la rendait-il nerveuse. Ou peut-être était-ce le fait que sa tête était mise à prix pour un million de dollars. Son sourire s'affadit un peu, et elle ne parvint pas à le propager à ses yeux.

La chaleur de Nat Sullivan, même sans contact physique, constituait un mur d'énergie solide qui émanait de son corps. Elle avait envie de s'approprier un peu de cette chaleur. Le froid se déplaçait en elle comme un glacier.

Nat ajusta sa prise sur son fusil et Elizabeth tressaillit ; ce n'était qu'un petit mouvement, mais suffisant pour lui rappeler qu'elle était une victime. La peur la rendait faible et elle était déterminée à ne pas l'être. Elle ravala la boule qui lui obstruait la gorge, lutta contre le brouillard d'émotions qui menaçait de l'étouffer. Elle avait commis une erreur en venant ici ce soir-là, elle aurait dû partir loin. Sauf que, lorsque l'on fuyait ses souvenirs, même la lune était encore trop proche.

Quel maudit chaos !

— Les clés ? exigea-t-il.

— Pardon ?

— Où sont vos clés ? répéta-t-il lentement, comme si sa patience ne tenait qu'à un fil.

Elizabeth jeta un coup d'œil vers le contact, puis recula

brusquement quand il s'avança pour récupérer les clés qui y pendaient encore.

Oh, merde !

Le cow-boy tourna les talons et s'éloigna à grands pas.

Elizabeth vacilla sur ses pieds, déconcertée et perdue. La brise souleva sa veste, tirant sur ses cheveux, tandis qu'elle le regardait s'éloigner. Son processus de réflexion s'enclencha lentement, une synapse à la fois.

Qu'était-il en train de faire ? Trop fatiguée pour mettre un pied devant l'autre, Elizabeth le regarda partir, reconnaissante de n'être pas morte.

NAT POUSSA UN JURON, déstabilisé. Il ouvrit le coffre et en examina le contenu tandis qu'une maigre ampoule jetait une faible lueur à l'intérieur. Après cette journée infernale, il avait été irrité de la voir débarquer plus tôt sans prévenir. Mais il avait été totalement foudroyé quand il avait vu son visage.

Ce n'était pas seulement qu'elle était belle. Ce n'était pas *ça* qui l'avait perturbé. Seulement, l'espace d'un bref instant, quand elle était sortie de la voiture et qu'elle avait levé le visage... elle avait ressemblé à Nina. Et son cœur s'était à ce point emballé qu'il avait cru en mourir.

Il frotta son œil avec le talon de sa main et grimaça en touchant une ecchymose douloureuse que l'un des agents de recouvrement lui avait infligée un peu plus tôt. L'obscurité avait décoloré ses yeux, mais pas leur forme. Grands et larges, inclinés comme ceux d'un chat à l'extérieur et surmontés de sourcils de stars de cinéma, exactement comme l'étaient ceux de Nina.

Mais elle n'était pas Nina.

Et si ses yeux étaient jolis, ils étaient aussi alourdis par la fatigue, ses paupières tombaient, se refermaient, comme si la gravité à elle seule pouvait l'endormir.

Il laissa échapper un long soupir qui atténua la tension dans sa poitrine et il mit son fusil en bandoulière.

Cette femme n'était pas Nina. Mais c'était une source d'ennuis. Comme toutes les belles femmes. Ce n'était pas ce dont il avait besoin dans sa vie déjà terriblement compliquée. S'il n'avait pas eu désespérément besoin d'argent, il l'aurait renvoyée, aussi foutrement fatiguée ou jolie soit-elle.

Bon sang !

Il sortit quelques sacs fourre-tout qui auraient pu contenir des vêtements ou de l'or en barre. Les soulevant, il sentit la peau de ses articulations, qui venait de cicatriser, se fissurer tandis que le poids se répartissait sur ses doigts.

La prochaine fois, peut-être se souviendrait-il qu'il était trop vieux pour se battre.

Et la prochaine fois, peut-être lui aurait-il poussé une autre tête.

— Vous allez devoir dormir dans le ranch, ce soir, annonça Nat par-dessus son épaule à la femme qui n'avait pas bougé. Il faut plusieurs heures pour que le cottage se réchauffe.

Au moins, avec sa mère à l'hôpital, il y avait de la place dans la maison principale. Encore cette histoire du « bon côté des choses ».

Ses lèvres tressaillirent.

La femme le regardait, avec ses cheveux noirs qui dépassaient sous un bonnet informe et ses yeux qui se fermaient. Non pas qu'elle ait eu l'air fatiguée quand elle lui avait demandé de baisser son arme. *Oh, que non !* Elle avait eu l'air d'un foutu général de l'armée. Nat se renfrogna, prit un sac sur ses épaules et se tourna vers la porte d'entrée de la maison principale.

Elle n'avait toujours pas bougé.

Il se tourna vers elle.

— Vous venez ?

Elle tendit la main vers lui, paume vers le haut. Puis ses yeux se révulsèrent et elle s'effondra sur la terre gelée.

Il en resta bouche bée. Ses jambes ne fonctionnaient pas, même si, dans tous les cas, il n'était pas assez près pour la rattraper.

Laissant tomber les sacs, il courut et chercha son pouls. Le visage d'Elizabeth était plus pâle que la neige, mais sa peau était douce et chaude sous ses doigts. Son cœur battait fort et régulièrement.

Il entendit un léger bruit et la regarda fixement. Il avait déjà eu une urgence ce jour-là, et il n'avait pas besoin d'en vivre une autre. Il entendit à nouveau le son régulier. Léger, mais puissant.

Souriant, il se rendit compte que Mlle Sublime dormait profondément et ronflait. Il s'appuya sur les talons de ses bottes de cow-boy et réfléchit à ce qu'il devait faire. Il n'y avait pas d'urgence. La femme semblait aller bien, en dehors du fait qu'elle venait de s'effondrer de fatigue, mais il ne pouvait pas la laisser étendue dans la neige. Elle semblait sereine, sa poitrine se soulevait et s'abaissait, elle avait l'air paisible et détendue. Nat n'eut pas le courage d'essayer de la réveiller. Il se pencha et la souleva dans ses bras.

En dépit de sa taille, elle était légère. Ses longues jambes pendaient par-dessus son coude, sa tête reposait sur son épaule, bien calée sous son menton. Ignorant la douceur de ses seins et la courbe de ses fesses contre son bras, il se dirigea vers la maison. Il n'avait pas besoin qu'on lui rappelle que c'était une belle femme, ou que cela faisait longtemps qu'il n'en avait pas serré une contre lui.

Il la remonta dans ses bras, respira son parfum, naturel et sans artifice. Il déclencha au plus profond de lui une réaction qu'il voulait à la fois ignorer et explorer. Il repoussa ces pensées.

Les lèvres nues d'Elizabeth étaient entrouvertes, et son souffle lui caressait la joue comme le murmure d'une amante. Il leva les yeux, il ne voulait pas penser à ses lèvres.

Se déplaçant avec précaution dans l'obscurité de la maison, il la porta en haut de l'escalier. Il hésita sur le palier avant d'entrer dans sa propre chambre et de la déposer sur son lit. Il lui retira ses bottes et son bonnet.

Elle ne remua pas.

Il repoussa ses cheveux noirs de son front, et les sentit glisser entre ses doigts comme du satin.

Remontant la couverture sur la silhouette endormie de Mlle Eliza Reed, il se redressa et la contempla. Se disant que c'était son inquiétude qui le poussait à la regarder. Sa respiration était profonde, régulière, son visage se détendait et commençait à perdre sa pâleur mortelle. Elle tressaillit dans son sommeil, tandis que sa main se glissait sous l'oreiller.

Un rire jaillit dans sa poitrine, le prenant par surprise. Cette journée avait été un véritable désastre, et la vie devenait de plus en plus bizarre. Mais, au moins, cette fois, la bizarrerie consistait à avoir une belle femme lovée dans son lit.

CHAPITRE DEUX

Quelque chose lui sauta dessus à six heures du matin.

Il l'avait trouvée. Elle chercha son arme, mais ne trouva rien. Désespérée, elle passa les mains sous l'oreiller, fouilla, et elle arracha les draps. Des gouttes de sueur perlèrent sur son visage tandis qu'elle se préparait à entendre son rire, ce son amer qui lui glaçait le cœur et qui résonnait dans ses cauchemars. Sa respiration devint haletante puis se bloqua alors qu'elle tentait d'enrayer un cri qu'elle laissa ricocher dans son esprit, mais sans faire un bruit.

Elle ne crierait pas. Pas cette fois.

Entourée de ténèbres, elle ne pouvait ni respirer, ni voir, ni se libérer des couvertures qui l'emprisonnaient. L'air chaud et vicié la suffoquait, la sueur lui coulait dans l'oreille et ses doigts n'étaient plus que des morceaux d'éponge inutiles.

Un coup de pied dans le rein gauche la fit haleter et fut suivi de près par un puissant coup dans l'oreille. Elle siffla et s'étrangla, luttant pour se dégager des lourdes couvertures afin de se défendre.

Où suis-je ?

Un revers de main sur le nez fit exploser la douleur dans ses orbites.

Des lumières s'allumèrent dans le couloir, et un doux rire pénétra sa terreur. Elizabeth se laissa retomber sur les oreillers, tandis qu'un chérubin souriant apparaissait au-dessus des couvertures.

Elle avait fini par devenir folle.

Alléluia.

Au moins, ce n'était pas *lui*.

L'enfant était magnifique. Des boucles délicates et de grands yeux bleu foncé. Elizabeth tendit la main pour toucher une mèche qui s'était échappée. Elle la retira quand elle se rendit compte que la petite fille était de chair et de sang, et pas le fruit de son imagination.

L'enfant vit Elizabeth au même moment, et sa bouche forma un « O » confus.

— Qui es-tu ? demanda-t-elle dans un murmure aigu. Où est oncle Nat ?

Elizabeth gémit et se passa les mains sur le visage en se rappelant ce qui s'était passé la nuit précédente. Oncle Nat devait penser qu'elle était complètement folle.

La petite fille tira sur les draps, en quête de son oncle disparu.

—Je peux te dire tout de suite qu'il n'est pas là, ma chérie.

Elizabeth renonça à tirer sur les couvertures. Le craquement d'une lame de parquet l'avertit que quelqu'un se rapprochait de la chambre. Ses muscles se figèrent et sa respiration se bloqua dans sa poitrine.

Une grande silhouette se dessina dans l'embrasure de la porte, et Eliza se rendit compte qu'il devait s'agir de Nat Sullivan. L'oncle disparu. Elle se détendit légèrement. Il ne lui avait pas fait de mal la nuit précédente, alors qu'elle était aussi vulnérable qu'un nouveau-né... *Quelle femme monstrueusement stupide !*

Adossé au chambranle de la porte, il portait un vieux jean et une chemise déboutonnée qui tombait mollement sur de larges épaules. Le vêtement s'ouvrit brièvement sur un torse mince et musclé avant qu'il ne se mette à le boutonner. Elle détourna les yeux, mal à l'aise face à la vague de conscience qui l'inonda et la laissa à bout de souffle.

— Bonjour, m'dame. Désolé que notre petit lutin vous ait réveillée. Elle se faufile partout.

Les douces tonalités de sa voix déclenchèrent de chauds frissons le long de sa colonne vertébrale. De bons frissons, de beaux frissons... des frissons normaux. Cela faisait longtemps qu'elle n'avait pas ressenti ce genre de choses.

— Pas de problème. Désolée de m'être évanouie hier soir.

Levant les yeux, elle croisa son regard. Il avait la mine chiffonnée par le sommeil, l'air fatigué, et elle remarqua qu'il s'était récemment battu. Il avait un œil au beurre noir, une série d'ecchymoses jaune-bleu sur la mâchoire et une vilaine écorchure sur sa lèvre inférieure pulpeuse. Des yeux sombres, de la couleur de saphirs finement taillés, pétillaient devant elle, amusés. Un front large, de larges sourcils blonds et un nez fin complétaient une bouche à la fois sensuelle et réservée.

Il se passa une main dans les cheveux, ce qui les fit se dresser en touffes blondes.

—Vous vous sentez mieux ?

Sa voix la toucha de plein fouet, avec son timbre lent et sexy. Entrant dans la chambre, il adressa un sourire à la petite fille qui jouait à cache-cache avec les couvertures, puis il reporta son regard vers Elizabeth.

En dépit de tout, la peur l'envahit plus vite que la foudre n'aurait pu la frapper. Où était son arme... ?

Son estomac se révolta tandis qu'elle regardait l'enfant qui jouait sur le sol. Heureusement qu'elle ne l'avait pas eue avec elle ce matin-là.

Nat Sullivan s'avança dans la pièce, occultant la lumière en s'approchant. Il était assez grand pour remplir l'espace. La panique lui fit l'effet d'un millier de fourmis dansant sur sa peau. Elizabeth se glissa vers la tête de lit et remonta ses genoux sous son menton. Elle enroula une main autour de chacune de ses chevilles tandis qu'elle l'évaluait visuellement.

Pourrait-elle le battre ?

Trop grand, trop fort. Tout en tendons et en muscles équilibrés et bien dessinés. Elle oublia de respirer, prise au dépourvu par cette peur incessante alors qu'il atteignait le lit et se postait à côté, les mains enfoncées dans les poches arrière de son jean.

Du regard, elle fouilla frénétiquement le visage de Nat, mais n'y trouva aucune méchanceté. Aucune intention malveillante. Les yeux bleus pétillaient de rire, et, en dépit de sa mâchoire ferme et dure, sa bouche s'incurvait en un sourire qui semblait... meurtri.

— Comment vous êtes-vous fait ce coquard ?

Sa voix était enrouée, soit parce qu'elle n'avait pas parlé depuis longtemps ou à cause de ses nerfs.

Un côté de ses lèvres se souleva, comme s'il avait oublié les ecchymoses ou qu'il espérait qu'elle ne les remarquerait pas. Il avait dû avoir un mal de chien.

— J'ai eu un léger désaccord avec deux types qui ont essayé de prendre quelque chose qui m'appartenait, expliqua-t-il, frottant la légère barbe sur son menton avec son pouce et son index.

Elle le fixait du regard, fascinée.

Hochant la tête, elle passa sa langue sur ses lèvres sèches, mais se défila face à l'intérêt dans les yeux de Nat quand ils suivirent le mouvement.

— Je crois que c'est votre mère qui m'a indiqué la route à suivre. Est-ce qu'elle vit ici aussi... ?

Elle s'efforça de paraître décontractée, et sut qu'elle avait échoué quand Nat Sullivan se redressa et s'éloigna d'un pas, l'air offensé. Agacé, il reculait.

Dieu merci.

— Elle est à l'hôpital en ce moment, mais oui, elle vit ici, répondit-il, ses sourcils s'abaissant sur ses yeux qui ne paraissaient plus amusés. Ma sœur Sas a dormi sur place hier soir après la fin de sa garde. Elle est médecin urgentiste. Et Ryan, mon frère... Eh bien, il n'est pas encore rentré.

Elle tâcha de contenir son inquiétude, mordillant sa lèvre inférieure.

— Donc, il n'y a que vous et moi.

Elle se raidit lorsqu'il rejeta la tête en arrière et éclata de rire.

— Vous, moi, confirma-t-il, puis il pointa du doigt la petite fille qui sortait des livres de l'étagère à côté du lit. Tabitha. Deux cents têtes de bétail, soixante-seize chevaux, trois chiens, deux chatons d'étable, un âne et quelques hamsters.

Il rit encore, et ce son profond emplit la chambre de chaleur.

— Vous n'êtes jamais seule au Triple H. Nous avons deux ouvriers qui vivent dans le dortoir, et Sas et Ryan arriveront sans doute à temps pour le petit déjeuner. Profitez du calme et de la tranquillité, poursuivit-il, la scrutant sans se cacher maintenant. Cela ne durera pas.

Tabitha intervint, sa petite voix fluette résonnant fort dans le silence précédant l'aube.

— Oncle Nat?

Elizabeth se souvint de respirer quand l'attention de Nat se reporta sur sa nièce. Il se baissa et prit sa petite main dans la sienne.

— Oui, Tabby?

— Est-ce que c'est ta petite amie?

Son rire discret comportait une pointe de dureté qui la fit frissonner, et il posa son regard sur elle, comme s'il avait remarqué sa réaction.

— Non, Tabitha Rebecca Sullivan, cette dame n'est pas ma petite amie, et *toi*, ajouta-t-il en pointant le doigt sur son ventre avant de l'agiter, tu ne devrais pas être ici en train d'embêter nos invités.

Il la chatouilla brièvement avant de la soulever sous son bras.

— Qu'est-ce que tu fais ici, oncle Nat ? demanda Tabitha entre ses rires et ses cris.

— Je te cherchais, répondit-il, chatouillant à nouveau sa nièce. Et je venais voir notre invitée, je vérifiais qu'elle était toujours en vie.

Sa voix était grave et chaleureuse ; il lui souriait.

Si vous saviez.

La tension retomba quand Nat Sullivan se tourna pour quitter la pièce. Elizabeth se détendit avec un soupir qui se mua en gémissement quand la tête de lit appuya sur sa colonne vertébrale.

— Allez, Tabby. Mlle Reed a l'air d'avoir besoin de plus de sommeil. Voyons si elle peut tenir debout sur ses pieds toute la journée cette fois-ci, d'accord ?

Ignorant la chaleur qui envahissait ses joues, Elizabeth remonta les couvertures sur le lit et le regarda fixement, pour la seule raison qu'elle se sentait mieux. Il se retourna inopinément, surprit le regard de la jeune femme et lui adressa un clin d'œil. Elle sentit un rougissement se répandre dans son cou. Il souleva sa nièce sur une épaule et sortit de la pièce comme si de rien n'était, refermant la porte en partant.

Elle avait de la chance.

Elle se blottit dans les couvertures, à la fois déconcertée et agacée par Nat Sullivan.

— Bon sang ! Mais qu'est-ce que je fais ici ?

Elle posa les mains sur son front et ferma les yeux. Elle

tourna son visage vers la fraîcheur de l'oreiller et faillit pleurer à la pensée de se lever.

Il était six heures dix.

Pour la première fois depuis des mois, elle se laissa glisser, le sommeil lui volant sa conscience et la berçant dans une légère torpeur. La chaleur et la sécurité du lit de Nat Sullivan lui offraient un sanctuaire dont elle avait besoin plus que tout.

FEDERAL PLAZA, NYC, 3 avril

MARSHALL HAYES, agent spécial chargé de la très secrète division des contrefaçons et des beaux-arts du FBI, empoignait à deux mains l'agent spécial de l'ULCO, le tenant suspendu contre un mur dans le bureau cossu de ce dernier à New York. La nicotine imprégnait l'haleine de Ron, et Marsh était assez proche pour voir les taches sur ses dents. Le visage de l'autre homme était bleu-violet, le genre de couleur qui indiquait un manque d'oxygène et une tension artérielle en hausse. Ses courtes jambes s'agitaient en vain au-dessus du sol.

Les avant-bras de Marsh étaient douloureux à force de soulever un poids mort et ses biceps vibraient à mesure que les muscles commençaient à lâcher. Il aspira une grande bouffée d'air, relâcha légèrement son emprise et laissa la fureur s'estomper.

Le blanc des yeux de Ron était injecté de sang et faisait ressortir le bleu terne de ses iris. Des doigts grassouillets enserraient les poignets de Marsh comme des menottes, une étreinte intime entre deux hommes qui ne s'appréciaient même pas.

Ce dernier recula, écarta les mains, les doigts raides à cause de la tension résiduelle. Ron s'accrocha à lui tandis qu'il glissait le long du mur et atterrissait avec un bruit sourd. Marsh le repoussa, recula, et écouta les battements de son cœur qui martelaient ses oreilles.

Ron Moody ne valait pas la peine d'être accusé de meurtre ou de perdre sa carrière. Il ne valait même pas un nouveau costume. Marsh se pencha, ramassa le pistolet sur la fine moquette beige. Personne n'avait pointé d'arme sur lui depuis des années. Le type de criminels auxquels il avait affaire utilisait généralement la ruse et des documents, et non des armes à feu. Ron avait tripoté son holster dès l'instant où Marsh avait ouvert la porte.

Les choses devaient être encore plus graves qu'il ne l'avait imaginé.

Marsh rangea l'arme dans la poche de sa veste. Il s'affala sur la chaise devant le bureau en désordre de Ron, se dégonflant soudain sous l'effet de la chute d'adrénaline. Ron était un abruti, un arriviste classique, qui se moquait de savoir sur qui il marchait pour atteindre le sommet.

— Si elle est morte, je t'enterrerai moi-même, menaça Marsh à voix basse, les yeux rivés sur la vue dominée par le pont de Brooklyn.

Il tourna la tête, fixant d'un regard noir l'homme à terre.

— Il se pourrait même que je te tue d'abord.

Ron afficha une vilaine grimace. Il respirait bruyamment, les mains appuyées sur la moquette de part et d'autre de ses hanches.

Marsh tendit la main par-dessus le bureau et appuya sur l'interphone à l'ancienne. Il avait besoin d'informations, mais d'abord, il avait besoin de caféine.

— Pourrais-je avoir un café, Alice, s'il vous plaît ? Vous feriez mieux d'en apporter un à votre patron aussi.

Marsh observa Ron en silence. Le cou de l'autre homme semblait trop épais pour son col amidonné, et sa chair saillait contre le coton rigide. Ron y glissa un doigt boudiné et se pencha en arrière pour aspirer plus d'air. Au bout d'un moment, il se leva péniblement, s'accrochant au mur pour se soutenir. Il trébucha, juste assez pour être convaincant, avant de se laisser tomber dans le trône de cuir noir derrière son bureau.

Le visage rougi, les yeux lamentablement angoissés, Ron se frotta la gorge en attendant qu'Alice apporte le café. Tout dans cet homme confirmait la conviction profonde de Marsh qu'il ne fallait jamais juger sur les apparences.

Quand la secrétaire fut repartie, Ron s'éclaircit la gorge.

— Elizabeth n'est pas morte, affirma-t-il, la voix rauque et enrouée.

Marsh attendit. But une gorgée de café.

Ron desserra sa cravate et défit le bouton du haut de sa chemise qui l'étranglait.

— DeLattio devait prendre vingt ans au minimum avec ce que nous avions sur lui. Il n'avait aucune chance.

Il ricana, puis s'adossa à sa chaise en se balançant, l'air satisfait.

Ordure insensible.

Marsh serra les poings plus fort, emprisonna l'émotion à l'intérieur et affûta sa colère. Pour Ron, Elizabeth n'était rien d'autre qu'un moyen d'obtenir une arrestation qui lui permettrait de faire carrière.

— Quand nous avons accédé à son ordinateur, nous avons découvert plus de preuves de blanchiment d'argent et de détournement de fonds que nous ne l'avions jamais soupçonné. Des centaines de millions de dollars.

Ron sortit un mouchoir de la poche de son costume et essuya la sueur qui maculait son front. Il jeta un rapide coup d'œil à Marsh, mais il détourna le regard avant de croiser celui de son collègue.

— Mais tous les noms étaient codés. Sans l'aide de DeLattio, nous n'aurions pas pu réunir les preuves nécessaires pour procéder aux arrestations.

Un silence s'installa entre eux. Marsh ne voulait pas d'excuses. Il voulait une piste, n'importe quoi pour lui indiquer où son agent avait disparu.

— Il est intelligent.

Ron se déplaça sur son siège et soutint le regard de Marsh pendant une demi-seconde. Il retrouvait du courage.

— Nous ne trouvions rien d'autre pour faire avancer l'affaire, d'accord ?

Non, pas d'accord. Absolument pas d'accord !

Ron froissa son mouchoir de lin sale sous sa main droite.

— DeLattio risquait la prison fédérale, il n'était pas question qu'il parle sans obtenir quelque chose en retour. Le procureur a négocié un accord et maintenant nous pouvons éliminer toute une génération de criminels qui jouent avec l'argent. Tu sais ce que ça pourrait signifier ?

Marsh savait très bien ce que cela signifiait. *Elizabeth était abandonnée à son sort. Elle s'était totalement fait avoir.* Il laissa Ron parler, lui donnant assez de corde pour se pendre tout seul.

— Ces dossiers contenaient des informations non seulement sur les Bilotti, mais aussi sur des barons de la drogue sud-américains, des terroristes, des fonctionnaires, et même sur des flics ripoux, expliqua-t-il, l'air plus calme, le teint rouge brique. Tout s'est déroulé comme prévu. Il n'a jamais soupçonné qu'une femme aurait le courage d'infiltrer l'organisation de sa famille. Les mouchards qu'elle a mis en place ont fonctionné à merveille.

Marsh savait que Moody était aussi surpris que la mafia qu'une femme ait dirigé l'opération contre les Bilotti. Même dans le monde actuel, il avait encore du mal à traiter les femmes sur un pied d'égalité.

Il s'agrippa aux accoudoirs de sa chaise pour ne pas bondir. Il garda un ton mesuré, raisonnable.

— Tu as merdé, Ron, affirma-t-il, se fichant éperdument de la mafia, ou de la crédibilité de son collègue au sein du FBI. Tu as sacrifié un agent, *mon* agent, qui a risqué sa vie à plusieurs reprises pour *ta* cause.

Son agent. Son amie. Une femme qu'il avait fait entrer au FBI alors qu'elle était trop jeune pour prendre une décision éclairée. Marsh refoula le sentiment de culpabilité qui le tourmentait. Il aurait dû prendre soin d'elle. Et elle aurait dû se méfier, bon sang !

Ron le fixait de ses petits yeux denses de rat. Il complotait et le cachait à peine. L'ULCO s'était servie d'Elizabeth comme d'un vulgaire mouchoir en papier et s'en était débarrassée comme d'un déchet. Marsh serra ses molaires si fort qu'il en eut mal à la mâchoire. Posant une paume sur chaque cuisse, il appuya de tout le poids de ses épaules. Pour s'empêcher de frapper Ron au visage.

Il se sentirait bien mieux s'il le faisait.

Mais cela ne lui permettrait certainement pas d'obtenir ce qu'il voulait.

— Écoute, Hayes, je sais que DeLattio est en colère contre Elizabeth en ce moment, mais il a des choses plus importantes à faire que de se venger. Il ne sait toujours pas qu'elle est un agent. Qu'elle *était* un agent, corrigea-t-il rapidement. Il croit simplement que c'est une garce vindicative qui a plus d'argent que de bon sens.

— Qui d'autre sait qu'elle travaillait sous couverture ? demanda Marsh.

Il avait insisté sur le fait que les informations devaient rester du ressort du « besoin d'en connaître[1] ». Son service s'appuyait

---

1. *NdT :* Restriction de l'accès à une information considérée comme sensible. Nul ne peut prendre connaissance d'une information dont il n'a pas l'utilité, selon l'impératif de cloisonnement du FBI.

sur un travail d'infiltration de longue haleine que les ignorants pouvaient faire capoter par une seule action inconsidérée.

— McCarthy. Deux types du bureau du procureur, énonça Ron qui prit un stylo et le tapota sur le bureau, sur son mug de café, puis son genou. Johnston peut se douter de quelque chose. Il est malin. Et son partenaire, Valdez. Le reste du bureau pense qu'elle a transformé les preuves de l'État.

— Elle pense qu'il y a une fuite dans ta division, Moody.

— Ce sont des conneries, Hayes, et tu le sais. Nous avons arrêté les mafieux sans le moindre accroc. Si nous avions eu une fuite, nous l'aurions su.

Ron s'adossa à son siège, et la sueur recommença à scintiller sur son front.

Marsh n'était pas d'accord. Il but une autre gorgée de café et posa la tasse par terre à côté de sa chaise. Les fuites pouvaient aussi bien être le fait d'une réceptionniste ou d'un technicien de service, voire du concierge si les agents devenaient négligents. Ou alors, il pouvait s'agir d'un agent malin qui savait quand il fallait repousser les limites et quand il fallait se tenir à carreau.

— Écoute, je sais que tu es en colère, mais ce n'est pas ma faute si elle s'est enfuie.

Ron passa une main sur sa calvitie ; son irritation transparaissant à chaque mouvement de sa main. Moody n'avait pas l'habitude d'apaiser qui que ce soit. La voix réduite à un grondement bas, il se pencha vers l'avant, les yeux plissés en signe d'agacement.

— Il faut se rendre à l'évidence, la moitié de Manhattan veut la mort de DeLattio. Si la mafia le coince, il se retrouvera à boire la tasse dans l'East River. Donc, il témoigne, profite d'une opération du visage offerte par le gouvernement américain et passe le reste de sa misérable vie dans le WITSEC[2], expliqua Moody.

---

2. *NdT :* Programme de protection des témoins.

Ses épaules s'affaissèrent tandis qu'il s'adossait à sa confortable chaise et qu'il buvait une gorgée de café.

— Il n'a ni le temps ni les moyens de se venger.

Marsh tapota les accoudoirs de sa chaise avec ses ongles coupés court. DeLattio avait été élevé pour la violence. En dépit de ses études supérieures dans les meilleures universités, chaque jour de sa vie, il en avait été imprégné. À un moment donné, il avait dû mettre des millions de côté, il aurait été idiot de ne pas le faire. DeLattio ne lui apparaissait pas comme un imbécile.

Marsh plissa les yeux.

Ron lui était redevable.

La couverture médiatique avait réduit à néant deux années de travail de fond sous couverture. La vie d'Elizabeth, autant sous couverture que réelle, était foutue. Il fixa Moody sans ciller. C'était un coup bas, mais il voulait déstabiliser Ron.

Ce dernier passa un doigt dans le col de sa chemise. Marsh n'esquissa pas le moindre sourire.

— Écoute, je sais que la presse et la mafia en ont après elle, mais d'après nos sources, ils n'en savent pas plus que nous.

Ron hésita ensuite, et Marsh sut qu'il cachait quelque chose.

— Crache le morceau, lui ordonna-t-il.

Ron baissa les yeux sur ses mains, maintenant posées sur le bureau ; il serrait fort son stylo.

— La rumeur dit que Peter Uri est arrivé à La Guardia le jour même où l'agent Ward a disparu. Nous ne pouvons pas affirmer avec certitude qu'elle était sa cible, mais nous sommes presque sûrs qu'il s'est envolé pour le Mexique.

— Et vous l'avez laissé partir ?

Marsh se redressa sur sa chaise, trop habitué aux jeux du Bureau pour être surpris, mais tout de même horrifié. Les implications...

Uri était le tueur professionnel le plus recherché au monde, une figure de l'ombre qui jouissait de la réputation d'être froid, impitoyable et fatal.

— Ce n'était qu'une rumeur.

Marsh se pencha en avant. Il attrapa Ron par sa grosse cravate bleue et le tira sur la moitié du bureau, faisant voler les papiers. Moody bouscula sa tasse, renversa son café, les yeux rivés sur les dégâts tout en glapissant.

— C'étaient mes ordres, d'accord ? Tu veux savoir pourquoi ? Va demander à ton pote Lovine !

Brett Lovine était le plus jeune directeur que le FBI ait jamais eu. Il était le patron de Marsh, mais aussi un ami proche de la famille Hayes. Et sans le soutien personnel du père de Marsh, le général Jacob Hayes, Brett n'aurait jamais été nommé.

Il avait bien l'intention de lui poser la question... en privé.

Marsh relâcha Ron. Sa lèvre supérieure se retroussa en signe de dégoût à la vue de l'homme devant lui. Il lui donnait envie de balancer son poing dans le mur.

— Qu'est-ce que tu vas faire maintenant, Ron ? Rester tranquillement assis et envisager une promotion ?

— Que veux-tu que je fasse, Hayes ? Que je parte moi-même à sa recherche ?

Les bajoues rouges de Ron s'agitaient sous l'effet de l'indignation. Peut-être allait-il leur rendre service à tous et tomber raide mort d'une thrombose coronaire ; ce n'était pas une pensée particulièrement charitable, mais après ce que Moody avait laissé arriver à Elizabeth, Marsh s'en fichait pas mal.

— L'agent spécial Ward s'est vu proposer une garde rapprochée, mais elle l'a refusée. Elle a démissionné. Je ne pouvais pas la retenir, pour l'amour du ciel ! Nous lui avons même proposé la protection des témoins. Ton précieux agent m'a dit de me l'enfoncer là où le soleil ne brille pas.

— Vous lui avez offert la même protection qu'à DeLattio ?

s'exclama Marsh qui se pencha en avant, et sentit la peur aiguë et âcre de Ron. Espèce de misérable petit con.

— Si tu voulais bien m'écouter...

Ron bafouilla puis s'interrompit.

Il se souvenait de la facilité avec laquelle il avait été maîtrisé plus tôt.

Marsh resta parfaitement immobile. Il attendit que la colère bouillonne et éclate sous la surface de sa peau, puis il haussa un sourcil pour s'assurer qu'il avait toute l'attention de Ron.

— Non, toi, tu vas m'écouter. Je veux toutes les informations dont tu disposes sur la disparition de l'agent spécial Ward. Chaque photo, chaque rapport et chaque extrait sonore. Et je les veux aujourd'hui, avant que je quitte ce bâtiment. Avant que j'aille parler au directeur Lovine.

La pomme d'Adam de Ron tressauta convulsivement, comme s'il était en train d'avaler une ficelle.

Marsh n'éprouvait aucune pitié. Cet homme avait laissé son agent à la merci d'un monstre. Elizabeth aurait très bien pu finir sur une table d'autopsie à la morgue avec la protection que Ron lui avait offerte et peut-être aurait-elle préféré cela.

Ce dernier esquissa un sourire malsain.

— Pas de problème.

Marsh savait qu'il devait se méfier.

Ron se leva et enfila sa veste froissée. Marsh le suivit dans le sanctuaire intérieur du plus grand bureau de terrain d'Amérique du Nord.

CHAPITRE TROIS

—**J**e veux savoir où est cette garce, et je veux le savoir maintenant !

Il abattit son poing sur la table en métal, comme pour l'enfoncer dans le sol. Il voulait l'écraser, la tordre et l'abîmer si désespérément qu'il avait du mal à réfléchir.

Prenez garde à la colère d'un homme patient.

Qu'on lui accorde dix minutes seul avec elle et il graverait les mots sur sa chair.

Le mail que Charlie lui avait transmis venait forcément d'elle.

Pour qui se prenait-elle ?

Son costume italien était froissé et sale, et sa cravate et sa ceinture lui avaient été retirées pour des raisons de sécurité personnelle. Son cuir chevelu le démangeait. Ses cheveux n'ayant pas été lavés étaient gras et une barbe de trois jours lui couvrait le menton. Andrew frotta l'arête irrégulière de son nez, se souvenant. Quand il avait eu fini, la douleur avait été fulgurante, mais tout le sang n'était pas le sien.

Et il n'en avait toujours pas fini avec elle.

Un sourire se dessina sur ses lèvres. La peau de son visage se plissa autour de ses yeux, même s'il mourait d'envie de mutiler quelqu'un.

Il avait repéré Juliette Morgan pour la première fois dans une galerie, lors du vernissage de l'exposition d'un jeune inconnu prometteur du Lower East Side. À ses yeux, les photos ne valaient pas mieux que des éclaboussures de sang sur un mur. Il avait gardé son opinion pour lui, suffisamment avisé pour savoir que les fédéraux étaient plus que jamais à ses trousses depuis qu'il était à Wall Street.

Il s'adossa à son siège, examinant ses ongles qu'il nettoya avec le bord de ses dents.

Il l'avait vue sourire à un gros critique d'art, mais pas longtemps. Le critique s'était esquivé lorsque Charlie lui avait dit d'aller se faire voir ailleurs. Le critique savait qui était Andrew DeLattio. Juliette, elle, n'en avait pas la moindre idée.

Il repoussa la cuticule sèche sur l'ongle de son pouce. Tira la peau morte avec ses dents. L'allumeuse l'avait regardé du haut de son nez parfait, les sourcils élégants levés en signe d'interrogation, avec l'allure d'une foutue star de cinéma.

Et il l'avait voulue. Totalement, aveuglément. De toutes les manières possibles. Il abattit une nouvelle fois son poing sur la table, baissant les sourcils pour masquer sa haine. Elle s'était infiltrée dans ses veines comme de l'opium et plus elle l'avait éconduit, plus il avait été déterminé à la posséder.

Andrew fit basculer sa chaise orange en plastique, un pied en équilibre sur la table métallique devant lui. Cette table et ces chaises laides constituaient le seul mobilier de cette pièce fonctionnelle. Il était détenu à Quantico, dans le cœur du système judiciaire américain, protégé de ses amis et de sa famille par les Marines.

L'ironie de la situation aurait pu l'amuser si son oncle, second de la famille criminelle Bilotti, n'avait pas mis un contrat de cinq millions sur sa tête. À cet instant, Andrew était heureux de cette protection.

Il sortit une cigarette de sa poche et l'alluma.

Sa vie était anéantie parce que Juliette avait ouvert sa grande bouche. Et dire qu'il avait un jour voulu épouser cette femme ! Soufflant la fumée de sa cigarette, il plissa les yeux vers son avocat. Cet homme le traitait comme un écolier récalcitrant plutôt que comme un homme d'affaires millionnaire ayant des liens avec la mafia.

— Je vous l'ai déjà dit, Andrew, répéta lentement Larry Frazier, comme s'il travaillait pour un enfant attardé. Juliette Morgan a disparu sans laisser de traces. Le FBI l'a dit, tout comme vos propres sources. Nous devons avancer, nous avons beaucoup de choses à voir.

Le tempérament versatile d'Andrew s'embrasa et il lui planta un doigt dans le torse.

— Vous semblez oublier que vous travaillez pour *moi*, Larry. Je vous dis de trouver où se cache cette garce.

Il avait grandi en ayant pour meilleurs amis des tueurs à gages et pour famille des gangsters. Les forts régnaient, les faibles courbaient l'échine et encaissaient ce qui leur arrivait. Son avocat, qui ressemblait à un oiseau, devait le savoir.

— Mon travail n'est pas celui d'un laquais, monsieur DeLattio, ni celui d'un complice.

Larry se rassit bien droit sur la chaise en plastique dur.

Andrew regarda l'avocat trier ses papiers avec efficacité, l'air offusqué. Comme si Larry avait un réel pouvoir. Comme s'il pouvait le menacer. Andrew se pencha en avant, presque amusé. Ce vieil homme était de la dynamite dans une salle d'audience, mais il ne comprenait toujours pas : jamais Andrew n'approche-rait d'un tribunal.

Posant sa main sur celle, pleine d'arthrite, de l'avocat, il lui parla à voix basse, comme à un vieil ami en qui l'on a confiance.

— Comment va Dorothy, Larry ? Comment vont les petits-enfants ?

L'homme s'immobilisa brusquement, et ses yeux bleus larmoyants remontèrent lentement vers le visage d'Andrew.

— Ma femme et mes petits-enfants vont bien, merci, monsieur DeLattio.

Subtilement, il tenta de se dégager de la main qui bloquait la sienne.

Andrew afficha un sourire réellement amusé.

— J'ai vu des photos de vos filles, Larry, déclara-t-il. Elles sont très mignonnes. Votre femme est un peu vieille à mon goût, vous comprenez... sans vouloir vous offenser.

Les doigts d'Andrew lui écrasèrent les os, déclenchant une vague de satisfaction qui fit bondir son cœur et trembler la ciga-rette qu'il tenait dans l'autre main.

— Vous devez prendre bien soin de votre famille, Larry, en particulier de ces adorables petites filles. Quelque chose pour-rait arriver, quelque chose de vraiment grave.

Il tira sur sa cigarette tandis que les articulations du vieil homme craquaient sous sa poigne. La peau de son avocat était fine comme du papier parcheminé, et il avait l'impression qu'elle pourrait craquer s'il appuyait trop fort.

Le *contrôle* était la clé.

Le regard de Larry vacilla. Les mots se bloquèrent dans sa bouche quand il l'ouvrit et la referma rapidement. Larry avait passé en revue toutes les preuves que le FBI avait contre lui, et il savait de quoi il était capable. *Du moins, en partie.*

Andrew tenait toujours ses promesses, ce que

Juliette Morgan allait découvrir. Il avait promis de lui trancher la gorge si elle disait un mot aux flics.

Larry hocha la tête. Sa peur était palpable, ce qui réjouit Andrew plus que rien ne l'avait fait depuis longtemps.

— Je vais faire tout ce que je peux pour découvrir où se trouve Mme Morgan, monsieur DeLattio. Maintenant, je vous prie de m'excuser, je dois y aller. J'ai une comparution au tribunal à une heure, bredouilla-t-il d'une voix aiguë.

Andrew relâcha la main de son avocat, puis le vit caler ses os douloureux contre sa poitrine.

Il rit, détendu maintenant qu'il avait fait jouer ses muscles, qu'il avait utilisé son pouvoir.

— Il nous reste encore un peu de temps. Nous devons d'abord régler certaines questions.

Il écrasa sa cigarette et s'adossa à nouveau à son siège. Il restait un groupe d'associés qu'il n'avait pas abandonné et qu'il n'abandonnerait pas.

— Je veux une immunité *totale* avant de dire un mot de plus au F-B-I, dit-il, étirant chaque lettre de manière moqueuse. Et je veux qu'un juge fédéral signe l'accord.

Andrew afficha un sourire de requin, dévoilant de nombreuses dents.

— Pour tous les crimes que j'ai commis, *avant* aujourd'hui.

— Comment est-elle ? s'enquit Ryan, qui rattrapa son frère et resta assez longtemps pour lui demander.

Seule une inquisition en règle satisferait son frère, aussi Nat continua-t-il à seller Winter, sa jument Morgan blanche, et Morven, une baie calme. Il haussa les épaules.

— Elle est bien.

Après une visite matinale à l'hôpital, il s'était mis en retard.

Sa mère allait bien, mais il avait maintenant du bétail à surveiller avant la tombée de la nuit et les jumeaux étaient de véritables machines quand il était question de chercher des ragots. Il avait déjà eu droit à l'interrogatoire de Sas.

— Bien sexy ou bien moche ? s'enquit Ryan, frottant l'épaisse crinière neigeuse de Winter et le scrutant par-dessous le rebord d'un vieux chapeau de feutre.

Nat inclina son chapeau suffisamment bas pour couvrir ses yeux et il se prépara à monter.

— Quelconque, terne, lui mentit-il droit dans les yeux, pas ton genre.

Ryan prit un air déçu et donna un coup de pied dans une pierre qui ricocha sur le sol gelé de la cour.

— Tu cherches une fille facile, Ry ?

Nat tâcha de ne pas laisser transparaître l'amertume dans sa voix. Depuis la mort de Becky, Ryan avait comblé le vide avec de la bière et du sexe. Il ne lui appartenait pas de juger, mais il se disait parfois que son petit frère avait besoin d'un bon coup de pied au derrière, ne serait-ce que pour le bien de sa fille.

— Et pourquoi pas ? s'exclama Ryan, repoussant son chapeau à l'arrière de son crâne sombre. Ça ne peut pas faire de mal.

Nat se hissa sur le dos de Winter en un seul mouvement.

— C'est ça, gronda-t-il, comme si tu n'en avais pas déjà assez.

Son ventre se noua à l'idée que Ryan s'envoie en l'air avec Eliza Reed, et il ne savait pas pourquoi. Il n'était pas du tout jaloux.

— Cherche ailleurs, rayon de soleil, lui dit Nat, qui respira profondément et tenta de relâcher la tension qu'il ne parvenait pas à dissiper. Draguer les clientes n'est pas bon pour les affaires.

Cela semblait raisonnable. Il laissa l'idée s'imposer tout en observant le ciel. La neige n'allait pas tarder, et il devait se mettre en route.

Eliza Reed le perturbait. Il n'avait pas le temps de courir après une fille de la ville et cela le dérangeait aussi. Il n'était pas un moine, alors depuis quand la vie était-elle devenue à ce point sinistre ?

Il y a environ trois ans, quand tu courais après une autre fille de la ville.

Bon sang !

— Elle a mauvais caractère, ajouta Nat, laissant échapper un sourire, tapotant le côté de son crâne du bout du doigt. Elle est peut-être un peu dingue.

Ryan plissa les yeux, comme si la neige était trop éclatante, et il plongea ses pouces dans les poches avant de son jean.

— Pourquoi est-elle encore là, alors ?

Le soupir que poussa Nat était assez fort pour que le cheval rabatte ses oreilles.

— Nous avons besoin de cet argent. Hier soir, elle a dit qu'elle m'avait pris pour un ours.

Nat s'arrêta un instant, ajusta les rênes, et frotta une tache de boue sur le garrot de Winter.

— Un ours ? répéta Ryan, qui reporta toute son attention sur lui.

— Ouais.

Nat tourna les yeux vers la maison et faillit gémir en voyant Sas accompagner Mlle Eliza Reed sur le porche. Il soupira.

— Ou un loup.

À l'exception de son bonnet de laine, de sa veste et de ses bottes, Mlle Reed portait des vêtements à lui, ce qui lui rappela qu'il avait oublié de monter ses bagages dans sa chambre hier soir. Au lieu de cela, il avait tout remis dans le coffre de la Jeep. Ce qui n'était pas grave, car sa silhouette remplissait mieux ses vieux jeans que lui. Son rythme cardiaque augmenta d'un cran et des nerfs qui n'avaient pas tressailli depuis des années se mirent à danser. Son corps était galbé, mais élancé, ses cheveux noirs ramenés en arrière soulignaient sa structure osseuse, et elle était toute en jambes et en élégance, comme un chat.

Bon sang ! Elle était belle à croquer.

Sas tendit à leur invitée une paire de gants d'équitation et fit signe à Nat d'approcher.

Apparemment, il n'avait pas d'autre choix que de passer du temps de qualité avec Eliza Reed. Les ouvriers du ranch s'affairaient à réparer les clôtures près du réservoir et Sas était de garde à l'hôpital dans quelques heures. Après la conversation qu'il venait d'avoir avec Ryan, il n'allait certainement pas *le* laisser divertir leur visiteuse.

Nat fit tourner Winter en appuyant sur les muscles de ses mollets et conduisit Morven hors de l'enclos, en direction de la maison principale.

— Un loup, hein ? lança Ryan, l'air dubitatif.

Grimpant sur la barre inférieure de la porte de l'enclos, Ryan s'y accrocha alors qu'elle se refermait. Finalement, il éclata de rire, puis cria assez fort pour que Nat l'entende.

— Alors, toi, tu es un loup, et elle est quelconque et terne ? J'ai du mal à déterminer lequel d'entre vous est le plus myope.

— Est-ce que *je* sais monter ? marmonna Elizabeth tandis que ses yeux lançaient des éclairs dans le large dos de Nat Sullivan.

Il l'avait toisée du haut de son beau cheval gris et lui avait lancé un défi qu'elle n'avait eu d'autre choix que d'accepter. Elle lui avait renvoyé un regard destiné à faire taire toutes les questions stupides.

Bien sûr que je sais monter, avait dit ce regard, *est-ce que j'ai l'air d'une abrutie ?*

Elle renifla. Elle extirpa un mouchoir du fond de sa poche et se moucha. Elle était une idiote. Une adolescente qui prenait chaque semaine des leçons d'équitation à l'anglaise sur des chevaux bien entraînés, dans des manèges fermés et chauffés en Irlande, était bien loin de savoir monter façon western à travers les étendues sauvages et gelées du Montana. Elle remit le mouchoir dans sa poche et fit avancer sa monture.

L'air de la montagne, froid et frais, évoquait Noël, avec un soupçon de pin écrasé et une forte touche de cheval et de cuir. La neige tombait doucement. De larges boules de coton descendaient lentement vers la terre, comme des plumes de duvet après une bataille d'oreillers.

C'était magnifique, mais cela ne changeait rien au fait qu'elle était misérable.

En dépit des gants que Sarah Sullivan lui avait donnés, ses mains étaient engourdies, et elle ne sentait pas les rênes avec ses doigts. Heureusement, Morven suivait l'étalon de Nat comme la jument docile qu'elle était.

Nullement adapté au temps, le pantalon d'Elizabeth était humide là où la neige avait fondu contre le pelage sombre de la jument, et ses cuisses étaient frottées à vif. Le bout de son nez était gelé, ses lèvres étaient gercées et craquelées. Et elle avait mal aux fesses ; pas une petite douleur, mais des spasmes profonds dans des muscles qui s'étaient réveillés après plus de dix ans d'inactivité.

— Est-ce que je sais monter, hein ?

— Vous avez dit quelque chose ? s'enquit Nat qui fit avancer son cheval sur le côté et la regarda longuement.

Le feu chaud, vif et sauvage dans ses yeux la transperça comme un couteau.

Elizabeth parvint à soutenir son regard et elle secoua la tête. Malheureusement, en dépit de ses ecchymoses, Nat Sullivan avait un beau visage. En fait, les blessures jaune et violet le rendaient plus beau, moins parfait. Plus humain, plus sexy. Elle réprima un frisson. Elle remarqua la façon dont la faible lumière du soleil caressait les cheveux blond foncé qui apparaissaient sous son chapeau de cow-boy, faisant ressortir les mèches couleur de lin. Sa mâchoire semblait taillée dans la pierre. Il avait des pommettes fortes et saillantes. De profonds sillons encadraient une large bouche.

Et pour une raison ou une autre, lorsqu'il fronçait les sourcils comme il le faisait maintenant, elle n'arrivait pas à formuler une phrase cohérente. Elle ignorait si c'était la peur ou l'épuisement qui l'affectait, alors elle se tut. Elizabeth aurait voulu esquisser un sourire, mais ses lèvres étaient gelées et risquaient de se fendre si elle y mettait trop d'ardeur. *Gelée, à l'intérieur comme à l'extérieur.*

— Il ne reste plus qu'un pâturage à contrôler, ensuite nous pourrons rentrer. Nous ne pouvons pas nous permettre de laisser des animaux malades dehors par ce temps, expliqua Nat.

Elle acquiesça, regrettant amèrement d'être venue. Cet homme semblait insensible au froid, mais il portait des *chaps* et un épais manteau en peau de mouton.

Elle essaya de se concentrer sur le paysage. La chaîne des Flatheads s'étendait à perte de vue, au-delà de la ligne de partage des eaux et jusqu'aux Rocheuses orientales. C'était superbe. La nature dans ce qu'elle avait de plus beau et de plus impitoyable. Les grands pins et les sapins de Douglas étaient recouverts de lourdes étoles de neige, leurs branches inférieures s'inclinant fortement sous leur fardeau. Le monde entier était silencieux. Un silence dur qui amplifiait tous les bruits qu'ils émettaient, comme quand on portait des talons aiguilles à l'église.

Pas une créature ne remuait, pas une âme ne bougeait.

À l'exception d'eux.

Les chevaux soulevaient des panaches de neige blanche en

se frayant prudemment un chemin à travers les arbres. Le souffle de Morven sortait en petites bouffées de vapeur qui se condensaient et dérivaient au gré de la brise. Elizabeth renifla et s'essuya le nez, écoutant sa selle grincer, un doux son rythmique qui lui rappelait ses premières leçons d'équitation et ses rêves d'enfant perdus.

Le monde était monochrome, le ciel couleur d'étain, les montagnes dentelées d'une nuance d'ardoise plus profonde. Elle ignorait où elle se trouvait et quelle distance ils avaient parcourue. Cela faisait des heures qu'ils étaient dehors et elle était complètement désorientée, en compagnie d'un homme qui n'était rien d'autre qu'un parfait inconnu.

Dans des circonstances normales, elle était capable de prendre soin d'elle-même.

Mais elle avait appris à s'attendre à l'inattendu.

Avec ses doigts engourdis, elle rassembla les rênes dans une main et ouvrit et referma rapidement l'autre pour essayer de la réchauffer. Elle changea de main, déterminée à ne pas succomber à la dureté des éléments.

Son arme de poing était toujours dans la Jeep.

Idiote.

Certes, Nat Sullivan ne semblait pas être une menace, pas comme l'avait été DeLattio dès le premier instant où elle avait senti qu'il l'observait. Comme un chat guette une souris avant d'y planter ses griffes. Les battements du cœur d'Eliza s'emballèrent. Son souffle se coinça dans sa gorge tandis que les images affluaient dans son esprit. Les lumières de Noël. La musique. Le champagne. Les ténèbres tournoyant jusqu'à ce qu'elle se réveille attachée à son propre lit.

Elle sursauta lorsque Nat s'arrêta à la lisière d'un pâturage. Le bétail s'était rassemblé sous un solide abri en bois, niché à l'extrémité de la prairie. Les bêtes mâchonnaient le foin de sacs qui avaient été suspendus à leur intention.

— Restez ici, dit Nat avec un signe de tête vers une épaisse ceinture de pins jaunes, vous y serez mieux abritée.

— Ça va, répondit Elizabeth, souriant pour le lui prouver.

Nat la regarda comme si c'était la première fois. Ses yeux la clouèrent sur place, arrachant les couches d'expression, de chair, d'os et d'amère détermination.

Elle se lécha les lèvres, déglutit et détourna le regard, soudain effrayée par ce qu'il pourrait voir. Un instant plus tard, elle l'entendit s'éloigner. Il fit tourner son cheval, ouvrit la barrière sans descendre de sa monture et chevaucha à travers le pâturage. Morven flaira le fourré qui bordait la clôture, à la recherche de quelque chose de comestible à mâcher. La gêne et l'embarras firent naître des doutes dans son esprit, mais il n'y avait rien d'inhabituel pour elle. La pauvre petite fille riche, toujours laissée de côté pour les vacances parce que sa famille était morte.

Au moins, travailler pour le FBI lui avait donné une raison de vivre. Un but.

Déterminée à mettre fin à son autoapitoiement avant qu'il ne la submerge, elle observa Nat Sullivan. Elle remarqua la grâce avec laquelle il montait le cheval gris, donnant l'impression que même le trot était fluide. Tout comme le contact délicat des rênes sur le cou de l'animal, les mouvements subtils de ses longues jambes qui guidaient l'animal pour contourner les obstacles et ses larges épaules qui semblaient assez grandes pour porter le monde.

Il était beau. Mais Andrew DeLattio avait été beau lui aussi.

Elle leva le menton contre le vent glacial, ignorant les cheveux qui voletaient sur ses joues. Cela aurait gêné la plupart des gens, mais elle appréciait ce voile qu'ils formaient.

Nat Sullivan la prenait sans doute pour une mégère au mauvais caractère, tant elle s'était montrée maussade.

Une vieille baignoire en fer blanc était installée à l'extérieur de l'abri et elle le regarda briser la glace dans l'abreuvoir à l'aide d'un long bâton. Puis il descendit de sa monture et entra dans l'appentis où il disparut.

Des frissons commencèrent à agiter son corps. Elle se recroquevilla autant que possible sur le pommeau et glissa ses mains sous ses aisselles pour tenter de se réchauffer. Emmitouflée dans sa veste, elle essaya d'imaginer une île déserte où le soleil était assez chaud pour sentir la brûlure des UV.

Le temps passa.

Elle releva la tête lorsque le grincement de la barrière l'avertit que Nat était de retour. Il la regarda de sous le rebord de son chapeau de cow-boy recouvert de neige.

— Tout va bien ?

Ses yeux bleus la jaugèrent, et son apparence devait laisser à désirer.

Elizabeth redressa l'échine, et sentit chaque vertèbre se réaligner.

— Bien sûr, mentit-elle.

Nat ricana. L'un des côtés de sa bouche se releva en un rictus ironique, et Elizabeth se rendit compte qu'il savait exactement à quel point elle se sentait « bien ».

Cet enfoiré attendait qu'elle craque. Elle plissa les yeux, agacée.

Nat se pencha sur le pommeau de sa selle ouvragée, la voix douce et chaleureuse.

— J'ai encore un champ à vérifier…

— Quoi ?

Le mot avait jailli de sa bouche avant qu'elle puisse l'arrêter.

Il éclata de rire et elle le regarda, bouche bée, alors qu'il tentait de le cacher en faisant semblant de tousser derrière son poing ganté de cuir.

— Désolé, je plaisantais. Je n'ai pas pu résister, expliqua-t-il, et sa bouche se fit contrite, ses yeux bleus s'adoucirent. Vous avez l'air plus frigorifiée qu'un glaçon dans l'Arctique. Vous auriez dû dire quelque chose, je vous aurais ramenée à la maison.

La colère envahit Elizabeth, qui ne savait pas si elle devait le frapper ou le remercier.

— Nous rentrons maintenant. D'ici, il y a environ dix minutes de trajet pour retourner au ranch.

— Quoi ? répéta bêtement Elizabeth.

— Dix minutes à cheval, confirma-t-il en la regardant attentivement, sans rien manquer. Vous pensez pouvoir y arriver ?

Elizabeth acquiesça. Elle ne se faisait pas confiance pour parler. Parfois, elle avait l'impression que si elle ouvrait la bouche et commençait à parler, elle ne pourrait plus s'arrêter jusqu'à ce que toute la noirceur et l'amertume se déversent comme du goudron. Elle lança son cheval derrière Nat, qui ouvrait déjà la voie.

Dix minutes. Elle n'avait plus qu'à survivre dix minutes de plus. Morven passa à côté d'une branche qui rebondit en arrière et déversa son fardeau de neige directement sur ses genoux.

Merde.

Frénétiquement, elle brossa la neige, se mit debout sur les étriers, s'accrochant au pommeau surélevé. Elle ne voulait pas avoir l'entrejambe gelé.

L'instant d'après, elle se retrouva à plat dos sur le sol, à regarder les flocons de neige qui tombaient du ciel gris. De grands points blancs qui devenaient de plus en plus gros, de plus en plus brillants et de plus en plus blancs à mesure qu'ils se rapprochaient.

L'espace d'un instant béni, elle n'entendit rien, n'éprouva rien, ne sentit le goût de rien.

Puis sa tête vacilla et une douleur aveuglante explosa à l'intérieur de son cerveau. Un goût de fer inonda sa bouche. Ses yeux étaient aveuglés, éblouis. Elle avait envie de vomir, mais elle ne pouvait pas bouger.

Elle avait foncé droit dans la branche d'un énorme cèdre. Sa vision se clarifia lentement, point par point. Elle resta suspendue hors de la réalité lorsque Nat se retourna vers elle, un air de panique résignée sur le visage. Sa bouche remuait, mais elle ne comprenait pas ce qu'il disait à cause du bourdonnement dans ses oreilles.

Il se pencha sur elle, massant doucement ses membres. Ses lèvres remuaient sans bruit tandis qu'elle attendait que la peur l'envahisse, qu'elle étrangle la raison et la paralyse d'effroi. Elle fut incapable d'expliquer le sentiment qu'elle éprouva quand cela ne se produisit pas.

— Vous m'entendez ? lui demanda-t-il, posant un genou à terre à côté d'elle.

Il ne la touchait plus, mais il l'observait attentivement.

Se demandant sans doute pourquoi elle n'avait pas bougé.

Merde.

Elle se maintint immobile le temps de retrouver son équilibre. Et se retrouva à fixer des yeux si bleus qu'elle aurait pu y plonger.

— Je vais bien, parvint-elle à dire.

Sa voix était rauque, comme celle d'une vieille fumeuse. Elle se hissa sur les coudes, et son estomac se révolta.

Nat s'agenouilla complètement et lui adressa un long regard qu'elle ne put déchiffrer.

— Vous êtes-vous déjà sentie autrement que *bien*, mademoiselle Reed ?

Trop observateur. Trop perspicace. Elizabeth déglutit et acquiesça une fois, brièvement. Des larmes lui brûlèrent les yeux, mais elle les chassa. Elle ne pouvait pas se permettre d'être faible maintenant, elle ne pouvait pas affronter la compassion. Elle avait commis des erreurs, et elle les gérait de la seule manière qu'elle connaissait.

Seule.

Luttant pour se relever, elle chancela dans l'épaisse couche de neige. Nat lui tendit la main et elle n'hésita que brièvement avant de la saisir et de le laisser la tirer vers le haut. Il garda sa main dans la sienne, doucement, mais fermement.

Le toucher, même avec des gants, c'était comme toucher du feu. La chaleur et l'énergie la traversèrent jusqu'aux orteils.

Mal à l'aise, elle se dégagea d'un coup et se sentit encore plus bête qu'avant. Elle s'activa à chasser la neige de ses vêtements. Du coin de l'œil, elle regarda le cow-boy. Il se tenait à une trentaine de centimètres d'elle, le chapeau renversé en arrière, l'observant attentivement. Il sourit ouvertement quand elle brossa la neige sur ses fesses.

— Vous pouvez monter derrière moi, vous savez, lui dit-il, si vous ne vous sentez pas très bien.

Elle s'obligea à sourire. Tout ce qu'elle avait traversé, tout ce qu'elle avait subi ces derniers mois surgit dans son esprit et essaya de faire taire les faux-semblants.

— Je vais bien, répondit-elle automatiquement, avant de grimacer.

— Bien évidemment.

Il rabattit son chapeau vers l'avant, puis il se tourna pour aller chercher les chevaux.

Elle réfréna une envie de pleurer.

Les larmes ne servaient à rien.

Il se tint derrière elle quand elle essaya de remonter Morven. Sans la toucher, mais il attendait, comme pour la rattraper si elle tombait. Elizabeth sentait ses yeux dans son dos, elle savait qu'il attendait pour lui faire la courte échelle. Si seulement elle disait un mot. Si seulement elle le lui demandait.

Elle pinça les lèvres. Elle ne voulait avoir besoin de

personne. Elle ne voulait l'aide de personne. Elle ne voulait surtout pas que les mains de Nat Sullivan sur son corps lui rappellent à la fois le paradis et l'enfer avec un simple contact.

Sa tête se mit à palpiter, et elle fut prise d'un vertige.

Au troisième essai, elle parvint à se hisser sur la selle, avec plus de chance que de grâce. Le soulagement l'envahit et elle poussa un soupir, puis elle adressa un sourire éclatant à Nat.

— J'y suis arrivée !

Nat retint les rênes de Morven comme s'il évaluait ses compétences. Elle releva légèrement le menton et lutta contre l'étourdissement en se concentrant sur le bord dentelé des montagnes lointaines.

— Depuis les profondeurs de l'enfer, dit-il enfin.

CHAPITRE QUATRE

Comme si un interrupteur avait été activé, Marsh comprit tout à coup qu'Elizabeth s'était trouvé un leurre.

Il avait enregistré des images provenant de vidéos de surveillance prises dans les jours précédant la disparition d'Elizabeth et les avait passées dans les programmes de reconnaissance d'images de la maison.

Quelqu'un avait passé une journée à se faire passer pour Elizabeth dans son rôle de Juliette Morgan avant que le leurre ne disparaisse à son tour. C'était simple, mais intelligent. L'agent Ward s'était donné vingt-quatre heures avant que tous les mafieux, d'ici à San Francisco, ne se rendent compte qu'elle avait pris la fuite.

Maintenant, il avait une piste. Tout ce qu'il lui restait à faire, c'était retrouver le leurre, Josephine Maxwell.

Cela semblait facile.

Il était assis derrière son bureau de bois fonctionnel, dans son bureau propre et bien rangé du quartier général de son unité. Tout ce qu'il avait besoin de savoir sur Josephine Maxwell était étalé devant lui, à l'exception de l'endroit où elle se trouvait.

Dix-huit ans plus tôt, une fillette de neuf ans avait été poignardée dans le Queens. Elle avait été gravement blessée, à en croire les rapports, et les médecins ne croyaient pas que l'enfant survivrait. Ses empreintes digitales avaient été relevées afin de les différencier de celles de son agresseur sur le couteau qu'il avait utilisé pour la maintenir au sol. Et, comme c'était une fugueuse, ses empreintes avaient été entrées dans le système.

Le téléphone sonna, mais il l'ignora.

Il avait rencontré Josephine une fois, brièvement. Il ne l'avait reconnue sur les photos de surveillance qu'après avoir rassemblé les pièces du puzzle. Elle avait l'air d'avoir dix-sept ans, mais agissait comme si elle en avait douze. Elle était grande, comme l'était Elizabeth, mais c'était un squelette ambulant. Elle avait dû porter un rembourrage sous le costume tape-à-l'œil qu'elle arborait sur les photos. Ses lèvres étaient douces et pleines, celle du haut plus grande que celle du bas, une autre différence subtile entre les deux femmes.

À couper le souffle.

Ses yeux renfermaient l'essence de sa beauté. D'un bleu vif, ils étaient pleins de mystère. Une femme au visage de princesse et au tempérament de chat de gouttière. Elle l'avait détesté d'emblée, ce qui n'était pas la réaction habituelle des femmes à son encontre. Il posa soigneusement ses deux poings sur la table et fixa le dossier du regard.

Il passait à côté de quelque chose.

Dès l'âge de six ans, Josephine Maxwell avait été placée dans le système, retirée de la garde d'un père alcoolique. Chaque fois qu'elle avait été placée dans une famille d'accueil, elle avait patiemment attendu et s'était échappée pour retourner vers son parent négligent.

Marsh avait une adresse pour le père de Josephine, mais il ignorait s'il y était encore. Avec un soupir, il glissa les doigts dans ses cheveux courts. Il allait vérifier.

Le rapport de police sur l'attaque au couteau contenait une photographie d'une fillette mince aux yeux creusés. Il mâcha l'extrémité d'un stylo en la scrutant. Elle était une énigme, un rat d'égout avec l'apparence d'un top model et l'intelligence d'une combattante de rue. Une belle blonde, qui était aussi différente d'une bimbo que la nourriture pour chats l'était des truffes.

Il revint au problème qui le préoccupait : comment retrouver Elizabeth. Celle-ci était minutieuse, intelligente, et elle avait eu tout le temps nécessaire pour mettre les choses en place. Elle était aussi riche comme Rockefeller et elle avait ses habitudes. Elle était d'une loyauté sans faille envers ceux qui lui étaient chers et elle aimait avoir des plans de secours. C'était leur cas à tous les deux.

Et elle aimait coincer les méchants.

C'était leur cas à tous les deux.

Andrew DeLattio avait détruit la fille qu'il avait connue, celle que Marsh avait recrutée pour le FBI et dont il avait fait un excellent agent d'infiltration. Contrairement à la surveillance offerte par l'unité de lutte contre le crime organisé, son équipe l'aurait protégée.

Il appuya ses doigts sur ses tempes et s'adossa à sa chaise. Marsh ne retrouverait Elizabeth que si elle souhaitait qu'il le fasse. Quant à Josephine Maxwell, en revanche, c'était une autre histoire.

— EST-CE qu'on va la perdre ? s'enquit Cal.

— Pas si j'ai mon mot à dire.

Nat serrait les dents si fort que les mots s'échappèrent dans un sifflement. Il était agenouillé dans le foin frais à côté d'une jument alezane. Les mains posées sur son flanc qui se soulevait au rythme de sa respiration laborieuse, il essaya de l'apaiser par de douces paroles d'encouragement. Le poulain se présentait par le siège. S'il étendait sa main assez loin dans le ventre de la jument, il pouvait sentir de minuscules jarrets. C'était un événement rare dans les mises bas équines, mais pas insurmontable.

Mais le véritable problème n'était pas là. Le vrai problème, c'était que Banner, la jument poulinière arabe âgée de dix ans, était épuisée. Le travail avait commencé depuis près de seize heures et le poulain n'avait pas bougé de plus de quelques centimètres. Nat l'avait observée depuis l'extérieur du box pendant la plus grande partie de la journée. Tout avait bien commencé, mais à mesure que le temps passait, il s'était rendu compte que la jument avait des problèmes.

Les lumières étaient tamisées. Une rampe d'éclairage située plus haut dans l'allée centrale de l'écurie projetait de fortes ombres.

Nat avait besoin de ce poulain. Ses poings se refermèrent sur ses paumes en sueur tandis que la jument subissait une nouvelle contraction. Son pouls s'emballa jusqu'à devenir un rugissement persistant dans ses oreilles. Il avait besoin que ce poulain survive. Il avait besoin d'une raison d'espérer.

Lorsqu'il était devenu évident qu'ils allaient connaître une nouvelle nuit glaciale du Montana, il avait allumé le chauffage. Le printemps n'avait pas encore fait son apparition dans le « *Treasure State* ». Il espérait que la compagnie d'électricité n'allait pas leur couper le courant. Ils disposaient d'un générateur de secours dans la chambre froide, mais celui-ci n'alimentait que la maison principale.

La plupart de leurs chevaux étaient gardés dans la grange voisine, mais les juments allaitantes et enceintes étaient choyées ici, dans des box séparés avec des régimes alimentaires individuels. L'écurie était plus petite que la grange et reposait sur des fondations en béton faciles à nettoyer et à entretenir. Chacun des douze box était recouvert de tapis de mousse, plus confortables pour les juments, qui pouvaient être nettoyés au jet d'eau après le curage.

Cinq ans plus tôt, cet endroit était ultramoderne.

Son père s'affairait à constituer le cheptel de reproducteurs et de préparer les installations pour transformer le Triple H en haras. C'était un rêve qu'ils avaient tous partagé. À présent, Jake Sullivan était mort, et ses factures médicales avaient décimé leurs finances. La peinture s'écaillait sur les murs, les tapis en mousse étaient abîmés sur les bords et les boiseries avaient grand besoin d'une couche de vernis. Mais il n'y avait pas d'argent pour les petites choses.

— Est-ce que le vétérinaire vient ?

Cal caressa la joue de la jument, puis posa sur Nat des yeux vifs noisette qui en avaient trop vu. Cet homme était plus qu'un simple ouvrier : tous deux étaient amis depuis l'enfance, contre vents et marées.

Nat ricana.

— Le vétérinaire a dit qu'il était occupé.

Cal lança une bordée de jurons. Nat pinça la bouche en une fine ligne alors qu'il tâchait de mépriser sa propre colère. Il avait téléphoné cinq fois au vétérinaire, et était à chaque fois tombé sur la messagerie vocale. Cela ne pouvait pas être une coïncidence. Le vétérinaire n'était pas originaire de la région. C'était un nouveau venu de Los Angeles qui avait récemment repris le cabinet en ville. Il avait un penchant pour les jouets brillants. Des jouets comme la BMW argentée que Troy Strange lui aurait offerte en guise de remerciement pour avoir sauvé son labrador golden après qu'il ait chassé un loup solitaire dans les contreforts. Ce maudit chien était trop bête pour vivre, mais, d'une manière ou d'une autre, le vétérinaire l'avait sauvé.

Sans blague. Apparemment, il n'était plus question de la survie du plus fort, mais de celle du plus riche.

Les jeux auxquels se livraient son voisin et sa femme obsédée par le sexe constituaient plus que des obstacles pour Nat. Ils devenaient mortels.

La jument était dans la deuxième phase du travail. Le sac amniotique s'était rompu, avec un jaillissement de liquide jaune-brun trois heures plus tôt. Nat avait été plein d'entrain, optimiste, mais son humeur s'était assombrie à mesure que le temps passait.

En temps normal, la deuxième phase durait vingt à trente minutes.

Nat sortit du box pour aller chercher une longueur de corde épaisse. Il la trempa dans un seau d'eau chaude savonneuse en espérant qu'il savait ce qu'il faisait. La jument souffrait et n'en avait plus pour longtemps.

— J'ai appelé Logan, annonça Nat, accablé, essuyant la sueur de son front avec la manche de sa chemise, avalant de la sciure de bois. Il ne pourra pas arriver avant au moins une heure.

Logan Ryder était le fils de l'ancien vétérinaire, un ami de longue date, qui exploitait un ranch près de Hungry Horse. Son père était mort au printemps précédent, mais Logan avait passé sa jeunesse à l'aider, et il avait plus d'expérience en matière de poulinage que tous les gens que connaissait Nat.

— L'un de ses enfants s'est coupé avec du verre brisé, dit-il.

— C'est sérieux ? demande Cal.

— Pour la gamine ? demanda Nat, qui leva le nez et se frotta les mains.

Secouant la tête, il repoussa ses cheveux de son visage d'un geste impatient.

— Non, Logan a dit qu'elle allait bien, mais qu'elle avait besoin de quelques points de suture.

Cal fit un signe de tête en direction de la corde.

— Qu'est-ce que tu vas faire ?

— Je vais faire sortir ce poulain avant que Banner ne meure en essayant de le faire.

En dépit du froid, Nat ne portait plus qu'un t-shirt dont il avait retroussé les manches. Il se savonna les mains, les rinça abondamment, puis les savonna à nouveau. La sueur s'accumula sur son front, et coula sur les côtés de son visage. Ses cheveux étaient humides de transpiration, ses vêtements froissés et tachés. L'épuisement pesait sur ses muscles comme s'il était entraîné par le courant.

Nat fit un nœud coulant avec la corde et attendit la fin de la contraction de la jument. Banner s'était affaiblie, sa tête oscillait, son souffle se faisait plus court après chaque mouvement musculaire. Il inséra sa main, poussant la corde devant lui, puis fit passer la boucle devant ses doigts tandis qu'il appuyait sur les épaisses parois vaginales. La tension était à son comble lorsqu'il plongea complètement ses bras dans la jument et qu'il sentit le bout d'un petit sabot pointu se heurter à sa main.

Une décharge d'énergie se répandit dans son corps. Au moins, le poulain était encore en vie. S'efforçant d'avancer de quelques centimètres, il ravala sa douleur quand une nouvelle contraction arriva, serrant son bras comme dans un étau. Ses os et ses articulations se comprimèrent, la douleur se propageant le long des nerfs de ses doigts jusqu'à son coude. Il se concentra sur le poulain, pas sur la douleur, serra les dents et expira par le nez. La contraction s'arrêta, et Nat avança, parvenant à entourer non pas un, mais deux petits sabots.

Alléluia.

Un sourire féroce se forma sur son visage tandis qu'il tirait sur la corde et ramenait les sabots vers lui. Lorsqu'il se pencha à nouveau en avant, il parvint tout juste à saisir les boulets[1] du poulain.

— Attrape la corde, intima-t-il à Cal.

Ce dernier s'agenouilla derrière lui dans la paille, et il rassembla le mou tandis que Nat resserrait sa prise sur le poulain. Il n'y avait pas de temps à perdre.

— À la prochaine contraction, tire, expliqua Nat.

Il s'appuya contre le flanc de la jument.

— Maintenant !

Nat sentit les muscles de l'animal exercer une pression sur son bras. Cal et lui tirèrent aussi fort qu'ils le pouvaient le temps de la contraction. La jument donnait des coups de pied inutiles, manifestement en souffrance, mais trop faible pour se battre.

Le poulain s'était déplacé vers eux.

Il sentit plutôt qu'il n'entendit quelqu'un se glisser dans les écuries et parcourir l'allée centrale en direction de la stalle. Des odeurs âcres de cheval et de sueur imprégnaient l'air. Le vent faisait bruisser les branches maigres des trembles de la forêt voisine, si fort qu'elles s'entrechoquaient.

— Sas ? s'écria Nat.

Il avait désespérément besoin d'une aide médicale.

— Non, dit Eliza Reed. C'est moi.

Nat regarda par-dessus son épaule et la vit jeter un coup d'œil incertain par-dessus la demi-porte. Cette femme était capable de se méfier d'un verre d'eau. Il reporta son attention sur la jument. Il n'avait pas le temps de jouer les guides en ce moment. Banner et son poulain étaient en train de mourir.

Cal appuya ses genoux sur le sol tandis que Nat se préparait à la prochaine contraction. La tête de Banner était immobile contre le foin frais, sa respiration ne formant plus qu'un mince filet de vapeur qui s'échappait de ses naseaux.

---

1. *NdT* : Articulation de la cheville du cheval.

— Que se passe-t-il ? Où est le vétérinaire ?

La voix d'Eliza Reed monta d'un ton accusateur, donnant une tournure dure à son accent irlandais.

— Le poulain est coincé, expliqua Nat, caressant le pelage de la jument de sa main libre. Le vétérinaire est occupé.

Il se concentra sur l'animal qui luttait. Il aurait parié à cent contre un que le vétérinaire serait venu en aide à quelqu'un comme Mlle Eliza Reed.

— Comment ça, le vétérinaire est occupé ? s'indigna-t-elle d'une voix hautaine.

— Trop occupé pour des gens comme nous, répondit Nat sans lever les yeux. C'est ce que je veux dire.

C'était une véritable honte. Banner était l'une des plus belles juments qu'il ait jamais connues. D'un tempérament calme, mais courageuse. Elle avait des origines égyptiennes pures et valait des milliers de dollars, mais même cela n'avait plus d'importance. Il voulait simplement que cette magnifique créature et son poulain vivent.

Une autre contraction arriva.

— Allez, Banner ! la pressa Nat.

Cal et lui tirèrent de toutes leurs forces, et le poulain se déplaça à nouveau vers eux. Les dents du jeune homme claquèrent sous l'effet de la colère. Il avait été témoin de tant de souffrances et de morts au cours des dernières années qu'il en était écœuré. *Je vous en prie, mon Dieu, épargnez la jument.*

— Allez, ma fille.

Elle allait mourir. Elle allait mourir parce que leur foutu voisin texan nourrissait le désir tordu de les forcer à partir.

Eliza Reed se glissa dans le box, les contourna et alla s'agenouiller près de la tête de Banner.

Cal et Nat se préparèrent à un nouvel effort. Banner commençait à perdre conscience, sa tête restait immobile ; ses flancs se relâchèrent.

Eliza posa une main sur la grande joue de la jument, doucement, comme si elle avait peur de la toucher.

— Puis-je vous aider ?

Son regard vert lumineux s'arrêta sur celui de Nat. Ce dernier se détourna, mais il fut attiré à nouveau, à contrecœur. Il y avait quelque chose de terriblement vulnérable dans la détermination farouche qu'il voyait en elle. Une chose qu'il ne voulait pas reconnaître.

— Seulement si vous croyez aux miracles, répondit-il.

La lumière dans le regard d'Eliza s'éteignit. Elle secoua la tête.

Banner cessa de respirer pendant une seconde. Le ventre de Nat se noua si fort qu'il avait l'impression d'avoir un serpent enroulé dans les entrailles.

— Allez, ma fille, cria Nat. ALLEZ !

Ils n'avaient plus de temps. Il fallait sortir le poulain de là. Cal prit un seau d'eau froide et en arrosa le dos de la jument. Elle sursauta et une autre contraction arriva. Nat tira sur la corde de toutes ses forces, ses tendons s'étirant et les muscles se gonflant sous l'effet de l'effort. Eliza le rejoignit, s'accrochant à la corde, respirant par à-coups derrière lui.

Le poulain était bien coincé. La jument frémit violemment, puis s'immobilisa.

— Non !

Le mugissement de Nat résonna dans les écuries, mais la jument ne bougea pas. Il baissa la tête, luttant contre le sentiment de défaite qui menaçait de le submerger.

La jument gisait immobile, les flancs inertes, le souffle éteint.

Morte.

Banner était *morte.*

Ils avaient eu besoin d'un miracle, mais il ne s'était pas produit.

Eliza Reed le regardait, les yeux écarquillés, à genoux dans la paille humide.

Nat serrait les dents si fort qu'elles auraient pu fusionner. Il déglutit. Il était trop tard. Banner était morte. Engourdi intérieurement, il sortit son couteau de chasse, dont la lame de quinze centimètres de long était aussi tranchante qu'un scalpel.

— Que faites-vous ? lui demanda la jeune femme.

S'agenouillant à côté de la jument, il posa la main sur son flanc chaud, prononça une prière silencieuse pour demander pardon, et coupa. Il plongea la lame en profondeur. Suffisamment pour exposer les entrailles de l'animal.

En dépit de la mort, les muscles se contractèrent violemment sous l'action du couteau. Ils se rétractèrent comme du plastique chauffé sur les bords. Nat ignora les spasmes et coupa rapidement, prenant soin de ne pas blesser le poulain. Enfin, dans le bruit causé par l'écoulement du liquide amniotique, il parvint à extirper l'animal.

Il ne respirait pas.

— Merde !

Il était vaguement conscient que Cal et Eliza le regardaient bouche bée, avec des expressions d'horreur et de dégoût, mais il s'en fichait. Le sang imprégnait le sol comme ses vêtements.

Nat jura à nouveau, puis nettoya le mucus des naseaux du nouveau-né. Il plaqua sa main gauche sur la bouche et la narine inférieure et souffla un grand coup par la narine supérieure, envoyant de l'air en profondeur dans les poumons du petit animal.

Rien.

Il s'essuya la bouche, pria, et recommença, puis encore, comprimant les petites côtes d'une solide poussée... un, deux, trois fois. Le poulain toussa, eut un haut-le-cœur, et ouvrit les yeux.

Nat n'en revenait pas.

Bordel de merde ! Il l'avait fait. Les muscles de son cou étaient si tendus que ses tendons semblaient sur le point de se rompre et son cœur battait la chamade comme un marathonien sur la dernière ligne droite. Bouleversé, il fixa du regard la minuscule créature qui commençait à respirer par elle-même. Le corps agité de tremblements, les mains presque paralysées, Nat comprit qu'il avait sauvé le poulain. Plaquant une main sur sa bouche, il trébucha jusqu'au coin du box où il vomit.

Des larmes roulèrent sur ses joues, sans retenue ; ses émotions étaient à vif et exposées. S'essuyant la bouche, il regarda le poulain par-dessus son épaule. Il était d'un noir pur, sans une once de couleur sur son pelage sombre comme la nuit. Son profil était parfaitement incurvé, ses yeux immenses et humides, et ses naseaux larges s'ouvraient à chaque respiration.

Nat ne pouvait pas bouger, il n'arrivait même pas à tendre la main pour toucher le nouveau-né. Le poulain essaya de se mettre debout, ses quatre pattes délicates vacillant sous lui comme des brindilles dans le vent. Cal se pencha pour libérer l'animal de la corde, puis il le frotta avec de la paille fraîche afin de le débarrasser du mucus humide et du sang.

— Vous l'avez sauvé, dit Eliza Reed, la voix réduite à un murmure rauque dans l'ombre.

Le soulagement le submergea. Puis un chagrin brut s'installa quand il regarda la jument. Sa bouche s'assécha lorsqu'il croisa le regard d'Eliza, dont les yeux verts étaient immenses et brillants de larmes. Ses propres yeux se mirent à le brûler à nouveau, mais il s'obligea à se remettre au travail. Il devait nettoyer Banner et nourrir le poulain.

—Hé !

Des cris résonnèrent dans les écuries.

Une porte claqua tandis que des pas se rapprochaient.

—Nat ?

La voix grave de Logan surgit dans l'obscurité.

— Tu es là ?

— Par ici ! s'obligea à répondre Nat, en dépit du tremblement de ses cordes vocales.

Sas se précipita dans l'allée, emmitouflée dans une épaisse doudoune, portant sa trousse de médecin noire.

— Est-ce qu'elle va bien ? s'enquit-elle, puis elle s'arrêta brusquement, ouvrant des yeux immenses en regardant le poulain. Il est magnifique. Oh, Nat ! Il est magnifique !

C'est alors qu'elle aperçut la jument, gisant à côté de son frère, le ventre ouvert.

— Doux Jésus !

Nat s'approcha de la tête de la jument, et lui toucha la joue.

— Elle n'a pas survécu.

Le chagrin s'abattit sur lui comme une pluie d'orage… ce qui était idiot, parce que ce n'était qu'un cheval. Mais elle avait été belle, et n'avait pas mérité de mourir ainsi, dans la douleur et le désespoir. Aucun animal ne méritait ça. Il était un éleveur et un photographe animalier, il connaissait les vicissitudes de mère Nature mieux que quiconque, mais rien ne l'avait préparé à de telles souffrances inutiles.

Un vétérinaire aurait pu la sauver.

Le poulain le poussa avec ses lèvres veloutées et Nat regarda dans les yeux noirs de la minuscule créature. Ce petit bonhomme avait faim, et il se demandait où était sa mère. Il fallait qu'il lui trouve rapidement une mère de substitution, sans quoi il allait devoir passer des mois à le nourrir au biberon.

La porte de l'écurie claqua et Nat fut surpris de la soudaine déception qu'il éprouva quand il constata qu'Eliza Reed avait quitté le bâtiment.

Haussant les épaules, il se tourna et observa Logan qui examinait le poulain. Il coupa le cordon ombilical d'un coup sec, puis vérifia le rythme cardiaque en appliquant la paume de sa main sur son thorax.

— J'ai dû le réanimer, l'informa Nat d'une voix bourrue, la gorge serrée par l'angoisse.

— Il m'a l'air bien en forme. Je vais lui faire quelques injections, juste au cas où.

Le grand éleveur couvrit le minuscule animal d'une couverture pour le garder au chaud.

— Tu as une jument en vue ?

Nat hocha la tête, et espéra de toutes ses forces que la jument accepterait un deuxième poulain.

— Je suis tombée sur Logan à la fin de ma garde, expliqua Sarah. Il m'a dit que Banner avait des problèmes, et que le vétérinaire ne pouvait pas venir.

Nat confirma d'un hochement de tête. Faire preuve d'amertume ne lui servirait à rien, mais il ne pouvait pas laisser passer.

— Je m'en souviendrai si jamais je croise cette ordure dans un accident de la route, gronda Sarah à voix basse.

Sas avait beau avoir l'air minuscule et gentille, elle était aussi insolente qu'eux tous. Elle alla se placer à côté du poulain, caressa son museau noir et curieux et étreignit légèrement Cal avec son autre bras.

— Comment vas-tu l'appeler ? s'enquit Logan d'un ton doux.

Ce soir aurait dû être un moment de réjouissance, mais la mort et les épreuves gâchaient tout. Nat ne dit rien pendant un moment. Il y avait encore du travail et il aurait de la chance s'il voyait son lit avant l'aube.

— Rédemption, répondit Nat en observant la délicate silhouette noire. Red, pour faire court.

— Il a tout l'air d'un Red à mes yeux, confirma Cal, gardant un bras serré autour de la taille de Sarah.

— C'est un fardeau terriblement lourd à poser sur de si petites épaules, intervint cette dernière, caressant doucement le museau frémissant du poulain.

Logan se leva et s'approcha de Nat, puis il lui donna une tape dans le dos.

— Il deviendra costaud. Ce sera un champion, comme son père.

Nat ne dit rien, mais pria en silence pour que Logan ait raison.

Il espérait que cela suffirait.

DES LARMES COULAIENT sur les joues de la jeune femme, de grands rubans d'émotion qui ruisselaient comme de la pluie, et gouttaient de son menton. Elle n'avait jamais assisté à une naissance ni été confrontée à la mort. Jamais été témoin de ce moment pur où toutes les promesses et les attentes se cristallisent en quelque chose d'aussi merveilleux qu'un poulain nouveau-né. Ou connu le vide angoissant de l'impuissance lorsque la vie s'arrêtait. Elle sortit de l'écurie en titubant, à peine capable de voir où elle allait. Elle avait du mal à respirer, à faire passer l'air dans sa gorge nouée tandis qu'elle essayait de maîtriser ses sanglots. À tâtons, elle tendit la main et vit une clôture se profiler dans l'obscurité.

L'enclos d'entraînement.

Elle avait vu la violence et le mal, la cruauté et la corruption. Mais il y avait plus de force dans cet unique moment de la naissance que dans tout ce dont elle avait été témoin au cours de sa carrière au sein du FBI. Une puissance si énorme qu'elle en était sidérante. Une leçon d'humilité, déchirante et réelle.

Elle grimpa les barres et s'assit à califourchon sur celle du haut, se laissant étreindre par la solitude, pleurant à chaudes larmes en regardant les étoiles sans les voir.

Au début, elle avait adoré travailler sous couverture, avant que cela n'aspire son âme, la laissant aussi vide qu'un acteur dans une pièce de théâtre sans fin. Une grande aventure pour une fille solitaire qui avait trop d'argent et pas grand-chose d'autre. Elle saisit la barre supérieure à deux mains, serrant le bois aussi fort qu'elle le pouvait. Elle avait vécu une enfance ennuyeuse et solitaire, fréquentant les meilleures écoles privées, ne rendant visite à sa tante en Amérique que pour les grandes vacances. L'argent n'était qu'un piètre substitut à l'amitié, à une vie sans famille aimante.

L'agent spécial Marshall Hayes l'avait approchée lors d'un de ses voyages à Boston. Elle essuya les larmes qui coulaient sur ses joues. Sa mère et sa tante avaient joué les entremetteuses, cherchant sans doute à consolider la fortune familiale. Il était beau, excitant. Un véritable agent du FBI.

Et il l'avait poursuivie jusqu'au bout. Il l'avait coincée dans son bureau chez lui, et lui avait montré le site web de recrutement du FBI. Avec sa double nationalité américaine et britannique, et sa maîtrise en histoire de l'art, elle avait le profil idéal pour son équipe. Il l'avait voulue. Elle n'avait eu qu'à réussir l'entraînement de base.

Elle sortit un mouchoir de sa poche et se moucha. Elle s'était démenée pour suivre la formation de nouvel agent à l'académie du FBI à Quantico. Elle s'était réjouie de ce défi, elle avait adoré l'excitation et la sensation de danger, elle avait attendu avec impatience de pouvoir enfin prouver sa valeur au-delà de son compte en banque.

Mais ce qu'elle avait découvert, c'était que, sur la balance de la justice, sa valeur ne comptait guère.

La vie était nulle. Ensuite, on mourait.

Un loup hurla dans les collines. Le son se répercuta sur les dépendances et résonna dans la cour. Un son solitaire et funèbre qui semblait tout à fait approprié.

Elle avait parcouru le ranch, inspecté les dépendances et les points d'observation depuis les arbres. Elle avait même mis au point une couverture avant de se rendre compte que ces gens se ficheraient de la voir fureter et explorer les lieux. Ils n'avaient rien à cacher. Ils croiraient simplement qu'elle était une simple fouineuse à l'ancienne.

Elle se frotta les cuisses pour lutter contre le froid, alors que la solitude l'envahissait et lui faisait songer aux choses qu'elle n'avait pas, qu'elle ne pouvait pas avoir, comme une famille. Elle avait quelques amis, mais aucun vers lequel elle pouvait se tourner maintenant. Impliquer quelqu'un d'autre dans sa vie était trop dangereux.

Josie était relativement en sécurité tant qu'elle restait en retrait, et elle savait se débrouiller dans la rue.

Avec les manches de sa veste, Elizabeth essuya les larmes qui coulaient sur ses joues. Marsh, Dancer et toute la bande de la division des contrefaçons et des beaux-arts lui manquaient. Mais elle ne pouvait pas aller les voir. Marsh l'avait prévenue de ne pas s'impliquer dans l'enquête de l'unité de lutte contre le crime organisé et de se tenir à l'écart de DeLattio. Elle n'avait pas tenu compte de ses conseils, et elle avait poursuivi. Elle avait cru pouvoir gérer. Elle s'était crue intelligente.

Elle accrocha une mèche de cheveux derrière son oreille. C'était son problème, son chaos, et elle le réglerait.

Un bruit derrière elle la surprit. Elle se laissa tomber de la barre supérieure dans le sable mou de l'enclos d'entraînement. Sa main glissa vers le holster d'épaule qu'elle avait recommencé à porter, caché sous sa veste.

— Désolé, lui dit Nat Sullivan dans l'obscurité. Je ne voulais pas vous surprendre.

— Non, non, ce n'est rien.

Elizabeth retira sa main de son arme. Cet homme la rendait nerveuse, mais elle n'avait pas peur de lui. Ces derniers temps, la plupart des hommes la rendaient nerveuse.

— Désolée, lui dit-elle, s'essuyant à nouveau les yeux, gênée d'être surprise en train de pleurer. Je n'ai jamais rien vu de tel auparavant.

Elle s'interrompit, cherchant les mots adéquats pour tenter de dissimuler ses émotions.

— Je n'avais jamais rien vu naître avant.

— Eh bien, répondit Nat, la voix troublée, je ne suis pas sûr qu'il soit né... il a plutôt été arraché au ventre de sa mère.

Il se tenait à un mètre d'elle, la regardant à travers l'espace entre la barre supérieure et celle d'en dessous, trempé de sang, sale et débraillé, en manches de chemise par une nuit glaciale.

Il ne tremblait même pas. Il ne semblait pas ressentir le froid.

Elle enroula ses bras autour de son corps ; elle aurait voulu avoir au moins une fraction de sa chaleur. Il se tenait résolument immobile, mais elle sentait son énergie vibrer dans l'air. Ses yeux brillaient de sombres émotions : l'épuisement, la frustration, le chagrin.

Elle comprenait le côté sombre de la vie, la nature de la culpabilité.

— Il serait mort si vous ne l'aviez pas sorti, dit-elle d'une voix douce.

Par respect pour les morts.

— Oui, sans doute, acquiesça-t-il.

Il posa les mains sur la barrière en bois qui les séparait, et il se pencha plus près.

— Merci pour votre aide.

— Je n'ai pas fait grand-chose de bien.

Elizabeth déglutit et sentit les larmes monter à nouveau. Elle avait envie de serrer ses mains chaudes et habiles. Il y avait des jours où elle avait besoin de se protéger, de s'isoler du moindre contact, et d'autres, comme ce jour-là, où elle avait si désespérément envie d'être étreinte que c'en était douloureux.

Elle ne bougea pas.

— Je suis désolée pour la jument, parvint-elle à articuler.

Il hocha la tête, la bouche crispée.

— Moi aussi.

Se détournant à moitié, il hésita et baissa les yeux vers le sol. Puis il pencha la tête pour la regarder.

— Votre accent... D'où avez-vous dit que vous veniez ?

Prise de court, elle inspira brusquement.

— Je ne l'ai pas dit, répondit-elle, trop brusquement, trop durement. Je veux dire que la réponse n'est pas simple.

Elle venait de partout et de nulle part. Il lui faudrait une vie entière pour l'expliquer.

Il acquiesça, souriant comme si elle avait dit quelque chose d'amusant.

— Il est très beau... d'où qu'il vienne.

La surprise la fit sursauter. Il retourna vers les écuries et, alors qu'elle le regardait s'éloigner, la brise le suivit, comme si sa compagnie lui manquait déjà. Le vent balaya ses cheveux sur ses joues et secoua les branches des arbres derrière elle.

Elle frissonna alors que la nuit se refermait autour d'elle, se pressant contre elle comme une couverture humide. Elle voulait suivre Nat dans les écuries, s'imprégner de sa chaleur et découvrir ce qui se cachait vraiment derrière ses yeux d'un bleu vif.

Mais elle n'en avait pas le courage.

Le loup hurla à nouveau, perdu et solitaire. Un autre loup lui répondit, puis un autre, et un autre. Les cris sinistres prirent de l'ampleur et résonnèrent entre les arbres, dans les fossés et les vallées, à travers les grands espaces.

Elle enjamba la clôture, gardant un œil attentif sur la forêt sombre tandis qu'elle regagnait sa cabane. Touchant le Glock dans le holster sous sa veste, elle se rappela qu'elle était en sécurité pour l'instant. Les animaux sauvages ne lui feraient pas de mal, mais ce n'étaient pas eux qui l'inquiétaient.

Dix minutes plus tard, elle se blottit dans le grand lit du

cottage, vêtue d'un t-shirt des *British & Irish Lions* qui lui arrivait presque aux genoux. Elle glissa une main sous son oreiller, à un centimètre de son Glock, alors qu'elle essayait de s'endormir.

Le visage de Nat Sullivan surgit dans son esprit, ses yeux brillants, et son petit sourire qui la réchauffaient de l'intérieur. Elle avait tant envie de le toucher qu'elle tendit la main, mais elle la laissa retomber sur les draps frais. Elle s'endormit et rêva. Le poulain gambadait, les yeux de la jument étaient remplis de douleur, mais résignés. Ils acceptaient la mort.

Soudain, Eliza se mit à courir vite, les poumons sur le point d'exploser sous le coup de l'effort, le corps trempé de sueur, trébuchant, incapable de voir à travers le brouillard qui couvrait le sol. Elle ne le voyait pas, mais il était proche. Trop proche. Juste sur ses talons. Il la talonnait.

Les ombres se déplacèrent : il était juste devant. Tournant précipitamment, elle se retrouva brusquement au bord d'une falaise. La peur lui serra la gorge alors qu'elle pivotait à nouveau, mais il n'y avait pas d'échappatoire. Il était là. À la limite de l'ombre. Il la regardait. Il essayait de l'atteindre. Des formes se déplacèrent, noires et grises, puis se fondirent en une silhouette malveillante et concrète. Figée, elle regarda un homme se former dans le brouillard.

— Papa ! s'écria-t-elle en tendant les bras vers l'ombre.

Mais l'ombre devint noire et éclata de rire.

Des mains tachées de sang s'agrippèrent à elle ; elle pivota et se jeta du bord de la falaise. Elle cria alors que l'air lui fouettait le visage pendant qu'elle tombait. Elle entendit son rire et cria à nouveau.

Elizabeth se réveilla en sursaut, et son cri résonna dans la cabane. Les draps emmêlés la bloquaient. Elle retomba sur les oreillers, le souffle court, dans la chambre où régnait le froid.

Le feu s'était éteint.

La sueur sur sa peau devint glaciale quand elle se rendit compte où elle se trouvait.

Ce n'était qu'un rêve. Rien qu'un mauvais rêve de plus.

Les yeux irrités et fatigués, elle se pelotonna dans les couvertures et essaya de ne songer à rien. Ni au sang, ni à la mort, ni à la peur ou à la douleur, ni à l'humiliation, ni au viol, et ni à Andrew DeLattio. Mais elle eut beau essayer, son esprit ne cessait de repasser la bande vidéo.

CHAPITRE CINQ

Respirant fort, Elizabeth se pencha en avant et posa ses mains gantées sur ses cuisses à travers son jean. L'air froid qu'elle avalait à grandes goulées lui brûlait les poumons. Le ciel d'un bleu éclatant s'étendait telle une toile au-dessus d'elle, des nuages blancs fragmentés l'éclaboussant comme un tableau d'enfant. Il n'y avait pas de nuages gris sinistres ce jour-là, même si Sarah Sullivan l'avait avertie que cela pouvait changer en un clin d'œil.

Elizabeth avait mal aux yeux. Elle n'avait pas beaucoup dormi la nuit précédente, ce qui n'avait rien d'inhabituel. Quand elle s'étira, ses muscles se relâchèrent et s'assouplirent. Elle posa les mains sur ses hanches et regarda les alentours. Les montagnes se dressaient devant elle, masses de granit recouvertes de neige qui semblaient aussi hostiles que du verre brisé. L'endroit paraissait hostile près du sommet de ces pics acérés. Des étendues de conifères verdoyants s'étiraient sur les flancs de la montagne, coupés brusquement par la limite des arbres. Les pins, les sapins, les mélèzes et les trembles se mélangeaient lentement de l'autre côté de la prairie, rompant la monotonie du paysage.

Elle n'avait pas besoin d'aller beaucoup plus loin.

Alors qu'elle traversait la prairie, elle fut reconnaissante à Sarah de lui avoir donné des raquettes, qui lui permettaient de marcher plus facilement dans la neige. Elle suivit un chemin entre les arbres et baissa les yeux vers le sous-bois où elle distingua des traces d'animaux sauvages qui sillonnaient la neige. Reconnaissant des traces d'oiseaux et de lapins, elle repéra des empreintes bien plus larges qui ne pouvaient appartenir qu'à un puma, et elle pria pour qu'il n'ait pas faim.

Nerveuse, elle sortit sa carabine Marlin 30-30 de sa mallette et introduisit des cartouches dans le chargeur tubulaire qui se trouvait sous la longueur du canon. Elle chargea une balle et en inséra une dans le chargeur. La petite carabine à levier était compacte, facile à transporter et très puissante à courte distance. Elizabeth laissa le chien à moitié armé, le canon pointé vers le sol, et continua à marcher, faisant de grands pas dans ses chaussures encombrantes.

Elle atteignit une petite clairière au pied d'une colline très boisée. Cela suffirait pour son objectif. Elle s'arrêta, se débarrassa de son sac et posa soigneusement le fusil contre une souche d'arbre à moitié pourrie. Elle sortit des ballons aux couleurs vives de son sac à dos et entreprit de les gonfler jusqu'à ce qu'ils atteignent la taille d'un ballon de football. Elle attacha chacun d'eux avec de longs morceaux de ficelle, heureuse qu'il n'y ait pas de vent pour les disperser dans la clairière. Les ballons paraissaient choquants sur le fond blanc, contre nature dans cette contrée sauvage et immaculée. Elle s'arrêta pour reprendre son souffle, regardant le fourré environnant avec méfiance.

Satisfaite de ses cibles, elle rassembla les ficelles, sortit un pistolet à agrafes de son sac et marcha cent mètres plus loin sur la pente douce.

La neige glissa sur le dessus de ses bottes, mais les chaussettes épaisses qu'elle portait la protégeaient de l'humidité. Après cette balade du premier jour dans la tempête de neige avec Nat, elle s'était juré de ne plus jamais quitter la chaleur de la cabane. Mais ne rien faire lui avait donné le temps de réfléchir, et c'était la dernière chose qu'elle voulait. Elle préférait se geler.

Elizabeth arriva à un pin abattu près de la lisière de la forêt. Elle retira ses gants avec les dents et les laissa tomber dans la neige à ses pieds. D'un geste rapide et efficace, elle agrafa les ballons cibles le long du tronc de l'arbre. Ils s'agitèrent doucement en une longue ligne festive qui semblait à la fois joyeuse et douce, comme lors d'une fête d'anniversaire.

Elle aurait de la chance si elle vivait un nouvel anniversaire. Mais elle ne mourrait pas seule.

Soufflant un nuage d'haleine glacée, elle adressa un sourire sinistre à ses petits soldats et se dirigea vers son sac, puis se tint debout, s'imprégnant de l'atmosphère de la montagne. Elle n'avait jamais connu une telle sensation auparavant. Même l'air était différent ici, plus vif, plus clair. Le Montana était surnommé le « pays du grand ciel », et, maintenant, Elizabeth savait pourquoi. On était si proche qu'on pouvait presque tendre la main et le toucher.

Le silence était absolu. Tangible.

Les battements de son cœur ralentirent. La tension se relâcha dans ses épaules, libérant son cou de son emprise de fer. Il régnait ici un profond sentiment de solitude qui l'étreignait et la retenait. Qui la reconnaissait pour ce qu'elle était, se fichant de ses défauts, de ses imperfections.

Un aigle planait au-dessus de la vallée, sur de minces courants thermiques, surveillant son royaume de glace, d'arbres et de granit.

Il y avait une certaine puissance ici, autant dans l'oiseau que dans la terre.

La force sauvage de l'océan l'avait souvent attirée en observant les mers déchaînées par les tempêtes et en voyant la fureur des déferlantes qui s'abattaient sur les rochers. Mais la force qui régnait ici était différente. Elle était plus ancienne, plus digne, comme une paix intérieure. L'épine dorsale du monde, forgée par la chaleur, le temps et la patience. Pour une raison qu'elle ignorait, une image de Nat Sullivan surgit dans son esprit. Il était grand et beau, avec une force sous-jacente.

Quand elle l'avait vu dans l'écurie la veille au soir, au début, elle l'avait à peine reconnu. Il était animé d'une farouche détermination, et elle n'avait pas vu son regard pétiller ni l'humour taquiner sa bouche. Le désespoir l'avait rendu plus incisif.

Assister à la mort de la jument et à la naissance du poulain avait été l'un des moments les plus tristes et les plus poignants de la vie d'Eliza, un tourbillon émotionnel de chagrin et de joie. Il avait fallu du courage à Nat pour arracher le poulain au corps de sa mère encore chaud. Une capacité de décision et d'action.

Un oiseau gazouilla dans un arbre voisin, bondissant avec agilité et excitation de brindilles nues en brindilles nues. Reportant son attention sur son objectif, Elizabeth observa ses cibles. Des ballons de latex alignés dans la neige, attendant de faire la fête. Elle plaça un pied derrière l'autre à un pas de distance, équilibrant son poids sur la pointe de ses pieds. Prenant une respiration apaisante, elle leva la carabine à hauteur de son œil droit et ferma le gauche, jaugeant le mou dans la détente. Elle expira et serra doucement. Le fusil recula et le ballon s'évapora tandis que le coup de feu résonnait dans les collines, brisant le silence.

Nat jura à mi-voix en resserrant les brides de la selle de Winter avant de monter. *Maudits braconniers sur ses terres.* Des braconniers qui se faufilaient dans les montagnes et tuaient tout ce qu'ils voulaient, au mépris de la loi. Au mépris du rythme de la nature.

À cette époque de l'année, il n'y avait rien de saisonnier.

L'esprit de Nat se déchaîna en pensant aux voyous qui laissaient des tas d'ordures dans la nature en signe de mépris. Après la semaine qu'il venait de passer, il était plus que prêt à les affronter.

Des coups de feu retentirent à nouveau au loin.

Il vérifia sa Remington calibre 308 et ses munitions. Il leva les yeux vers les bois... *ses* bois, sa terre, sa montagne.

Pour l'instant...

Ces types étaient trop proches à son goût.

En temps normal, il aurait attendu que Ryan ou Cal le rejoignent, mais ils étaient occupés à déplacer le bétail depuis le pâturage inférieur, près de la rivière, et il ne pouvait pas se permettre d'attendre. Les nuages s'amoncelaient à l'horizon et se déplaçaient rapidement. D'autres chutes de neige étaient à prévoir.

Il donna un coup de pied à Winter et ils partirent au galop. Nat plissa les yeux, comme s'il pouvait voir au-delà des arbres par la simple volonté. Ses loups se trouvaient dans ces collines. Ils utilisaient cette partie de la montagne pour s'abriter et élever leurs petits chaque printemps.

Dans ces contrées, les gens tenaient les loups en aussi bonne estime que les tueurs en série et il arrivait qu'une meute tue un bœuf malade, mais la plupart des bovins étaient trop grands et trop forts pour être attaqués par ces créatures insaisissables. Son père avait été un amoureux de la nature, et il avait très tôt reconnu la menace que représentaient les hommes pour les prédateurs naturels qui vivaient dans les parcs alentour. Nat n'avait jamais chassé ces animaux qu'avec son appareil, et il avait passé des années à photographier cette meute en particulier.

Encourageant Winter avec ses talons, il chevaucha plus vite, remontant la pente douce du pré, les rênes enroulées autour du pommeau de la selle. Son cheval se déplaçait sans qu'il ne lui donne d'instructions.

Winter était un Morgan, la plus ancienne race américaine et, du haut de ses seize mains[1], il était plus grand que la moyenne. Ses courtes oreilles dressées étaient tournées en direction des coups de feu, sa tête fine et intelligente était en alerte. Ses jambes droites et pures et ses épaules profondément musclées travaillaient sans relâche pour se frayer un chemin dans l'épaisse couche de neige.

Ils se rapprochaient du tireur maintenant. Nat sentait l'odeur de la poudre à canon dans l'air pur des montagnes. Il s'avança prudemment, en restant bien en retrait de la direction des tirs. Il fronça les sourcils quand il examina le sol et remarqua les traces de pas d'une seule personne. À moins que quelqu'un d'autre ne couvre la zone, il n'y avait qu'un seul chasseur à affronter.

Nat sourit et encouragea Winter à poursuivre. *Un seul ne posera pas de problème.*

Le cheval se fraya un chemin dans la neige épaisse en émettant à peine un son. Nat estima que le tireur devait se trouver à une centaine de mètres, derrière un bouquet d'arbres. Il descendit du dos de Winter et laissa le cheval en liberté dans la clairière.

Prudemment, Nat s'avança, veillant à ne pas marcher sur des branches enterrées qui le feraient trébucher, ou bien craqueraient et trahiraient sa présence.

Il s'accroupit et maintint le tronc épais d'un sapin de

---

1. *NdT :* La taille d'un cheval se mesure traditionnellement en mains.

Douglas entre le tireur et lui. Il ne voulait pas finir empaillé sur la cheminée de quelqu'un.

S'appuyant sur le tronc, il jeta un coup d'œil prudent derrière l'arbre et sursauta de surprise en apercevant Mlle Eliza Reed, informaticienne new-yorkaise, en train de tirer sur des cibles.

Elle ne se cachait pas vraiment, elle se tenait plutôt bien en vue. Nat comprit à la fermeté de sa posture et à l'assurance de son maintien qu'elle savait ce qu'elle faisait.

Oh, bordel !

Au moins, ce n'était pas un braconnier.

Grâce à la vieille lunette Redfield 3-9 de son fusil, il surveilla la progression de la jeune femme. Elle touchait chaque ballon dans le mille, encore et encore. Malgré lui, Nat était impressionné. C'était une bonne tireuse pour une informaticienne.

Nat abaissa son fusil et se tint silencieusement à l'abri des arbres en la regardant mettre la Marlin à l'épreuve. Il y avait une fluidité mécanique dans ses mouvements, un certain rythme dans sa façon de tirer et de recharger. On aurait dit qu'elle l'avait déjà fait un million de fois. Ses gestes n'étaient pas précipités, et rien n'était forcé.

Il ne lui faisait pas confiance. Il savait qu'elle cachait quelque chose sous cet extérieur de porcelaine. Regardant à travers sa lunette, il admira la courbe de sa joue, la légère tension dans ses lèvres sur le côté quand elle se concentrait sur un tir.

Il avait bien envie de goûter ces lèvres...

Bon sang !

Ce n'était pas parce qu'il avait trouvé la femme qu'il aimait au lit avec un barman quelques heures seulement après être parti rendre visite à son père mourant qu'il avait renoncé au sexe. *Bon sang, non !* Ce n'était pas parce qu'il avait été idiot une fois qu'il n'appréciait pas de temps en temps ce que les femmes

avaient à offrir. Même si Elizabeth Reed n'offrait rien. Contrairement à la femme de Troy Strange.

Cela n'avait-il pas été amusant ? Il appuya son front contre le
tronc de l'arbre et esquissa une grimace.

Marlena. Cette maudite femme devait être la raison pour
laquelle Troy Strange leur mettait la pression. Qu'avait-elle bien
pu raconter à son mari à son sujet ?

Une femme bafouée.

Quelques semaines plus tôt, il était allé en ville pour s'ap-
provisionner, et il s'était arrêté au *Screw Loose* pour boire un
verre sur le chemin du retour. Il avait croisé Marlena sur le
parking. Elle lui avait demandé de la raccompagner, car sa
Porsche ne démarrait pas. Il n'avait pas besoin de faire un
détour, et même si cela avait été le cas, il n'y avait personne au
monde qu'il aurait hésité à raccompagner. À l'exception de cette
femme. Elle était mince comme un mannequin, et d'une beauté
frappante, mais il ne l'aimait pas. Il ne lui faisait pas confiance,
il ne l'appréciait pas. Mais ses bonnes manières bien ancrées
l'avaient poussé à répondre « bien sûr » avant que le mot
« non » ne franchisse ses stupides lèvres.

Elle s'était jetée sur sa fermeture éclair à huit kilomètres
des grilles ouvragées du ranch de Strange. Nat avait failli
percuter un poteau électrique avec son camion. Le temps qu'il
se gare, elle l'avait mis dans sa bouche, et il avait failli jouir
sur place. L'infime partie de son cerveau qui n'avait pas été
dans la bouche de cette femme s'était demandé à quoi elle
jouait.

Mais son corps s'en fichait. Le simple fait d'y penser l'exci-
tait, et il remua, mal à l'aise, à ce souvenir. Cela faisait longtemps qu'il n'avait pas été avec une femme, et encore plus qu'il
n'avait pas eu le droit à une fellation. Pendant les premières
secondes, son corps avait fait la roue, mais même son cerveau
embrouillé avait compris que c'était mal. Alors que son corps

réclamait sa libération, il n'avait pas pu le faire. C'était une femme mariée et il ne l'appréciait pas.

Retirer sa bouche torride et ses griffes manucurées de son sexe avait été une opération dangereuse, et il avait été fier d'avoir réussi à le faire.

Mais son rejet avait énervé Marlena.

Il l'avait forcée à sortir du camion pendant qu'elle criait et bafouillait, puis il s'était tiré de là, l'abandonnant sur le bord de la route. Il aurait dû savoir qu'elle lui causerait des problèmes. Peut-être aurait-il dû coucher avec elle, comme tous les autres types en ville. Il cligna des yeux quand le bruit d'un autre coup de feu résonna entre les pics de granit.

Une idée lui vint alors à l'esprit. C'était fou, et elle allait probablement lui tirer dessus, mais, à cet instant, il était prêt à tenter sa chance. Lentement, il sortit de sa cachette et se déplaça silencieusement dans la neige épaisse. Il compta les sept tirs suivants. Se dit que la carabine devait être vide. Il se plaça à environ un mètre derrière elle et attendit qu'elle abaisse son arme pour la recharger.

— Bonjour, m'dame.

Il inclina son chapeau et sourit en la voyant bondir de surprise, puis faire pivoter son arme et la pointer droit sur son cœur.

— Bon sang ! s'écria-t-elle, les yeux brillants. Vous m'avez flanqué la trouille, vous êtes fou…

Nat gardait un œil vigilant sur le fusil. *Il devrait être vide, mais on n'est jamais sûr de rien.*

— Vous ne m'avez pas entendu arriver ?

Il se gratta le menton et modula son accent, ajoutant une touche de cow-boy.

L'air passablement énervé, Elizabeth Reed plissa les yeux. Manifestement, elle voyait clair dans son jeu. Cette femme était vraiment belle, même quand elle était furieuse.

— J'aurais pu vous tirer dessus, espèce d'*idiot*.

Nat souleva son chapeau et se passa une main dans les cheveux avant de le remettre fermement en place.

— Au train où vont les choses, dit-il en faisant un signe de tête vers le fusil toujours pointé sur son cœur, je me dis que vous pourriez encore le faire.

Elizabeth abaissa le fusil avec un ricanement. Elle aurait pu facilement tirer sur le cow-boy. Il n'aurait plus manqué que cela. Il avait failli lui faire avoir une crise cardiaque en s'approchant d'elle comme ça. Comme si elle n'était pas suffisamment effrayée par la faune et la flore et par le contrat à sept chiffres sur sa tête.

Elle enroula ses doigts autour de la crosse et du canon, et tint le fusil mollement devant elle. Elle n'avait pas peur de lui, pas *de cette façon*, et cela l'effrayait. Mais elle était déterminée à ne pas regarder tous les hommes du point de vue de la victime. Comme si elle n'en était pas déjà une, entre les cauchemars et l'insomnie.

Nat plissa les yeux vers elle, ses yeux bleu nuit presque noirs dans l'ombre de son chapeau de cow-boy couleur cendre.

— Ne me dites pas… C'est encore cette histoire d'ours, n'est-ce pas ?

Elle se surprit à sourire, elle sentit des bulles de rire s'échapper de sa bouche. Elle avait gardé ses émotions verrouillées pendant si longtemps qu'elle ne savait plus comment gérer des choses simples comme le rire ou la joie.

Son rythme cardiaque commença à revenir à la normale, et la montée d'adrénaline s'estompa. Elle n'avait rien entendu avant qu'il ne s'annonce. Même dans la neige épaisse. Voilà qui était effrayant.

— Comment va le poulain ? s'enquit-elle, remarquant les traces de fatigue sur le visage de Nat.

Ses ecchymoses s'atténuaient, mais il avait quand même l'air fatigué.

Nat fit basculer son chapeau sur l'arrière de sa tête, puis il posa les mains sur ses hanches.

— Heureusement, une jeune jument Morab[2] l'a pris sous son aile. Elle a un tempérament doux et l'a accepté assez facilement une fois que nous l'avons parfumé avec son lait. C'est une vraie bénédiction. L'un des ouvriers agricoles a passé la nuit à veiller pour s'assurer qu'elle ne le rejetait pas, mais, pour l'instant, tout va bien.

Il haussa les épaules, sourit, puis leva les yeux vers le ciel. Eliza suivit son regard et remarqua pour la première fois que des nuages étaient apparus sur un fond gris métallique.

— C'est vraiment triste pour la jument, ajouta-t-elle, et Nat hocha la tête en détournant le regard.

Quelque chose s'agita dans les buissons, et elle rechargea aussitôt son arme. Un lièvre d'Amérique surgit, indifférent à leur présence, creusant la neige à la recherche de quelque chose à manger. Elizabeth se retourna vers Nat et constata qu'il la regardait.

Elle frissonna, mais pas de froid. Il y avait quelque chose chez Nat Sullivan, avec ses longues jambes robustes et ses larges épaules, qui faisait frémir ses nerfs. Sans parler de ses yeux bleu saphir qui scintillaient d'une lueur d'amusement mêlée à quelque chose d'autre qu'elle n'arrivait pas à déchiffrer.

— Puis-je me permettre de vous demander où vous avez appris à tirer comme ça ? s'enquit Nat, posant le regard derrière elle, sur les ballons qui se trouvaient contre le pin.

Cela la dérangeait, mais elle répondit quand même.

---

2. *NdT* : Croisement entre Morgan et arabe.

— Club de tir.

En dépit de son sourire facile et de ses manières charmantes, Nat Sullivan n'était pas aussi *rustique* qu'il voulait le lui faire croire. Ses lasers bleus ne rataient rien, même s'il était trop poli pour faire des commentaires.

— Pourquoi ? demanda Nat.

Peut-être n'était-il pas si poli.

Elizabeth lui jeta un regard noir, agacée par ses questions qui l'obligeaient à mentir.

— Parce que je le voulais.

Elle se montrait de nouveau impolie, mais cela ne sembla pas le déranger. Il afficha un sourire amusé et changea de sujet.

— Que diriez-vous d'un pari ? lui proposa-t-il.

Elizabeth leva un regard méfiant vers lui.

— Quel genre de pari ?

— Un dollar, répondit Nat, dont le sourire s'élargit. On recule encore de cinquante mètres et on fait un match au meilleur des trois tirs.

Elle détestait vraiment son sourire. Il l'éblouissait comme le soleil du matin.

Une cinquantaine de mètres de plus correspondrait à la limite de la portée de la Marlin. Elle regarda le fusil de Nat et comprit que, s'il était bon, il la battrait à plate couture. Mais les ballons constituaient de grandes cibles. Elle pourrait être en mesure de le battre.

Elizabeth était fichue et elle le savait. Si elle avait bien une faiblesse, et elle en avait beaucoup, c'était son incapacité à reculer devant un défi. Voilà comment elle s'était retrouvée dans ce pétrin au départ.

Elle acquiesça et vit la satisfaction illuminer le visage de Nat. Elle lui tendit la main. Il cracha dans sa paume et la lui serra avant qu'elle puisse l'arrêter.

Beurk !

— C'est comme ça qu'on fait dans les montagnes.

L'étincelle qu'il avait dans les yeux suggérait qu'il avait l'intention de l'ébranler de toutes les façons possibles.

Elizabeth lui confia sa carabine et alla installer d'autres ballons. Elle portait son Glock sous sa veste. En revenant vers lui, elle sourit et sentit la peau se tendre sur ses joues dans l'air froid, mais elle était en pleine forme et elle avait l'intention de lui botter le derrière.

— Comment voulez-vous la jouer, m'dame ? demanda Nat, penchant la tête.

Le « m'dame » commençait à l'irriter. Comme si elle était sa grand-mère ou quelque chose comme ça.

— Vous faites vos trois tirs et je fais les miens, proposa Elizabeth.

Nat secoua la tête et agita la main.

— Les dames d'abord.

— Alors, on alterne les tirs, suggéra Elizabeth qui regarda Nat manier son fusil comme s'il était né avec.

Oh, merde !

Nat hocha la tête.

Elizabeth lui proposa de s'échauffer, mais il refusa. Elle jura à mi-voix. Il arrivait bel et bien à l'atteindre.

Elizabeth prit une bonne minute pour s'installer et s'habituer à la nouvelle distance. Elle recalcula la trajectoire dans sa tête, reprit le contrôle de sa respiration et équilibra son corps. Puis elle tira le premier coup. Le ballon éclata avec un bruit sec et elle se mit en retrait en attendant que Nat prenne son tour.

Il la suivit des yeux. Elle ne laissa rien paraître, s'écartant pour se tenir derrière lui.

Au point de repère, elle le vit enclencher la culasse, porter son arme à sa joue et stabiliser sa respiration. Il cessa de respirer, son corps s'immobilisa, et il tira. La balle traversa le ballon en plein centre et s'écrasa dans la pente derrière les cibles.

Nat s'écarta et ne dit rien. La compétition était lancée.

Elizabeth retourna sur la marque et introduisit une nouvelle cartouche dans la chambre. Son tir suivant rebondit sur le bord du ballon, et cela suffit à le faire éclater. Elle se retourna, déconcertée de voir Nat se tenir juste à côté d'elle, comme une ombre. Surprise, elle recula brusquement, laissant tomber son fusil dans la neige en trébuchant.

Merde.

Nat la rattrapa avec son bras libre avant qu'elle ne touche le sol.

— Je vous tiens, lui dit-il en la stabilisant sur ses pieds.

Son bras s'enroula autour de sa taille et la maintint fermement contre lui. Elle sentait sa chaleur et elle se détesta de la désirer. Des frissons la parcoururent jusqu'aux orteils. Elle se retrouva à fixer les yeux les plus bleus qu'elle ait jamais vus, d'un bleu profond comme l'océan, encadrés par des cils pâles et des sourcils épais.

— Dé... désolée, dit Elizabeth, troublée.

Elle se dégagea de son étreinte, frustrée de l'avoir laissé la déstabiliser. Quand elle n'était pas agacée par lui, elle s'excusait. Ou elle tombait, ou trébuchait, ou dégringolait de quelque part. Elle s'était muée en une véritable empotée, son sang-froid n'étant plus qu'un lointain souvenir.

Il envoya son deuxième tir au milieu du ballon avec moins d'effort qu'il n'en fallait pour lever la tête.

Elizabeth était très consciente de sa présence, tandis qu'il ne semblait même pas vaguement perturbé par elle. Elle ne voulait pas de cette conscience sexuelle, pas avec lui ni avec aucun autre homme.

Feck.

En dépit de l'air glacial, elle déboutonna sa veste.

Il fallait se rendre à l'évidence, Nat Sullivan la perturbait, la mettait sur les nerfs. Elle ne le craignait pas physiquement, c'était sa santé mentale qui l'inquiétait. Elle tenta d'apaiser sa respiration, mais sa concentration était réduite à néant. Elle appuya sur la détente et la balle partit en bas à droite. Le ballon se balança joyeusement, comme pour se moquer d'elle.

Jurant à mi-voix, elle s'écarta pour le laisser tirer une dernière fois. Cette fois-ci, il effleura le ballon, mais il éclata quand même. Elizabeth était persuadée qu'il l'avait fait délibérément, pour qu'elle se sente mieux.

Elle poussa un gros soupir, et même si elle détestait perdre, elle devait bien admettre que c'était un excellent tireur. Elle vérifia que la chambre de son arme était vide et elle se tourna vers Nat.

Il l'observait. L'intelligence illuminait ses yeux qui brillaient de questions et des réponses qu'il avait trouvées.

Ce pari avait été une sorte de test, et Elizabeth se rendit compte qu'elle venait d'échouer. Elle avait craint d'être attirée par l'homme pendant qu'il jaugeait Elizabeth Reed, informaticienne.

Sa faible estime de soi et son manque de confiance l'avaient amenée à mesurer sa valeur en termes de capacités physiques et de compétences anciennes. Elle était une bonne tireuse, mais il était meilleur. Il n'était pas un cow-boy paumé venu du fin fond de l'Ouest et elle ferait bien de s'en souvenir.

— Vous êtes un sacré tireur, monsieur Sullivan.

— Vous aussi, mademoiselle Reed, vous aussi.

Nat avait cru qu'elle se mettrait en colère. Bon sang ! Il avait voulu qu'elle se mette en colère. Elizabeth Reed était partie largement perdante, et elle le savait, mais elle l'avait quand même affronté.

Il inclina son chapeau et la fixa pensivement, regardant sa

main glisser le long du denim lisse de son jean jusqu'à sa poche. Elle en sortit une pièce d'un dollar en argent brillant et la lui tendit.

— Votre dollar, monsieur Sullivan.

S'agit-il de sa pièce porte-bonheur ?

Ses taches de rousseur ressortaient comme des constellations sur sa peau pâle, ses yeux verts étaient mouchetés de minuscules particules d'or scintillantes. Il était intrigué par le fait qu'une citadine soit capable de viser les testicules d'un rat à deux cents pas. Certes, il y avait beaucoup de rats en ville.

Tendant la main, il replia les doigts de la jeune femme autour de la pièce. Il ne voulait pas priver quiconque de sa chance, même s'il en avait bien besoin.

Ryan aurait échangé la pièce contre un baiser...

— Gardez-le et appelez-moi Nat.

Sa main était froide dans la sienne, et il essaya de ne pas penser à l'embrasser.

Du haut de son mètre quatre-vingt-dix, il trouvait agréable pour une fois de ne pas être obligé de se baisser pour parler à une femme. Nina était grande, elle aussi... et arrogante, et belle. Inconsciemment, sa poigne se resserra.

Elizabeth Reed retira brusquement sa main et remit la pièce dans sa poche.

— Eliza, appelez-moi Eliza. Je déteste qu'on m'appelle *mademoiselle* ou *m'dame*.

Elle parut surprise par sa propre déclaration ; une rougeur monta sur ses pommettes et ses yeux verts s'écarquillèrent.

— Eliza.

Nat enclencha la sécurité du fusil, le mit en bandoulière et vit les yeux de la jeune femme s'agrandir avant qu'elle évite à nouveau son regard. Elle était très nerveuse. Il expira rapidement ; il n'avait jamais rencontré une femme comme elle auparavant. Dangereuse et nerveuse, une combinaison parfaite pour perdre la tête.

Elle releva les yeux d'un point dans la neige et leurs regards se croisèrent et s'accrochèrent. Il la fixa et il la vit se fermer. Un mystère, l'inconnu. Une belle femme, pleine de secrets et de contradictions, qui ne faisait que passer. Les prières de son frère exaucées.

Nat contempla les lèvres d'Eliza et eut envie de l'embrasser. Il en avait eu envie depuis qu'il l'avait vue pour la première fois, debout dans la pâle lumière des étoiles. Bon sang ! Si tel avait été son fantasme, ils seraient déjà allongés dans la neige en train de faire un ange à quatre jambes. Mais ce n'était pas son fantasme et le regard de peur figé dans ses yeux le retenait. La peur n'avait pas sa place dans les yeux d'une femme.

Cela l'ébranlait.

Un flocon de neige passa sur sa joue, puis un autre. De gros flocons qui flottaient légèrement, happés dans des tourbillons et virevoltant comme des ballerines. L'un d'eux atterrit sur la joue d'Eliza. Sans réfléchir, il la balaya avec son pouce. Elle tressaillit, rompant le charme. Levant les yeux vers le ciel, elle s'écarta de sa main. Il leva le nez vers les nuages qui s'amoncelaient et jura doucement. Cet hiver ne se terminerait jamais.

— Mieux vaut rentrer, dit-il, comme s'il ne s'était rien passé d'anormal entre eux.

Un flocon de neige atterrit sur la lèvre inférieure d'Eliza, une pointe de froid qui lui secoua les sens.

Un peu comme toucher le cow-boy.

Elle alla chercher son matériel : les morceaux de ballons ratatinés, la ficelle nouée, et les cartouches vides. Elle avait été terrifiée à l'idée que Nat Sullivan veuille l'embrasser… terrifiée par sa propre réaction.

Lorsqu'elle jeta un coup d'œil par-dessus son épaule, il avait disparu. Elle passa une main tremblante dans ses cheveux, essayant de les empêcher de tomber sur ses yeux alors que le vent se levait. Elle fourra tout dans son sac à dos, plaça le fusil dans son étui et le passa en bandoulière sur son dos, avant d'attraper ses raquettes. Quand elle se retourna, elle vit Nat qui l'attendait sur le dos de l'étalon gris.

Il ressemblait à un dieu nordique.

Elle déglutit, incertaine, tandis qu'il lui tendait une main.

Une personne normale aurait sauté sur l'occasion de redescendre de la montagne à cheval, mais cet homme la perturbait plus que quiconque et elle ne pouvait pas se permettre de se rapprocher de lui.

Un autre flocon toucha son nez, fondit avec une décharge de froid, et, un instant plus tard, elle le laissa la hisser derrière lui. La neige commença à tomber sérieusement, si épaisse qu'elle plaqua son front contre le dos de Nat tandis qu'ils descendaient le flanc de la montagne à travers une forêt dense de pins tordus. Il était solide, fort, et elle se sentait en sécurité avec lui. Elle s'agrippa à la veste de Nat avec ses doigts froids, se rendant compte tardivement qu'elle avait oublié de mettre ses gants.

Il attrapa la main nue d'Eliza et la plaça entre les boutons de son manteau, bien à l'abri à l'intérieur de sa veste, enveloppée de chaleur. Sous le bout de ses doigts, son t-shirt était doux, les muscles durs et plats sous la pression de sa paume. Elle resta absolument immobile, comme si le sort pouvait être rompu si elle osait ne serait-ce que respirer. En silence, elle absorba cette chaleur qu'elle lui volait.

Un raton laveur se tenait entre les arbres et les regarda quand ils passèrent devant lui, une patte levée, comme s'il avait été interrompu au milieu d'un pas.

Les pentes raides et le sol glissant obligèrent Eliza à se tenir fermement, et elle s'agrippa plus fort à Nat. Elle sentait l'odeur du cuir et du cheval, ainsi que le léger parfum du bois de santal en dessous. Le cheval gris glissa sur le sol inégal, le postérieur serré, les muscles tendus, puis il trouva un meilleur appui dans la prairie en pente. L'énergie du corps de Nat s'infiltrait dans le sien à chaque pas de leur monture.

Cela la troublait.

Et la réchauffait.

Et, pour tout dire, cela lui fichait une trouille bleue.

Impatiente de se soustraire au contact de Nat, pas parce qu'elle ne l'appréciait pas, bien au contraire, elle descendit du cheval dès qu'ils passèrent devant son cottage.

Elle sentit son regard sur elle tandis qu'elle courait tête baissée dans le blizzard, montait les trois marches en bois et traversait le porche pour entrer. Elle lui lança un rapide sourire et un « merci » avant de refermer soigneusement la porte derrière elle. Elle s'enfuyait encore, mais, cette fois-ci, ce n'était pas pour échapper à la mafia.

CHAPITRE SIX

L'odeur du cirage au citron et du savon pour le cuir dominait celle des chevaux dans la petite sellerie située à l'extrémité de la grange. Penchée sur une selle western ouvragée, Elizabeth frottait le savon sur le cuir à l'aide d'un chiffon doux.

Elle souffla sur sa frange qui lui tombait dans les yeux. Sarah Sullivan, qui n'était de service à l'hôpital que l'après-midi, lui avait montré les chevaux pendant la matinée. La sœur de Nat l'impressionnait. Elle était petite et fluette, mais c'était une boule d'énergie qui gérait son travail exigeant, sa famille, les tâches du ranch et, en plus, elle était l'hôtesse pour les fêtes.

Elizabeth s'assit et admira la brillance du cuir foncé.

Les chevaux étaient magnifiques. Ceux qu'elle avait montés étaient bien dressés et doux, mais elle avait été renversée par le magnifique étalon arabe qui dansait et virevoltait autour d'un large enclos, s'exhibant devant les pouliches du champ voisin. Comme ces dernières, elle était fascinée.

Il y avait quelque chose d'incroyablement puissant dans la façon dont l'étalon noir se déplaçait, dans la grâce fluide avec laquelle il courait. Ses muscles ondulaient comme de l'acier vivant, se déversant dans chaque grande foulée. Son cou était courbé et sa longue crinière dansait, noire comme la nuit sur la toile de fond enneigée. Sa tête finement ciselée et ses oreilles délicatement dressées s'agitaient dans tous les sens tandis qu'il tournait et courait d'un bout à l'autre de l'enclos.

Il était tout simplement parfait.

Elizabeth frotta fort, lustra la selle, fronçant le nez en sentant le cirage, se délectant de la douleur musculaire provoquée par le travail physique.

Un craquement la fit sursauter, faisant tomber avec fracas un cure-pied sur le sol. Cal Landon se tenait dans l'embrasure de la porte ouverte, portant une selle western et une bride sur une épaule. Ce n'était que le milieu de l'après-midi, mais Elizabeth se rendit compte qu'il commençait à faire sombre dehors. La grange derrière Cal avait l'air lugubre et menaçante.

— Désolé, m'dame, lui dit-il, inclinant son chapeau de cowboy noir abîmé avant de reculer d'un pas. Je ne savais pas que vous étiez ici.

Cal ne possédait pas l'allure saisissante des hommes Sullivan. En fait, il aurait pu être décrit comme un homme ordinaire ou fruste. Il mesurait environ un mètre soixante-quinze, la même taille qu'Elizabeth, mais il était très mince à cause d'une vie passée à travailler dans un ranch, du moins le supposait-elle. Il devait avoir trente-cinq ans, mais c'était difficile à dire, car le soleil avait fortement marqué son visage, formant ces plis insidieux qui donnaient du caractère aux hommes et de l'âge aux femmes. Il avait des traits nets, des yeux brillants noisette et des cheveux courts dont la couleur était irrégulière, certaines parties étant brun foncé comme la zibeline et d'autres scintillant comme de l'or terne au soleil. Il ressemblait à un sauvage, un sauvage avec des bottes en peau de serpent.

Elle sourit, mais garda un œil méfiant sur lui.

Ils étaient parvenus à un accord tacite. Il ne la traitait pas comme une idiote, et elle ne s'attendait pas à être divertie. Il ne se donnait pas la peine de la charmer ou de la séduire, comme le faisait Ryan, et il ne semblait pas s'intéresser à qui elle était ou bien à l'endroit d'où elle venait. C'était peut-être la principale raison pour laquelle elle était parvenue à se détendre en sa présence. Ou peut-être était-ce autre chose qu'elle avait remarqué dans ses yeux d'un calme olympien : son désir de ne pas être remarqué, de disparaître dans le décor.

Elle haussa un sourcil interrogateur. Le cow-boy était silencieux au point d'en être muet et c'était la première fois qu'elle se retrouvait seule avec lui.

— Il va encore neiger, dit Cal en se grattant le côté de la tête.

Elizabeth acquiesça en silence, pour l'encourager. Il hésitait encore.

Tout en gardant les yeux rivés sur lui, elle se baissa pour caresser l'un des chiens du ranch.

Cal s'avança dans la petite pièce, se penchant près d'elle pour soulever la selle et l'accrocher à son support sur le mur. Le fait qu'il soit manifestement mal à l'aise face à elle dans un espace restreint apaisa ses propres nerfs. Il devait se placer juste derrière elle et presque jeter le harnais à sa place. Les selles étaient encombrantes et lourdes ; elle se baissa et essaya de se faire aussi petite que possible pour lui laisser plus de place.

En dépit de la température basse, Cal était en manches de chemise. La selle commença à glisser, et il s'élança pour l'attraper avant qu'elle tombe et la heurte. Il la saisit, mais pas avant qu'Elizabeth ait pu voir les tatouages qui couvraient les bras du jeune homme.

Elle se figea.

Typiques de la prison.

Cal était encore étiré au-dessus de l'établi pour attacher la sellerie lorsqu'il suivit son regard et marmonna un juron.

Repoussant la selle en position, il s'éloigna de la table, passa ses mains sur son visage et poussa un gros soupir de frustration.

— *Merde.*

— Les Sullivan le savent-ils ? s'enquit-elle.

Bête comme elle l'était, elle avait laissé son arme dans la cabane. *Idiote.*

Cal éclata d'un rire franc et hocha la tête. Les anciens détenus n'admettaient jamais leurs crimes, mais elle voulait entendre ce qu'il dirait.

— Qu'avez-vous fait, trafiqué vos déclarations d'impôts ?

Se concentrant sur l'accrochage de sa bride sur le râtelier d'en face, il ne dit rien pendant un long moment. Puis il se retourna et la regarda droit dans les yeux.

— J'ai tué mon beau-père.

Cal remua d'un pied sur l'autre, l'observant avec méfiance. Il avait dû remarquer sa tension soudaine, car il tendit la main, lui toucha l'épaule et la serra légèrement. Tressaillant, elle se déroba à son contact, et Cal se retira. Il baissa les yeux sur ses bottes, comme s'il se demandait pourquoi elles ne brillaient plus.

— J'avais quatorze ans...

Il s'interrompit comme s'il s'agissait d'une histoire qu'il n'avait pas envie de raconter ; sa voix était atone, douloureusement, ennuyeusement atone.

— De toute façon, ça n'a pas d'importance. J'ai fait mon temps.

Il tourna les talons et retourna dans la partie principale de la grange. Elizabeth resta assise, parfaitement immobile, essayant de comprendre ce qu'il venait de dire. Au cours de sa formation, et avant d'être infiltrée, elle avait rencontré son lot de détenus. Elle avait également connu son lot de tragédies et de situations difficiles. Elle savait reconnaître les mauvaises personnes quand elle en croisait, elle avait senti la souillure de DeLattio bien avant d'avoir parlé à cet homme.

Elle avait les doigts si serrés qu'ils lui faisaient mal et agrippait de toutes ses forces l'équipement qu'elle était en train de nettoyer. Lâchant la selle, elle s'adossa à la chaise pivotante en bois pour se soutenir et se demanda ce qui avait bien pu transformer un garçon de quatorze ans en tueur. Certaines personnes naissaient mauvaises, d'autres...

Un sentiment de compassion la transperça comme un couteau. *Bon sang !* Elle-même n'était pas une sainte. Elle était peut-être bête, mais les Sullivan faisaient confiance à Cal Landon et ils semblaient être des gens plutôt intelligents. Elle se leva et le suivit dans la grange. Les chevaux étaient répartis en petits groupes dans les larges enclos qui bordaient les deux côtés de l'allée. Une jument palomino essaya de lui pousser le bras avec son nez pour obtenir une friandise, mais Elizabeth ne s'arrêta pas. Elle voulait trouver le cow-boy. Il s'appliquait à caresser deux chevaux dans l'un des enclos situés à l'avant de la grange.

Il se tourna prudemment vers elle. Il se disait sans doute qu'elle allait lui causer des ennuis.

Elizabeth regarda dehors, par la petite ouverture de la porte coulissante de la grange, et se rendit compte que la neige tombait plus vite que jamais. Ici, il semblait n'y avoir que de la neige.

Elle hésita une seconde avant de lui demander :

— Avez-vous besoin d'aide pour ramener le bétail des champs ?

Le regard morne de Cal vira à la surprise, puis à la gratitude.

— Si cela vous dit, répondit-il en hochant la tête.

— Ça me dit, répondit-elle en mettant les mains dans les poches de son jean.

Se lier d'amitié avec un meurtrier condamné ne semblait pas

être une idée si stupide. Dans son esprit, elle avait mis un pistolet sur la tempe de DeLattio un millier de fois. Appuyer sur la détente était aussi facile que de chasser les mouches, et cela l'effrayait bien plus que Cal Landon ne pourrait jamais le faire. Après tout, ils n'étaient pas si différents l'un de l'autre.

Ils travaillaient aussi rapidement que les chevaux le leur permettaient. En dépit du cliquetis des seaux d'aliments et du vent de plus en plus glacial, certaines pouliches semblaient réticentes à quitter la liberté des prairies pour se réfugier dans la chaleur de la grange. Les cheveux dans les yeux et les oreilles si froides qu'elle craignait qu'elles ne se cassent, Elizabeth jeta un licol en corde autour du cou de la dernière femelle récalcitrante. Elle conduisit le cheval qui trottina jusqu'à la grange, le réprimandant sans cesse pour son espièglerie. Cal la suivait avec l'étalon arabe, qui semblait danser sur le bout de ses sabots noirs et brillants. Il le fit tourner dans un grand box au bout de l'allée, où il pouvait passer la tête par-dessus les demi-portes hollandaises et regarder son harem.

Ryan Sullivan surgit de nulle part à dos de cheval, et il franchit directement la porte ouverte de la grange. Il était beau comme son frère, mais il n'avait pas sur elle le même effet que Nat. Il sauta au bas de sa monture et se mit aussitôt au travail pour en seller un autre tandis que Cal s'occupait du premier animal.

Pendant que Ryan travaillait, la neige commença à dégouliner de son Stetson foncé sur le sol de pierre boueux à ses pieds. Elizabeth l'étudia. Il avait les mêmes yeux bleus mortels, mais là où Nat était blond, les cheveux de Ryan étaient noirs comme du charbon.

— Comment allez-vous, mademoiselle Reed ? s'enquit-il sans lever les yeux.

Il s'affairait à resserrer la selle autour de la monture. Lorsqu'il eut fini, il entreprit de seller un deuxième poney avec une efficacité sans faille.

— Je vais bien, merci.

Bon sang ! Elle se faisait l'effet d'une maîtresse d'école convenable et bien élevée des années cinquante. Elle le regarda jeter un tapis de selle puis une simple selle western sur le dos d'un rouan. Le cheval de travail attendait sagement de se mettre à la tâche, comme un employé dans le métro.

Elizabeth s'adossa à la barre de bois et regretta de ne pas pouvoir s'y enfoncer. Elle aimait bien Ryan, même s'il flirtait, tout comme elle aimait bien Cal, mais elle ne voulait quand même pas trop s'en approcher. Les deux hommes étaient à la fois polis et faciles à vivre, respectueux de son intimité, ne dépassant pas les limites qu'elle avait établies. Cependant, elle soupçonnait Ryan d'avoir un côté sombre, alors que Nat semblait d'une pureté et d'une luminosité aveuglantes.

— Que pensez-vous du Triple H jusqu'à présent, mademoiselle Reed ? s'enquit Ryan.

Il avait fini de seller le deuxième cheval et il se tourna vers elle, brossant un peu de la neige qui fondait sur sa veste.

— Appelez-moi Eliza, lui proposa-t-elle.

L'un des chevaux la poussa par-derrière et elle éclata de rire. Elle se tourna légèrement pour caresser un doux museau brun.

— C'est magnifique. Froid, mais magnifique.

— Oui, nous sommes plutôt doués pour le froid, mais d'habitude, ce n'est pas à ce point ! répondit Ryan, dont la voix coulait comme du miel brut.

C'était un argument de vente évident, mais il était empreint de fierté.

— Mais c'est beau et si vous restez assez longtemps pour

voir l'été, c'est l'une des plus belles expériences qu'un être humain puisse vivre.

Elle l'épingla d'un regard direct, mais ne dit rien. Il ne faudrait pas grand-chose pour encourager Ryan Sullivan, et il avait l'air d'un homme qui s'y connaissait en belles expériences.

Le vent hurla à l'extérieur du sanctuaire de la grange. Alors qu'elle écoutait le blizzard faire rage, Elizabeth se rendit compte qu'elle aimerait bien passer un été ici. Elle aimerait voir les fleurs bourgeonner, profiter des chaudes journées de farniente, voir les chevaux s'ébattre et les vaches mugir dans les hauts pâturages.

Elle pourrait ne pas vivre aussi longtemps. Elle haussa les épaules.

— Peut-être. Qui sait ?

Ryan lui décocha un sourire plein de satisfaction. Il ferait un excellent vendeur.

— Je ferais bien de me remettre au travail avant que Nat ne vienne ici et ne me traîne dans la neige. Vous voulez venir ?

Il la regarda d'un air interrogateur, comme si elle n'était pas partante.

Le vent hurlait comme une banshee et il faisait aussi froid que dans les fosses d'un enfer glacial. Elle raidit l'échine. Cal commença à marmonner quelque chose, mais elle l'ignora.

— Bien sûr, répondit-elle en se redressant.

Ryan lui lança un regard critique. Il jeta un coup d'œil derrière la porte de la grange et trouva une paire de gants de travail en cuir solide pour protéger les mains de la jeune femme. Puis il prit un chapeau à larges bords qui était accroché à une patère, lui donna un petit coup pour enlever la poussière et le plaça sur sa tête. Ensuite, il trouva une paire de *chaps* en daim et lui montra comment les enfiler.

— Ne perdez pas la grange de vue et arrêtez-vous quand vous aurez trop froid.

Elle avait déjà froid.

Serrant les dents, elle redressa les épaules et franchit les portes de l'écurie comme s'il s'agissait des portes du purgatoire.

La neige qui tombait à l'horizontale la frappa au visage comme des balles de base-ball miniatures, les flocons doux d'avant étant remplacés par de petites créatures féroces qui piquaient. Elizabeth suivait Ryan, qui conduisait les deux chevaux à l'extérieur de la grange.

— Elle s'appelle Tiger, dit-il, criant contre le vent hurlant, caressant affectueusement la docile rouanne. Restez sur son dos et vous ne vous perdrez pas. Ou accrochez-vous à moi si vous le voulez.

Le visage de Ryan était proche du sien. Elle ricana, rendant son choix évident.

— Ensuite, quoi? demanda-t-elle, assez fort pour qu'il entende sa voix par-dessus le vent qui hurlait.

Elle serra les dents contre la bouffée d'air glacé qui pénétrait dans ses poumons et garda la tête basse derrière le dos du cheval pour gagner un répit momentané.

— Nous rassemblons le bétail en liberté dans ce hangar là-bas, expliqua-t-il.

Il pointa du doigt une immense grange hollandaise rouge située de l'autre côté de la cour, près de la grange à chevaux.

— Votre tâche consiste à vous assurer qu'ils ne se faufilent pas derrière vous jusqu'à la route, poursuivit-il.

Cela semblait assez facile. Elle déclina son offre de l'aider à monter et le regarda sauter sur l'autre cheval. Enfonçant son pied dans l'étrier, elle se hissa sur le dos de la jument et suivit Ryan.

Le cow-boy disparut presque aussitôt dans les tourbillons de neige, mais elle garda l'immense grange rouge à proximité. La lumière déclinait, changeant le monde en une masse tournoyante de blanc et de gris uniformes.

C'était un travail facile pour l'essentiel, à l'exception du froid glacial qui engourdissait ses doigts et gelait son nez. Lorsqu'une vache effrayée commettait une bêtise, comme de passer devant elle, Tiger agissait plus ou moins de son propre chef pour freiner la bête et l'obliger à changer de direction. Lorsqu'elle n'y arrivait pas, Blue, l'un des chiens du ranch, leur mordillait les talons et les renvoyait vers la sécurité de la grange bien éclairée. Tout ce qu'Elizabeth avait à faire, c'était de rester en selle.

Tiger tourna brusquement vers la gauche pour couper la route à une génisse qui sautillait.

Surprise et engourdie par le froid, le centre de gravité d'Elizabeth se décala par rapport à celui du cheval et elle plongea en piqué sur la droite. Sa cheville se tordit et se coinça dans l'étrier. Elle sentit le goût de la neige et de la poussière en atterrissant la tête la première. Elle était suspendue à la selle et crachait de la terre lorsque deux bras puissants l'enveloppèrent.

— Bon sang ! Mais qu'est-ce que vous faites ici ? lui cria Nat Sullivan directement dans l'oreille.

Elle ne l'avait pas vu depuis l'après-midi de la veille, mais il était chaud et robuste ; Elizabeth détestait être aussi soulagée de le voir.

— Je donne un coup de main ! lui cria-t-elle en retour.

Certes, elle n'en avait sûrement pas l'air à ses yeux, suspendue la tête en bas par une cheville déchirée en deux par la douleur. Elle avait de plus en plus de mal à ne pas pousser de cris d'agonie.

Nat la souleva dans ses bras comme si elle ne pesait rien. La pression écrasante exercée sur sa cheville se relâcha et elle se retrouva soudain nez à nez avec un homme furieux. Elle sentait chaque centimètre dur de son corps plaqué contre elle, depuis sa poitrine jusqu'au haut de ses cuisses. Elle déglutit.

Il lui jeta un regard noir, la bouche encadrée de lignes dures.

— Est-ce que vous avez perdu la tête ?

Elizabeth comprit que c'était une question rhétorique.

Blue tournait anxieusement autour d'eux, ses vieilles pattes sautillant dans la neige. Nat lui ordonna de s'asseoir, et le chien lui obéit aussitôt, sa queue battant la neige fraîche comme un essuie-glace.

Elle cria quand il essaya de tirer son pied de l'étrier en cuir. Sa botte était bien coincée. Il déplaça le poids de la jeune femme jusqu'à ce qu'elle soit presque entièrement sur son épaule, comme un sac de grain. Elizabeth ignora la douleur et la sensation des mains de Nat qui se déplaçaient sur son corps tandis qu'il la manipulait. Les larmes menaçaient de la submerger, mais elle refusait de les laisser couler. Elle se sentait déjà idiote.

NAT SENTAIT la fureur monter en lui tandis qu'il tirait sur la botte d'Eliza. Il allait tuer Ryan quand il lui mettrait la main dessus. Malgré le vent glacial qui poussait la neige vers le bas des montagnes, son front était couvert de transpiration. Elizabeth Reed aurait pu mourir par ce temps. Un poney inexpérimenté aurait pu l'entraîner dans le blizzard. Il jura violemment. Ignorant la chair souple sous ses doigts, il déplaça le poids de la jeune femme plus haut.

La visibilité était réduite à une centaine de mètres et une fois désorienté, faute d'abri, on était comme mort. Ou bien elle aurait pu être traînée, piétinée, enterrée sous une couche de mort blanche, pour n'être découverte qu'au moment du dégel.

— Accrochez-vous bien à moi, lui dit-il.

Sa voix était cassante et pleine de colère, mais il n'arrivait pas à la maîtriser.

La tête en bas, elle passa ses bras autour de son dos et s'y accrocha fermement.

Il serra les dents et essaya une fois encore de faire sortir sa botte de l'étrier. Elle était bien coincée. Il tira plus fort, mais relâcha la pression quand il la sentit tressaillir.

— Pourquoi n'êtes-vous pas restée à l'intérieur ? J'ai déjà assez de mal à gérer le bétail.

Il avait trop froid, il était trop fatigué et il était trop terrorisé pour être autre chose que fou de rage.

Enfin, Nat parvint à dégager le pied d'Eliza et il la déposa sur la neige molle. Ses chevilles se dérobèrent sous elle et elle trébucha contre lui. Il lui saisit les épaules, mais elle réagit comme s'il l'avait mordue et s'éloigna d'un coup sec. Sa cheville avait dû être sévèrement tordue. Elle chancela et il l'entendit haleter même si elle gardait la tête baissée, cachant son expression. Elle s'accrochait à la selle de Tiger, qui se tenait patiemment à côté d'elle, l'abritant du plus gros du blizzard.

Alors qu'il l'observait, Nat décida qu'elle était la femme la plus têtue qu'il ait rencontrée de toute sa vie, et Dieu savait qu'il en avait rencontré de sacrément contrariantes. Mais lorsqu'elle leva les yeux à travers une masse de cheveux bruns ondulés, il vit des larmes ruisseler sur ses joues et la culpabilité le frappa comme un coup de massue.

Merde.

Sans un mot, il la souleva dans ses bras, cria à Cal de s'occuper des chevaux et se dirigea à grands pas vers le cottage.

Il tâtonna pour attraper la poignée de la porte, puis il entra, soulagé de constater que le feu brûlait et que l'endroit était douillet et chaud. Nat avait l'intention de déposer Eliza dans le fauteuil près du feu, d'aller chercher Sas et de se remettre au travail. Le seul problème était que la tête de la jeune femme était enfouie sous sa veste et qu'il n'arrivait pas à détacher ses doigts crispés de ses vêtements.

Son souffle chatouillait son cou, réchauffant sa peau froide, et déclencha un frémissement dans toutes les terminaisons nerveuses masculines qu'il possédait.

Debout au centre de la pièce à la peinture jaune joyeuse, il faillit gémir de frustration. Elle pleurait en essayant de ne pas faire de bruit, ses épaules tremblaient juste un peu.

Bon sang !

L'humidité des larmes d'Eliza traversa son t-shirt en chambray et se changea en glace contre sa peau. Cela, tout comme son silence, le toucha au plus profond de lui-même, là où il était le plus vulnérable, lui donnant envie de la réconforter et de la protéger.

S'installant dans le fauteuil, il la berça dans ses bras et la laissa pleurer. Il n'avait pas le temps pour ça, vraiment pas. C'était le pire printemps depuis cinquante ans. Il devait rentrer les vaches dans l'étable avant que celles qui avaient des petits ne meurent de froid, ou avant que d'autres ne vêlent. Il fallait que tous les animaux du ranch survivent à ce mauvais temps s'ils voulaient avoir une chance de survivre à l'année suivante. Distraitement, il glissa sa main sous le manteau vert d'Eliza et frotta le creux de son dos, serra doucement ses épaules, essayant de la réconforter. Ses mains parcouraient le corps de la jeune femme comme on apaise un animal effrayé, tentant de calmer ses tremblements. Il écarta ses cheveux emmêlés de son visage, ravivant le parfum de lavande qui semblait la suivre partout où elle allait.

— Chut, murmura-t-il, tout va bien.

Il en doutait.

Cherchant à la réconforter, il déposa de légers baisers sur le sommet de son crâne, sur son front, puis plus bas, embrassant les larmes salées sur ses cils. Son regard se posa sur sa bouche, ses lèvres entrouvertes et tremblantes ; il vit sa respiration se bloquer et ses yeux d'un vert exotique s'assombrir.

La conscience l'envahit tandis que le désir de la réconforter prenait un caractère plus profond, plus basique. Il recula et l'éloigna de lui d'une main ferme.

— Désolé.

Eliza arrêta de pleurer, les yeux larmoyants et écarquillés. Elle posa le regard sur les lèvres de Nat et agrippa son col à deux mains, puis elle l'embrassa à pleine bouche. Surpris, il hésita une seconde, jusqu'à ce qu'elle glisse sa langue le long du pli de ses lèvres.

Plongeant en elle comme un homme qui se noie et qui a besoin d'oxygène, il lui rendit son baiser. La chaleur de sa bouche était brûlante, contrastant fortement avec sa peau glacée, et Nat eut l'impression d'être marqué au fer rouge par ce contact. Il se pressa contre les douces courbes de son corps et se rendit compte qu'elles s'adaptaient aux siennes comme si elles étaient faites pour s'unir. Il la fit reposer sur son bras, l'embrassa de plus en plus profondément, plongeant dans un tourbillon insensé qui se cabrait et l'aspirait à l'intérieur. Il y avait du désespoir dans son baiser, une urgence dans la façon dont elle réagissait à lui qui propulsa son désir à son maximum en l'espace de trois secondes. Il oublia l'heure, le blizzard et le cheptel. Nat oublia tout sauf le feu qui brûlait ses doigts partout où il touchait Eliza. La chaleur grandit entre eux, enflammant la chair, effaçant les pensées. Les lèvres de Nat ne quittaient pas celles de la jeune femme, tandis que ses mains parcouraient son corps. Ses courbes minces réclamaient son attention. Eliza frémit quand la main de Nat glissa sur son ventre plat, puis le long de ses cuisses fermes.

Sans crier gare, elle se dégagea de ses genoux et trébucha sur le sol, avant de s'étaler en tas à ses pieds.

— Ne me touchez pas ! cracha-t-elle.

Ses cheveux étaient en bataille autour de son visage et ses lèvres étaient retroussées en un grognement féroce.

Nat demeura immobile pendant plusieurs secondes, respirant par grandes bouffées brusques. Il avait été grisé par la passion, excité si rapidement que c'en était gênant, avant d'être noyé dans la glace.

Il ne lui rappela pas que c'était *elle* qui l'avait embrassé. Il n'avait fait que lui rendre son baiser. Plissant les yeux, il se leva lentement.

— Ne vous inquiétez pas, madame, répliqua-t-il. Cela ne se reproduira pas.

Il attrapa son chapeau tombé par terre, tourna les talons et s'en alla.

CHAPITRE SEPT

Elizabeth était étendue sur le tapis devant l'âtre, tandis que le gel se répandait dans ses veines. Ramenant ses genoux contre sa poitrine, elle se roula en boule, trop humiliée pour bouger, trop abattue pour pleurer. Elle se concentra pour ne rien ressentir d'autre que la pression des fibres rugueuses qui griffaient sa joue alors qu'elle se pelotonnait comme une enfant. Les secondes devinrent des minutes. Elle ne fit pas le moindre mouvement.

Enfin, après ce qui lui sembla une éternité, elle déroula lentement, avec raideur, ses doigts crispés et redressa ses jambes, les étirant sous elle, puis essaya de se mettre debout. Avec précaution, elle appuya son poids sur sa cheville douloureuse, mais la douleur remonta le long de sa jambe. Elle renonça et sautilla jusqu'à la minuscule salle de bains, s'aidant des meubles pour se tenir en équilibre, et fit couler la douche tout en se dépouillant maladroitement de ses vêtements humides.

Se hissant gauchement dans la baignoire, elle s'agenouilla sous la vieille pomme de douche en laiton et régla la température de l'eau au maximum. Elle frappa sa peau comme un fer rouge, mais elle frissonna quand même. Elle se sentait gelée de l'intérieur, comme de la glace creuse. Attrapant le savon, elle se frotta, appliquant la mousse sur chaque centimètre de sa peau, désespérée d'enlever la souillure et la honte.

Pas celle de Nat Sullivan. Celle d'Andrew DeLattio. Et la sienne.

Elle avait eu tellement envie d'embrasser Nat Sullivan. De prouver qu'elle n'était plus une victime. De prouver qu'elle était normale.

Ah !

Sa peau était rouge sous ses doigts, et elle continua de frotter malgré tout. L'eau commençait à refroidir quand les larmes arrivèrent. Des bouffées brûlantes de pure souffrance secouèrent son corps de sanglots violents et irrépressibles. *Elle avait tellement honte, elle était si stupide !* Aveuglée, elle sombra en position fœtale au fond de la baignoire, l'eau tiède battant sur sa tête comme des ailes de colombes.

L'eau refroidit. Les frissons évoluèrent en grandes secousses qui ramenèrent lentement Elizabeth à elle-même. Les gens disaient que l'enfer était brûlant, mais elle savait qu'il n'en était rien. Il y régnait un froid glacial.

Elle se releva avec précaution, mettant tout son poids sur un côté, puis elle glissa et se cogna le genou. Jurant, elle ferma les robinets et attrapa une serviette. Ses gestes étaient tremblants, mais délibérés. Elle frotta sa peau glacée pour la sécher et enroula ses cheveux dans une serviette épaisse. L'eau glaciale avait fait du bien à son corps.

Ses muscles commencèrent à se réchauffer et la sensation se répandit douloureusement jusqu'à ses orteils lorsqu'elle se déplaça. Elle se hissa hors de la baignoire, se soutenant avec ses bras jusqu'à ce qu'elle puisse poser son pied valide. Elle parvint à attraper le peignoir en tissu éponge qui pendait au dos de la porte avant que des fourmis et des aiguilles n'envahissent ses pieds dans un déferlement de sensations désagréables.

Elle ne voulait rien ressentir. Mais elle eut beau se concentrer sur l'engourdissement à l'intérieur de sa tête, cela ne dura pas. Elle en avait assez de tout cela.

Enroulant son peignoir autour d'elle par à-coups, même sa colère l'irritait. Elle se sentait aussi usée qu'un vieux chiffon. Grandir en étant orpheline avait déjà été assez difficile, en dépit de sa richesse. Puis le viol, surgi de nulle part ; toute sa formation, toutes ses compétences neutralisées par quelques gouttes de Rohypnol dans une coupe de champagne.

Son cœur s'emballa et elle serra les poings. Elle tituba jusqu'au lit et sortit le Glock de sous l'oreiller. Elle avait l'impression d'avoir cent ans lorsqu'elle s'assit sur le bord du matelas.

Pire que le viol, pire que de se retrouver sur un brancard sous les lumières des urgences alors qu'elle était photographiée sous tous les angles possibles et imaginables, ses collègues du FBI avaient trahi sa confiance. La nuit où DeLattio l'avait attaquée, elle avait un micro caché dans son sac à main, et les agents de l'ULCO l'avaient abandonnée à son sort. Ils avaient bien attrapé le gros poisson. Et ensuite, ils avaient protégé cette ordure.

Elle sentit les larmes monter pour un nouvel assaut, et elle ferma les yeux pour tenter de les stopper. Lorsqu'elle les rouvrit, elle fixait l'arme qu'elle tenait dans sa main. Elle adorait son Glock. Elle tira la glissière pour vérifier qu'il y avait une cartouche dans la chambre. Automatiquement, elle fit tomber le chargeur dans la paume de sa main et jeta un coup d'œil dans le trou du témoin pour voir la balle. Satisfaite, elle remit le chargeur en place et passa son index le long du court canon noir.

Un sentiment de défaite menaçait de la submerger. Tous ses muscles étaient immobiles.

Elle fuyait la mafia et un violeur brutal en quête de vengeance. Il y avait un contrat à sept chiffres sur sa tête, et le montant ne cessait d'augmenter. Elle ne pouvait faire confiance à personne. Et sa présence ici mettait en danger la vie de tous les habitants du ranch. Y compris le cow-boy têtu qui avait commencé à lui faire comprendre à quel point sa vie était devenue pathétique et vide.

Elle adorait son Glock.

Elle l'adorait.

Son arme était fiable, légère et pratiquement indestructible. C'était plus une amie qu'un objet inanimé, quelqu'un sur qui elle pouvait compter en cas de coup dur. Et ce n'était que lorsqu'elle portait son arme qu'elle avait l'impression de contrôler un tant soit peu la folie qu'était devenue sa vie. Ce n'était que dans ces moments qu'elle se sentait en sécurité.

Ses mains tremblèrent lorsqu'elle examina le canon pour voir la pointe de la balle briller dans la lumière terne. Ses instructeurs en armes à feu à Quantico appelaient cela la « technique pré-suicide » pour vérifier qu'une arme était chargée. Elle sourit devant l'ironie de la chose. Ils s'étaient montrés impitoyables, surtout pendant l'entraînement au tir, mais elle les avait appréciés. Elle avait eu envie d'être l'une des leurs, de s'intégrer quelque part.

Son cœur cognait si fort contre ses côtes qu'elle crut qu'il allait éclater.

Ce serait si facile d'appuyer sur la détente.

La plupart des femmes se tiraient une balle dans la poitrine, mais c'était trop risqué. Son doigt caressa légèrement la garde tandis qu'elle réfléchissait à son existence. Sa mort procurerait beaucoup de plaisir à DeLattio. En ce qui la concernait, cette sale ordure pouvait bien pourrir en enfer. La vengeance d'Eliza était bien préparée, qu'elle vive ou qu'elle meure.

Voulait-elle vraiment en finir ? Elle s'abstint d'y penser. Mais c'était une option, non ? L'ultime moyen de reprendre le contrôle de son être.

Le visage de Nat Sullivan surgit devant elle, non pas en

colère comme lorsqu'il avait quitté le cottage ce jour-là, mais lui souriant depuis le dos d'un cheval blanc, avec une allure divine. *Bon sang ! Il y avait quelque chose chez cet homme...*

Les blessures par balle n'étaient jamais belles à voir. Eliza pointa rapidement le Glock vers le sol. Expira brusquement.

Une image de ses parents et de son petit frère lui traversa l'esprit et elle se demanda ce qu'aurait été sa vie s'ils n'étaient pas morts lorsqu'elle était petite fille. Elle était la dernière de sa famille, sans doute la seule personne au monde à se souvenir du sourire de ce petit frère à la dent unique.

La mort était certes une option, mais ce n'était pas le moyen de sortir de sa situation actuelle, aussi infernale soit-elle. Elle ne pouvait pas le faire. Elle ne pouvait pas faire ça aux Sullivan, elle ne pouvait pas faire ça à ses parents, et elle ne pouvait pas se faire ça à elle-même.

D'ailleurs, pourquoi accorder à Andrew DeLattio l'ultime victoire ?

Le corps d'Eliza retrouva sa sensibilité et elle étira ses membres endoloris. Le poids de sa détresse disparut de ses épaules et se dissipa comme un brouillard. Son chagrin était passé, son corps était endolori, mais entier. Son agression et son passage à tabac avaient failli la tuer, mais il lui restait bien trop de choses à faire et jamais elle n'avait choisi la voie de la facilité.

Embrassant le canon du pistolet, elle le replaça sous l'oreiller.

DeLattio ne gagnerait pas. Elle ne mourrait pas en victime. Si elle avait son mot à dire, elle ne mourrait pas du tout.

 de tomber, laissant un monde rempli d'un soleil étincelant, et la lumière qui se réfléchissait était si vive qu'elle en était éblouissante. Nat déblayait les routes avec le chasse-neige accroché à l'avant de son camion. En temps normal, il aurait confié cette tâche à Cal ou à Ezra, mais, pour l'instant, il préférait sa propre compagnie et un labeur honnête et abrutissant. Il monta le son de sa musique à fond, trop fort pour pouvoir réfléchir.

La vallée était magnifique, comme un pays des merveilles hivernales. Les piquets de clôture tentaient vaillamment de se dégager des congères peu profondes, projetant des ombres chétives comme des toiles d'araignée sur les champs glacés. Il aurait intérêt à aller chercher son appareil photo et à prendre quelques clichés. Mais il évitait Eliza Reed et cela l'énervait. C'était sa propre maison, et, à cause d'elle, il s'y sentait mal à l'aise.

La grange et les écuries étaient recouvertes d'un manteau blanc qui fondait sous l'effet d'un Chinook[1] tiède descendant des pentes de la montagne. Le dégel commença véritablement lorsque le soleil atteignit son zénith.

Quand il eut terminé, Nat gara le camion devant le ranch et coupa le moteur. Tranquillement, il resta assis au soleil pour regarder l'eau cristalline s'égoutter rythmiquement des bâtiments. Qu'est-ce que cela pouvait faire s'il avait mal interprété la situation la veille ? Et s'il avait cru que fourrer sa langue dans la bouche de quelqu'un était une manière de faire des avances ? Et s'il avait été prêt à la prendre dans un élan de passion alors qu'elle venait de pleurer un océan de larmes sur ses genoux ?

Ses mains agrippèrent le volant si fort que ses jointures blanchirent sous la tension.

Bon sang !

C'était ce qu'il ne parvenait pas à encaisser. Certes, elle

---

1. *NdT :* Vent chaud et sec qui souffle des montagnes Rocheuses sur la prairie nord-américaine.

l'avait embrassé, mais elle était bouleversée, elle pleurait. Il aurait dû avoir la force, et même le bon sens, de s'écarter.

Il passa ses doigts sur ses yeux. Jura à nouveau. Le fait qu'il ait été époustouflé par un simple baiser signifiait que cela faisait bien trop longtemps qu'il n'avait pas fait l'amour. Cela ne voulait pas dire qu'Eliza Reed était spéciale. Ce n'était pas parce qu'elle était belle, avec ses manières obstinées et sa nature farouche, qu'elle était spéciale.

Mais, spéciale ou non, il lui devait des excuses.

Il sortit dans la bouillie de neige grise qui recouvrait la cour et partit à la recherche d'Eliza. Un tas de neige glissa du toit en pente du ranch avec un grand « whoosh ».

De la fumée s'échappait de sa cheminée, mais il était près de midi et elle avait passé la majeure partie de la journée à aider avec les chevaux. Il se dirigea à grands pas vers le paddock, enjamba les barrières en bois et se rendit à l'arrière des écuries, au-delà des tas de foin, des tuyaux d'arrosage et des seaux.

Shadow et ses poulains étaient dans leur stalle, le petit Red se cachant derrière sa mère adoptive. La jument hennit quand Nat passa devant elle et lui donna un petit coup de museau pour obtenir une friandise. Il lui en donna une, puis remplit le seau de nourriture avant de partir. Il vérifia tous les box, mais il n'y avait personne, nulle part.

Il entendit le doux murmure de voix venant de l'extérieur, et il se tourna dans cette direction. La lumière vive du soleil l'aveugla pendant cinq secondes avant qu'il soit capable de voir. La bile lui monta à la gorge et il regretta d'avoir pris la peine de chercher Mlle Eliza Reed, car à ce moment-là, elle était étendue de tout son long sur Cal, au milieu de l'enclos d'entraînement détrempé.

Il serra les poings et son estomac se contracta. La réalité devint floue. Une autre femme brune, étendue sur son amant sous le mince voile d'une moustiquaire. Cette fois-là, il avait tourné les talons et ne s'était jamais retourné, serrant dans sa main une bague de fiançailles à deux carats.

Il expira de force. Cette fois, il ne s'enfuirait pas.

ELIZABETH ESSAYA de rouler loin de Cal sans écraser d'organes vitaux, mais elle sut qu'elle avait échoué lorsqu'il poussa un cri de douleur quand son genou lui percuta l'entrejambe.

— Oh, merde ! s'exclama-t-il.

Elle essaya de se redresser et de l'aider, mais il était tordu en boule à cause de la douleur, le visage aussi blanc que du pur lin irlandais.

— Je suis vraiment désolée.

Elle voulut le forcer à s'asseoir, mais il cramponnait son anatomie malmenée avec une poigne de fer et c'était comme si elle essayait de faire bouger une statue.

Elle avait presque écrasé ce pauvre gars, et maintenant elle lui avait balancé un coup de genou dans l'entrejambe. Eliza s'assit sur le sol mouillé et comprit qu'il faudrait quelques minutes avant que Cal ne puisse se relever. Cela l'exaspérait, mais elle savait aussi qu'elle ne pourrait pas se lever sans son aide.

Un mouvement attira l'attention de la jeune femme, et elle ravala sa fierté en voyant Nat Sullivan s'approcher. Toute la matinée, elle avait redouté de le voir, et c'était ce moment qu'il choisissait pour se montrer ?

Au moins, il serait capable d'aider Cal à se relever.

Elle le regarda marcher vers elle, ses longues enjambées parcourant avec aisance la terre boueuse. Elle était mortifiée de s'être jetée sur lui la veille et elle lui devait des excuses.

Il était impeccable, pas un grain de poussière sur son cuir usé, alors qu'elle semblait avoir été peinte en gris de la tête aux pieds et qu'elle avait l'impression de n'être qu'une immense crampe musculaire.

Elle croisa son regard : ses yeux bleus étaient sombres et intimidants. Il avait l'air énervé.

— Nat..., commença-t-elle.

— Comment va la cheville, *Eliza* ? l'interrompit-il.

L'inflexion qu'il donna à son nom n'était pas belle, et il n'y avait rien que de la raillerie dans son regard.

— Très bien, merci.

Elle s'était mal comportée la veille, mais elle avait ses raisons. Relevant le menton, elle déglutit et le regarda droit dans les yeux, essayant d'ignorer le rougissement qui montait et réchauffait ses joues.

Elle essaya encore.

— Nat, je...

— Bien.

Il se rapprocha d'elle et la transperça de son regard bleu acier, comme un insecte avec une épingle. Se penchant, il posa un doigt usé par le travail sur le bouton supérieur de sa veste, où il le laissa légèrement appuyé. Le pouls d'Eliza s'emballa avant de s'arrêter quand elle reconnut enfin la colère sincère dans le regard de Nat.

— Ne jouez pas avec les hommes de ce ranch, Eliza, lui asséna-t-il avec un regard noir. Nous n'avons pas besoin d'une foutue allumeuse qui vienne mettre la pagaille dans le coin.

Elizabeth commença à bafouiller, mais Nat s'éloigna, laissant Cal effondré sur le sol à côté d'elle, et elle bloquée avec une cheville blessée et des fesses trempées.

— Hé ! cria-t-elle après Nat alors qu'il escaladait la clôture, vous n'étiez pas du même avis hier, hein ?

Cal se mit à rire, des hypothèses plein les yeux alors qu'il regardait son patron s'éloigner à grandes enjambées.

— Quoi ? lui demanda-t-elle, le fusillant du regard.

— Rien, croassa Cal.

Elizabeth lutta pour se relever, mais elle ne parvint qu'à glisser et à heurter la hanche du jeune homme.

— Aïe ! cria-t-il.

— Désolée !

Elizabeth avait envie de pleurer. Encore. Quand elle s'était réveillée, sa cheville était si gonflée qu'elle avait la taille d'un melon, et elle ne pouvait même pas enfiler ses propres bottes. Heureusement, « comme elle était grande », Cal avait dit qu'il avait une paire de bottes qui lui irait.

Il l'avait hissée sur le dos de Tiger avant de partir vérifier le bétail. Il était peut-être extrêmement mince, sans la moindre once de chair superflue sur son corps, mais il était vraiment très fort.

Elle avait passé les deux heures suivantes à essayer d'attacher un fichu piquet de clôture pendant que les ouvriers du ranch disparaissaient dans les coins les plus reculés de la ferme pour contrôler le bétail. Elle n'avait vu Nat nulle part.

Et elle n'avait pas réussi à descendre de ce foutu cheval.

Quelle professionnelle elle faisait ! Pendant la première heure et demie, elle ne s'était même pas rendu compte de sa situation. Elle s'était entraînée dans le petit enclos qui avait été déneigé. Faisant des tours dans un sens puis dans l'autre, elle avait contrôlé Tiger à l'aide de ses genoux et d'une légère pression des rênes sur l'encolure du cheval. Elle avait travaillé sans relâche, profondément concentrée, tournant autour du petit enclos jusqu'à en avoir le tournis. Elle avait ignoré sa cheville douloureuse et s'était appliquée à apprendre l'art de l'équitation western et du roping[2].

— La corde est comme une chose vivante, lui avait dit Cal

---

2. *NdT :* Technique de maniement de la corde, venue des cowboys, notamment utilisée pour attraper les veaux au lasso.

avant de partir et de la laisser pendant *deux heures.* Tu dois la considérer dans sa globalité, et pas seulement le morceau que tu as dans la main. C'est comme un flux d'énergie et tu dois faire corps avec la corde, la laisser devenir une extension de ton bras.

L'art zen du roping. Elle était nulle au roping.

Après avoir avalé un antalgique qu'elle avait mis dans la poche de sa veste, elle avait réussi à supporter sa cheville palpitante et ses fesses engourdies, tout en sachant qu'elle aurait très mal le lendemain.

Après l'avoir laissée pendant deux heures avec « la sagesse du roping pour les débutants », Cal était revenu, tout penaud, se rappelant enfin qu'il n'y avait personne d'autre au ranch pour l'aider. Certes, elle aurait pu se jeter au bas du cheval, mais elle ne pouvait pas se permettre de se blesser à l'autre cheville. À ce rythme, elle quitterait le ranch en chaise roulante, *ou dans un sac mortuaire.*

Mais elle ne voulait pas y penser.

Cal avait fait de son mieux pour ne pas rire de son air abattu. Et, tueur condamné ou non, elle s'était retrouvée à lui rendre son sourire, en dépit du fait que chacun de ses muscles lui donnait l'impression d'avoir été rouée de coups.

Je sais de quoi je parle.

Elle était descendue de cheval avec toute la grâce d'un faisan qu'on aurait abattu, dégringolant à terre sur des jambes qui s'étaient transformées en nouilles molles. Cal avait essayé de la rattraper, mais elle l'avait aplati dans son élan.

Puis Nat était arrivé.

Elle jeta un regard à Cal qui essayait à présent de se relever, cramponnant son entrejambe avec précaution.

— Je ne suis *pas* une allumeuse ! s'exclama Eliza.

Cal ne la contredit pas, et il redevint muet, tout en lui tendant son autre main. La tirant pour qu'elle se relève, il la surprit avec un nouveau sourire.

— Il est jaloux, affirma-t-il, parce que je suis un bon parti, et tout.

Elizabeth y réfléchit un instant, et écarta cette idée.

— Jaloux, mon œil ! C'est un crétin, un idiot à la tête dure.

Tant pis pour les excuses qu'elle avait préparées. Nat pouvait toujours se les mettre là où le soleil ne brillait jamais, et les enfoncer jusqu'à ses amygdales.

La douleur irradia depuis sa cheville quand elle tenta de poser davantage de poids dessus. Cal prit le bras d'Eliza et le plaça autour de ses épaules, puis il passa le sien autour de la taille de la jeune femme. Ils avançaient prudemment dans la boue, comme deux guerriers blessés, couverts de terre de la tête aux pieds.

Elle avait fait un grand pas en avant ce jour-là. Être obligée de toucher Cal pour monter et descendre du cheval lui avait prouvé qu'elle était encore capable de fonctionner dans une situation normale avec un homme qui ne la menaçait pas. Elle ne se figeait pas toujours et ne paniquait pas forcément.

Cela lui faisait du bien d'être furieuse. C'était bien mieux que d'être malheureuse.

Elle laissa échapper un lourd soupir de frustration que Cal interpréta comme de la douleur. Il essaya de supporter davantage son poids pour l'aider à regagner sa cabane. Mais la douleur n'était pas un problème pour Elizabeth. Elle pouvait supporter la douleur.

Le problème, c'était le désir.

Le désir était censé être une émotion simple pour les personnes sans attaches, mais elle avait autant envie que peur du contact de Nathan Sullivan.

S'agrippant à l'épaule de Cal, sans doute assez fort pour lui donner des bleus, elle boitilla jusqu'au cottage, suivie de près par Blue qui remuait la queue tandis qu'ils montaient les trois marches en sautillant.

— D'accord, mon gars, dit-elle alors que Cal laissait d'abord entrer le chien.

La meilleure chose à faire était de prendre un bain chaud et de boire une bière bien fraîche.

Nat Sullivan pouvait aller pourrir en enfer.

ELLE PASSA les jours suivants à aider Ryan et Cal au ranch. Ce jour-là, elle était chargée de s'occuper de la cage de contention du bétail. Le temps s'était considérablement réchauffé et la plus grande partie de la neige avait fondu sur les pentes basses, remplissant les ruisseaux au point qu'ils étaient près de déborder.

Ce séjour avait été exactement ce qu'ils avaient annoncé : un travail harassant, sans fioritures et basique. Ce n'était pas un ranch de tourisme, il n'y avait pas de jacuzzi pour se détendre quand on souffrait à cause de la selle, pas d'excursions dans les attractions touristiques locales, pas de haricots frits au dîner. C'étaient purement et simplement des « vacances-travail », l'accent étant mis sur le « travail ». Le contraste entre la vie au ranch et son existence urbaine à New York était si marqué qu'il aurait pu s'agir de deux planètes différentes. Ses fourrures Fendi et ses talons hauts Sergio Rossi avaient été remplacés par des Levi's et des bottes de travail. Au lieu de savourer des lattes, d'organiser des expositions et de traquer les fraudeurs, elle avait passé chaque minute de la journée à s'occuper du bétail ou à remettre le ranch en état. La plupart du temps, le soir, elle s'endormait sur le canapé, trop fatiguée pour bouger.

Elle s'était installée. Elle s'était détendue.

Nat l'évitait complètement, et il était parti dans les montagnes pour vérifier l'accumulation de neige dans les pâturages d'été. Mais ce n'était pas parce qu'il n'était pas là qu'elle ne pensait pas à lui. Elle s'était radoucie au cours de la semaine, et elle ne savait plus si elle devait être fâchée contre lui ou contre elle-même. Elle l'avait embrassé, puis elle avait flippé, et il avait tiré ses propres conclusions sur sa personnalité perturbée lorsqu'il l'avait vue allongée sur Cal. Il n'était pas vraiment responsable du fait que ces conclusions n'étaient pas les bonnes. Elle était un vrai désastre et il était mille fois mieux sans elle. C'était peut-être mieux ainsi, décida-t-elle, car ainsi, personne ne serait blessé.

Cal conduisit un petit veau dans la cage. Il appelait sa mère, se cognait contre les grilles à cause d'une peur instinctive. Elizabeth était assise sur une caisse renversée, son presse-papiers sur les genoux et un crayon rouge derrière l'oreille. Elle manipulait les jeunes veaux Black Angus comme une pro maintenant, leur murmurant des paroles rassurantes, vérifiant les marques auriculaires jaunes et pesant chaque veau individuellement avant de les libérer pour qu'ils aillent retrouver leur mère. Certains étaient mis de côté pour engraisser, la plupart étaient envoyés sur le marché.

Dans l'ensemble, le travail était facile, mais fatigant. Ils séparaient le bétail excédentaire et préparaient le reste du troupeau pour le marquage, la castration et la vaccination. Le reste du temps était consacré à entraîner les chevaux et à la distribution de pierres à sel[3] ou de nourriture pour les vaches.

Ryan lui avait expliqué que le feu avait détruit une grande partie des pâturages d'altitude et que le ranch ne pouvait plus accueillir le troupeau de l'année précédente. Ils ignoraient s'ils recevraient une aide du gouvernement, car le fonds d'affectation de l'année passée était épuisé et personne ne savait s'il y

---

3. *NdT :* Complément alimentaire pour les animaux, se présentant sous la forme d'un bloc composé de sels minéraux, en particulier de chlorure de sodium.

avait encore de l'argent dans la cagnotte pour aider les agriculteurs en difficulté. Les coûts augmentaient partout. En outre, la menace de la sécheresse et de la maladie était omniprésente.

Jusqu'à la semaine passée, Elizabeth ne savait pas que l'élevage était si compliqué.

Elizabeth essaya d'oublier les problèmes des Sullivan. L'argent n'avait jamais été un problème pour elle, et elle regretta de ne pouvoir leur donner une liasse de billets pour tout arranger. Mais ce n'était pas ainsi que les choses fonctionnaient, et elle avait découvert voilà bien longtemps que l'argent ne faisait pas disparaître les problèmes, qu'il les enterrait simplement pour un temps.

De plus, elle voulait rester discrète sur l'étendue de sa fortune personnelle. Elle ne l'avait pas méritée. Elle en avait hérité à cause de la mort prématurée des membres de sa famille. D'abord, ses parents, puis sa tante qui s'était installée aux États-Unis après avoir épousé un magnat de l'acier américain. Elizabeth aurait préféré avoir une famille, mais c'était une chose qui ne s'achetait pas.

Tout en mâchonnant son stylo, elle se dit qu'elle pourrait peut-être faire quelque chose pour aider à résoudre les problèmes financiers des Sullivan sans se faire démasquer. Elle pourrait peut-être demander à ses avocats en Irlande de mettre en place quelque chose d'anonyme.

Le vieil Ezra, le second employé du ranch, était un ours doux et ratatiné, avec un front bosselé, de grandes oreilles et un nez de la taille d'un Boeing 747. Il avait le sourire facile, en dépit du regard plein de souffrance qui étrécissait ses yeux brun délavé.

Il s'approcha d'elle, sa bedaine l'obligeant à remonter son pantalon en cours de route. Il aimait bavarder avec elle, lui donnant toujours des bribes d'informations qu'il avait manifestement lues quelque part.

— Saviez-vous, commença-t-il, que le plus grand élevage de

bétail du monde se trouve en Australie et qu'il est plus grand qu'Israël ? Imaginez être à la tête d'une telle exploitation !

Eliza secoua la tête.

— Avez-vous beaucoup voyagé ?

— Non, répondit Ezra, qui cracha une chique de tabac sur le sol à côté de sa botte et l'écrasa dans la terre avec son talon. Nat a passé beaucoup de temps en Australie à photographier des créatures venimeuses.

Il frotta la zone brillante sur son crâne chauve.

— Il a dit qu'il faisait une chaleur à mourir.

Elizabeth appela et enregistra un autre numéro d'étiquette ainsi que le poids du veau, avant de tirer le levier de la barrière et de laisser partir l'animal.

— Personnellement, j'ai toujours voulu visiter l'Australie et la Nouvelle-Zélande en dépit de ces créatures venimeuses.

— Il est hors de question que je monte dans un fichu avion. Une boîte de conserve dans le ciel.

Elle fourra son stylo dans sa bouche et s'efforça de ne pas sourire au vieil homme quand il frémit de façon exagérée.

— Vous ne jurez pas beaucoup, n'est-ce pas, Ezra ? remarqua-t-elle.

Il secoua la tête puis s'arrêta, la penchant sur le côté, pour réfléchir plus longuement à sa question.

— Jamais. Enfin, je crois que je le fais dans ma tête, mais « fichu » est le mot qui sort de ma bouche.

— Avant, je ne jurais jamais, dit Elizabeth en réfléchissant.

Depuis son entrée à l'académie, son langage s'était considérablement détérioré. Elle se leva, mais chancela sur sa cheville blessée. C'était mieux, mais elle était encore faible.

— *Feck !*

Sa voix porta et résonna dans les collines dans un rare moment de silence et tout le monde leva les yeux de ce qu'il était en train de faire.

Elle sourit devant l'expression consternée d'Ezra.

— Ce n'est pas ce que vous pensez. *Feck* veut dire « zut » ou « flûte ». C'est irlandais.

Ezra se frotta le ventre avant de sortir sa blague à tabac de sa poche arrière et de mettre une tablette dans sa bouche.

— « Fichu » me convient mieux, dit-il, puis il éclata de rire et retourna vers le bétail.

CHAPITRE HUIT

Cal tint la porte du saloon pour Elizabeth et elle se retrouva face à un barrage de corps avec du rock à plein volume dans la sono. Elle s'était préparée à de la country, elle avait du rock.

Logique.

Suivant le dos de Ryan qui disparaissait rapidement, elle se faufila entre les groupes de cow-boys et les repoussa quand l'espace devint trop étroit.

Elle dénicha une place au bar et, par miracle, il lui trouva un tabouret. Elle n'en avait pas besoin, mais elle décida que ce serait un bon point d'ancrage si ses copains avaient de la chance avec les femmes. Eliza commanda une tournée de bières glacées et trinqua avec ses nouveaux amis avant de boire une gorgée désaltérante directement à la bouteille.

Cette routine familière apaisa son esprit. Elle avait toujours apprécié la camaraderie d'un verre avec les garçons, et le bar n'était pas tout à fait le repaire infâme auquel il ressemblait de l'extérieur. L'endroit était rempli de cow-boys portant leurs plus belles chemises western, des jeans propres, des bottes bien cirées et des chapeaux de toutes les tailles, du dix gallons[1] à la casquette de base-ball. Les femmes étaient différentes. La plupart portaient des jeans, mais certaines des plus jeunes étaient habillées de lycra et de paillettes.

Le *Screw Loose* était un relais routier situé à la périphérie de la petite ville de Stone Creek, à une quinzaine de kilomètres au nord du ranch. Il s'agissait d'une grande pièce avec un bar en fer à cheval installé contre le mur du fond. Sous les fenêtres de la façade, une rangée de box permettait aux clients de se restaurer. Quelques tables hautes étaient fixées au sol, garnies de tant de verres qu'elles commençaient à ressembler à des sculptures de cristal. Des coques de cacahuètes jonchaient le sol et crissaient sous ses bottes ; du moins, elle espérait que c'était ce qui crissait sous ses bottes.

Un écran géant occupait l'un des murs. Les Jets battaient les Ducks par 3 à 0. De grands miroirs étaient accrochés à l'arrière du bar et amplifiaient le chaos, donnant l'impression que l'endroit était encore plus bondé qu'il ne l'était en réalité. La piste de danse était envahie de corps pleins d'énergie qui transpiraient et se balançaient tandis que U2 affirmait qu'ils n'avaient toujours pas trouvé ce qu'ils cherchaient.

Ryan hochait la tête au rythme de la musique, cherchant manifestement une partenaire de danse. Il se tourna vers elle.

— Quand il gèlera en enfer, dit-elle en secouant la tête quand il afficha une expression de chien battu.

Cal prit place sur un tabouret à côté d'Elizabeth, exprimant clairement ce qu'il pensait de l'idée de danser. Il but une gorgée de bière et s'affala contre le bar, s'appuyant sur ses coudes. Elizabeth remarqua un groupe de bikers qui lui lançaient des regards hostiles.

---

1. *NdT* : Chapeau de cowboy.

Au ranch, elle lui avait demandé s'il avait bénéficié d'une aide psychologique lorsqu'il était en prison. Cal lui avait répondu que « les cow-boys n'allaient pas voir de psy, ils se saoulaient ».

D'accord.

Elizabeth se dit qu'il ne devait pas être facile d'être un meurtrier condamné dans une petite ville, et elle se demanda pourquoi Cal restait dans les parages. Il lui aurait été plus facile de prendre un nouveau départ dans un endroit où les gens ne connaissaient pas son histoire. Elle le savait mieux que personne. Elle haussa les épaules, puis se dit que cela n'avait rien à voir avec elle. Cal et elle étaient amis, rien de plus. Il avait ses raisons de vivre comme il le faisait, et elle avait les siennes. Elle n'avait pas l'intention de se justifier auprès de quiconque.

Ryan aperçut une vieille amie de l'autre côté de la salle et s'excusa pour aller lui proposer de danser. Comme il était impossible d'avoir une conversation, Cal et elle burent leur bière en silence, regardant le spectacle.

Nat Sullivan l'avait blessée et avait écorné sa fierté. Personne n'avait exercé un tel pouvoir sur elle depuis longtemps. Elle s'étonnait de ne pas avoir encore fait ses valises et de ne pas être partie. Peut-être ne savait-elle tout simplement pas où aller, ou peut-être que l'entêtement l'avait poussée à rester sur place. Quelle qu'en soit la raison, elle était heureuse d'être demeurée au ranch.

Un grand type avec une longue barbe à la ZZ Top et de petites lunettes à monture métallique vint discuter avec Cal, essayant de l'inclure dans la conversation. Elle lui sourit, mais ne répondit à ses questions que par de vagues réponses qui se perdaient généralement dans le bruit ambiant du bar. Elle ne craignait pas que quelqu'un la reconnaisse. Elle était suffisamment bien camouflée et les fausses informations qu'elle avait laissées derrière elle les mèneraient loin de ce coin des États-Unis. Seule Josie savait où elle se trouvait réellement.

Au bout de dix minutes, le type repartit dans la foule et Elizabeth aperçut Ryan en train de se livrer à une *dirty dancing* dans un coin avec une séduisante rousse. Elle cacha son sourire. Ce cow-boy savait comment s'amuser. La plupart du temps, il se comportait comme un adolescent irresponsable, prenant rarement le temps de s'occuper de sa fille, mais elle savait qu'il avait perdu son amour de jeunesse à cause d'un cancer et que cela n'avait pas dû être facile. Il travaillait dur et faisait la fête avec encore plus d'acharnement.

Les Sullivan avaient été une révélation pour elle. Les gens étaient toujours plus que ce que l'on croyait, et souvent moins que ce que l'on voulait, mais cette famille...

Elizabeth admirait la détermination avec laquelle Rose Sullivan poursuivait sa convalescence après sa récente crise cardiaque, comme s'il s'agissait d'une bataille de plus à mener. Et elle passait beaucoup de temps avec Sarah, le plus souvent tard dans la soirée, quand cette dernière rentrait de l'hôpital après une garde marathon, une fois Tabitha bordée dans son lit. Cette femme parlait à toute vitesse et elle était terriblement curieuse, mais Elizabeth l'aimait bien.

Et puis, il y avait Nat.

Au moins, elle n'avait plus à se demander ce que cela ferait de l'embrasser. *Elle savait.* C'était comme toucher les étoiles depuis les profondeurs de l'enfer. L'incroyable chaleur de ce baiser restait gravée dans sa mémoire, et elle sentait encore ses mains sur son corps. Elle brûlait d'envie qu'elles s'y posent à nouveau.

Peut-être que des relations sexuelles torrides avec Nathan Sullivan étaient exactement ce dont elle avait besoin.

Elle songeait à lui, à ses yeux bleu saphir, à ses épaules fortes et larges et à ses longues et interminables jambes. Des pensées inutiles, maintenant qu'il était parti dans les montagnes.

Au moins, elle n'avait pas à lui mentir.

Tous les habitants du ranch lui avaient posé des questions sur son passé et elle leur avait raconté les mensonges les plus proches de la vérité. Mais cela n'en restait pas moins des mensonges. Elle en détestait chaque mot.

Pendant des années, le mensonge, la tromperie et l'intrigue, les tours de passe-passe et les coups de poker avaient été son jeu. Maintenant, elle voulait en finir, définitivement. Mais dire la vérité aux Sullivan les mettrait en danger, et elle ne voulait pas prendre ce risque.

C'était vendredi soir, et elle était en proie à une déprime saisonnière. Ce n'était pas l'isolement du ranch qui l'atteignait, car elle s'en délectait. C'était le fait d'être isolée par rapport à l'information. La connexion internet des Sullivan était épouvantable. Sarah avait suggéré, pas très subtilement, qu'Elizabeth, en bonne experte en informatique qu'elle était censée être, pourrait les aider à résoudre ce problème. Elle ne parvenait pas non plus à capter correctement sur son téléphone portable. Elle avait profité de ce vendredi soir avec les garçons pour aller en ville et prendre des nouvelles de Josie.

Heureusement, cette dernière allait bien.

Dans le cottage, elle s'était aspergé le visage d'eau, mais avait décidé de ne pas se maquiller. Juliette se maquillait, pas Eliza. Elle avait lissé ses cheveux rebelles en une queue de cheval lâche, avait attrapé son manteau de laine vert et jeté son Glock dans son sac à main qu'elle gardait accroché en bandoulière.

À présent, Elizabeth se surprenait à surveiller la porte du saloon comme une adolescente victime d'un crush. Cal s'attendait à ce que Nat revienne d'un moment à l'autre, et il avait annoncé que s'il n'était pas à la maison au matin, il irait le chercher.

La musique changea à nouveau, et, cette fois, les Chicks déclarèrent que *Earl devait mourir.* Elizabeth n'aimait pas particulièrement la musique country, mais elle adorait ce groupe.

Elle ne le vit pas venir, mais soudain, elle fut poussée de son tabouret sur le côté et s'étala sur le sol rugueux. Elle atterrit entre les jambes d'une femme et se fit piétiner tandis que le compagnon de cette dernière tirait sa compagne à l'écart du danger.

Merci, mon pote.

C'est alors que l'enfer se déchaîna.

Un type maigrichon avec des tatouages qui serpentaient le long de son bras s'attaqua à Cal. Ce dernier réussit un crochet du gauche qui mit l'autre gars à terre, mais un voyou blond avec une queue de cheval l'attrapa par-derrière. Il tint Cal comme un sac de frappe et trois autres hommes s'en mêlèrent.

—Hé !

Elizabeth se releva difficilement, puis frotta ses mains mouillées et collantes sur son jean désormais sale. Cal se défendait, mais ils se battaient à quatre contre un, et ils ne faisaient pas de quartier.

Elle chercha frénétiquement Ryan dans la foule, mais la cohue était telle qu'il lui faudrait une éternité pour se frayer un chemin, même s'il se rendait compte de ce qui se passait.

Le type au sol se releva et le rapport de force fut désormais de cinq contre un. Personne ne semblait prendre le parti de l'homme seul du Triple H.

Feck. Elizabeth prit une grande inspiration et regretta de ne pas pouvoir sortir son arme. *Autant éviter le feu des projecteurs.*

Elle attrapa le type qui tenait les bras de Cal et le mit hors d'état de nuire d'un coup de poing sur la tempe. Libéré, il pouvait au moins se défendre, mais Eliza voyait qu'il avait été méchamment blessé. Elle se retourna pour affronter le biker le plus proche, le maigre avec les tatouages. Elle empoigna ses cheveux blonds hirsutes et le fit pivoter pour le mettre face à elle, écrasant le plat de sa paume sur son nez assez fort pour le briser. Il tomba à genoux, haletant, s'étouffant dans son sang.

Soudain, Nat surgit de la foule et cria :

— Allez chercher le camion !

Il lança les clés à Elizabeth et sauta dans la mêlée.

Bon sang ! Elle était bien contente de le voir. Elle resta un moment sans rien faire, se demandant où pouvait bien être Ryan et essayant de déterminer qui gagnait la bagarre. Nat se battait contre un homme qui devait peser cent quinze kilos et le maintenait au sol avec une prise d'étranglement. Il était bon, elle le lui accordait, mais deux types étaient encore en train de tabasser Cal.

Le plus proche d'elle ne mesurait qu'un mètre soixante-dix, mais il était trapu et se servait d'une bouteille de bière pour infliger des dégâts. Cal s'effondra. Faisant fi des instructions de Nat, elle balança un coup de pied latéral dans la rate du type, comme pour la faire remonter dans sa gorge. Se tournant face à elle, les yeux brûlants de rage et d'indignation, il leva la bouteille pour la frapper avec. Elle esquiva, mais elle prit un coup sec sur la tempe. Ignorant la douleur, elle empoigna les oreilles de l'homme et abaissa son visage contre son genou levé. Satisfaite, elle le regarda tomber comme une pierre.

Nat venait d'en finir avec le grand gaillard au sol, mais Cal était encore en train de repousser un type qui semblait décidé à le réduire en bouillie. Ce dernier assaillant était un peu plus grand, un peu plus mince, et un peu plus méchant que les autres. Il recula une main, s'apprêtant à donner un coup. Elizabeth lui saisit le poignet et le coude, les tordit violemment, et remonta son bras vers son cou. Puis elle empoigna ses cheveux et il poussa un cri de surprise quand elle lui claqua le visage contre le bar. Il ne sut pas ce qui s'était passé. Il tomba comme une masse sur le sol, et Elizabeth plissa les yeux devant son visage qui n'était plus très beau.

Cal était affalé contre un tabouret de bar, la respiration laborieuse, le visage déjà tuméfié. Travaillant d'instinct et poussée par le besoin de s'échapper, elle l'attrapa, jeta son bras par-dessus son épaule et commença à le tirer vers l'extérieur. Soudain, son poids diminua et, se tournant, elle vit Nat prendre l'autre bras du blessé. L'adrénaline circulait toujours dans son corps, mais elle fut soulagée lorsqu'elle croisa son regard et lui adressa un sourire hésitant.

Il avait la lèvre fendue, mais, en dehors de ça, il avait l'air d'aller bien. *Bon sang ! Il avait fière allure.* Ils se faufilèrent dans la foule et sortirent dans l'air frais de la nuit. Ils trébuchèrent en traversant la route jusqu'à l'endroit où le camion de Nat était garé.

Elizabeth aida Cal à s'installer sur la banquette arrière, puis elle se tourna vers Nat, qui s'était précipité vers une voiture garée un peu plus loin dans la rue. Elle fronça les sourcils, se demandant ce qu'il faisait. Elle le vit frapper à la vitre, et un Ryan échevelé sortit la tête.

Apparemment, il était plus rapide qu'Elizabeth ne l'avait imaginé.

Nat lui parla et pointa son camion du doigt. Ryan hocha la tête ; elle le vit ensuite embrasser rapidement sa compagne et sortir de la voiture. Au moins, il parvint à remonter son pantalon avant de traverser la route. Elizabeth était bouche bée, et elle haussait si haut les sourcils qu'ils étaient coincés dans la racine de ses cheveux quand il atteignit le camion de Nat.

— Allons-y, dit ce dernier qui ouvrit la portière passager pour Elizabeth.

Elle trouva cela absurdement vieux jeu et poli dans ces

circonstances. Elle grimpa. Ryan monta dans son propre camion, et ils partirent à toute allure pour rentrer à la maison.

DE RETOUR AU RANCH, Elizabeth fit les cent pas dans le coin salon pendant que Sarah soignait Cal. La pièce était rustique et accueillante, avec des tapis navajos aux couleurs vives qui ornaient le sol, ainsi que quelques crânes blanchis sur les murs qui auraient eu leur place dans un tableau de Georgia O'Keeffe.

Cal était allongé torse nu sur un vieux canapé rouge, les traits tirés ; la douleur empêchait les yeux noisette de se fixer. Il était blanc comme un linceul. Des traces de coups rouges couvraient son corps mince, et Elizabeth comprit qu'au moins l'un des agresseurs portait un poing américain. Le lendemain, Cal serait noir et bleu, et il aurait mal partout.

Nat l'aida à s'asseoir pendant que Sarah lui mettait un bandage autour du torse. Cette dernière avait donné des antalgiques au blessé, mais, à en juger par son expression, ils ne faisaient pas encore effet.

— Tu as peut-être une petite fracture, remarqua Sarah en palpant délicatement le torse de Cal, affichant un petit sourire. Tu vivras, mais demain, tu passeras une radio.

Cal secoua la tête, mais Sarah l'ignora et repoussa ses cheveux courts de son front humide.

— Pourquoi est-ce qu'ils ne peuvent pas te laisser tranquille ?

Cal lui prit la main et la serra.

— Laisse tomber.

Sarah se leva et reporta son attention sur Elizabeth. Elle la fit asseoir sur un fauteuil pour pouvoir examiner la plaie sur son cuir chevelu.

— Qu'est-ce qui t'est arrivé? Tu as été prise entre deux feux?

De ses doigts habiles, Sarah examina délicatement la coupure sur la tempe d'Elizabeth.

Cette dernière murmura quelque chose d'évasif et elle aurait volontiers adressé un regard noir à Ryan qui lui souriait, mais son front était trop endolori. Ce dernier avait été mis au courant de ce qui s'était passé une fois que Nat avait réveillé Sarah.

Au moins, Elizabeth avait essayé de rester discrète. *L'ex-reine de l'infiltration se bat dans un bar local, façon rodéo.* Elle leva les yeux, découvrit Nat qui lui adressait un regard appuyé qu'elle ne parvenait pas à déchiffrer. Il portait encore sa veste, comme s'il n'avait pas l'intention de rester, comme s'il s'obligeait à rester immobile.

Sarah badigeonna la coupure d'eau oxygénée et Elizabeth inspira brusquement. Elle ne cria pas, mais elle en avait envie. Pourquoi le traitement était-il souvent pire que la blessure?

— J'ai été surprise par une bouteille de bière volante.

Elizabeth se redressa brusquement quand Sarah braqua une lampe-stylo dans ses yeux.

— Il est possible que tu aies une légère commotion cérébrale, constata l'urgentiste, l'inquiétude se lisant dans ses yeux bleu-gris. Tu devrais vraiment aller aux urgences et passer un scanner.

— Ce n'est rien, insista Elizabeth.

Elle n'irait nulle part.

— Prends son manteau, je l'y conduis.

Nat s'adressait à Ryan comme si elle n'avait pas son mot à dire. L'énergie refoulée qu'elle avait sentie en lui sembla se libérer lorsqu'il s'approcha d'elle et la dévisagea avec des lignes sinistres autour de la bouche.

— Je n'irai nulle part, affirma Elizabeth, lançant un regard noir à Ryan qui se rassit aussitôt.

Le seul fait de penser à une salle des urgences lui retournait l'estomac. La dernière fois qu'elle était allée à l'hôpital, elle avait dû se soumettre à un kit de viol, et elle refusait d'y retourner à moins qu'ils ne l'y transportent inconsciente et en sang.

Cette image était encore trop présente dans sa tête.

Nat se rapprocha suffisamment pour qu'elle sente son souffle sur sa joue. Ses yeux brillaient d'un feu intérieur.

— Oh que si !

— Non, monsieur Sullivan, répliqua Elizabeth en le repoussant, et leurs regards s'entrechoquèrent comme des épées. Je n'irai pas.

Sarah intervint, faisant taire Nat lorsqu'il voulut en dire davantage. Il s'éloigna et se débarrassa de sa veste avec colère.

C'est ça, mon pote, recule. Elizabeth cacha son sourire, mais oublia tout sentiment de triomphe lorsque Sarah poursuivit.

— Alors, tu auras besoin de quelqu'un pour veiller sur toi cette nuit et te réveiller toutes les heures, annonça-t-elle, et elle haussa les sourcils quand Elizabeth fit mine de protester. C'est ton choix, Eliza. Hôpital ou infirmière de nuit.

Dans tous les cas, Elizabeth était bonne pour une nuit blanche. Génial. *Feck-tastique.*

Sarah s'éloigna pour vérifier à nouveau la tension de Cal.

Après un bâillement impressionnant, Ryan sourit et se leva.

— Rappelle-moi de ne jamais vous énerver, vous les filles de la ville, ma belle. J'aime mon visage tel qu'il est.

— Tout comme cette rousse, beau gosse, plaisanta Elizabeth, espérant ainsi détourner l'attention d'elle-même. Qu'é-tais-tu en train de lui faire dans cette voiture, d'ailleurs ?

Si elle avait voulu le faire rougir, elle avait lamentablement échoué.

— Si tu ne le sais pas maintenant, tu ne le sauras jamais, ricana Ryan, avant de poser un regard inquiet sur sa sœur.

Il y eut une petite pause qui s'étira en un silence évident.

Elizabeth suivit les regards des frères. Sarah Sullivan se renfrogna, comme une chouette contrariée.

— Quelle rousse ? demanda-t-elle d'une voix lente.

— Stacy, l'informa Ryan, se redressant tout en rentrant le menton.

— Stacy Hopkins ? insista sa sœur, plissant les yeux comme si elle était en train de viser.

Ryan hocha la tête.

— Tu étais en train de te taper Stacy Hopkins pendant que Cal et Eliza se faisaient tabasser ?

Elizabeth écarquilla les yeux. Elle avait déchaîné un chat sauvage. Ryan posa sur Cal un regard empreint de culpabilité.

— Je ne m'attendais pas à ce qu'on ait des ennuis.

— Non, répliqua Sarah, tu ne t'y attends jamais.

Elle porta les mains à son visage et, pendant une seconde atroce, Eliza crut qu'elle allait se mettre à pleurer. Tous les gens présents dans la pièce retenaient leur souffle.

— Stacy n'est pas si mal, commença Ryan, mais il fut interrompu par le ricanement de Sarah.

— C'est une bonne à rien dévergondée qui est toujours à la poursuite de quelque chose qui ne lui appartient pas, déclara-t-elle, posant un regard plein de rage sur son frère.

— Elle t'a piqué ton petit ami au lycée, répliqua Ryan, s'approchant de Sarah, assise sur le canapé. Il est temps que tu t'en remettes. Et je n'appartiens à personne, plus maintenant.

Un silence choqué s'abattit sur la pièce pendant dix bonnes secondes, jusqu'à ce que Sarah demande d'une voix douce :

— Et qu'en est-il de Tabitha ?

Ryan tressaillit.

Elizabeth était fascinée. Tous les autres étaient peut-être habitués à la dynamique familiale et aux feux d'artifice, mais pas elle. Elle n'avait jamais été aussi proche d'une vraie famille depuis des années.

Ryan recula ; sa colère disparut aussi vite qu'elle était venue. Se passant une main sur le visage, il se tourna et regarda Eliza.

— Désolé, je ne voulais pas faire de scène.

Il avait l'air meurtri, émotionnellement à vif.

Ce n'étaient pas ses affaires, se rappela-t-elle. Cela n'avait rien à voir avec elle. Elle secoua la tête, haussa les épaules.

— Pas de problème.

Cal fit l'effort de se lever. Il cramponna ses côtes endolories, gémissant de douleur. Sarah se tourna pour l'aider, le touchant avec douceur.

— Tu peux prendre un lit à l'étage ce soir, Caleb Landon, lui ordonna Sarah, reprenant manifestement le dessus sur sa colère. Il n'est pas question que tu travailles demain, alors le moins que tu puisses faire, c'est de rester ici pour que je puisse m'assurer que tu vas bien sans avoir à me rendre toutes les trente minutes au dortoir.

Cal ne discuta pas. Il se dégagea des mains secourables de Sarah et traversa lentement la pièce en boitillant jusqu'à Nat et Elizabeth qui se tenaient côte à côte. Il tendit la main, et Nat la serra fermement. Puis il se posta devant Elizabeth et fit la même chose.

— Je te suis redevable.

Il grimaça en lui donnant une tape sur l'épaule, et elle lutta pour étouffer sa compassion. Il avait l'air tellement amoché que chaque mouvement devait lui faire un mal de chien ; et s'il avait une côte fêlée, il serait hors service pendant des semaines.

Les Sullivan n'avaient pas besoin de ça.

Nat s'apprêtait à l'aider à monter les escaliers, mais Ryan était déjà là. Sarah les suivit en faisant claquer sa langue comme une mère poule. Et soudain, sans qu'Elizabeth sache comment ils avaient été manipulés, Nat et elle se retrouvèrent seuls dans le coin salon.

Elle écouta les autres se déplacer hors de portée de voix,

chaque grincement de parquet et chaque rotation de poignée de porte marquant leur progression. Lorsque tout fut silencieux, Elizabeth aurait voulu être n'importe où, mais pas seule avec cet homme qui lui donnait l'impression d'être stupide et sur la défensive, et qu'elle avait embrassé d'une manière presque gênante.

Le silence devint tendu. Elizabeth leva les yeux vers le visage de Nat, incertaine de son humeur. Plus tôt, il s'était mis en colère, maintenant il était... en train de l'observer attentivement, plissant ses yeux sombres et pensifs, sa bouche se figeant en une ligne dure.

Merde.

Elle porta une main lasse à son front, tâchant de ne pas avoir l'air pathétique.

Elle ne pouvait pas se battre avec Nat Sullivan, elle n'en avait pas l'énergie. En temps normal, elle était plus résistante que cela, mais la bagarre avait fait disparaître l'énervement qu'elle avait éprouvé toute la journée, et maintenant elle était endolorie et épuisée. Elle en avait assez.

—Je suis désolé, dit-il d'une voix un peu rauque, comme s'il n'était pas sûr de trouver les mots justes.

Ses cheveux blonds lui retombaient sur le front, adoucissant les fortes lignes de son visage et lui donnant l'air plus jeune. Il appuya sa grande carrure robuste contre la cheminée en chêne, croisa les bras sur sa large poitrine et sourit.

Il est trop beau à mon goût.

Elizabeth s'avança vers le canapé, s'effondra sur les coussins moelleux et ferma les yeux pour ne plus voir ces joyaux bleus étincelants. Paul Newman jeune n'aurait rien eu à envier à Nat Sullivan.

—J'ai un tas d'excuses, mais aucune d'entre elles ne ferait la moindre différence. J'ai dépassé les bornes l'autre jour et j'en suis navré.

Elle l'entendit se rapprocher, sentit le canapé s'affaisser lorsqu'il s'assit à côté d'elle. Elle essaya de ne pas se dérober, mais elle ne parvenait pas vraiment à contrôler son corps fatigué. Sa bouche se déforma en une grimace de dégoût pour elle-même. La peur était aussi imparable que la marée, et elle se méprisait.

Elle avait envie de lui dire d'aller au diable. De nier les sentiments que la proximité de cet homme faisait naître en elle. Mais elle ne pouvait pas. Après des années de duperie, l'honnêteté prenait enfin le dessus. Elle tint sa langue, puis s'obligea à ouvrir les yeux.

Le regard chargé de questions, il leva la main et suivit doucement d'un doigt la racine de ses cheveux.

Elle fut prise d'un frisson.

— Vous êtes sûre que ça va ?

— Ça va.

Une semaine plus tôt, Elizabeth aurait repoussé sa main ; au lieu de cela, elle le laissa la toucher... à titre d'expérimentation.

— Vous êtes une invitée ici...

Il hésita, sembla réfléchir à ses paroles et prit la main pâle de la jeune femme, qui était restée figée sur ses genoux. Son instinct lui commandait de l'écarter, mais elle hésita, fascinée par ce contact.

Elle contempla leurs doigts liés.

La grande main de Nat englobait la sienne. Elle lutta pour ne pas s'enfuir de la pièce en hurlant, s'obligea à ne pas s'accrocher trop fort. Son pouce calleux jouait avec ses nerfs tandis qu'il massait délicatement sa paume.

Ce geste, cette union de leurs doigts, lui semblait être l'acte le plus intime qui soit.

Elle leva les yeux et plongea la tête la première dans un regard d'un bleu profond qui la saisit et ne la lâcha plus.

— L'autre jour... je venais m'excuser pour ce qui s'est passé dans la cabane. Pour vous avoir embrassée. Ensuite, je vous ai vue allongée sur Cal, et j'ai vu rouge, je me suis comporté comme un idiot, expliqua-t-il.

Son regard pénétra et chercha des réponses dans le sien ; la main d'Eliza était prisonnière de sa poigne chaude et solide. Ses yeux brillaient d'un éclat sombre.

— Je suis sincèrement désolé. J'ai eu envie de frapper Cal, poursuivit-il avec un petit rire teinté d'ironie. Cela aurait pu éviter une sacrée raclée à cet abruti.

— Il n'y a rien entre Cal et moi, répondit-elle en retirant sa main, et le manque de son contact se fit aussitôt sentir.

Nat était assis là, si beau, si parfait qu'elle mourait vraiment d'envie de l'embrasser à nouveau. Il fallait qu'elle parte, qu'elle sorte de là avant de se ridiculiser. Elle avait déjà été plus forte que cela, mais maintenant, elle n'arrivait pas à forcer ses jambes à bouger.

Ils restèrent assis un moment à écouter le silence de la pièce, interrompu seulement par le bruit de la chaudière.

— Vous m'avez traitée d'allumeuse, grommela Elizabeth, toujours irritée par ce détail en particulier.

— Mmmh, répondit Nat en grimaçant, comme s'il avait espéré qu'elle aurait oublié. Oui, m'dame, j'ai fait ça.

— Je n'ai pas…, commença Elizabeth, qui bafouilla en essayant de s'expliquer, luttant pour trouver les mots justes. Je n'en suis pas une.

Il afficha un rictus ironique qui se mua en sourire sexy.

— Non, je m'en suis rendu compte tout seul. Je suis un crétin.

— Oui, confirma Elizabeth en se levant ; elle avait besoin d'être honnête. Non. Ce n'était pas votre faute. Je vous ai embrassé et ensuite je vous ai traité comme une sorte de… violeur.

Elle s'interrompit sur ce mot. Puis détourna rapidement le regard.

Nat contempla ses bottes éraflées un long moment avant de dire tout bas :

— Eh bien, je suppose que vous aviez vos raisons.

Le cœur de la jeune femme se figea. Le silence s'étira tandis qu'elle le regardait en cillant, horrifiée. *Il savait.* Les muscles de sa gorge se contractèrent et elle se retrouva incapable de bouger ou de respirer. Il ne pouvait pas savoir. Elle n'était pas marquée extérieurement comme l'une de ses bêtes. Mais le cow-boy la regardait comme si elle était aussi transparente que du verre et Elizabeth éprouva soudain l'envie de se briser en mille morceaux.

CHAPITRE NEUF

Nat observa son visage, nota les pupilles dilatées et les lèvres exsangues. Il serra les poings. Il lui était arrivé quelque chose, mais elle ne révélait aucun de ses secrets. Il ne pouvait pas lui en vouloir.

Au début, quand il était monté à la cabane d'été, il avait été en colère, furieux même, car les rappels de la trahison de Nina étaient comme des coups de couteau dans sa poitrine. Mais, après un jour ou deux de solitude, il avait beaucoup réfléchi au baiser torride qu'il avait échangé avec Eliza et à la façon dont elle avait soudain paniqué lorsqu'il l'avait touchée. Il ne fallait pas être titulaire d'un doctorat en psychologie pour comprendre qu'elle avait des blocages par rapport au sexe.

En tant que photographe naturaliste free-lance, Nat avait vécu plus de choses que la plupart des gens. Une fois, il s'était retrouvé au cœur d'une guerre civile meurtrière, où une mission de rêve s'était rapidement transformée en cauchemar. Il avait eu de la chance de s'en sortir vivant. D'autres ne pouvaient pas en dire autant. Une autre fois, des braconniers l'avaient menacé de mort pour avoir documenté leur destruction impitoyable des rhinocéros noirs. Seule sa maîtrise du maniement du fusil lui avait sauvé la mise cette fois-là.

Ces expériences avaient creusé dans son âme un trou qui ne s'était jamais vraiment refermé. Le fait qu'un homme puisse être aussi malfaisant envers son prochain lui avait ouvert les yeux sur le côté sombre de la nature humaine.

L'expression d'Eliza après ce baiser avait été empreinte de terreur et de dégoût de soi. Elle ne s'était pas moquée de lui. La frustration sexuelle de Nat avait obscurci son jugement, mais finalement, dans le calme des montagnes, il s'en était rendu compte et ses propres actes l'avaient rebuté. Ensuite, Cal l'avait appelé à la radio. Il l'avait incendié pour s'être comporté comme un crétin.

Nat ne voulait pas s'engager avec une autre belle femme, il n'aimait pas la façon dont Eliza Reed réveillait ses sentiments restés endormis pendant les trois dernières années. Mais en dépit de son armure épaisse et de sa capacité à se battre, il y avait quelque chose de fragile chez cette femme. Elle était dangereuse, il le savait, mais elle possédait une vulnérabilité qui l'attirait, l'aspirait et lui donnait envie d'en savoir plus.

Et, à en croire ce baiser, l'attirance était réciproque. Alors, malgré le caractère méfiant de la jeune femme, il allait voir où cela les mènerait.

Elle l'observait avec ses yeux de chat, fière et déterminée, prête à prendre la fuite.

— Vous voulez en parler ? lui proposa-t-il.

Eliza secoua la tête, et ses cheveux noirs retombèrent en éventail sur ses épaules, là où ils s'étaient détachés de leur queue de cheval. Elle le regarda droit dans les yeux.

— Non.

Cela fit sourire Nat. Contrairement à la plupart des événements de cette soirée, *cela* ne le surprenait pas. Eliza Reed était plus insaisissable qu'un loup des bois, et il se demandait ce qu'elle pouvait bien cacher.

Un mari violent?

La panique le saisit aux tripes, à la fois à l'idée qu'elle puisse ne pas être disponible et à l'idée que quelqu'un ait levé la main sur elle.

Sous la peau de ses articulations, les reflets blancs de l'os apparurent lorsqu'elle agrippa le manteau de la cheminée. Immobile comme une statue et deux fois plus pâle, elle était terriblement nerveuse, et il détestait cela.

— Où avez-vous appris à vous battre comme ça? lui demanda-t-il, espérant passer en terrain neutre.

Elle se figea à nouveau, lui en apprenant beaucoup plus que ce qu'il voulait savoir. Un autre sujet sensible.

Un soupir de dépit vibra au fond de son diaphragme et il se frotta le menton. Au début, il crut qu'elle n'allait pas répondre, il la voyait évaluer dans sa tête les risques qu'elle avait à s'ouvrir.

— Les forces de l'ordre, dit-elle enfin, rompant le silence avec une grande inspiration, portant une main hésitante à sa blessure à la tête. J'étais dans les forces de l'ordre.

— Les forces de l'ordre?

Il fit rouler les mots sur sa langue pour voir comment ils se combinaient. Il ne s'attendait absolument pas à ça. Vraiment pas.

— C'est là où vous avez appris à tirer? insista-t-il, alors que les pièces s'emboîtaient dans sa tête.

Eliza s'avança et récupéra sa veste sur la rampe de l'escalier.

— Oui. Et maintenant, je vais me coucher.

— D'accord. Je viens avec vous, annonça-t-il en se levant du canapé.

— Non. Vous ne venez pas.

— Vous avez une commotion cérébrale, vous vous souvenez?

Nat passa devant elle, sortit du coin salon et traversa le couloir en direction de la cuisine. Il tint la porte ouverte pour Eliza qui s'arrêta et le regarda, bouche bée.

Elle le suivit, l'air exaspéré.

— Je n'ai besoin de personne pour veiller sur moi.

— Certes, mais Sarah pense le contraire, et c'est elle le médecin, répondit Nat en se rapprochant d'elle, la plongeant dans l'ombre. Je dormirai dans le convertible dans l'autre pièce, et je vous réveillerai toutes les deux heures.

Eliza soutint son regard pendant dix secondes avant de céder. Elle se dégonfla sous ses yeux, rapetissa lorsque la colère la quitta, et elle le dépassa pour entrer dans la cuisine.

— Eliza, l'appela Nat d'une voix douce alors qu'elle s'éloignait de lui.

Il voulait qu'elle comprenne qu'elle ne risquait rien avec lui, alors il insista, passant naturellement au tutoiement.

— Si j'avais voulu te faire du mal, je l'aurais fait dès le premier soir. Avant même que quiconque ait appris ton arrivée.

Elle s'arrêta, la main sur la poignée de la porte, puis elle se tourna face à lui. Ses yeux étaient comme des ecchymoses qui hantaient un visage pâle.

Il avait envie de lui crier les mots, mais il les murmura à la place.

— Je ne te ferai pas de mal.

Elle hocha la tête et franchit la porte.

Il la rattrapa dehors, juste devant la porte de la cuisine. Elizabeth se força à marcher lentement, à ne pas s'enfuir comme son instinct l'y incitait. Nat n'avait pas pris la peine de mettre une veste. Il la guida dans la nuit froide, vêtu seulement d'une chemise bleue à carreaux et d'un vieux jean. Il ne semblait pas remarquer le froid qui la poussait à se blottir dans les profondeurs chaudes de son manteau, où son souffle se condensait à l'intérieur de son col.

Ils atteignirent les marches du cottage et Nat entra directement, puis lui tint la porte avant d'aller remplir le poêle à bois.

Comme si l'endroit lui appartenait.

Oh ! exact. Il en était propriétaire. Elle étouffa un sourire avec les doigts de sa main droite. Peut-être avait-elle *vraiment* une commotion cérébrale.

La queue de Blue frappait mollement le sol en bois brut. Elizabeth referma la porte derrière elle, retira sa veste et resta là à la faire tourner entre ses doigts. Le cottage était petit, mais agréable, avec des murs jaunes qui lui donnaient un air douillet. Le pin brut et le parquet en bois massif brillaient après des années de cirage et de polissage, et elle aimait le charme rustique et chaleureux de l'endroit.

Mais jusqu'à présent, elle n'avait pas remarqué à quel point il était petit.

Nat l'observait, et ses yeux se déplaçaient sur elle comme un laser qui ne manquait rien. Les lampes qu'elle avait laissées allumées projetaient une lueur ambrée sur ses traits et soulignaient les contours de son visage, accrochant les reflets pâles de ses cheveux.

Magnifique. Doré à l'or fin.

D'une certaine manière, la beauté de Nat ne faisait que rendre sa propre vie plus hideuse.

— Quelle était la raison de cette bagarre ? s'enquit Elizabeth, qui ne savait pas comment se comporter avec cet homme dans sa cabane.

La dernière fois, elle lui avait sauté dessus ; elle était si gênée que ses joues s'échauffèrent.

Nat continuait à l'observer, mais il ne répondit pas. Eliza regarda ses grandes mains remplir le poêle de grosses bûches de bois fendu et fit un dernier effort déterminé pour rompre le charme qu'il avait jeté sur ses nerfs.

— Pourquoi ces types ont-ils tabassé Cal ?

Nat referma le poêle et s'épousseta les mains sur l'avant de son jean avant de s'avancer vers elle. Des pas lents, qui lui donnaient envie de s'enfuir en courant. Elle se tint immobile, tous les muscles tendus. Il avança, prit la veste entre les doigts nerveux de la jeune femme.

— Cal t'a dit qu'il avait fait de la prison, n'est-ce pas ?

Elle hocha la tête pendant qu'il accrochait son manteau derrière la porte. Elle fit tourner la bague qu'elle avait au doigt.

— Son beau-père n'était qu'une vieille ordure et il avait l'habitude de tabasser Cal et sa mère à chaque fois qu'il prenait une cuite. J'ai vu Cal quelques fois... *après,* raconta Nat avant de secouer la tête. Un jour, il a craqué. Ce n'était qu'un gamin, mais il a frappé son beau-père à la tête avec une batte de base-ball et il a brisé le crâne de cet enfoiré.

Elizabeth déglutit alors qu'une image saisissante se formait dans son esprit. À l'âge de quatorze ans, Cal avait tué un homme. À l'âge de quatorze ans, tout ce qui la préoccupait, c'était de savoir si elle devrait partager une chambre à l'école, et quelles matières elle devait choisir pour ses examens. Il y avait pire dans la vie que d'être orphelin.

Les yeux bleus de Nat la scrutaient attentivement.

— L'un des types du bar était le jeune demi-frère de Cal. Il lui en veut encore d'avoir tué son père.

Elizabeth hocha la tête : elle comprenait aussi la douleur de perdre un parent dans des circonstances violentes. Les siens avaient été des victimes innocentes de la campagne de terrorisme qui avait failli détruire l'Irlande du Nord ; mais elle ne pouvait pas compatir avec une brute.

Le silence pesait lourd entre eux.

Elizabeth frissonna, mais pas de froid. La vie n'était jamais simple. Tout le monde avait une histoire. Elle fit tourner la chevalière en or autour de son auriculaire, consciente que sa nervosité transparaissait, mais incapable de se contrôler. Ses yeux bleu foncé la scrutaient avec un regard qui se rapprochait de l'intérêt. C'était comme de la magie qui tournait autour d'elle, et les « peut-être » l'effrayaient.

À quoi ressemblerait une relation avec un homme comme Nat Sullivan ?

Plus précisément, pouvait-elle faire face à une vie de regrets, à se demander ce que cela aurait été d'être entourée de ces bras puissants et d'être embrassée par cette bouche magnifique ? Quelle que soit la durée de cette vie ?

Puis-je encore laisser DeLattio contrôler ma vie ?

Elle pouvait se perdre dans ces profondeurs bleues, dans la courbe de ce sourire qui creusait une fossette sur sa joue gauche. Nat leva la main et repoussa doucement une mèche de cheveux du front d'Eliza. Ses joues s'échauffèrent, et elle recula de quelques centimètres. Elle n'était pas assez forte. Pas encore. Elle recula encore d'un pas, déconcertée, et mordit sa lèvre inférieure.

— Va te coucher, ordonna-t-il, comme s'il n'avait pas remarqué qu'elle le fixait avec un pur désir une seconde plus tôt. Je te réveillerai dans deux heures.

— Oh ! Merci..., répondit-elle avec un petit rire, puis elle commença à se détourner.

Elle n'était pas prête pour l'intimité, mais un baiser ne lui aurait pas déplu. Cela valait mieux que les cauchemars qui lui tenaient habituellement compagnie.

Elle hésita.

— C'est le moins que je puisse faire. Vas-y.

Il lui donna une tape sur les fesses et elle sursauta, surprise. Elle n'était pas quelqu'un de très tactile, elle ne l'avait jamais été. En général, les gens gardaient leurs distances.

Elle haussa les sourcils devant son visage souriant.

— Vous ne l'avez peut-être pas remarqué, *monsieur* Sullivan, mais je n'aime pas qu'on me donne des ordres.

En le disant, elle tourna le dos à son sourire. L'idée du sexe aurait dû la faire fuir, mais, ce soir-là, elle était tentée.

— Oh ! J'ai bien remarqué, répondit Nat quand elle s'arrêta dans l'embrasure de la porte de la chambre et qu'elle le regarda par-dessus son épaule.

Puis il lui sourit. Il ressemblait à un pécheur aux portes du paradis.

— Mais franchement, ma belle, je m'en fiche complètement.

Le bip insistant de l'alarme de sa montre tira Nat d'un profond sommeil. Il lui fallut un moment pour se rappeler pourquoi il dormait sur le canapé du cottage des invités, et, quand la mémoire lui revint, il repoussa la couverture et s'assit.

Les pattes de Blue tressautaient dans son sommeil alors qu'il rêvait de chasser des lapins.

Nat se dirigea pieds nus vers la chambre, dont il ouvrit la porte avec précaution. Une douce lumière filtrait depuis le salon où la lampe brillait encore. Elle passait sur les plis et les courbes des couvertures qui entouraient la silhouette endormie d'Eliza.

Cette dernière était allongée sur le dos, les mains rejetées sur l'oreiller derrière sa tête. En silence, il s'approcha du lit. Il remarqua sa respiration profonde et régulière, ses cheveux noirs ébouriffés autour de son visage. Nat les repoussa doucement de son front. Il se raconta qu'il vérifiait sa plaie au cuir chevelu, tâchant de ne pas savourer la douceur des cheveux.

— Eliza, souffla-t-il doucement. Réveille-toi.

Rien. Même le rythme de sa respiration ne changea pas.

— Eliza, répéta-t-il plus fort, allez, réveille-toi.

Rien ne se produisit.

Nat lui toucha l'épaule, la secoua, puis appela son nom encore une fois.

La seconde d'après, il était étalé à plat dos sur le sol, fixant la gueule d'un pistolet noir mat. Eliza le fixait, les yeux écarquillés, la respiration rapide et superficielle.

Nat repoussa sa main, lui agrippa le poignet et arracha l'arme de ses doigts raidis.

— Qu'est-ce que c'est que ce bordel ? hurla Nat. Tu dors avec une arme sous ton oreiller ?

Bon sang ! Merde ! Bordel !

Tenant fermement le poignet de la jeune femme, il fit glisser l'arme sur le sol et se leva, tandis qu'Eliza le fixait avec des yeux si dénués de défense qu'il faillit en avoir le cœur brisé.

Mais que lui était-il arrivé ?

Il relâcha doucement son poignet, puis fit glisser sa paume vers le bas jusqu'à lui tenir la main.

— Eliza, je ne vais pas te faire de mal.

L'horloge égrenait les secondes sans qu'elle ne dise rien, se contentant de le fixer, pas tout à fait consciente.

Il ramassa l'arme sur le sol, puis se tourna pour partir. La voix de la jeune femme l'atteignit dans l'obscurité, un murmure, incroyablement bas.

— Je ne savais pas que c'était toi, Nat.

La rage et la fureur envahirent son esprit, la colère s'infiltrant dans son âme comme une tache. Il parla d'une voix égale. Maîtrisée.

— Tout va bien, Eliza. Rendors-toi. Je te réveillerai d'ici deux heures.

Quantico, Virginie, 12 avril

. . .

— Cette garce ! Cette foutue garce !

De la salive éclaboussa le menton d'Andrew DeLattio. Il attrapa la chaise en plastique orange et la cogna contre le mur, jusqu'à ce que de gros éclats de plastique s'envolent dans un coin vide de la salle d'interrogatoire.

Larry Frazier se tenait hors de portée, repoussant d'un signe de tête les gardes quand ils tentèrent d'entrer dans la pièce.

Le personnage civilisé de DeLattio se fissurait un peu plus chaque jour. Quelque chose de noir se tordait en lui comme une bête sauvage qui cherchait désespérément à sortir. Juliette Morgan, garce des fédéraux, allait découvrir que sa première nuit dans son appartement n'avait été qu'un échauffement. Il lui ferait regretter d'avoir respiré pour la première fois, d'être devenue un agent du gouvernement et d'avoir mis les pieds à New York.

Chienne irlandaise.

DeLattio jura à nouveau.

— Un agent fédéral ! Pendant tout ce temps, elle n'était qu'une ordure d'agent fédéral, gronda-t-il.

Il agrippa sa tête à deux mains et éclata d'un rire hystérique.

— Bon sang ! J'ai sauté un agent fédéral, et ces enfoirés m'ont laissé faire.

C'était la première fois qu'il éprouvait ne serait-ce qu'un soupçon d'admiration pour l'ULCO du FBI. Ils n'avaient jamais employé les grands moyens avant. Ils s'étaient vraiment joués de lui.

Larry eut le culot de sourire.

Andrew plissa les yeux, et le sourire de l'avocat devint écœurant. Le petit homme commença à transpirer.

— N'est-ce pas un piège ? s'enquit Andrew.

— Non, confirma Larry, secouant la tête en se redressant.

Vous l'avez droguée et vous êtes entré illégalement dans son appartement. Si elle vous avait invité à revenir, vous auriez peut-être pu discuter. Sauf que, vu l'état dans lequel ils l'ont trouvée, ils pourraient encore porter plainte pour agression d'un agent fédéral.

Le fait qu'elle soit un agent avait dû être la première des raisons pour lesquelles elle ne l'avait jamais invité dans son appartement. Elle ne l'avait pas fait monter à l'étage, pas plus qu'elle ne l'avait laissé la toucher en dehors de ces petits baisers superficiels qui le faisaient transpirer. Il l'avait crue sophistiquée et exigeante, peut-être même vierge. Elle l'avait totalement captivé, jusqu'à ce qu'elle le largue.

Un grognement se fraya un chemin dans sa gorge et il serra les lèvres pour l'empêcher de s'échapper. Il avait pratiquement dû la supplier de sortir avec lui. Il lui avait fait la cour avec des fleurs, des diamants et des chocolats.

Et elle s'était jouée de lui comme une pro.

Une garce intelligente. Une garce très, très intelligente.

Prenez garde à la colère d'un homme patient.

Il allait lui montrer sa colère.

Il brûlait d'envie d'abattre ces murs à mains nues, et de frapper le nez de son avocat jusqu'à ce qu'il se brise en deux. La sueur dégoulinait dans son dos, et il serra les poings. Il ne le supportait pas. Il ne le *supportait pas*.

Appuyant son front contre le mur, il absorba la fraîcheur du plâtre par ses pores brûlants. Sa rage s'apaisa à mesure que ses plans prenaient forme.

Il prit une lente et profonde respiration.

— Qu'avez-vous découvert d'autre ?

Larry haussa rapidement ses épaules osseuses.

— Pas grand-chose. Elle est en fuite et le FBI la recherche.

— Cette garce m'a piégé.

Elle avait ruiné sa vie, détruit sa famille. Il prit une autre grande inspiration, laissant l'oxygène calmer sa colère.

Il savait ce qu'il avait à faire.

— Retrouvez-la.

Il soutint le regard de Larry, lui disant sans un mot ce qu'impliquerait une désobéissance de sa part. L'avocat hocha la tête et se hâta de rassembler ses papiers.

Elle l'avait pris pour un imbécile. Même ligotée et en sang, elle avait gagné le premier round. Mais il allait bientôt sortir de là, et, quand il le ferait, elle découvrirait le véritable sens du mot vengeance.

ELIZABETH COURAIT RAPIDEMENT à travers une forêt sombre. Elle trébucha et poussa un cri, mais elle se releva en un clin d'œil. Elle n'avait pas beaucoup de temps. Elle ne voyait rien à travers le brouillard qui tourbillonnait autour d'elle, mais elle savait qu'elle n'était pas seule.

Des branches claquaient et griffaient son visage et la peau nue de ses bras. Entendant un bruit, elle se tourna, vit les ombres qui se déplaçaient, et elle comprit qu'il était juste devant elle. Une peur froide lui transperça le cœur et elle se figea, incapable de détourner son regard de ses yeux luisants. La peur s'insinua dans sa gorge comme de la bile, et elle tourna les talons pour s'enfuir à nouveau.

Cours. Cours. Cours.

Elle pleurait, sanglotait, aspirait de grandes bouffées d'air, cherchant désespérément de l'oxygène, impatiente de s'échapper.

Un murmure silencieux lui parvint, un son doux et délicat. La lumière brilla, chassant les ténèbres. Le doux visage de sa mère apparut, elle tenait Sean dans ses bras, un bébé encore, magnifique, avec de grosses joues rondes et des yeux qui pétillaient.

Ses larmes coulaient, et la chaleur humide s'infiltra dans sa moelle. Elle se blottit contre cette source de réconfort et sourit. Sa mère était là. Rien ne pouvait plus lui faire de mal maintenant.

Nat se réveilla avec un soleil radieux et l'appel insistant d'un geai de Steller. Son bras était étroitement enroulé autour de la taille d'Eliza Reed, la plaquant contre sa poitrine. La tête de la jeune femme reposait sur son autre avant-bras, ses cheveux noirs bouclant doucement contre sa peau. Elle sentait la lavande et l'antiseptique.

Elle lui avait flanqué une trouille terrible la nuit précédente, et pas seulement à cause de l'arme. Le bruit de ses sanglots l'avait réveillé d'un profond sommeil, et il s'était précipité pour voir ce qui n'allait pas.

Il l'avait trouvée en train de se débattre, ses bras s'agitant frénétiquement dans l'air, haletant. Le tourment qui animait Eliza, même dans le sommeil, lui donnait envie de casser quelque chose. Au lieu de cela, il l'avait tenue dans ses bras jusqu'à ce que le rêve s'estompe, puis, lorsqu'elle s'était accrochée à lui avec des doigts désespérés, il s'était allongé sur le lit à côté d'elle et avait sombré dans le sommeil. Il n'avait pas eu l'intention de rester.

Mais maintenant, une certaine partie de son corps persistait à penser qu'il n'était plus temps de dormir.

Il recula, espérant s'enfuir sans la réveiller. Instinctivement, il savait que la dernière chose dont elle avait besoin, c'était de se réveiller avec un homme excité agrippé à son corps doux et détendu.

Il quitta le matelas pour aller chercher son t-shirt dans le salon. Le Glock reposait sur le sol à côté du canapé. Il le ramassa, en mesura le poids contre sa paume. Il préférait un fusil, mais le Glock qu'il avait dans la main était une arme assez sophistiquée. Le genre qu'un membre des forces de l'ordre pourrait porter.

Il serra les dents et essaya de ne pas penser à la raison pour laquelle Eliza dormait avec un pistolet chargé sous son oreiller. De quoi avait-elle peur ? Il l'avait vue se défendre dans une foule hostile, il savait qu'elle ne se laisserait pas menacer facilement. Peut-être était-elle paranoïaque après des années à faire ce travail ?

Et... peut-être pas.

Apportant le pistolet dans la cuisine, il le posa sur le plan de travail usé. Eliza avait dit avoir travaillé dans les forces de l'ordre, mais cela englobait beaucoup de choses. La police, les fédéraux... même l'armée avait son propre corps de représentants de l'ordre.

Manifestement, elle fuyait quelque chose.

Trop fatigué pour réfléchir, il entreprit de préparer du café pour réveiller son cerveau. Il s'était absenté trois jours pour vérifier la couche de neige sur les pâturages d'été et prendre les dernières photos de meutes de loups qu'on lui avait demandé de réaliser. Ce travail s'était déroulé comme dans un rêve, le dégel et le temps chaud ayant fait sortir les loups de leur tanière pour se détendre au soleil.

Au cours des dix dernières années, il avait souvent photographié la meute et, même si ce n'était pas raisonnable, il leur avait donné des noms à tous. Des petits devaient naître d'un jour à l'autre, la femelle alpha était grosse et maladroite avec son ventre rebondi. Une fois les tirages faits, il envisageait l'idée d'en faire un beau livre. Ce n'était pas grand-chose, mais cela permettrait peut-être de tenir les créanciers à distance un peu plus longtemps.

Par la petite fenêtre de la cuisine, il vit Ryan se diriger vers la grange. Cal étant hors service, Nat devait se mettre au travail. Il avait quatre juments gestantes à surveiller et il voulait voir comment allait Red. Il envisageait également de vendre les poneys cayuses au centre de recherche sur les chevaux sauvages de Porterville. Soit ça, soit essayer d'avoir accès à la semence d'un autre étalon. L'une des juments devait bientôt avoir ses chaleurs.

Il versa le café, puis il ramassa le Glock sur le comptoir et le glissa à l'arrière de sa ceinture. Il prit les deux tasses fumantes et retourna dans la chambre.

— Hé, la belle endormie, debout !

Eliza se redressa lentement. Elle paraissait fatiguée et groggy, ses yeux verts étaient troubles et ses cheveux en bataille. Il avait espéré que la voir au petit matin tuerait son désir, mais il était condamné à la déception. Elle était d'une beauté bouleversante, fragile et frappante, sans ses défenses pour se cacher.

Posant le café sur le chevet du lit, il sortit l'arme de sa ceinture et la posa à côté de la tasse.

Elle l'observa avec angoisse, scrutant l'arme sous des sourcils sombres.

Il y avait une photo à côté du lit. Un homme et une femme tenant un petit enfant. Il la ramassa.

— Qui est-ce ?

Les petits muscles de son visage se figèrent, son expression se fit fragile.

— Mes parents et mon petit frère, dit-elle d'une voix douce et empreinte de douleur.

— Ils sont toujours là ? s'enquit-il, même s'il connaissait la réponse.

Les gens ne pleuraient pas les vivants. Elle secoua la tête, et il crut qu'elle ne lui dirait rien de plus, mais les mots jaillirent.

— Ils ont été tués à un poste-frontière pendant le conflit

nord-irlandais, raconta-t-elle, tirant un fil sur le couvre-lit. Sean n'avait même pas deux ans.

Nat contempla la photo et il reconnut la petite fille qui s'accrochait au genou de son père. Elle devait avoir sept ou huit ans. Quand il regarda le petit garçon, il se rendit compte que ses parents avaient dû mourir peu de temps après. *Bon sang !* Il ne pouvait pas imaginer ce que c'était que de grandir sans famille.

— Je suis désolé, dit Nat.

Elle hocha la tête, visiblement peu à l'air avec les émotions, même après tout ce temps. Il reposa la photo. Changea de sujet.

— Comment te sens-tu ? s'enquit-il.

— Endolorie, avoua-t-elle, semblant reconnaissante de pouvoir parler d'autre chose.

— Endolorie où ? voulut-il savoir, avant de prendre une grande gorgée de café.

— Tête, cou, bras, jambes, dos, énonça Eliza en touchant timidement chaque partie du corps. À peu près partout.

Nat se rendit dans la salle de bains où il fouilla dans l'armoire à pharmacie pour trouver un antalgique. Il sortit deux comprimés qu'il lui mit dans les mains avec le café, se pencha plus près d'elle et examina sa blessure à la tête à la recherche d'un nouveau saignement, tout en restant strictement professionnel. Il se sentait ridiculement fier de ne pas avoir jeté un coup d'œil dans son t-shirt de nuit et de ne pas avoir essayé de voir le corps qu'il avait tenu dans ses bras.

Il y avait une fine plaie rouge à la racine des cheveux, sans gravité. Sarah l'examinerait plus tard et, s'il connaissait bien sa sœur, les deux patients se retrouveraient aux urgences avant qu'ils puissent cligner des yeux.

— La cicatrisation a commencé, annonça Nat. Ses yeux dérivèrent le long de sa poitrine, ses mamelons se dessinant clairement sur le coton fin.

Et merde.

Nat s'éloigna du lit et tenta de ne pas se rappeler à quel point elle avait été douce et féminine entre ses bras. La douceur n'était pas une sensation qu'il associait à des femmes comme Eliza Reed.

Elle étira les bras au-dessus de sa tête, inconsciente des pensées qui traversaient l'esprit de Nat. Le t-shirt orné d'un geai lui tombait à mi-cuisse. Les couvertures glissèrent plus bas, et le t-shirt remonta plus haut ; Nat essaya tant bien que mal de détourner les yeux, mais en vain.

Sa bouche s'assécha tandis que son cœur battait douloureusement dans sa poitrine.

— Je, euh, je...

Il n'arrivait pas à sortir les mots.

Eliza écarta d'une main ses cheveux de son visage et but le café presque d'une traite. Elle ne semblait pas consciente de l'effet qu'elle produisait sur lui. Il aurait dû le considérer comme un progrès, mais il n'arrivait pas à formuler des pensées rationnelles.

— Je dois y aller, marmonna-t-il, et il se tourna pour partir.

— Nat ?

Il s'obligea à s'arrêter. Il s'obligea à regarder dans ses yeux verts sans laisser transparaître le désir qui mettait ses nerfs à rude épreuve.

— Merci, lui dit-elle en souriant.

CHAPITRE DIX

Marsh tambourina à la porte de l'appartement de Brooklyn. La peinture bleu pâle de la porte était craquelée et s'écaillait avec le temps. La sonnette était cassée, mais le nom « Maxwell » était écrit sur l'étiquette à l'encre noire délavée.

Le père de Josephine Maxwell pouvait-il être vraiment encore en vie ?

Il jeta un coup d'œil dans le couloir jonché de détritus et tenta d'ignorer l'odeur d'ordures et d'urine qui envahissait ses sens. Marsh frappa à nouveau à la porte et fut récompensé par un cri étouffé provenant de l'intérieur.

Son corps se tendit dans l'attente, tandis que l'adrénaline grimpait en flèche. Josephine Maxwell pouvait être dans cet appartement. Marsh recula en entendant la clé tourner dans la serrure et le verrou glisser. La porte s'entrouvrit, et un œil apparut dans l'entrebâillement. Il était injecté de sang, les minuscules capillaires étaient rompus et éclatés. L'iris était d'un bleu presque transparent avec le blanc teinté de jaune, suggérant une atteinte du foie. Le visage était fortement ridé et sale, la crasse s'y incrustant comme sur un vieux paillasson.

L'appartement semblait sombre et vide derrière l'homme, comme la grotte d'un sorcier.

La bouche ouverte révélait des dents jaunes et pourries et des gencives rougies. Marsh s'efforça de ne pas reculer devant la puanteur d'alcool et de pourriture qui émanait de cet orifice infect. Il sourit, luttant de toutes ses forces contre un haut-le-cœur.

— Monsieur Maxwell ?

En un éclair, l'œil passa de l'agressivité à la méfiance.

— Qui le demande ? demanda l'homme d'une voix faible, presque rauque.

— Je m'appelle Hayes. J'appartiens au FBI.

La pupille se dilata.

— Je n'ai rien fait ! s'exclama l'homme tout fort.

— Non, monsieur, le rassura Marsh, je voudrais juste vous parler un instant.

Marsh introduisit son accréditation dans l'entrebâillement, espérant que l'homme ouvrirait la porte et coopérerait. Ils pouvaient le faire à la manière douce ou à la manière forte. Mais la manière forte était fastidieuse sur le plan bureaucratique, et il souhaitait que sa visite ici soit aussi officieuse que possible.

— Je n'ai rien à vous dire. Laissez-moi tranquille.

Maxwell lui rendit sa carte et tenta de refermer la porte. Marsh cala sa chaussure italienne dans l'interstice et tenta une autre approche. Il sortit une demi-bouteille de whisky de la poche de son pardessus, qu'il agita sous le nez de l'homme. Les yeux de Maxwell s'y fixèrent comme un missile sol-air.

— J'ai besoin de quelques minutes de votre temps, monsieur. Il n'y a aucun problème, ce n'est qu'une enquête de routine.

Marsh secoua la bouteille, et son estomac se retourna quand

il vit le vieil homme se lécher les lèvres et retirer la chaîne de la porte.

— Je ne vous causerai pas d'ennuis, monsieur. J'ai quelques questions à vous poser, et nous pouvons boire un verre tranquillement.

Maxwell voulut s'emparer de la bouteille, mais Marsh la rangea dans sa poche et passa devant lui pour entrer dans l'appartement. Il fut aussitôt frappé par la misère de l'endroit. Ce n'était rien qu'il n'avait déjà vu auparavant, mais ce n'en était pas moins infect et répugnant. Il emprunta un petit couloir miteux avant d'entrer dans le salon. Il faisait sombre, à l'exception de la lumière vacillante de la télévision. Marsh alluma le plafonnier et le regretta aussitôt. Le canapé dominait la pièce. Il était vieux, en velours marron, et recouvert d'un sac de couchage à l'aspect crasseux.

L'ancienne télévision, perchée dans un coin, était allumée sur l'un de ces talk-shows qui piégeaient les gens pour mieux les regarder se faire démolir. Pour Marsh, les gens regardaient les talk-shows parce que c'était plus facile que de s'occuper de leurs propres problèmes. C'était une forme de fuite.

Franchement, à regarder cet endroit, cela ne semblait pas être une si mauvaise idée.

La table basse devant le canapé était encombrée de nourriture et de bouteilles d'alcool vides, tout comme le tapis. De vieilles boîtes de plats à emporter à moitié mangés jonchaient le sol en tas disparates. Marsh pouvait presque entendre les cafards se lécher les mandibules en signe de délectation. Il essaya d'imaginer une petite fille en train de grandir dans cet environnement, mais n'y parvint pas. Il n'aurait pas pu laisser un enfant ici, cela lui faisait mal au ventre rien que d'y penser.

Qu'est-ce qui avait poussé Josephine Maxwell à quitter les services de protection de l'enfance alors que la seule chose qu'elle avait à retrouver, c'était cela ?

Maxwell jeta un regard à la bouteille d'alcool dans la poche de Marsh, un bras tendu, comme un suppliant. L'agent fédéral hésita, mais cette demi-bouteille ne pouvait pas faire davantage de dégâts. Cet homme aurait dû être mort depuis des années.

— Je dois vous poser quelques questions sur votre fille.

En un clin d'œil, Marsh vit l'expression du vieil homme passer de la défiance à la fourberie.

— Quelle fille ?

L'agent n'arrivait pas à décider s'il s'agissait de loyauté parentale ou si Maxwell essayait de déterminer la valeur de ses informations. Il pariait sur la deuxième hypothèse, et il décida d'utiliser l'approche directe.

— Je dois trouver Josephine. Savez-vous où elle se trouve ?

— Peut-être bien, dit le vieil homme qui haussa les épaules et se mit à respirer bruyamment. Je n'ai pas vu cette garce ingrate depuis des années.

Bien. Cela rendrait la tâche plus facile à Marsh. Beaucoup plus facile. Cet homme vendrait sa fille pour un verre, et ils le savaient tous les deux.

Marsh posa la bouteille ambrée de Bushmills sur la table basse et recula. Il regarda Maxwell s'en approcher prudemment, comme s'il s'attendait à un piège. Hésitant, il tendit la main vers le goulot de la bouteille.

— Savez-vous où elle se trouve ? s'enquit Marsh.

Maxwell bondit, mais il attrapa la bouteille avant de se réfugier derrière le canapé, comme un enfant de deux ans qu'on a surpris en train de faire une bêtise. Il dévissa le bouchon de quelques mouvements de son poignet noueux et but une gorgée. Lentement, il s'essuya la bouche, secoua la tête, et sourit comme s'il souffrait.

Marsh sortit quelques billets de cent dollars de son portefeuille et se demanda pourquoi il était à ce point irrité que cet homme sacrifie sa fille pour de l'argent. C'était lui qui le payait.

Maxwell jeta un regard vers l'argent.

— Je dois la retrouver, répéta Marsh.

— Est-ce qu'elle a des ennuis ?

Maxwell jeta un regard curieux sur le costume élégant et les chaussures de luxe de Marsh. Ses yeux pâles devinrent plus vifs lorsqu'ils se concentrèrent sur les billets verts.

— Elle en a toujours eu. Petite garce ingrate, ajouta-t-il.

L'amertume déformait ses traits.

— Elle téléphone, mais elle ne rend jamais visite à son vieux père, affirma-t-il avant d'éclater de rire, un son désagréable. Elle va voir la vieille bique de l'autre côté du couloir, mais elle pense qu'elle est trop bien pour moi. Elle a oublié d'où elle vient.

Il essuya la salive au coin de sa bouche avec le revers de sa chemise effilochée.

Marsh ne reprochait pas à Josephine de ne pas être venue, mais il avait besoin de bien plus d'informations que ce que le vieil homme lui avait donné. Peut-être devrait-il aller voir la femme de l'autre côté du couloir.

Le père de Josephine avait un regard fourbe, vicieux et sournois.

— Elle m'a téléphoné l'autre jour, à l'improviste, expliqua Maxwell, portant une main à son menton, comme s'il peinait à se rappeler quelque chose. J'ai appuyé sur le bouton « dernier appelant », vous savez, celui qui vous donne le numéro de la dernière personne qui a téléphoné ?

Il continua à se gratter la tête, mais la lueur dans ses yeux était tout sauf confuse.

— Je l'ai écrit quelque part, annonça-t-il, balayant du regard l'appartement sale et encombré. Je ne sais pas si je pourrai le trouver.

Marsh posa deux cents dollars sur la table.

— Je vous serais très reconnaissant de jeter un coup d'œil

pour moi, monsieur Maxwell, annonça-t-il en sortant un nouveau billet de cent dollars de sa poche qu'il agita entre ses doigts. Vraiment reconnaissant.

Maxwell but une gorgée rapide de whisky et se dirigea vers la cuisine, emportant la bouteille avec lui. Marsh s'approcha du vieux buffet et passa en revue le tas de factures qui y étaient éparpillées. Il était prêt à parier à cent contre un que Walter Maxwell n'avait pas les moyens d'en payer une.

Le vieil homme était en train de marmonner dans la cuisine. Marsh l'entendit incliner la bouteille, puis déglutir, et il perçut le tintement de l'alcool dans le verre alors que Walter Maxwell buvait le nectar qui contrôlait sa vie.

Une clé remua dans la serrure et quelqu'un poussa la porte de l'appartement. Elle rebondit contre la chaîne qui la bloqua. Marsh reprit son souffle, posa la main sur son holster. Il en desserra la sangle et se prépara à dégainer son arme de service.

— Combien de fois vous ai-je dit de ne pas mettre la chaîne sur cette porte dès le matin ? s'exclama avec véhémence une femme dans le couloir.

Marsh se détendit légèrement et regarda Maxwell se diriger vers la porte. Au lieu de l'ouvrir, il glissa la main dans l'entre-bâillement et lança :

— Donnez-moi ce maudit courrier ! Je ne vous demande pas votre aide et je n'en ai pas besoin.

Walter Maxwell claqua la porte au nez de la bonne samari-taine, comme s'il ne voulait pas que l'on sache qu'il avait de la visite. Cela convenait parfaitement à Marsh.

Le vieil homme serra sa maigre pile de courrier et retourna au salon en titubant.

— C'est la vieille bique curieuse qui vit de l'autre côté du couloir.

— C'est à elle que Josephine rend visite ?

L'homme haussa ses vieilles épaules osseuses.

— Oui.

Marsh classa l'information, ainsi que le fait que la « vieille bique curieuse » avait accès au courrier de l'homme.

Walter Maxwell avança, un bout de papier à la main, et le tendit, son regard passant sans cesse entre les billets de cent dollars sur la table et celui qui restait dans la main de Marsh. Ce dernier lui tendit l'argent et regarda le numéro. Il ne pourrait rien faire si c'était une impasse, mais au moins il avait quelques pistes à suivre maintenant.

Marsh se disait qu'il avait une longueur d'avance sur la mafia dans la course à celui qui retrouverait à la fois Elizabeth et Josephine. Si les mafieux les trouvaient en premier, elles étaient mortes.

Un cafard s'extirpa d'une boîte de nourriture à emporter, passa entre des baguettes jetables bon marché et se faufila sur le sol. Maxwell ne cligna même pas des yeux. Le ventre de Marsh se noua. Il était temps qu'il s'en aille.

Elizabeth ferma les yeux et respira profondément l'air frais de la montagne. Elle le sentait, glacé dans ses poumons, tandis qu'il se dilatait pour remplir l'espace dans sa poitrine.

La lumière était fantastique, avec des reflets dorés qui mouchetaient les ombres profondes du sol de la forêt, se déplaçant et évoluant avec les mouvements doux des pins tordus et des mélèzes de l'ouest.

Nat chevauchait à ses côtés l'étalon gris. Il était beau dans son incontournable pantalon Wranglers, sa chemise en jean et sa veste bleue délavée doublée d'une peau de mouton. Ses bottes étaient vieilles et usées, et un chapeau de cow-boy de couleur pâle était rabattu sur ses yeux, lui donnant l'air d'un héros robuste sorti d'un vieux western. Elizabeth se surprit à l'observer, le large contour de ses épaules, le frémissement de ses lèvres sérieuses...

Ils étaient partis en randonnée. Comme si elle était une vraie touriste.

Il n'avait pas mentionné la nuit précédente. Ni la bagarre, ni l'arme, ni le fait qu'elle avait travaillé dans les forces de l'ordre. À sa place, elle aurait débordé de questions et de curiosité, mais il laissait couler. Pour le moment.

Les arômes vifs de pin se mêlaient à la senteur montante de la terre remuée par les sabots des chevaux. Cela faisait deux heures qu'ils tournaient en rond autour du périmètre nord du ranch. À présent, ils se trouvaient à l'extrémité est de la propriété, avec les montagnes dentelées qui dominaient le paysage derrière les arbres. Féroces. Imposantes. Froides.

Frissonnant, elle releva les épaules.

Des taillis denses de pins tordus couvraient les crêtes supérieures d'un manteau vert foncé qui s'arrêtait radicalement à la limite des arbres. Les sommets gelés semblaient avoir été récurés.

Nat saisit les rênes de Tiger et arrêta Elizabeth. Le doigt appuyé sur ses lèvres, il lui fit signe de descendre de sa monture. Elizabeth lui obéit, retenant le long soupir de soulagement qui accompagnait habituellement la sensation de la terre ferme sous ses pieds après un si long moment passé en selle.

Nat lui fit signe de le suivre alors qu'il s'approchait des broussailles de ce côté du ruisseau. S'accroupissant, elle s'avança, prenant garde de ne pas marcher dans les plaques de boue qui s'étaient formées à la fonte des neiges.

Elle se faufila entre les buissons et le suivit aussi silencieusement que possible, curieuse de savoir ce qu'il avait repéré de l'autre côté du ruisseau. Arrivée à ses côtés, elle retint son souffle lorsqu'il se retourna vers elle, sourire aux lèvres, et lui indiqua la rive opposée à travers un maillage de ronces enchevêtrées.

Elizabeth détourna son regard de celui de Nat et aperçut une grande biche qui veillait sur deux frêles faons tachetés. Les pattes des faons étaient minces, écartées inégalement alors qu'ils se tenaient à côté de leur mère qui buvait l'eau claire du ruisseau.

La mère de Bambi.

Elizabeth se rapprocha de Nat, profitant de l'excuse de pouvoir le toucher sans inquiétude. La biche releva la tête, ses grandes oreilles dressées vers l'avant, à l'affût du moindre signe de danger. Son museau frémit tandis qu'elle sondait l'air à la recherche de problèmes, ses yeux noirs limpides scrutant les buissons. Elle était élégante, gracieuse et d'une beauté à couper le souffle.

L'un des chevaux renâcla et la biche détala dans le sousbois.

—J'aurais aimé avoir mon appareil photo, dit Nat.

Il se leva et il posa une main sur sa taille quand elle faillit perdre l'équilibre dans la boue.

— Doucement, la prévint-il.

Elizabeth leva les yeux vers son regard bleu plissé et, pour un fol instant, elle souhaita avoir le courage de l'embrasser. Comme une femme normale. Rien qu'une fois, elle aurait voulu faire comme si elle était normale.

Pas riche.

Pas la cible d'un contrat de la mafia.

Pas une victime de viol.

Les yeux de Nat brûlèrent d'une chaleur intense et sa poigne se resserra sur le bras d'Elizabeth.

— Tu vas flipper si je t'embrasse ?

Elle secoua la tête, et son regard ne quitta pas sa bouche qui s'abaissait vers la sienne. Puis elle sentit son souffle un instant avant que ses lèvres ne se posent sur sa bouche, lentement et tendrement, lui arrachant une réaction qui la fit complètement fondre. Il posa ses mains de chaque côté de son visage et lui donna l'impression qu'elle était le monde entier, et tout ce qui comptait à ses yeux. Eliza gémit et ferma les yeux, ses lèvres attirées par celles de Nat.

C'était un baiser doux, il explorait légèrement sa bouche avec la sienne, mais la passion qui montait la submergeait et la stupéfiait.

Il releva la tête et lui lança un regard étrange.

— Eh bien, dit-il en s'éloignant d'un petit pas. C'est largement mieux que de castrer du bétail.

Elizabeth éclata de rire. Surprise par ce son, elle détourna le regard. Elle ne savait pas quand elle s'était sentie aussi heureuse pour la dernière fois, et cela l'effrayait.

— En parlant de ça, Ryan va m'écorcher vif si nous ne rentrons pas rapidement, alors je pense que nous ferions mieux d'y aller, dit Nat d'une voix rauque.

Il alla chercher les chevaux près du ruisseau, là où ils broutaient dans le sous-bois, et, tout en douceur, il l'aida à monter.

Elle n'était pas censée ressentir ces bouffées d'impatience, ces petits picotements de désir. Elle était pour ainsi dire morte, son cœur n'était plus qu'un poids inerte dans sa poitrine, mais elle les éprouvait quand même et savourait l'attirance incertaine et le sentiment doux-amer de l'espoir.

New York City, 12 avril

. . .

MARSH EMPRUNTA la voie express Brooklyn-Queens jusqu'au pont de Manhattan, traversa l'East River puis Chinatown, et se dirigea vers le nord-ouest. Passant devant les boutiques d'artisanat à la mode et les parasols aux couleurs vives, il s'engagea entre les vieux immeubles en briques rouges de Grove Street.

Il se gara près de l'immeuble où Josephine et Elizabeth avaient partagé un appartement avant que cette dernière soit sous couverture, et il descendit de sa BMW. C'était un bon quartier, cher, propre, avec des petits arbres bien nets qui commençaient à bourgeonner, protégés par des grilles en fonte peintes en vert. Un treillis métallique noir entourait le bâtiment et de nombreuses jardinières promettaient de brillantes compositions pour l'été.

Marsh jeta un coup d'œil autour de lui à la recherche de quelqu'un de suspect, de quelque chose qui sortirait de l'ordinaire, mais il était difficile d'en avoir la certitude dans Greenwich Village. Il gravit les marches du perron et appuya sur la sonnette de l'appartement quatre. Levant les yeux, il aperçut un visage qui l'observait depuis le balcon de l'étage supérieur. Malheureusement, ce n'était pas le visage d'une blonde élancée, mais plutôt celui d'un jeune homme affichant son faux bronzage difficilement acquis et portant un débardeur noir.

Le sourire de Marsh se crispa tandis que l'homme disparaissait.

— Oui ? Que puis-je faire pour vous ? s'enquit une voix dans l'interphone.

— Je voudrais parler à Josephine Maxwell.

Il y eut une légère hésitation, une pause révélatrice.

— Elle ne vit plus ici.

— Auriez-vous une adresse à me communiquer ? rétorqua sèchement Marsh, qui avait eu une journée difficile.

— Désolé, mon pote, je ne peux pas vous aider.

Mauvaise réponse.

— Écoutez, *mon pote*, lança la voix de Marsh, qui résonna comme l'acier frappant la pierre, sa patience habituellement inépuisable disparaissant sous l'effet d'un sentiment d'effroi grandissant. Je veux vous parler de Josephine Maxwell, et je ne veux pas avoir à défoncer la porte pour le faire. Compris ?

— Écoutez, j'appelle les flics.

— Pas la peine, je suis du FBI. Et s'il faut que j'obtienne un mandat pour vous parler, je vais vous rendre la vie très inconfortable.

Marsh patienta. Il pouvait presque entendre les rouages tourner dans la tête du jeune homme. *Allez, ouvre cette foutue porte !*

Le signal d'ouverture de la porte se fit entendre, et Marsh franchit les lourdes portes extérieures. Il gravit en courant les trois étages, stimulé par la montée d'adrénaline dans son organisme. Le jeune homme se tenait devant la porte ouverte de l'appartement. Marsh ignora les protestations qu'il bafouilla et il passa devant lui pour entrer dans le salon.

La pièce principale était grande, et d'une luminosité presque aveuglante. Les murs blancs reflétaient la lumière du soleil et d'immenses lucarnes dominaient le plafond. Des poutres en chêne soutenaient le toit, des plantes s'épanouissaient dans toutes les nuances de vert. D'immenses toiles aux teintes vives ornaient trois des quatre murs. Le dernier comportait une cheminée simple, mais élégante.

Il traversa le sol en chêne ciré et contempla l'un des tableaux. C'était un fascinant tourbillon de couleurs, chacune d'entre elles se fondant et évoluant comme un esprit. Il évoquait le feu et la passion. La fumée et le mystère. Il trouva la signature dans le coin inférieur droit. *J. Maxwell* se détachait en lignes nettes et précises.

Encore une contradiction.

Marsh reporta son attention sur le jeune homme qui se

tenait dans l'embrasure de la porte. Il n'aurait su dire pourquoi il l'avait si rapidement pris en grippe. Peut-être était-ce son allure de beau gosse, ou son corps trop sculpté et son jean noir à la mode, serré par une ceinture de cuir cloutée d'argent. Quoi qu'il en soit, il n'avait pas confiance en ce petit enfoiré.

Marsh fit un signe de tête vers le tableau.

— Où est-elle ?

Le jeune homme referma la porte et suivit Marsh dans le salon ; il jeta un regard vers une pièce située à droite.

— Comme je vous l'ai dit, elle n'est pas là, répondit-il d'un ton maussade. Je m'occupe de l'appartement quand elle n'est pas là.

— A-t-elle dit combien de temps elle serait absente ?

Le type haussa les épaules.

— Non. Je ne reste que jusqu'à la fin du semestre.

De nouveau, ce regard suspect vers la pièce de droite. Il y avait quelqu'un dans cette chambre. Marsh s'approcha de la cheminée et prit une photo encadrée qui attira son attention. Il s'agissait d'un cliché en noir et blanc de deux jeunes femmes assises sur un quai à côté d'un hangar à bateaux pittoresque. Josephine et Elizabeth. Marsh repensa à l'appartement sordide où Josephine Maxwell avait grandi. Le contraste avec celui-ci était comparable à celui entre le jour et la nuit.

Il commençait à percevoir le lien qui s'était tissé entre les deux femmes, mais cela ne l'aidait pas à retrouver Elizabeth. Toutes les deux avaient besoin de protection, et le danger grandissait chaque jour, à mesure que les procès de la mafia se rapprochaient. Il ne voulait pas qu'Elizabeth se fasse tuer ni que Josephine Maxwell soit punie pour avoir été son amie fidèle.

Ignorant les cris du joli garçon, il franchit la porte de la chambre à coucher, s'attendant à y trouver une splendide blonde élancée en train de se cacher. La personne allongée sur le lit était bien blonde, mais n'était pas aussi belle que Josephine Maxwell. Le type était menotté au montant du lit, et il n'eut pas l'air ravi de voir Marsh là.

Avec un sourire moqueur et un accent britannique magnifiquement entretenu, il dit :

— Vous voudriez bien être un amour et récupérer les clés ? Ces satanés trucs sont en train de me tuer.

CHAPITRE ONZE

Les hanches de Tiger bougeaient et se balançaient tandis qu'Elizabeth et Nat descendaient le long du talus. Elle se pencha en arrière, s'agrippa fermement au pommeau et se cramponna avec ses jambes. Elle s'était bien amusée ce jour-là, et elle avait même réussi à rester sur le cheval, jusqu'à présent. Attrapant une branche, elle toucha le bois par superstition, comme sa mère l'avait toujours fait lorsqu'elle s'attirait des ennuis.

Elizabeth se concentra pour rester en selle et remarqua à peine le chemin qu'ils prenaient. Le terrain s'aplanit, les arbres se clairsemèrent et se déployèrent autour d'une vaste clairière, où le peuplier faux-tremble remplaça les pins. Nat arrêta son cheval, descendit et scruta les alentours comme s'il cherchait quelque chose au fond de la vallée verdoyante.

Elizabeth le regarda et comprit qu'à chaque seconde passée en sa compagnie, elle tombait amoureuse de lui, durement, comme un météore tombant sur la terre. Il lui avait jeté un sort qu'elle ne parvenait pas à rompre. Ce n'était pas seulement son allure ou son corps robuste et longiligne, même s'il était évident qu'ils alimentaient ses fantasmes. C'était ce solide noyau de force, enveloppé d'une subtile couche de tendresse et recouvert d'honnêteté. Deux semaines plus tôt, elle ignorait même son existence, mais aujourd'hui, elle le désirait de toutes ses forces.

Elle n'avait plus peur de son contact. Elle s'était dissoute comme un morceau de sucre dans l'eau grâce à chaque regard subtil, à chaque contact fugace, à chaque baiser qui bouleversait son âme. L'espoir grandissait dans son cœur, un sentiment qu'elle ne pouvait pas étouffer, même s'il était dangereux. Même s'il pouvait la tuer.

Elle devait s'enfuir avant que la chance ne tourne.

Mais elle ne pouvait pas encore partir.

Nat interrompit le cours de ses pensées.

— Hé ! Viens ici, lui dit-il, tendant une main sur le côté quand elle s'approcha de lui. Fais attention où tu mets les pieds.

Accroupi, en équilibre sur la semelle de ses bottes de cow-boy abîmées, il fixait un petit monticule de végétation qui recouvrait une souche pourrie.

— Qu'est-ce que c'est ? s'enquit Elizabeth, examinant de plus près la plante à l'allure anodine.

— L'une des plus petites orchidées du monde. Un sabot de Vénus, expliqua-t-il, examinant les alentours pour en trouver d'autres. D'ici quelques semaines, le bois entier en sera plein.

Elle se pencha plus près et essaya de saisir les détails de la petite fleur boudeuse. Elle n'avait jamais imaginé voir des orchidées pousser dans les Rocheuses. Elle avait toujours pensé qu'il s'agissait de plantes de serre tropicales coûteuses qui avaient besoin d'être chouchoutées et entretenues.

Les doigts calleux de Nat glissèrent le long de son avant-bras, faisant se dresser ses poils fins. Elle frissonna à ce contact, mais c'était chaud, bon et normal.

Son chapeau projetait une ombre sur ses yeux bleus.

— Elles fleurissent à la fin du printemps et disparaissent en été, expliqua-t-il, ponctuant sa phrase d'un claquement de doigts. Comme si elles n'avaient jamais été là.

Nat regardait les orchidées, une expression indéchiffrable sur le visage, et elle sut que, comme la fleur en question, elle allait disparaître. Mais il ne lisait pas dans les pensées, et elle ne pouvait pas se permettre de se confier à lui. C'était trop dangereux. La mafia ne plaisantait pas. Tout ce qui comptait pour eux, c'étaient la vie, la mort, et la vengeance. Se relevant, elle vacilla, tâchant de ne pas avoir l'air coupable.

— Attention où tu mets les pieds, répéta Nat, qui lui attrapa le bras alors qu'elle s'apprêtait à marcher sur un autre spécimen de ces petites plantes. Elles sont menacées parce que les photographes et les naturalistes ne cessent de les piétiner dans la quête du cliché parfait. C'est l'une des petites ironies de la vie.

Il lui adressa un sourire en coin.

Ils restèrent ainsi, figés pendant quelques secondes, la main de Nat à la fois ferme et douce sur son poignet. Il lui lança un regard interrogateur avant de la relâcher, de retirer son chapeau et de passer une main dans ses cheveux couleur de lin.

Il allait l'interroger sur son passé, elle le savait aussi sûrement qu'elle connaissait son propre nom.

Le sursis était terminé.

— Tu as de la chance de vivre dans un si bel endroit.

Les cheveux d'Elizabeth s'agitèrent dans le vent quand elle s'éloigna pour contempler la vallée qui s'étendait au-dessous d'eux.

Elle l'évitait à nouveau.

Ses mots se frayèrent un chemin au-delà de la boule de fierté qui lui obstruait la gorge.

— Il est à vendre. Toute cette forêt sera mise aux enchères dans quelques jours.

Nat regarda autour de lui la forêt qui appartenait à sa famille depuis cinq générations, et il laissa échapper un rire. Il semblait amer et en colère. Et il était furieux de s'apitoyer sur lui-même. Ils allaient devoir vendre des terres, et alors ? *La belle foutue affaire.* Ils étaient au bord du gouffre, et il n'avait pas l'intention de lâcher.

Et il veillerait à ce que les responsables fédéraux de la faune et de la flore sachent que ce bois abritait des orchidées, une fois la vente conclue. Quiconque achèterait le terrain devrait construire en fonction des zones de protection qui seraient mises en place. Mais ce ne serait pas *son* problème.

Plus son problème.

Si son plan faisait de lui un homme dépourvu d'éthique, tant pis. Il pouvait s'en accommoder, du moment qu'il pouvait protéger la terre et éviter à sa famille de sombrer dans la faillite.

— Pourquoi ? s'enquit Eliza. Pourquoi voudrais-tu vendre ?

— Je ne *veux pas* vendre, Eliza, j'y suis *obligé !* s'exclama-t-il, exprimant sa colère haut et fort. Si nous ne vendons pas ces bois, nous perdrons tout. Tout le ranch. Chaque hectare. Chaque brin d'herbe. Chaque tête de bétail, chaque cheval.

Sa voix résonna au fond de la vallée et le tressaillement incontrôlé d'Eliza le poussa à lui tourner le dos. Il était frustré et incapable de le cacher.

Merde.

La terre était le seul bien qu'il possédait et qui pouvait générer suffisamment de fonds pour sauver le ranch. Mais cela revenait à s'arracher le cœur.

Et il déversait sa colère sur Eliza.

Il se passa les mains sur le visage. Autant qu'elle entende toute l'histoire. Elle l'affectait. Nat la voulait dans son lit, mais elle ne resterait pas, et il ne souhaitait pas qu'elle le fasse, parce qu'il n'avait rien à lui offrir.

Et il ne lui faisait pas totalement confiance. Ses secrets s'accumulaient contre elle comme de petites marques noires, mais il la désirait quand même. Lorsqu'il se retourna face à elle, il vit qu'elle arborait une expression neutre. Il l'avait blessée.

La culpabilité le poussa à jurer à mi-voix.

— Nous avons deux cent mille dollars de dettes qui pèsent sur le ranch, et, tout à coup, nous n'avons plus le temps pour les rembourser, expliqua-t-il.

Un faucon pèlerin planait au-dessus d'un bosquet proche, accroché dans le ciel en quête de son prochain repas.

— Si nous ne trouvons pas l'argent rapidement, nous sommes finis.

Nat baissa les yeux sur ses bottes, et, avec un coup de pied, il délogea une pierre de l'herbe.

— C'est le voisin qui essaie de vous forcer à partir ? demanda Eliza, qui avait dû discuter avec Ryan.

Il hocha la tête. Comment pourrait-il douter de cela ? Au début, il avait cru que Troy Strange n'en avait qu'après ses pur-sang arabes. Maintenant, il était persuadé que la femme de cet homme, Marlena, racontait des histoires. D'après son expérience, certaines femmes obtenaient ce qu'elles voulaient par le sexe et si elles n'arrivaient pas à dominer un homme de cette façon-là, elles le punissaient. Nina avait été ainsi, même s'il ne s'en était rendu compte qu'après coup. Elle l'avait contrôlé par le sexe, l'avait aveuglé avec le désir. Il lança un coup d'œil à Eliza et constata qu'elle l'observait avec sérieux, mais il n'allait pas retomber dans ce piège. Il afficha une grimace cynique.

— Ne pourriez-vous pas développer le domaine des vacances ? Ou organiser des cours de photographie, des randonnées nature ?

Ses yeux verts l'attirèrent quand elle écarta ses cheveux d'une main.

Nat n'était pas stupide. Il avait une foule d'idées pour développer les séjours touristiques au ranch : la photographie, la pêche, la pension pour chevaux, le haras... mais ils n'avaient pas le temps d'attendre que cela rapporte des bénéfices. Il lui parla de ses projets et la regarda réfléchir au problème en silence.

— Je pourrais vous donner de l'argent, proposa-t-elle.

Nat faillit en tomber à la renverse. Il ne s'était pas attendu à cela.

Cette femme avait deux cent mille dollars à donner à des inconnus ?

— Non. Bon sang, non !

Elle baissa les yeux sur ses bottes. Nat crut voir une lueur dans ses yeux, mais elle disparut quand elle leva le nez vers lui.

— Je pensais juste que...

— Nous ferions mieux de rentrer.

Nat secoua la tête, mettant un terme à la conversation. Il avait passé suffisamment de temps à discuter de ses problèmes. Discuter ne résolvait rien, et il était hors de question qu'il emprunte de l'argent à Eliza Reed.

De toute façon, que savait-il vraiment d'elle ?

Elle était belle, apparemment riche, savait tirer avec précision et se battre. Elle lui avait dit avoir travaillé dans les forces de l'ordre, mais elle avait été abîmée en cours de route. Avait-il vraiment envie de s'engager dans une liaison avec une femme aussi dangereuse pour son cœur que l'avait été Nina ?

Il commença à s'éloigner, attentif aux orchidées en voie de disparition à ses pieds. Puis il se souvint du regard d'Eliza la nuit précédente, quand elle avait pointé son arme sur lui. La profonde affliction, et les cauchemars.

Il attendit et la laissa passer devant lui. Alors qu'il la suivait pour rejoindre les chevaux, il ne put s'empêcher de remarquer la façon dont le denim souple de son jean épousait ses longues jambes. Il imagina ces mêmes jambes enroulées autour de ses hanches...

Oh que oui ! Il voulait s'engager... Il voulait *vraiment* s'engager dans une liaison.

Il aimait sa façon de bouger. Il aimait sa façon d'embrasser. Il avait voulu passer ce temps seul avec elle pour gagner sa confiance, et il se frayait lentement un chemin sous la surface. Il voyait enfin derrière le masque qui se glissait sur ces grands yeux verts dès qu'il s'approchait de trop près. Il apprenait à lire son langage corporel. Pas uniquement les signes d'attirance physique, mais aussi les choses subtiles, comme sa manière de passer ses mains dans ses cheveux lorsqu'elle était frustrée et de faire tourner l'anneau de son auriculaire lorsqu'elle était nerveuse. Et sa manière de mordre inconsciemment sa lèvre inférieure en le regardant...

Une chaleur inconfortable envahit son aine, mais il l'ignora.

Cette femme avait un passé. Elle était assez paranoïaque pour dormir avec un pistolet sous l'oreiller, et elle tressaillait au moindre contact. Elle n'avait pas besoin de lui ni de ses problèmes. Mais il la désirait quand même.

Elle se tenait à côté du rouan, attendant qu'il l'aide à monter en selle. C'était une concession importante pour elle, même lui le savait.

— Je suis désolée, s'excusa-t-elle en se tournant vers lui. De m'être montrée indiscrète.

Elle s'excusait ? Auprès de lui ?

Bon sang !

Nat écarta une mèche de cheveux du front d'Eliza et se pencha pour poser ses lèvres sur les siennes. C'était un baiser de réconfort, doux et simple. Nat était déterminé à ne pas l'effrayer en allant trop loin, trop vite. Même si ce qu'il voulait en réalité, c'était mettre la prudence de côté et s'immerger dans son baiser, en elle.

ELIZABETH RESTA un moment étourdie par le doux baiser qui faisait monter la chaleur en spirale dans ses veines. C'était si bon qu'elle se laissa aller contre lui, ouvrit sa bouche pour explorer Nat avec sa langue. Elle se hissa sur la pointe des pieds et passa ses bras autour de son cou, sentant les muscles durs comme du roc se tendre sous la peau de mouton ultra-douce. Il hésita un instant, puis la fit reculer contre le solide cheval. Elle avait oublié la force brute de cet homme, oublié la nature brûlante de leurs baisers. Les genoux d'Eliza cédèrent et soudain il la souleva de terre.

Tiger s'ébroua à l'oreille de Nat et Elizabeth rit pour la deuxième fois de la journée. C'était de plus en plus facile. La vie avait beau être une garce, il était de plus en plus facile d'en rire. Avec Nat.

— On t'a demandé quelque chose ? dit-il au cheval.

Il laissa échapper un grand soupir de frustration et posa son front contre celui de la jeune femme. Tiger recommença et Elizabeth essuya la bave de cheval sur la joue de Nat avec le revers de sa veste.

Avec un gémissement réticent, il la fit glisser lentement le long de son corps et la laissa sentir chaque centimètre de lui, et toute sa frustration. Puis il l'écarta de lui.

— Alors maintenant, tu connais tous mes profonds et sombres secrets, Eliza, dit Nat, plongeant son regard bleu dans celui de la jeune femme.

Elle se figea, et elle sut qu'il l'avait senti.

— Je ne peux rien te promettre d'autre que le moment présent, poursuivit-il, passant son pouce sur la lèvre inférieure d'Eliza. Pas de bague, pas de fin de conte de fées. Je n'ai rien à t'offrir, mais je te veux à un tel point que j'ai du mal à supporter l'idée de te laisser partir.

Mais il le ferait. Il la relâcha en lui serrant légèrement les épaules, puis il recula d'un pas. D'une certaine manière, il réussissait à avoir l'air contrarié et prévenant à la fois.

Le cœur d'Eliza flancha.

Elle le voulait aussi.

Il avait dit qu'il n'avait rien à lui offrir, mais, en réalité, c'était l'inverse. Elle ne pouvait lui apporter que souffrance et chagrin. Si elle avait la moindre décence, elle partirait maintenant. Mais Nat Sullivan était sa chance de salut, une bouée de sauvetage lancée au dernier moment. Si elle était nerveuse, c'était uniquement par crainte que sa vieille peur ne la paralyse et ne gâche l'instant. Timidement, elle leva une main vers le creux de sa joue et sourit.

Le temps s'arrêta tandis qu'ils se regardaient dans les yeux. Elle espérait qu'il trouverait les réponses qu'il cherchait dans ses yeux, car elle ne pouvait pas parler de son passé. Pas encore, peut-être jamais. Mais elle le désirait, et elle voulait qu'il le sache.

— Bon sang ! dit-il.

Il contracta la mâchoire et la regarda comme si elle avait fait quelque chose de mal. Il retint son souffle un court instant, caressa la joue d'Eliza.

Puis il sourit.

Connecticut, 12 avril

· · ·

Marsh passa sa main dans ses cheveux courts et poussa un soupir de frustration. Il conduisait sa BMW noire sur la I-95, passant devant le port animé de New Haven et les flèches gothiques de Yale, à peine visibles au nord.

Sa mâchoire était tellement crispée qu'il en avait mal à la tête. Il était extrêmement frustré et de plus en plus énervé. Le numéro que le père de Josephine lui avait donné était celui d'un portable, mais il était éteint et actuellement intraçable. Pour ainsi dire, Josephine Maxwell avait disparu de la surface de la Terre. Aucune activité sur les distributeurs ou les cartes de crédit, aucune apparition, rien, *nada, zilch.*

Elle pourrait être morte. Mais il n'y croyait pas.

Une partie de lui était soulagée qu'elle soit si difficile à trouver, mais il avait un mauvais pressentiment. Il était passé à côté de quelque chose. Son instinct lui disait que le temps était compté, qu'il lui glissait entre les doigts comme les grains d'un sablier. Les audiences préliminaires sur les affaires de la pègre devaient commencer dans deux jours et des choses allaient se passer. Partout aux États-Unis, les familles mafieuses couraient comme des poulets sans tête, couvrant leurs arrières et furieuses parce que les autorités fédérales leur avaient damé le pion.

Les panneaux indiquant la sortie vers New London et Mystic apparurent. Il se rappela soudain la photo des femmes près du hangar à bateaux qui se trouvait dans l'appartement de Josephine. *Bon sang !* Il avait oublié la tante d'Elizabeth. Marsh traversa deux voies, coupant la route à une petite Miata sportive en laissant une traînée de caoutchouc noir sur l'asphalte.

Son téléphone portable sonna.

— Hayes, répondit Marsh.

Une voix crépitante se fit entendre sur une très mauvaise ligne.

— Agent spécial Hayes, ici le capitaine Claremont, police de Brooklyn.

— Que puis-je faire pour vous, capitaine ?

Marsh ne prit pas la peine de corriger l'homme sur son titre. Il n'avait pas le temps de se pencher sur une autre affaire, mais ce devait être urgent, sinon la police n'impliquerait pas volontairement le FBI. Ils préféreraient sucer leur propre sang.

— J'ai besoin de vous au commissariat. J'ai quelques questions à vous poser.

Il avait un fort accent de Brooklyn et il allait droit au but.

— Désolé, capitaine, c'est impossible. Je vous envoie un membre de mon équipe dès que possible.

Marsh voulait que le policier raccroche. Il devait obtenir l'adresse de la défunte tante d'Elizabeth. Il se souvenait qu'elle possédait une maison d'été près de Mystic, mais c'était tout ce qu'il savait.

Il y eut un échange étouffé à l'autre bout de la ligne, comme si l'homme avait couvert le combiné pour discuter avec quelqu'un d'autre.

— Vous ne comprenez pas, Hayes, dit brusquement Claremont. Je dois vous interroger au sujet d'un double homicide. Vos empreintes ont été retrouvées sur toute la scène du crime.

Merde.

— Walter Maxwell ? s'enquit Marsh.

Il devait être sûr.

— Comment le savez-vous ? demanda le policier.

Marsh faillit rire du caractère très *Columbo* de cet entretien, mais il s'en abstint. Le père de Josephine Maxwell était mort et il ne croyait pas aux coïncidences.

— Parce que c'est la seule personne à qui j'ai rendu visite à Brooklyn au cours des trente-huit dernières années. À quelle heure le meurtre a-t-il eu lieu ?

— Je ne peux pas...

— Qui est l'autre victime ? poursuivit Marsh, pour écouter les conneries bureaucratiques.

— Je ne peux pas vous le divulguer pour le moment, Hayes, si vous pouviez simplement...

— Était-ce un coup de la mafia ? l'interrogea Marsh.

— La mafia ?

De toute évidence, Claremont n'avait pas la moindre idée de ce qui se passait.

Oublie ça. Marsh n'allait pas perdre son temps à être interrogé par des inspecteurs pendant que la mafia traquait sa prochaine victime. Il obtiendrait les informations dont il avait besoin auprès d'une autre source.

— Écoutez, j'ai rencontré Walter Maxwell ce matin pour la première et unique fois. Je lui ai donné une bouteille de whisky et trois cents dollars. C'était en relation avec une enquête en cours dont je ne suis pas en mesure de discuter avec vous.

Il laissa son statut de membre du FBI jouer en sa faveur et adopta sa voix la plus autoritaire.

— S'il vous faut plus d'informations, je vous suggère de vous adresser au directeur du FBI, Brett Lovine, ou à mon avocat personnel. L'assistante administrative de ma division pourra vous indiquer comment les contacter.

Il ignora les protestations et raccrocha. Puis il composa le numéro de son assistante avant que quelqu'un d'autre n'ait le temps d'occuper la ligne. Il avait besoin d'informations, et il les lui fallait rapidement.

Il y a eu une fuite au FBI.

Il devait s'agir d'un coup de la mafia. *Forcément.* Sinon, comment auraient-ils pu faire le lien entre un vieil homme des quartiers pauvres et une conservatrice huppée du MOMA ? Marsh savait que l'ULCO avait relevé les empreintes digitales de l'appartement d'Elizabeth après sa disparition, et qu'il n'y avait pas eu de correspondance avec celles de Josephine Maxwell. Cette information avait dû être transmise à la mafia, mais elle n'avait pas cru le vieil homme lorsqu'il avait affirmé ne pas savoir où se trouvait sa fille. Ils avaient tué le pauvre malheureux.

Marsh ne croyait pas aux coïncidences. Josephine Maxwell était dans le pétrin jusqu'au cou, et le temps pressait.

Une demi-heure plus tard, Marsh se tenait devant la maison qui avait appartenu à la tante d'Elizabeth, nichée sur la plage à la périphérie de la petite ville de Stonington. Il avait été idiot. Il aurait dû se souvenir qu'Elizabeth ne vendait jamais de biens. Sa BMW noire était garée sur le talus herbeux à cinquante mètres de la route. La maison était une maison en bois à un étage avec des volets bleus fraîchement peints, au milieu de jardins verdoyants, bien cachée aux yeux des passants occasionnels.

Marsh portait un t-shirt noir par-dessus sa chemise blanche, et son pistolet était dans son holster de poitrine. L'endroit était silencieux, à l'exception du cri des mouettes dans le vent. Le sel lui piquait les joues.

L'adrénaline bourdonnait dans ses veines et lui rappela que cela faisait longtemps qu'il n'avait pas mis sa propre vie en jeu. Peut-être trop longtemps. Il franchit la petite clôture en bois qui bordait la propriété et se faufila dans le jardin, car il ne voulait pas s'approcher par l'allée. Prudemment, il se rendit à l'arrière de la maison et distingua des lumières allumées dans quelques pièces.

Il s'étira et aperçut une femme blonde qui s'éloignait de lui et marchait vers ce qui était probablement la cuisine.

Bingo.

Levant les yeux, il vit un balcon minutieusement ouvragé dont les portes étaient entrouvertes. Des rideaux vaporeux flottaient dans le vent. Une vieille ciguë déployait ses branches noueuses à quelques centimètres de la balustrade blanche. Cela faisait des années qu'il n'avait pas grimpé à un arbre pour entrer dans la chambre d'une femme.

Deux minutes plus tard, il se tenait dans une pièce somptueuse et brossait le lichen de son pantalon. Un lit à baldaquin, drapé de soie crème, dominait la pièce. Ce lit était propice aux fantasmes. Marsh haussa les sourcils, se demandant à qui il appartenait. Il n'imaginait pas Elizabeth dormir dedans, car c'était beaucoup trop féminin pour son courageux agent. Peut-être louait-elle la propriété ? Une délicate coiffeuse française avec un tabouret se trouvait à côté de la fenêtre. Couverte de dizaines de petits flacons de parfum en verre et d'une vieille photo de mariage dans un cadre en filigrane argenté, elle ressemblait à quelque chose que sa mère aurait aimé. Vérifiant que le couloir était vide, il descendit silencieusement les escaliers et se dirigea vers le son de la musique qui s'échappait de la cuisine.

Josephine Maxwell se tenait devant l'îlot central, dos à lui, et ouvrait une boîte de tomates. Ses longs cheveux blonds étaient attachés en une simple torsade qui dévoilait la ligne gracieuse de son cou. Ses longues jambes étaient habillées d'un legging noir très ajusté, et elle portait un débardeur noir moulant, drapé d'un chemisier vert vaporeux, rehaussé de fils d'or. Il flottait autour d'elle tandis qu'elle bougeait au rythme de la musique.

Il attendait qu'elle se retourne, sachant qu'elle serait effrayée en le voyant, mais ignorant comment l'éviter. Certes, elle méritait bien une petite dose de terreur, vu la façon dont elle l'avait traité la dernière fois qu'ils s'étaient vus. Mais il devait la convaincre qu'il faisait partie des gentils. *D'une manière ou d'une autre.* Elle s'empara d'une casserole, inconsciente de sa présence, et les nerfs de Marsh se tendirent jusqu'au point de rupture.

Dansant au rythme de la musique, elle tourna les talons et se figea en l'apercevant dans l'embrasure de la porte. Elle déglutit convulsivement et ses yeux se dirigèrent vers les portes-fenêtres à l'autre bout de la cuisine. Il commença à secouer la tête pour lui dire que tout allait bien, mais elle lui lança la casserole et son contenu. Il jura, se baissa, et évita de justesse la marmite en fonte avant de se lancer à sa poursuite. Elle atteignit les portes, mais ne put les déverrouiller avant qu'il ne l'attrape.

Il la fit tourner en la tenant par les épaules.

— Calme-toi, je ne suis pas là pour te faire du mal.

Son regard bleu suggérait qu'elle n'en croyait pas un mot. Elle releva légèrement le menton, et tous ses muscles se raidirent sous les mains de Marsh. Son corps frémissant comme la corde d'un violon.

— Je suis venu te sortir de là, tu es en danger, lui dit-il.

L'euphémisme du siècle.

— Elizabeth a dit que si quelqu'un me trouvait, ce serait toi. Comment as-tu fait? lui demanda-t-elle, et sa voix le prit au dépourvu.

Elle était aussi douce qu'un murmure et apaisa ses nerfs comme une tendre caresse.

— Cela n'a pas été facile, avoua-t-il.

Josephine afficha un sourire tremblant.

— Mais tu m'as trouvée quand même.

Elle avait l'air si désemparée qu'il relâcha ses épaules, et il s'apprêtait à lui expliquer le danger lorsqu'elle remonta son genou dans son entrejambe avec une telle force qu'il vit flou. La douleur explosa dans tous ses neurones, lui intimant de mourir sur-le-champ. Elle franchit la porte en un clin d'œil et traversa le jardin en courant.

Il lui fallut vingt bonnes secondes avant de pouvoir bouger, et ce ne fut qu'un trébuchement inélégant. Au moins, il n'avait pas crié... à moins que...?

— *Merde.*

Vicieuse petite créature. Il se lança à sa poursuite.

Il l'entendait traverser les buissons et se diriger vers la plage.

Il courut à toute vitesse à travers les ombres et sur le sol inégal, comptant sur la chance pour ne pas se casser une jambe ou trébucher dans l'obscurité. Certes, la chance ne semblait pas lui sourire ce soir, mais il ne pouvait pas la laisser s'enfuir, c'était trop dangereux.

Le bruit s'arrêta brusquement et Marsh ralentit, se déplaçant silencieusement autour de grands buissons et d'arbres. Un autre son attira son attention, le bruit sourd d'un bateau à moteur en mer. Il l'ignora et se concentra sur sa cible immédiate. Il entendit le clapotis des vagues sur le quai. Goûta le sel de l'air marin. Elle était proche, il la sentait. Un rayon de lune éclairait certaines zones du jardin, mais des ombres denses recouvraient la plus grande partie de celui-ci. Elle portait du noir, mais son visage et ses cheveux accrocheraient les rayons de la lune.

Il faillit l'appeler, mais il décida que le silence était son meilleur allié. Il pourrait lui expliquer la situation quand ils seraient en sécurité, et que cette petite peste n'essaierait pas de l'émasculer. Il se frotta l'entrejambe, toujours douloureux après son coup de genou. Patient, il s'accroupit dans l'herbe sous un buisson de chèvrefeuille envahissant, cherchant les reflets de la lune sur une peau pâle.

Là. À côté du tronc d'un chêne massif, un visage se dessinait.

Il revint sur ses pas derrière le chèvrefeuille et le long d'une haie de lilas, concentrant son attention sur l'endroit où elle se cachait. Il s'avança lentement jusqu'à ce qu'il puisse distinguer son profil discret dans le ciel nocturne et voir ses épaules se soulever et s'abaisser à chaque respiration.

Il l'attrapa par-derrière, lui passa un bras autour du ventre afin de bloquer ses bras le long de son corps, tandis que son autre main couvrait sa bouche pour étouffer ses cris. Elle se tordit et se débattit violemment, tentant de lui mordre la main et de le griffer avec ses ongles.

En dépit de sa frêle carrure, elle était féroce.

D'autres bruits attirèrent son attention, des voix masculines graves interrompues par le moteur d'un bateau. Le silence s'ensuivit, à l'exception du claquement des remous qui firent bouger le quai et frotter ses amarres. Bientôt, même ces bruits s'évanouirent, et ceux de la lutte entre Josie et lui retentirent comme des bombes dans l'air de la nuit.

— Chut ! lui intima Marsh.

Elle le mordit. Il lui serra le menton assez fort pour attirer son attention.

— Je t'ai dit de *te taire* ! siffla-t-il dans son oreille. Nous avons de la compagnie, et ce ne sont pas de foutus scouts !

Elle s'immobilisa dans ses bras maintenant qu'il avait enfin toute son attention.

Marsh les fit reculer tous les deux derrière le chêne et commença à repartir vers la végétation épaisse qui bordait la clôture sur le côté de la propriété. Il se figea lorsque trois ombres se rapprochèrent furtivement de la maison. Josephine tressaillit sous ses mains en les voyant dégainer des armes et insérer des chargeurs. Il garda sa main plaquée sur sa bouche pour qu'elle ne fasse rien de stupide. L'un des hommes se détacha du groupe et se dirigea vers l'arrière de la maison, pour bloquer la fuite de la jeune femme.

Lorsque les hommes entrèrent par les portes-fenêtres ouvertes, Marsh décida qu'il était temps de s'en aller. Il la retourna pour lui faire face.

— Écoute, ils sont là pour te torturer et te tuer. Compris ?

Elle hocha la tête, les yeux écarquillés par la peur.

— Ma voiture est garée de l'autre côté de cette clôture. Si je te lâche, tu dois me promettre de venir avec moi, de me laisser une chance de t'expliquer... de me faire confiance.

Elle se raidit, mais acquiesça. Marsh relâcha Josephine, sachant qu'il ne pourrait jamais lui faire entièrement confiance, mais elle n'était pas idiote. Il lui tint fermement la main, juste au cas où elle déciderait de s'enfuir.

Sortant son Glock de son holster, il les fit avancer le long de la clôture, jusqu'à l'endroit où il l'avait escaladée plus tôt. Des bruits leur parvinrent depuis l'intérieur de la maison, alors que les tueurs en puissance abandonnaient l'idée d'agir furtivement. Des cris et le fracas du bris de meubles furent portés par la brise océane. Il franchit la clôture et attendit que Josephine le rejoigne, mais celle-ci trébucha et tomba, se coupant sur un poteau de bois et laissant échapper un cri de douleur.

Marsh l'aida à se relever.

— Cours ! siffla-t-il, la poussant à moitié le long de la route.

Il entendait les bruits de pas dans le jardin. Ils étaient encore à une vingtaine de mètres de la voiture lorsque le premier mafieux ouvrit le feu.

Marsh riposta à l'aveuglette et les balles sifflèrent à quelques centimètres de sa tête. Il se jeta à toute vitesse dans la voiture et mit le moteur en marche. Josie avait encore une jambe à l'extérieur de la portière du passager lorsqu'il mit le pied au plancher et s'engagea sur la route en faisant voler le gravier sous les pneus.

Ils avaient réussi, pour l'instant.

CHAPITRE DOUZE

Les cheveux blond platine de Josephine Maxwell tombaient de sa tresse, la faisant paraître plus jeune que ses vingt-sept ans. Marsh démêla délicatement les nœuds avec ses doigts et suivit timidement le contour de l'oreille de la jeune femme. Les traits délicats de son visage en forme de cœur dissimulaient la glace qui coulait dans ses veines, lui donnant l'air aussi doux et innocent qu'un ange.

Mais c'était une joueuse, et il ne devait pas être dupe. Elle lui avait balancé un coup dans l'entrejambe une demi-seconde après l'avoir endormi avec ses grands yeux bleus. S'il la sous-estimait à nouveau, il y aurait davantage que sa virilité en jeu, ce serait la vie de la jeune fille et celle d'Elizabeth.

Au moins, pour le moment, il l'avait sous contrôle.

Droguée.

Ils étaient rentrés sans incident dans sa maison familiale de Louisburg Square et il l'avait portée dans le grand escalier jusqu'à la chambre d'amis la plus proche de la sienne.

Pour pouvoir garder un œil sur elle.

S'asseyant sur la couverture en satin, il sortit une seringue à large diamètre de la petite trousse chirurgicale qu'il gardait dans son bureau. Josephine le fuirait à la première occasion, mais il comptait bien se tenir prêt. En fait, il avait besoin qu'elle s'échappe. Il comptait sur elle pour le conduire directement à Elizabeth.

Les lourds rideaux couleur bronze étaient fermés pour éviter les regards indiscrets. Les lumières étaient allumées, mais il était certain que Josephine ne se réveillerait pas, et il avait besoin de voir exactement ce qu'il faisait. Avec précaution, il la fit basculer sur le ventre, ramena doucement ses bras le long de son corps, puis tourna sa tête sur le côté pour qu'elle puisse respirer plus facilement. Il releva le haut noir qu'elle portait, découvrant son dos, prêt à tamponner le point d'insertion avec de l'alcool.

Sa peau était aussi pâle que l'albâtre et elle ne portait pas de sous-vêtements. Ce fut la première chose qu'il remarqua. Ensuite, son regard se posa sur la première cicatrice, et sa mâchoire se crispa. Il remonta son t-shirt et constata qu'elle était couverte de vilaines cicatrices laissées par d'anciennes blessures. Elles formaient un X, se croisaient sur son dos.

Le cœur battant à tout rompre, Marsh déglutit et la fit rouler sur le dos, puis il souleva son haut et laissa son regard parcourir les pâles lignes dentelées qui couraient de sa clavicule à son nombril. Une cicatrice traversait le bord de son mamelon et en creusait le bord. Le désir monta en lui à la vue de ces petits seins et de ce ventre mince et doux, mais il l'ignora, se concentrant sur quelque chose de bien plus important. Six cicatrices barraient le buste de la jeune femme, en longues lignes droites. D'autres, plus petites, marquaient sa peau, qui était d'un blanc nacré sous la lumière vive.

Doux Jésus. Il resta assis, stupéfait, et il lui fallut un moment pour se rendre compte que le martèlement dans ses oreilles était celui de son sang qui le traversait comme un poids lourd dévalant un ravin.

Il avait oublié le rapport. Il avait oublié qu'elle avait été poignardée presque à mort quand elle était enfant.

Espèce de sale ordure. Et dire qu'il s'était demandé pourquoi elle était si amère et en colère. Baissant son t-shirt, il la couvrit et lissa le tissu sur les bords.

Comment pouvait-on faire ça à un petit enfant sans défense?

Si jamais je mets la main sur ce salaud...

Mais il ne le ferait pas. La vie n'était jamais aussi simple.

Marsh contempla la silhouette endormie de Josie et fit taire la culpabilité et la colère qui l'envahissaient. Il la fit rouler sur le ventre, et elle s'affala comme une poupée de chiffon. Sans tenir compte du fait qu'il s'agissait d'une nouvelle violation, il ajusta son t-shirt, prit la seringue et inséra le minuscule émetteur en sous-cutané, juste en dessous de son omoplate.

Les sentiments devraient attendre. Aucune femme n'applaudirait ses méthodes, mais il n'attendait pas de remerciements. Il se leva et baissa les yeux sur Josephine. Elle le détesterait si jamais elle découvrait ce qu'il avait fait, mais il s'en préoccuperait plus tard. S'il voulait les maintenir, Elizabeth et elle, en vie, il n'avait pas le choix.

ELIZABETH SE TENAIT sous le porche, les deux mains fermement enroulées autour d'une tasse de café chaud. Elle avait enfilé un pantalon de survêtement sous son t-shirt de nuit et s'était emmitouflée dans son peignoir. Elle observait une scène étrange qui se déroulait dans la cour. Blue et quelques autres chiens du ranch rassemblaient une bande de vaches errantes qui avaient réussi à pénétrer dans le jardin de Rose. Cette dernière courait dans tous les sens, agitant un torchon comme un drapeau rouge. Mais, le plus incroyable, c'était que deux chatons s'étaient joints à la poursuite et avaient coincé une grande vache contre la clôture arrière.

En dépit de son humeur maussade, Elizabeth ne put s'empêcher de sourire. Les chatons se prenaient pour des tigres et non pour des sacs d'os de cinq cents grammes. Les boules de poils aux griffes acérées et hargneuses sifflèrent et crachèrent jusqu'à ce que la vache se précipite vers la clôture et s'enfuie dans le pré. Elizabeth rit aux éclats et Rose la remarqua pour la première fois.

Cette dernière n'était pas sortie de l'hôpital depuis longtemps. Elle avait dû apercevoir le bétail depuis la fenêtre de sa chambre et s'était précipitée pour défendre ses précieuses fleurs qui commençaient à peine à pousser. Elle portait un peignoir bleu marine par-dessus un pyjama en flanelle, et ses pieds étaient enfoncés dans de lourdes bottes de travail. Ses cheveux gris acier flottaient en désordre autour de son visage, atténuant les profondes rides creusées de part et d'autre de sa bouche étroite et sur son large front.

Rose lui fit signe de venir. Peu encline à désobéir à un ordre direct de la matriarche de la famille Sullivan, Elizabeth la rejoignit à contrecœur.

— Ils sont très féroces ici, constata Elizabeth en montrant les chatons avec sa tasse de café.

Elle s'y cramponnait comme à un bouclier, se méfiant du regard de la femme plus âgée. Rose éclata d'un rire rauque en claquant le portail derrière les vaches.

— C'est vrai.

Elizabeth frissonna et resserra son peignoir autour de ses épaules. Il faisait froid ici, en plein air, avec le vent qui soufflait.

Les joues de Rose rougirent, faisant ressortir la pâleur de son teint. Elle grimaça comme si elle souffrait, et elle prit son temps pour reprendre son souffle. Elizabeth posa une main sur le bras de l'autre femme, mais Rose la repoussa avec un petit sourire.

Elle se demanda où était Nat. Elle s'était posé la même question toute la nuit précédente. En fait, elle était restée éveillée pendant des heures, s'attendant à ce qu'il se présente à sa porte et qu'il renouvelle son offre de sexe « sans attaches », le redoutant autant qu'elle voulait en finir.

Il n'était jamais venu.

La veille, elle lui avait accordé un immense feu vert, mais il avait manifestement changé d'avis.

— Les garçons ont passé la nuit dernière à aider une autre jument à mettre bas, expliqua Rose, lisant dans ses pensées.

Elle plia son torchon en quatre et le fit claquer contre sa cuisse. Elizabeth se tourna vers l'autre femme.

— Tout s'est bien passé ?

Elle éprouvait du soulagement, car Nat avait une raison de n'être pas venu, mais elle s'inquiétait aussi, à cause du souvenir macabre du corps mutilé de Banner.

— Oui.

Rose fit un signe de tête en direction des écuries au moment où Nat et Cal sortirent de l'obscurité, sales et fripés, mais tous deux souriants.

Elizabeth croisa le regard de Nat, et, même à cette distance, l'air crépita.

Rose le ressentit aussi, manifestement. L'expression de la femme se fit pensive, et les commissures de ses lèvres s'abaissèrent.

— Le pire, quand on meurt, c'est de laisser ses bébés derrière soi, remarqua Rose, suivant le regard d'Elizabeth jusqu'à Nat.

La jeune femme se tourna vers elle.

— Est-ce que c'est le cas ? Êtes-vous en train de mourir ?

— Le médecin a dit que je n'avais pas beaucoup de temps,

alors oui, confirma Rose avec un hochement de tête. Oui, je suis en train de mourir.

La femme redressa ses épaules voûtées tout en continuant à faire claquer le torchon contre sa cuisse. Elizabeth regarda Nat marcher lentement vers elles, alors qu'elles se tenaient sur la pelouse brûlée par le gel.

— Je suis désolée, murmura-t-elle à Rose en remarquant la pâleur grise qui envahissait sa peau, sachant que son chagrin était inutile.

Rose ne lui racontait pas cela pour s'attirer sa compassion.

— Ce serait bien de voir au moins l'un de mes bébés s'installer, ajouta-t-elle, une lueur dans le regard. Je sais qu'il a des vues sur vous, et mon Nat est très exigeant.

— Ce n'est pas comme ça, affirma Elizabeth, qui rougit en même temps.

Elle pouvait difficilement dire à Rose qu'ils n'étaient intéressés que par le sexe, pas par le mariage et les bébés.

— Ne lui brisez pas le cœur, d'accord ? marmonna Rose d'un ton féroce.

Elizabeth regarda Nat bouger. Ses longues jambes parcouraient le sol d'un pas souple, ses larges épaules étaient fortes et solides, ses yeux d'un bleu éblouissant. Elle en eut le souffle coupé. Il était hors de question qu'elle lui brise le cœur intentionnellement.

— Nous ne pouvons pas toujours faire les choix que nous désirons, répondit Elizabeth sur le même ton tranquille que Rose.

Cette dernière rit et se tapota la poitrine avant que Nat soit assez proche pour l'entendre, même s'il les regardait d'un air méfiant.

— Vous n'avez pas besoin de me le dire, ma belle. Je le sais. Mais si vous lui faites du mal, je vous hanterai, même à New York.

Elizabeth sourit, car c'était le but recherché par Rose, mais le chagrin lui tirailla le cœur. Rester ici n'était pas une option.

— Je vais aller préparer le petit déjeuner, annonça la mère de Nat.

Elle appela les chiens et les chatons, puis elle entra dans le ranch au pas de course.

— Entrez quand vous serez prête.

Elizabeth acquiesça, vida le reste de son café dans le parterre de fleurs et soutint le regard de Nat quand il s'approcha. Elle avait passé la moitié de la nuit précédente à avoir peur qu'il se montre et l'autre moitié à être furieuse parce qu'il n'était pas venu. Elle n'allait pas reculer maintenant et elle n'allait pas s'enfuir... plus maintenant.

Il portait les mêmes vêtements que la veille, et il s'arrêta juste hors de sa portée, les mains posées sur les hanches. Les manches de sa chemise étaient relevées et laissaient apparaître des avant-bras puissants, couverts de muscles solides et d'une peau chaude et bronzée. Elle plissa le nez. Il sentait le renfermé et la sueur du travail qu'il avait accompli, il avait l'air fatigué alors qu'il se tenait debout à la regarder.

Elizabeth fit un petit pas vers lui, mais il leva la main, paume tendue, pour l'empêcher de le toucher.

— J'ai cruellement besoin d'une douche, Eliza, la prévint-il. Je ne m'approcherais pas trop près si j'étais toi...

Elle prit la main de Nat dans la sienne, puis elle s'approcha pour poser ses lèvres contre sa bouche. Elle étouffa sa protestation peu convaincue et passa ses bras autour de son cou, l'embrassant de toutes ses forces. Nat abandonna le combat, il entoura sa taille de ses bras et la plaqua contre son torse. Il moula le corps de la jeune femme contre le sien par des caresses fermes de ses mains puissantes, et la souleva du sol pour s'approcher encore plus près.

Les sensations qui la bombardaient lui faisaient tourner la

tête. Nat s'empara de la bouche d'Elizabeth avec une passion qui semblait à la fois ardente et retenue. Contenue... comme un volcan.

C'était enivrant de se rendre compte qu'elle pouvait lui faire ça. Sa bouche était sauvage, douce et agréable comme de l'eau de source. Eliza glissa ses doigts dans ses cheveux soyeux, entoura l'arrière de sa tête de ses mains et laissa le champ libre à ses lèvres pour qu'elles parcourent sa mâchoire rugueuse. Il frémit et ferma les yeux. Elle bascula la tête en arrière, parcourut le pli qui bordait son front et déposa un petit baiser au bord de sa bouche.

Elle posa ses mains sur les épaules de Nat et le regarda dans les yeux tandis qu'il la tenait dans ses bras.

Un sifflement strident retentit dans l'air, interrompant l'instant et l'illusion qu'ils étaient seuls. Nat sourit et salua Ryan avec son majeur avant de reposer Elizabeth sur le sol.

— Eh bien..., dit-il, s'appuyant sur ses talons, la tenant toujours doucement par les épaules. Bonjour à toi aussi.

Elle tenta de s'éloigner, soudain gênée.

— Désolée, c'est juste que..., commença-t-elle, avant de s'interrompre.

Le sentiment qu'elle avait que le temps était compté signifiait qu'elle ne voulait pas en perdre un seul instant.

— J'ai eu envie de faire ça toute la nuit, et...

Nat éclata de rire, la serra contre lui et l'embrassa encore.

— Oui, c'est ça, tu n'as qu'à t'excuser... Comme si ce n'était pas le meilleur baiser que j'aie jamais eu.

Une douce chaleur se propagea des orteils d'Eliza jusqu'à la racine de ses cheveux, réchauffant ses joues d'un rougissement révélateur. Le désir s'insinua sous la surface de sa peau, lui rappelant qu'elle était un être humain de chair et de sang, et non l'enveloppe d'une femme qu'Andrew DeLattio avait mâchée puis recrachée.

La lumière de l'aube se reflétait sur les cheveux de Nat, qui la regardait attentivement. Il semblait avoir compris son rapide changement d'humeur et ses yeux devinrent sérieux, pleins d'une inquiétude patiente.

Elle savait faire la différence entre le sexe et la violence, entre la force et le désir. Mais elle ignorait si son esprit était assez fort pour affronter l'idée de faire l'amour, ou si elle paniquerait au moment de passer à l'acte.

— Nous devons parler, dit Elizabeth, se dégageant de son étreinte pour croiser les bras.

Peut-être ne pourrait-elle pas raconter à Nat tous les détails de ce qui lui était arrivé, mais il méritait de connaître l'essentiel. Elle lui devait bien cela avant que les choses n'aillent plus loin entre eux.

Nat acquiesça, puis regarda le sol pendant un moment, comme s'il hésitait à croiser son regard.

— Oui.

— Ce soir, proposa Elizabeth, redressant les épaules et s'obligeant à sourire.

Raconter à Nat ce qui lui était arrivé ne serait pas facile, mais elle était déterminée à le faire. Il était plus que temps.

— Ce soir, accepta-t-il.

Il tendit la main et passa un doigt sur sa lèvre inférieure, le long de son menton, puis tapota légèrement son nez.

Un bruit attira l'attention de la jeune femme. Elle aperçut une voiture derrière l'épaule de Nat, qui franchissait la montée à l'arrière du ranch. Ses doigts se portèrent automatiquement sur son arme, mais se heurtèrent au tissu éponge de son peignoir. Pas de holster. Pas de Glock. *Idiote.*

— Vous avez de la compagnie, dit-elle d'une voix dure et grave.

Nat se retourna et jura.

— Le shérif Talbot. Qu'est-ce qu'il peut bien vouloir ?

Une heure plus tard, au lieu d'être enveloppée dans les bras d'un beau cow-boy, elle était assise en face d'un officier de la police locale, le shérif Scott Talbot, dans le salon des Sullivan. Elle s'était douchée et habillée aussi lentement que possible, espérant éviter l'homme, mais il s'était avéré qu'il était venu l'interroger à propos de sa petite bagarre au *Screw Loose*.

Quelqu'un avait déposé plainte.

Rien que de penser à la réaction de Marsh face à ce fiasco, elle se sentait mal à l'aise. Son patron était un perfectionniste et il attendait le meilleur de ses agents ; mais elle ne l'était plus, se rappela-t-elle, elle était seule maintenant.

Dégustant un thé chaud et sucré dans une tasse en porcelaine, elle contrôla son irritation.

La quarantaine, le teint rubicond et le ventre qui débordait de l'épaisse ceinture de son pantalon de toile délavé, le shérif Talbot avait des cheveux noirs généreusement parsemés de gris et des yeux marron clair qui prenaient une teinte dorée sous le soleil. Elizabeth le dépassait d'une tête, mais il bombait le torse et faisait les cent pas devant la cheminée. Il caressait la crosse du revolver qu'il portait à la hanche tout en se pavanant comme un homme atteint du complexe de Napoléon.

Elizabeth serra les dents pour s'empêcher de finir ses phrases à sa place. Et il prenait des notes comme un écolier, de longues notes fastidieuses qui l'obligeaient à se répéter une centaine de fois. Si elle avait travaillé avec lui, elle lui aurait fait remarquer les avantages de l'utilisation d'un enregistreur vocal, mais ce n'était pas son problème.

Feck.

Il s'assit et ouvrit une nouvelle page de son carnet.

— Donc, vous êtes originaire de New York, mademoiselle Reed ?

C'était la troisième fois qu'il lui posait cette question, et elle mourait d'envie de le lui faire remarquer, mais, au moins, elle ne se sentait pas comme une victime. Elle était carrément énervée.

— C'est exact, shérif, répondit-elle avec un sourire, serrant inconsciemment les poings. Voulez-vous que je vous l'épelle ?

Il hésita, leva les yeux de ses notes. Il fit une nouvelle pause sans raison.

— Eh bien, m'dame... Je comprends que ces questions puissent vous sembler être une perte de temps, mais..., dit-il, puis il s'arrêta pour prendre une autre longue inspiration et elle retint un gémissement. C'est ainsi que nous travaillons ici.

Il lui sourit, presque au ralenti.

Elle soutint son regard et s'obligea à lui rendre son sourire pendant qu'il notait quelque chose. Elle pencha la tête ; elle mourait d'envie de voir ce qu'il écrivait.

— Auriez-vous une adresse à me communiquer, m'dame ?

Une fausse, située sur Staten Island, lui vint naturellement. Elle relâcha le souffle qu'elle avait retenu et posa soigneusement sa tasse sur la table basse. Première erreur. Comme un suspect nerveux, elle avait tout gâché.

Elle se leva et se mit à faire les cent pas à son tour.

Il importait peu qu'elle lui ait déjà raconté trois fois ce qui s'était passé. Il continuait à la fixer comme un foutu... flic.

— Vous êtes sûre que vous avez maîtrisé ces garçons toute seule ? l'interrogea Talbot, se grattant la tête avec son stylo. Je veux dire... On nous a signalé un nez cassé, des doigts cassés, une commotion cérébrale et une épaule déboîtée. C'est *vous* qui avez fait tout ça ?

Est-ce qu'il allait porter plainte ? Soudain, elle comprit : il n'en avait pas après *elle*. Il en avait après Cal ou Nat. Plissant les yeux, elle le fixa du regard. Il pensait qu'elle n'était pas capable de se battre contre deux brutes et qu'elle assumait la responsabilité pour éviter à Cal d'aller en prison.

— Cal Landon est-il toujours en liberté conditionnelle ? s'enquit Elizabeth, la voix dure comme du silex.

Le shérif secoua lentement la tête.

— Non, m'dame.

— Vous devriez plutôt demander à ces salauds pourquoi ils ont attaqué dans un bar un homme innocent qui ne demandait rien à personne.

— Je ne qualifierais pas exactement Cal Landon d'innocent, rétorqua le shérif avec un petit rire.

— Et vous pouvez demander à tous ces soi-disant « témoins » pourquoi ils n'ont rien fait pour aider un homme qui aurait pu être battu à mort.

La justice des petites villes était nulle.

Le système judiciaire était nul, point.

Le shérif ne semblait pas ébranlé par la colère d'Elizabeth. Il lui proposa un chewing-gum avant d'en mettre un dans sa bouche.

— Voulez-vous faire mon travail à ma place, mademoiselle Reed ?

— C'est votre ville, shérif. C'est à vous de la gérer.

La chaleur lui brûla les pommettes et elle pinça les lèvres avec colère.

Inclinant la tête sur le côté, le shérif parut réfléchir à sa réponse avant d'acquiescer.

— C'est vrai, m'dame, et vous feriez bien de vous en souvenir vous-même.

Son ton devint cassant pendant un moment, le temps pour Elizabeth de réfléchir à nouveau aux questions fastidieuses du shérif Talbot.

Ils se toisèrent pendant deux interminables secondes avant qu'elle ne lui concède le point avec un hochement de tête dépourvu d'enthousiasme.

— Vous restez au Triple H pendant encore quelques

semaines, c'est ça? lui demanda-t-il en se levant maladroitement.

Elizabeth acquiesça. Maintenant, elle allait devoir partir plus tôt, mais elle ne le lui dirait pas.

— Eh bien, m'dame, comme on dit dans les films, « ne quittez pas la ville sans m'en informer d'abord », d'accord?

Son débit était encore lent et fluide, mais Elizabeth y reconnut une certaine dureté sous-jacente. Elle lui sourit gentiment, tout en sachant qu'elle ne le dupait pas un instant.

— D'accord, monsieur... shérif.

— Pourriez-vous demander à Doc Sullivan de venir ici une minute, m'dame?

Il continua à travailler sur ses notes et elle poussa un soupir de soulagement, s'échappant aussi vite qu'elle le pouvait.

NAT SE RÉVEILLA au son du faible bourdonnement de la télévision. Après avoir passé la nuit debout, il s'était endormi sur le canapé du salon familial en attendant de parler au shérif. Il était évident, compte tenu du silence qui régnait dans la maison, que Talbot était parti depuis longtemps et que l'endroit semblait vide.

Une chaîne d'information passait en boucle, et il savait qu'il fallait vraiment qu'il aille se coucher et qu'il prenne quelques heures de repos supplémentaires avant de retourner au travail.

— Aujourd'hui, dix-sept membres présumés de la famille criminelle Bilotti ont été inculpés devant le grand jury pour de multiples chefs d'accusation en vertu de la loi de 1970 sur les « Organisations corrompues et influencées par le racket », ou OCIR. Les Bilotti sont considérés comme la plus grande famille mafieuse actuellement en activité aux États-Unis.

Comme s'il s'en souciait. La mafia était presque aussi éloignée du Montana que le Brésil l'était de l'Islande.

Le digne présentateur du journal, aux cheveux grisonnants, poursuivit d'une voix grave.

— Parmi les personnes inculpées aujourd'hui figure Julian Galliano, surnommé le « Parrain » de la famille Bilotti.

La photo d'un vieil homme au grand nez apparut à l'écran, suivie de celles de plusieurs autres hommes d'âge mûr bien habillés.

— John-Paul Mallena, surnommé « le Lion » et considéré par le FBI comme le second du groupe, a également été inculpé et est maintenu en détention sans caution dans un établissement fédéral de Manhattan.

Le présentateur marqua une pause radicale tandis que Nat étirait ses membres... *Heureusement que le poulinage s'était bien déroulé la nuit dernière.* Il sourit en pensant à l'élégante femelle pur-sang arabe qui était sortie du ventre de sa mère en se pavanant. Il s'assit et se frotta les yeux. *Je devrais aller la voir.*

— Si le procès aboutit, le FBI aura porté un coup fatal au crime organisé dans la ville de New York. Il s'agit de l'opération la plus importante depuis 1991, lorsque John Gotti, chef de la famille Gambino, a été condamné à la perpétuité sans possibilité de libération conditionnelle, en même temps que des dizaines de ses associés.

Derrière la tête du présentateur, coiffée avec raideur, apparut l'image d'un autre homme. Cette fois, le visage était plus jeune, avec des yeux pâles et une beauté italienne.

Nat mit ses mains derrière sa tête et ferma les yeux un moment de plus.

— Ces inculpations font suite à l'arrestation d'Andrew De-Lattio pour délit d'initié et blanchiment d'argent. M. DeLattio est agent de change à Wall Street et également le neveu de John-

Paul Mallena. Les représentants du FBI refusent de préciser si les deux affaires sont liées.

Le présentateur poursuivit.

— La police est toujours à la recherche d'une ancienne petite amie de M. DeLattio. Juliette Morgan a disparu il y a trois semaines, expliqua-t-il, regardant droit vers la caméra. La sécurité de Mlle Morgan suscite de plus en plus de craintes à la suite de rumeurs selon lesquelles elle aurait fourni des preuves essentielles contre la famille Bilotti. Mlle Morgan a elle-même été accusée d'avoir substitué des contrefaçons de qualité à des œuvres d'art de grande valeur.

— Je n'ai pas de commentaire à faire, dit une voix à la télévision.

Nat se redressa brusquement sur le canapé et fixa l'écran. La voix était reconnaissable entre toutes : un timbre irlandais doux avec des voyelles de la côte Est.

La voix d'Eliza.

La séquence montrait une silhouette légère, vêtue de noir, émergeant d'un grand bâtiment municipal. La grande rousse était coincée entre quatre hommes en costume sombre, et, malgré le froid et la pénombre, elle portait des lunettes de soleil pour dissimuler ses yeux.

Elle jeta un coup d'œil irrité aux caméras, puis, le menton haut, les yeux rivés devant elle, elle se dirigea vers la limousine qui l'attendait, sans un mot de plus.

— Vous pouvez voir ici Mlle Morgan quittant le bureau du procureur il y a trois semaines, encadrée par quatre fonctionnaires fédéraux. On ne l'a pas revue depuis.

Bon sang, mais que se passait-il ?

Elizabeth fit un réel effort. Elle portait une robe pull ceinturée qui lui arrivait juste au-dessus du genou ; elle était en tricot noir avec des manches trois-quarts et une encolure dégagée.

Discrète, elle était également douce et moulante, révélant les courbes qu'elle avait jusqu'à présent cachées sous de grands t-shirts et d'épais manteaux.

Discrète, mais sexy.

Non pas que Nat l'ait remarquée : il y avait une certaine sévérité dans sa mâchoire pendant qu'il chargeait le poêle à bois, un sérieux dans son expression qui reflétait ses pensées intérieures. D'un geste distrait, elle lissa la laine le long de sa cuisse, observant ses mains habiles manipuler les bûches avec force et économie de gestes, son esprit semblant absorbé par la tâche.

L'odeur du café se mêlait à l'âcreté de la fumée de la combustion du bois et rendait l'atmosphère encore plus chaleureuse. Eliza porta la tasse à ses lèvres et but une gorgée du breuvage amer.

Van Morrison chantait en arrière-plan.

Nat n'avait pas dit grand-chose depuis qu'il avait franchi la porte, mais c'était elle qui devait parler.

— Sans vendre ce terrain, il n'y a aucune chance de réunir suffisamment d'argent pour rembourser le prêt ?

D'accord, elle évitait le sujet. La main de Nat ralentit, puis s'arrêta. Il baissa les yeux sur le plancher, comme s'il ne pouvait se résoudre à regarder Eliza.

— Non, dit-il, la voix tendue.

— J'ai de l'argent.

Elizabeth posa sa tasse de café sur une table d'appoint et fit un pas en avant. Il fronça les sourcils, mais elle poursuivit. Ce serait bien de faire quelque chose pour les Sullivan avant son départ.

Et elle *devait* s'en aller.

Les yeux bleus de Nat, tels des lasers, lui disaient de faire marche arrière, mais lui ne disait rien. Ses lèvres formaient une ligne droite et dure, et son menton était incliné de façon obstinée.

Elizabeth n'arrivait à rien. Elle ramena ses cheveux en arrière, hors de ses yeux, et comprit qu'elle devait renoncer, mais elle savait aussi qu'elle pouvait aider, car elle avait de l'argent, et les Sullivan avaient besoin d'un mécène.

— Je pourrais…, hésita-t-elle, se méfiant de la lumière froide qui pénétrait dans ses yeux. Je pourrais te prêter un peu d'argent, jusqu'à ce que tu te remettes sur pied.

Elizabeth se ferait un plaisir d'aider les Sullivan. Nat avait toujours la bouche pincée.

— Non. *Merci*, s'obligea-t-il à dire ensuite, d'un ton froid et tranchant, les dents serrées.

— Pourquoi pas ? s'enquit-elle, s'avançant courageusement vers lui. Je veux aider.

Lorsqu'elle se rapprocha, il se releva et s'essuya les mains sur son jean. Son visage présentait un masque distant et dur qu'elle ne reconnaissait pas.

— Où as-tu trouvé l'argent, Eliza ? l'interrogea-t-il alors qu'un muscle tressautait dans sa mâchoire. J'ignorais que *les forces de l'ordre* payaient si bien.

La panique la saisit tandis que ses pieds reculaient de leur propre chef.

— J'en ai hérité.

Elle releva le menton et s'arrêta de bouger, déterminée à bien faire les choses. Elle tendit la main et lui toucha le bras, mais il réagit autant que s'il était fait d'acier.

Ses yeux bleus étaient glaçants, fascinants à regarder, même si leur froideur inexplicable la fit paniquer brusquement.

—Je ne veux pas de ton foutu fric, grogna Nat en s'avançant vers elle.

Elle recula rapidement alors que son cœur s'emballait et que la peur lui saisissait la gorge.

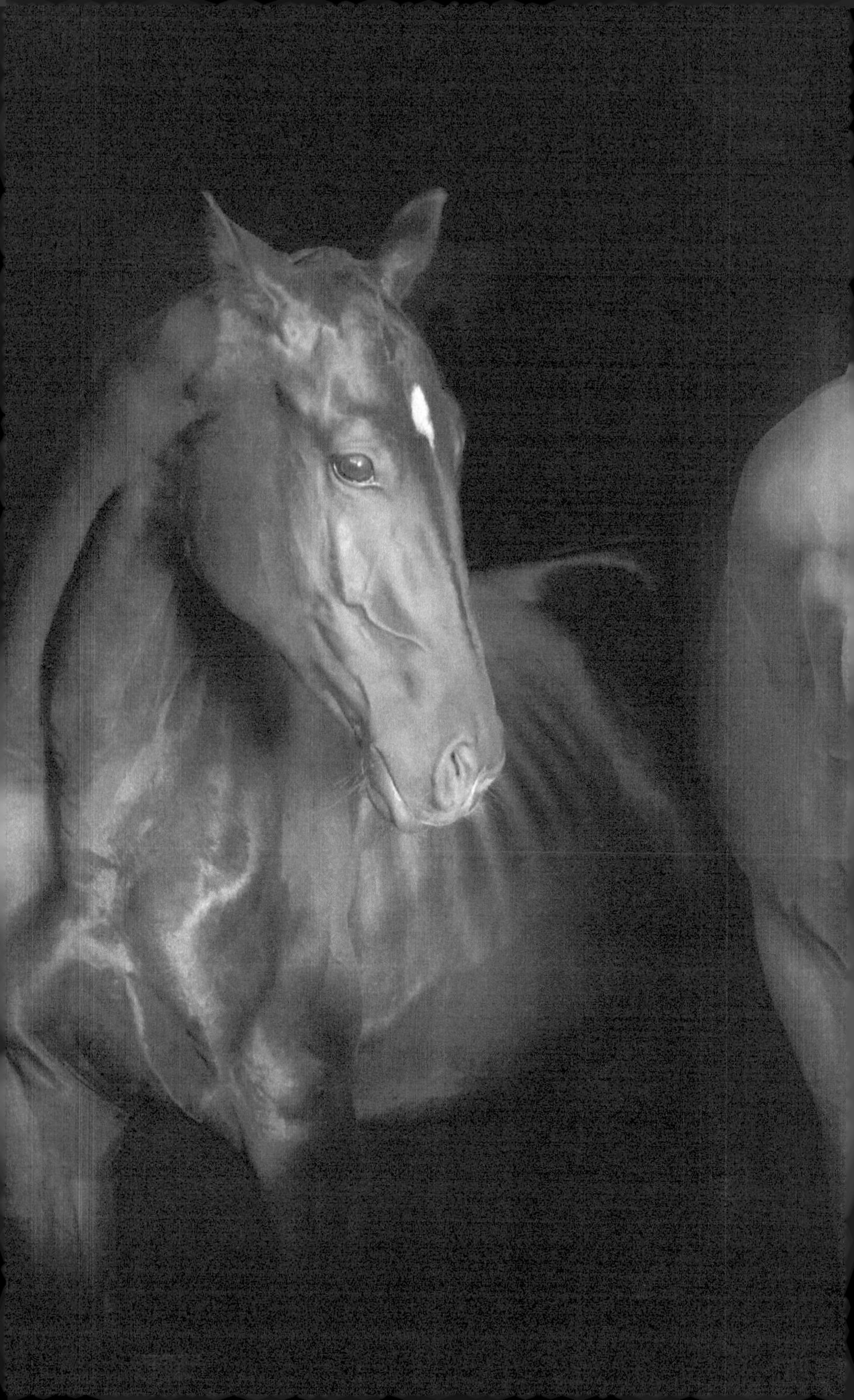

CHAPITRE TREIZE

La colère se tendit comme la corde d'un arc dans l'esprit de Nat, puis se brisa comme un os. Il plissa les yeux ; sa colère brûlait, éclatante et sonore, réduisant à néant toute pensée rationnelle. Quand elle recula, il la suivit, furieux qu'elle lui ait menti, énervé de s'être laissé abuser par les mensonges et d'être tombé amoureux de cette femme.

Ce n'était pas la première fois qu'il se laissait aveugler par un joli visage.

Il la coinça contre le canapé, posa ses deux mains sur ses hanches et montra les dents dans un rictus.

— Où as-tu trouvé l'argent ?

— Je te l'ai dit, j'en ai hérité…

— Ne me mens pas, lui ordonna Nat, essayant de garder un ton égal, et échouant misérablement. Je t'ai vue sur CNN ! Ils croient que la mafia t'a tuée. Est-ce que ça te permet de t'en tirer plus facilement avec ta petite arnaque aux beaux-arts ?

L'amertume transparaissait dans sa voix, et le sentiment de perte se mêlait à la colère. Il prit une profonde inspiration, frissonnant.

— Tu as aimé me faire marcher avec tes petits jeux d'esprit ?

Les yeux verts d'Eliza paraissaient immenses dans son visage pâle et elle secoua la tête, le mouvement faisant voleter ses cheveux sur ses joues. Il lui fallut un moment pour reconnaître la terreur brute et intense.

Une terreur par rapport à lui.

Cela le secoua… et lui coupa le souffle. Sa colère s'évanouit brusquement, et il essaya de lui serrer les épaules, de lui dire que cela n'avait pas d'importance, qu'il s'en fichait, mais elle sursauta, paniqua et tomba en arrière. Eliza recula loin de Nat et se roula en boule.

Il s'approcha d'elle, mais elle cria :

— Ne me touche pas !

Et il se figea, respirant à peine. Elle avait crié « ne me touchez pas » la première fois qu'ils s'étaient embrassés.

Que lui était-il arrivé ?

— Tout va bien, ma belle. Regarde, affirma-t-il, levant les mains. Je me fiche de ce que tu as fait. Je ne vais pas te faire de mal.

Nat parlait d'un ton doux qu'il espérait apaisant. Elle recula dans le coin du canapé comme un chien battu, ce qui n'avait aucun sens. Après l'avoir vue aux informations, et dans cette bagarre de bar, il s'était dit qu'elle était capable d'affronter n'importe qui sans reculer d'un pouce.

Manifestement, il s'était trompé.

Repartant près de la cheminée, il lui accorda le temps et l'espace dont elle avait besoin pour se ressaisir. Il avait envie de la soulever dans ses bras et de la réconforter, mais il savait qu'il était trop tôt pour la toucher.

De toute sa vie, il n'avait jamais levé la main sur une femme, il n'y avait même jamais songé. Mais un salaud l'avait fait. Nat essaya de cacher le désarroi qui brûlait comme un ulcère au creux de son estomac. Bon sang ! Il aurait tant aimé pouvoir mettre la main sur cette ordure !

— Je t'ai vue à la télévision, Eliza, répéta-t-il, frustré.

Il appuya une main sur le mur, et se passa l'autre sur le visage.

— J'ai reconnu ta voix et je voulais savoir ce qui se passait. Mais jamais je ne te ferai de mal.

Il la suivit des yeux, mais demeura parfaitement immobile lorsqu'elle se leva et éteignit la musique, plongeant la pièce dans un silence assourdissant.

Lorsqu'elle parla, ce fut d'une voix plate, dépourvue d'émotion.

— Je travaillais sous couverture pour le FBI. L'histoire de contrefaçon d'œuvres d'art rapportée par la presse faisait partie des éléments de ma couverture que nous, le FBI, avions mis en place, afin d'attirer les escrocs. Même si j'ai démissionné du Bureau, ils ne peuvent pas révéler que j'étais infiltrée, car cela pourrait mettre en danger les autres agents avec lesquels je travaillais.

Le FBI... Bon sang, ça paraissait fou, mais... ça collait.

— D'accord..., dit Nat.

Il s'interrompit et chercha dans le visage d'Eliza la moindre trace de tromperie, mais il ne vit rien d'autre que la douleur à l'état pur.

— Alors, où as-tu trouvé l'argent ?

Son éclat de rire fragile se mua en un soupir de résignation.

— Quelle importance ?

Nat commençait à ressentir de la peur. De la peur à l'idée d'avoir franchi une limite dont il ne soupçonnait pas l'existence.

— Je suis désolé d'avoir crié sur toi, lui dit-il, marchant lentement vers elle. Je ne voulais pas t'effrayer.

Il leva une main pour lui toucher la joue, mais elle s'écarta brusquement. Elle répondit d'une voix à peine plus forte qu'un murmure.

— Tu ne m'as pas effrayée. J'ai fait ça toute seule.

Eliza releva la tête et croisa le regard de Nat, les yeux plissés en signe d'avertissement, la voix toujours tremblante.

— Il y a autre chose que tu devrais savoir. J'ai été violée. À New York. J'ai été violée et je ne suis plus douée pour tout cela.

Nat ferma les yeux et s'obligea à rester parfaitement immobile. Le regret de ne pas avoir été là pour la protéger se répandit dans ses veines, ainsi qu'une fureur si puissante qu'elle ébranla son esprit. Savoir que quelqu'un l'avait utilisée ainsi, l'avait blessée ainsi, lui arrachait le cœur. Il avait soupçonné le pire. *Merde*, elle dormait avec un pistolet chargé sous son oreiller ! Il déglutit avec difficulté et cilla pour chasser les larmes qui lui brûlaient les yeux. Il avait espéré s'être trompé...

Mais il ne s'était pas trompé.

Eliza ne le regardait pas, elle contemplait ses poings fermés qu'elle tenait devant elle.

— Je suis désolée, je ne peux pas en parler. Tu dois partir.

Manifestement, Eliza luttait pour maîtriser ses émotions. Il voulait la serrer contre lui, la réconforter contre son torse et la protéger, arranger les choses, mais sa propre rage couvait en lui et il savait que s'il restait, elle jaillirait comme de la lave et effraierait probablement la jeune femme.

Elle n'avait pas besoin de cela.

Prudemment, il tendit la main et prit une mèche de ses cheveux noirs entre le pouce et l'index. C'était comme de la soie brute contre sa peau rugueuse ; le désir faillit l'étouffer.

— Quel est ton vrai nom ? lui demanda-t-il doucement, car il fallait qu'il sache.

Elle leva vers lui des yeux où brillaient des larmes qu'elle ne versait pas.

— Je ne t'ai jamais menti sur les choses importantes. Ma mère m'appelait Eliza.

Nat fit un petit pas vers elle, mais elle tendit une paume pour l'en empêcher.

— Je t'en prie, va-t'en.

Il voulut protester, mais il renonça quand il comprit que c'était inutile. Eliza avait besoin d'être seule, et lui avait besoin de réfléchir. Il avait méchamment déconné, il n'aurait jamais dû élever la voix contre elle, aussi furieux qu'il ait été. Une bouffée de panique le traversa, mais il l'étouffa résolument. D'une manière ou d'une autre, il arrangerait les choses, mais pas maintenant. Il faudrait plus que quelques mots prudents pour franchir les barrières qu'elle avait érigées.

Il ramassa son chapeau et sa vieille veste en daim, puis il marqua une pause.

— Je suis désolé. Désolé d'avoir crié, désolé d'être un abruti, et sincèrement désolé de ce qui t'est arrivé, Eliza, lui dit-il.

Rien de ce qu'il pourrait faire ou dire ne guérirait ses blessures, mais il avait besoin qu'elle sache.

— Cela ne change rien au fait que j'ai toujours envie de te prendre dans mes bras, de te réconforter... mais je suppose que ça signifie que je vais rester en retrait jusqu'à ce que tu sois prête.

Elle ne le regarda pas, se contentant de fixer ses mains qui faisaient tourner la chevalière en or qu'elle portait à l'auriculaire. Elle était aussi inaccessible et isolée que les sommets des montagnes en granit qui entouraient le ranch.

Après avoir franchi la porte, Nat resta devant le cottage, incertain et hébété. Avant qu'il puisse changer d'avis et renoncer à la laisser seule, il entendit le verrou tourner et le pêne dormant se mettre en place. Posant le plat de sa main sur la surface lisse de la porte, il s'y appuya.

Elle ne voulait pas de lui.

Et il ne pouvait pas lui en vouloir.

La rage l'envahit à l'idée que quelqu'un ait pu faire du mal à Eliza, il avait du mal à respirer. Ses poings se serrèrent et se desserrèrent contre ses flancs. La lune argentée était haute et fière dans le ciel nocturne ; il avait envie de se donner un coup de pied. Si jamais elle lui reparlait un jour, et c'était un grand *si*, il ne voulait pas qu'elle se recroqueville de peur si sa voix montait de quelques décibels. *Et* elle devrait apprendre à lui faire suffisamment confiance pour lui raconter toutes les mauvaises choses, toute la douleur et tous ses secrets.

À supposer qu'elle reste dans les parages...

L'idée qu'elle puisse s'enfuir au milieu de la nuit lui comprimait le cœur. C'était exactement le genre de choses qu'elle était capable de faire. De disparaître sans un mot.

Bon sang. Que pouvait-il faire ? *À part mettre la Jeep en panne ?*

Eliza avait envahi ses sens, et Nat ne voulait pas qu'elle s'en aille. Pas encore.

Elle était superbe, mais ce n'était pas pour ça. Farouchement indépendante et violemment passionnée, elle ne semblait tenir que grâce à sa détermination sans faille et à son entêtement. Et il ne pouvait pas oublier la vulnérabilité douloureuse qui brillait dans ses yeux lorsqu'elle baissait ses défenses.

Et il l'avait effrayée.

Nat posa le menton sur les barres en bois de la clôture qui longeait l'arrière de la grange à chevaux. Eliza était la meilleure chose qui lui soit arrivée depuis longtemps, mais il n'avait absolument rien à lui offrir.

Elle a été violée et blessée. Aujourd'hui, elle est en fuite pour échapper à la mafia.

Bon sang.

Au moins, elle était en sécurité ici.

Il s'agrippa à la barre, puis se hissa dessus pour s'asseoir sur la barrière et regarder la lune. Un hibou hulula à proximité. Les étoiles étincelaient dans le ciel d'encre et la lune brillait comme une grosse pièce d'argent.

Dans les collines, un loup poussa un long cri interminable. Les poils fins de sa nuque se dressèrent, et la solitude de ce son se répercuta dans son cœur. Nat se retourna vers la maison, sombre à présent, plongée dans le noir le plus complet. Le loup hurla à nouveau, sa solitude était palpable. Seul un silence empreint de nostalgie lui répondit.

Vermont, 13 avril

— Où est-elle ?

Marsh se pencha sur Josephine et s'agrippa à l'accoudoir du canapé, perdant rapidement patience. Des sonorités graves émanaient de la chaîne stéréo, accompagnées par le feu de bois qui crépitait et crachait dans la grande cheminée en pierre. Elle releva le menton. Sa lèvre inférieure dépassait en un angle mutin.

— *Merde !* s'exclama Marsh qui baissa la tête et s'éloigna d'elle. Combien de temps vas-tu bouder, princesse ?

Il s'efforçait de garder une voix posée et maîtrisée, se concentrant sur le travail à accomplir.

Et il abandonna.

Frottant sa nuque dont les muscles étaient douloureusement noués par la tension, il s'affaissa sur le canapé en cuir et fixa les flammes orange vif du feu. Il faisait sombre dehors, il régnait un noir absolu, tel qu'on ne peut en trouver que dans une forêt. Le chalet le plus proche se trouvait à des kilomètres de là, de l'autre côté du lac, caché par les arbres. Cela faisait quarante-huit heures qu'il attendait qu'elle lui fausse compagnie, mais jusqu'à présent elle n'avait pas bougé d'un pouce.

Et je suis coincé à baby-sitter cette femme infernale.

Il la regarda se lever et marcher pieds nus sur le parquet jusqu'au bar. Il remarqua les délicates voûtes de ses pieds et les adorables ongles d'orteils peints de différentes couleurs. *Sans blague.* Elle versa deux verres, s'agita près du seau à glace et fit tomber un glaçon sur le sol. Il glissa sous la table, et Marsh détourna les yeux de ses fesses quand elle se pencha pour le ramasser.

Elle se redressa et lui apporta un verre de whisky qu'elle posa sans un mot sur la table à côté de lui. Puis elle alla s'asseoir et but une gorgée de limonade.

Pourquoi était-elle gentille avec lui maintenant ?

Elle avait appelé un portable l'autre jour, mais n'avait pas obtenu de réponse. Le numéro avait été enregistré au nom d'une certaine Jane Smith, mais Marsh était convaincu qu'il s'agissait de celui d'Elizabeth. Ils suivaient et traçaient les appels, mais pour l'instant, rien. Peut-être auraient-ils de la chance.

Et, au train où vont les choses, peut-être pas.

Les noms dont Josephine l'avait traité lorsqu'elle s'était rendu compte qu'il l'avait droguée l'avaient totalement stupéfié malgré son expérience... et il avait été dans la Navy. Heureusement, elle ne semblait pas se douter de la présence du traceur.

Il tapota le verre en cristal avec son index. Il n'allait pas se laisser déstabiliser par Josephine Maxwell. Elle n'avait pas parlé depuis la veille au matin, quand il avait refusé qu'elle assiste à l'enterrement de son père ou de Marion Harper. Il ne pouvait pas lui reprocher d'être contrariée, mais il n'allait pas la sacrifier à cause d'un penchant sentimental.

Mais à présent, son silence commençait à l'irriter. Ce jeu puéril lui tapait sur les nerfs. Cependant, si elle se rendait compte qu'il était ébranlé, elle ne lui adresserait plus jamais la parole.

Steve Dancer, l'agent du FBI chargé de la mise en place et du suivi de tous les gadgets technologiques nécessaires aux agents de son unité, avait acheté des vêtements et des fournitures. Josie portait maintenant un pull torsadé bleu marine pratique et un legging en coton doux. Dancer lui avait apporté une paire de bottes, mais elle avait affirmé qu'elle préférait les affreuses Doc Martens noires qu'elle avait avec elle. Tout ce que Dancer avait choisi était noir ou marine, conformément aux directives du Bureau, et Marsh devait admettre que la couleur sombre lui allait bien.

Elle avait nié catégoriquement savoir où se trouvait Elizabeth et quels étaient ses projets. Elles avaient fait l'échange et elle avait disparu, fin de l'histoire.

Marsh ne la croyait pas.

— Si nous ne trouvons pas Elizabeth rapidement, la mafia le fera.

Il fixait la flamme, comme en transe, et un sentiment de défaite s'abattit sur lui comme une couverture. Mais le problème n'était pas seulement qu'il perde. C'était une question de vie ou de mort. Et Josephine gagnait du temps pendant que la famille Bilotti traquait sa prochaine victime.

Il but une gorgée de son scotch, puis le posa sur la table d'appoint.

Elle l'observait toujours.

— Pourquoi es-tu à ce point sûr qu'ils la trouveront? lui demanda-t-elle en plaçant ses fins cheveux blonds sur une épaule. Tu ne peux pas l'être.

Il cligna des yeux. Réprima un sourire. Au moins, elle lui parlait à nouveau.

— Toi. Tu es le maillon faible, répondit-il tout en gardant les yeux rivés sur le feu, même s'il l'observait à la dérobée. *Je ne peux pas te garder enfermée pour toujours.*

Marsh ignora le rictus de Josephine.

— Dès que tu referas surface, les gens commenceront à poser des questions, poursuivit-il, se tournant vers elle pour observer sa structure osseuse parfaite. *Tu as le genre de visage que les gens n'oublient jamais.*

Il ne l'oublierait pas. Elle était presque littéralement gravée dans sa conscience. Et il la désirait, ce qui l'exaspérait au plus haut point.

— Pourquoi me hais-tu à ce point, d'ailleurs ? s'enquit Marsh, dont la curiosité était attisée. *Je ne t'ai jamais rien fait.*

— Je ne te déteste pas.

— Tu agis comme si tu me détestais.

Josie resta assise tranquillement, et, pendant un moment, il crut qu'elle allait replonger dans le silence.

— C'est toi qui l'as recrutée, n'est-ce pas ? dit-elle enfin.

— Oui, confirma-t-il et, confus, il passa une main dans ses cheveux courts. Mais elle voulait le faire. Je ne l'ai pas forcée ou...

— Bien sûr qu'elle voulait le faire ! Ses parents ont été réduits en miettes par des terroristes quand elle était petite. Quel enfant ne voudrait pas avoir l'occasion de se venger des méchants ?

— Elle voulait le faire, répéta Marsh.

— C'était comme recruter Peter Pan ou Ariel...

— Ce n'était pas une enfant quand je l'ai engagée ! répliqua Marsh.

— Je ne parle pas de son âge ! s'emporta Josie, visiblement frustrée, repoussant une mèche de cheveux de sa bouche. Elle était innocente ! Tu lui as pris ça.

Peut-être avait-elle raison. Bon sang ! C'était peut-être pour ça qu'il se sentait à ce point responsable d'Elizabeth. *Non*, il ressentait les mêmes pulsions protectrices à l'égard de tous les agents de son équipe.

— Mais pourquoi l'as-tu recrutée ? Pourquoi elle ? Pour pouvoir coucher avec elle ?

Qu'est-ce que... ?

— Je ne couche pas avec mes collègues.

Marsh refusait de se mettre en colère. Elle essayait de l'énerver et il voulait savoir pourquoi.

— Tu aurais dû prendre quelqu'un de méchant, quelqu'un qui connaissait les règles de la rue. Quelqu'un qui savait ce qui se passait quand on contrariait un type intelligent.

Marsh esquissa un sourire cruel. Josephine se prenait pour une dure à cuire.

— Comme toi, tu veux dire. Elizabeth est un agent expérimenté, mais elle n'était pas censée se retrouver impliquée avec la pègre. Elle était censée enquêter sur les fraudes dans le domaine de l'art, et non pas travailler sous couverture pour l'ULCO.

— Elle vous a surpris avec ça, hein ? demanda Josie avant de boire une gorgée de limonade, l'observant toujours attentivement. Plus de tripes que de cervelle.

— C'est une femme intelligente, mais cela ne suffira pas à assurer sa sécurité pour l'instant.

Marsh se sentait acculé et irrité. Depuis quand était-il question de lui ?

— C'est son innocence qui m'a intéressé. J'avais besoin de quelqu'un de pur, de nouveau.

Josie le regarda droit dans les yeux.

— Tu avais besoin d'un démon déguisé en agneau. Tu aurais dû me recruter.

Marsh éclata de rire.

— Pas question, répondit-il, détournant le regard. Je ne t'aurais jamais recrutée.

— Pourquoi pas ? s'enquit-elle.

Il le lui avait déjà dit, mais elle ne l'avait pas écouté. Il ne couchait pas avec ses collègues, et il avait tellement envie de coucher avec Josephine Maxwell que cela commençait à devenir douloureux.

Il l'avait emmenée dans le chalet de sa famille dans la campagne du Vermont. Il n'y avait pas de voisins à proprement parler et ses parents faisaient une croisière autour du monde. Pas de témoins, pas de passants innocents qui pourraient se retrouver pris entre deux feux si la mafia les traquait.

D'ici, elle aurait plus de chances de s'échapper, et il pourrait plus facilement la suivre sans qu'un mafieux ne la repère en premier.

Malheureusement, en dépit de sa sécurité relâchée et de ses portes ouvertes, Josephine Maxwell n'avait pas bougé d'un pouce et il avait été contraint de rester confiné avec une femme qui le rendait fou à plus d'un titre. Il avait juré de la protéger, qu'elle le veuille ou non, mais elle était aussi têtue qu'une mule à deux têtes. Et s'il appréciait le lien d'amitié et de loyauté que les deux femmes partageaient, cela l'obligeait à faire quelque chose qu'il aurait préféré éviter.

Il était donc là, enfermé avec cette femme incroyablement sexy, plus malheureux qu'il ne l'avait jamais été. Par réflexe, ses poings se serrèrent, ses pensées se durcirent. C'était peut-être une furie, mais elle était sur son territoire maintenant. Elle jouait dans son monde, selon ses règles. Il but une autre gorgée de scotch et sentit le regard de Josie suivre sa main. Il lutta pour ne pas se tourner vers elle. Il ne voulait pas la regarder comme un chiot éperdu d'amour. Peut-être l'alcool la dérangeait-elle à cause de son père, mais il n'avait pas l'intention de se saouler.

Penser à son père ne l'aidait pas. La mafia était aux trousses de cette femme et cette organisation avait déjà tué pour obtenir les informations qu'elle cherchait.

Du coin de l'œil, il la vit se lever et marcher vers lui. Il se prépara à des ennuis quand elle s'agenouilla lentement à ses pieds.

Le fantasme sexuel de tout homme.

Étalé contre le dossier du canapé, il plissa les yeux.

— Embrasse-moi, lui dit-elle, posant les mains sur ses genoux tout en se penchant vers lui.

Marsh haussa un sourcil, se félicitant d'avoir le bon sens de ne pas baver comme un idiot. Il ne dit rien, ne fit pas un geste vers elle. Elle le regardait solennellement, ses yeux bleus chargés de secrets. Quand elle ne crachait pas du feu, elle était aussi sereine qu'une madone.

Elle se lécha la lèvre inférieure et Marsh surveilla la progression de sa langue rose comme une fusée éclairante dans le ciel nocturne.

— Qu'est-ce que tu mijotes, Josephine ?

Le doute se lut sur ses traits et elle commença à retirer ses mains, mais il lui attrapa les poignets et la tira lentement, inexorablement, vers lui.

— Rien, murmura-t-elle, observant les lèvres de Marsh comme si elle avait vraiment envie de l'embrasser.

Même si elle était plus susceptible de le mordre. Étrangement, cette idée ne lui déplaisait pas. Elle ne s'éloigna pas. Et un baiser ne ferait pas de mal...

— Je ne te crois pas, murmura-t-il contre ses lèvres, mais voyons ce qui se passe.

Il l'embrassa doucement, relâcha ses poignets et glissa ses mains dans ses cheveux.

Ce baiser était enivrant, comme une explosion d'étoiles. Leurs lèvres timides se rencontrèrent, se goûtèrent, se dégustèrent, se réchauffèrent, avides d'en apprendre davantage.

Josephine s'écarta de lui, rompant le baiser, et déglutit avec difficulté.

— Je crois que j'ai bien besoin d'un verre, au final.

Elle prit le verre des mains de Marsh, et le contact fugace déclencha des fourmillements dans ses doigts. Il la regarda boire une minuscule gorgée.

Elle semblait se préparer à quelque chose, mais il ne savait pas quoi.

— Tu es un homme séduisant, ronronna-t-elle.

Elle passa son index sur le bord du verre de whisky et l'observa, les paupières alourdies.

— Je te veux.

— Bien sûr, répliqua Marsh, ne faisant aucun effort pour masquer son incrédulité.

Un instant, elle lui en voulait, et celui d'après il était irrésistible ? Il inspira et retint son souffle. Puis il attendit. Tentant de ne pas se laisser exciter parce qu'il devait y avoir un piège. Il n'était pas assez stupide pour la croire, mais il en mourait d'envie.

— Pourquoi est-ce si incroyable ? Je veux que tu me fasses l'amour.

Josie replaça le verre dans la main de Marsh et fit glisser sa paume le long de sa jambe.

— Si tu l'oses, ajouta-t-elle.

Elle plongea ses yeux dans les siens avec une concentration intense. Sa main pétrit les muscles de sa cuisse, un massage doux qui le rendit aussi dur que la pierre avant même qu'il ait pu compter jusqu'à trois.

— Buvez votre whisky, monsieur l'agent spécial, et peut-être aurez-vous le courage de me laisser vous séduire.

Marsh souleva son verre de scotch et l'avala d'un trait. Le single malt le brûla jusqu'aux tripes et il s'accrocha à la sensation, car il voulait penser à autre chose qu'au sexe. Il posa son verre sur la table d'appoint et observa Josie, essayant de déterminer si elle était sérieuse ou non.

Avait-elle envie d'une partie de jambes en l'air torride pour tromper l'ennui de leur séjour? Le désir lui asséchait-il la bouche quand elle le regardait, incapable de détourner les yeux? Ou bien voulait-elle simplement le manipuler? Il n'était pas si facile... si? La veille, il ne l'aurait pas cru. Ce jour-là, il n'en était pas si sûr...

— Pour information, il te suffit de respirer pour me séduire, lui dit Marsh avec une honnêteté brutale.

Elle s'agenouilla à nouveau entre ses jambes, les avant-bras appuyés sur ses cuisses, les genoux de l'agent frôlant son buste et le doux renflement de ses seins. Ses lèvres étaient rosies par leur baiser, humides et luisantes à la lumière du feu.

Elle déplaça sa main plus haut, juste un peu, juste assez pour qu'il puisse imaginer à quel point ce serait bon de sentir son contact sur sa peau nue. C'est alors que le feu en lui explosa, qu'il perdit le contrôle et que son désir se déchaîna. *Au diable ses motivations.* Il la hissa sur le canapé à côté de lui, l'y allongea et se coucha sur elle. Il la désirait si ardemment qu'il n'arrivait pas à réfléchir.

Il emprisonna son visage entre ses mains et pencha la tête pour l'embrasser, sa langue goûtant la douceur et la nervosité de sa bouche. Elle répondit timidement, réagissant à chaque caresse par de courtes et douces attaques à la fois taquines et fuyantes.

C'était incroyablement érotique.

L'embrassant toujours, Marsh glissa une main le long de son corps, puis la plongea sous son pull. Il lui caressa les seins, effleura les mamelons qui se transformaient en pics raides d'un seul coup, et glissa doucement le bout de ses doigts autour d'eux. Il la taquina avec des gestes furtifs qui la firent gémir alors qu'elle commençait lentement à se tortiller. De subtils tremblements parcoururent son corps et se prolongèrent par des ondulations inconscientes qui s'amplifièrent à mesure que son corps se contractait entre les mains de Marsh. Des supplications incohérentes demandant plus d'attention lui échappaient dans des chuchotements haletants. Observant les yeux de la jeune femme, il passa la pulpe de son pouce sur chaque mamelon délicat et soyeux ; d'abord l'un, puis l'autre. Les pupilles de Josie se dilatèrent ; elle haleta puis ferma les yeux, basculant la tête en arrière et exposant sa gorge aux lèvres de Marsh.

— C'est incroyable, lui dit-elle, puis elle déglutit et il suivit le mouvement avec sa langue.

Impatient face aux vêtements qui dissimulaient son corps, Marsh fit passer son pull par-dessus sa tête. Mais elle se rebiffa et attrapa le bord inférieur lorsqu'il commença à soulever son t-shirt. Frustré, mais pas vaincu, il glissa ses mains sous le coton, dégrafa son soutien-gorge d'un simple geste des doigts et le fit glisser de ses épaules. Elle eut l'air surprise, mais Marsh comprit qu'elle était nerveuse à cause des cicatrices ; elle ignorait qu'il les avait déjà vues.

Les courbes de Josie étaient subtiles, cachées, mais d'autant plus séduisantes. Il rassembla le tissu dans une main et serra le t-shirt sur ses seins. De ses doigts, il suivit le contour de ses mamelons à travers le coton fin. Il baissa la tête et les suça à travers le tissu. Elle gémit, son dos se cambra au-dessus du canapé, et sa tête retomba contre les coussins. De petits sons s'échappaient de sa bouche tandis qu'elle respirait avec difficulté. Marsh déposa des baisers dans son cou, lentement, tendrement, effleurant sa peau fraîche, prenant plaisir à la faire frissonner.

Il leva le nez et vit qu'elle le regardait avec des yeux choqués. L'embarras et l'incertitude se mêlaient à un désir grandissant. Elle ressemblait à une vierge dans les premiers instants de la passion.

Impossible. Jamais une femme aussi belle ne parviendrait à l'âge de vingt-sept ans sans avoir été touchée, et Josephine Maxwell était trop coriace pour jouer les vestales.

Marsh voulait la faire hurler de plaisir avant la fin de la nuit. Il voulait l'affecter de la même façon qu'elle l'affectait. Il glissa ses mains sous son t-shirt, descendit plus bas et effleura la ceinture de son legging d'un geste souple.

Elle tira sur sa chemise et il la fit passer par-dessus sa tête avant de la jeter au sol dans un mouvement d'impatience. Puis les mains de la jeune femme se mirent à parcourir son corps, à caresser les muscles de son dos, à descendre le long de son torse.

— Allons dans la chambre, lui dit-elle d'une voix hésitante.

Oh, oui !

Marsh se leva, lui prit la main et l'entraîna dans le couloir. Ses pieds lui semblaient lourds, mais il ne voulait pas s'arrêter. Le whisky lui était peut-être monté à la tête, mais c'était sans doute davantage dû au fait qu'il avait enfin posé ses mains sur cette femme, et qu'elle semblait vouloir le toucher aussi, ce qui le rendait carrément euphorique.

Se laissant tomber avec elle sur le lit, il l'embrassa encore ; il avait besoin des lèvres de Josie contre les siennes. Il frotta son nez contre le lobe de son oreille, et elle se tortilla contre lui, plantant ses ongles dans le haut de ses bras. Elle prononça son nom dans un souffle et il tourna la tête, oubliant presque toute discipline.

Après avoir à nouveau longuement goûté ses lèvres, il fit descendre son legging et sa culotte sur ses cuisses lisses et satinées et suivit le mouvement avec sa bouche. Elle se tendit, mais, cette fois-ci, il ne la laisserait pas s'éloigner de lui. Elle lui avait fait vivre l'enfer et il allait lui rendre la pareille en lui infligeant une torture des plus plaisantes.

Jetant les vêtements de Josie de côté, il se plaça entre ses cuisses et lui souleva les hanches.

Elle s'agita, gênée, totalement exposée et vulnérable, et

essaya de dire quelque chose tandis qu'il plongeait sa langue dans les secrets brûlants de son sexe. Son regard se figea et elle se plia en deux sous l'effet du choc. Il glissa un doigt en elle, son pouce frictionnant doucement le noyau de chair tendu qui palpitait, humide, contre lui.

Marsh commençait à perdre le contrôle, et son objectivité s'était depuis longtemps envolée, mais il s'en fichait. Il était pris d'un vertige de satisfaction à l'idée de pouvoir enfin poser ses mains et sa bouche sur Josephine Maxwell. Il n'était pas question de faire marche arrière alors qu'elle le suppliait de la prendre. Elle lui tira les cheveux et ses hanches se soulevèrent du lit avec avidité.

Il la désirait plus qu'il n'avait jamais désiré quoi que ce soit dans sa vie. Il se déplaça lentement contre elle, l'excitant avec son corps dur et prêt. Elle se tortilla, remua, passa les mains sur la peau de Marsh, puis plus bas sur ses fesses. Étouffant un juron, il se débarrassa de son pantalon, tout en s'efforçant de rendre Josephine complètement aveuglée par le désir.

Il avait du mal à respirer. Sa tête lui semblait lourde, mais il n'en avait cure. Son pénis se pressa contre l'intimité de la jeune femme, chaque centimètre de son corps brûlant d'impatience et de désir, noyant toute pensée rationnelle et tout sens commun. Il l'embrassa sur la bouche, mêlant sa langue à celle de Josie, tâchant de réfréner son besoin de la pénétrer jusqu'à ce qu'elle soit complètement prête pour lui. Les cuisses de la jeune femme s'écartèrent, et elle cambra les hanches contre lui.

Il crut qu'il allait mourir lorsqu'elle serra les jambes autour de sa taille. Il avait eu l'intention de se retenir, de prendre des précautions, mais il ne pensait qu'à s'enfouir entre ses replis intimes.

Marsh glissa une main entre eux, testant sa moiteur. Convaincu qu'elle était prête pour lui, il se mit en position et avança ses hanches, mais elle était serrée. Presque trop étroite.

— Oh ! s'exclama-t-elle, comme un grognement de surprise tandis qu'elle enfonçait ses ongles dans son dos.

Elle remua et soudain il se retrouva enfoui profondément en elle. Il se figea quand elle se contracta autour de lui.

Était-elle vierge ?

Ses yeux se troublèrent tandis que le corps de la jeune femme se mettait à palpiter autour de lui. Le gémissement surpris de Josie le fit sourire, même s'il ne parvenait plus à ouvrir les yeux.

Quelque chose clochait.

Il serra les dents en essayant de rester immobile pour elle, de réfléchir, de lui laisser le temps de s'habituer à lui. Mais c'était si bon d'être en elle, et son excitation lui brûlait le cerveau. Il avait la tête pleine de brouillard. Des images se bousculaient dans son esprit tandis qu'il sentait chacun de ses muscles intimes frémir et se contracter autour de lui.

Josie inclina le bassin, l'accueillant plus profondément en lui, et il sut qu'il était perdu. Il passa à nouveau la main entre eux et caressa sa chair gonflée. Marsh laissa retomber sa tête sur l'épaule de la jeune femme, appuyant son poids sur elle tandis qu'il la pénétrait, encore et encore. Il savait qu'il était fini, que le jeu était terminé, mais lorsqu'il sentit poindre sa propre libération, elle se raidit à nouveau, sa bouche s'entrouvrit dans un cri de plaisir et de surprise. L'orgasme le frappa avec la force d'un ouragan, le noyant dans des sensations si fulgurantes qu'il crut qu'il avait explosé. Son esprit se vida, étourdi par l'émerveillement, son corps à tel point rassasié de plaisir qu'il ne pouvait plus bouger.

Jamais le sexe n'avait été aussi bon auparavant, et il avait beaucoup fait l'amour.

Les yeux de Josephine étaient arrondis et surpris.

— Nous avons vraiment fait l'amour, dit-elle, et sa voix sortit comme un couinement.

Il n'arrivait pas non plus à y croire. Il posa la tête à côté de celle de Josie sur l'oreiller. Quelque chose ne tournait pas rond chez lui, mais il s'en moquait. Il ne pouvait pas bouger. Ses lèvres étaient comme de la laine.

— Tu vas bien ? lui demanda-t-elle, inquiète.

Marsh bâilla.

— Foutrement bien.

La fatigue le priva de toute énergie. Il s'évanouit alors qu'il était toujours en elle.

CHAPITRE QUATORZE

Elizabeth donna un coup de talon à Tiger, ignorant les incertitudes qui se bousculaient dans son cerveau et la poussaient à faire demi-tour. Elle avait rejeté Nat la nuit précédente. Elle s'était fermée et l'avait repoussé. Elle avait été effrayée, rattrapée par les souvenirs de sa terrifiante agression, et avait ignoré son droit à quelques réponses, compte tenu de tout ce qu'il avait vu aux informations. Il allait maintenant obtenir toutes les réponses qu'il voulait, et rapidement, car elle quittait le ranch. Le jour même.

La sueur coulait entre ses omoplates et roulait le long de sa colonne vertébrale sous les rayons d'un soleil impitoyable. Andrew DeLattio allait venir la chercher, et elle ne voulait pas qu'il la trouve là où tant de personnes auxquelles elle tenait risquaient d'être blessées.

Elle aurait bien voulu être déjà partie, mais la Jeep avait refusé de coopérer. Elle s'était alors rendu compte, en tournant la clé dans un contact qui refusait de s'allumer, qu'elle avait choisi la voie de la lâcheté. Elle avait été tellement occupée à fuir son passé qu'elle n'avait jamais réfléchi aux sentiments de Nat. C'était un homme bon, pas un détraqué. Il l'avait vue à la télévision, se cachant sous un nom d'emprunt, et il avait tous les droits d'être méfiant. À sa place, elle l'aurait été aussi. Il méritait une explication, et elle était déterminée à lui en donner une... dès qu'elle aurait retrouvé le cow-boy.

Avec beaucoup de réticence, Cal lui avait indiqué où elle pouvait trouver Nat.

Il lui était redevable, et elle en avait profité. Il se déplaçait encore avec raideur après les coups qu'il avait reçus, mais, heureusement, il n'avait rien de cassé. Cal l'avait orientée vers les collines, à environ un kilomètre au nord de la clairière où elle avait testé son fusil pour la première fois. Il lui avait conseillé de faire beaucoup de bruit pour que Nat la trouve. Il photographiait les loups dans leur tanière et avait prévu de s'absenter la majeure partie de la journée, voire la nuit. Elizabeth ne pouvait pas attendre aussi longtemps. L'agitation qui régnait dans sa poitrine lui donnait déjà la nausée.

Tiger s'arrêta et huma l'air, puis se déplaça sur le côté tandis que son regard se fixait sur un massif de pins tordus. Il secoua la tête contre les rênes, renâcla, planta les sabots dans le sol et refusa d'aller plus loin.

Le cheval était effrayé.

Elizabeth scruta les arbres, mais ne vit rien à travers les branches densément entrelacées. Ses paumes devinrent moites et elle les passa sur son jean.

S'agissait-il d'un animal ou d'un être humain ?

Nat lui avait assuré que les loups étaient « plus ou moins » inoffensifs. Elle n'en était pas si sûre. Elle détacha son fusil de son dos et essaya d'apaiser Tiger par des paroles encourageantes tout en remplissant le chargeur de cartouches. Ce n'était pas si facile avec le cheval qui s'agitait sous elle.

J'aurais dû le faire plus tôt.

Tiger tressaillit et elle laissa tomber une cartouche dans l'herbe courte qui bordait la piste des cerfs qu'elle suivait. Elle la laissa. Tiger était sur le point de s'enfuir, et elle ne pouvait pas prendre le risque de chuter si le cheval partait au galop. Elle chambra une cartouche et laissa le chien à moitié armé. Elle ignorait quel était le danger, mais elle ne voulait pas non plus tirer sur un randonneur malchanceux qui faisait ses besoins. Son cœur battait si fort qu'elle entendait le martèlement du sang dans ses oreilles. Elle parvint à charger trois cartouches avant d'être contrainte d'abandonner pour essayer de maîtriser le cheval.

Son ventre se noua et la bile lui monta à la gorge quand une silhouette brune massive se fraya un chemin à travers les branches avant de sortir à découvert. Le grizzly se dirigeait vers elle, la tête haute, le nez fin, braquant ses yeux noirs sur Eliza. L'animal avait l'air décharné, ses côtes étaient clairement visibles sous la fourrure dense. De profondes marques de griffes sur les épaules de l'ours suggéraient qu'il avait été récemment blessé, probablement par un congénère.

Merde.

Elle n'avait jamais rencontré de grizzly dans la nature, mais elle connaissait les conseils des experts. Ne paniquez pas. Ne courez pas.

Ouais... C'est ça.

Tiger se cabra en poussant un grand cri, puis il fila entre les arbres.

Elizabeth se cramponna d'une main à la crinière du cheval et s'accrocha à son fusil de l'autre. Les rênes pendaient dangereusement, mais elle n'osa pas les attraper.

Feck. Feck. Feck.

L'ours les suivit, se lançant à leur poursuite à une vitesse vertigineuse à travers une forêt dense et un terrain rocailleux. Elle n'aurait jamais imaginé qu'un animal aussi grand et encombrant pouvait se déplacer comme une fusée. Tiger, elle, semblait le savoir, lui rappelant ainsi que l'instinct était une chose puissante. La jument étira ses jambes pour un galop effréné. Elizabeth se coucha le long de son cou, s'agrippant à la selle de toutes ses forces.

Elle les vit une fraction de seconde avant le cheval, un brusque dénivelé, une falaise abrupte. Elizabeth compensa en se penchant fortement sur la gauche, mais elle n'avait aucune chance de rester en selle, car Tiger prit un virage à angle droit à toute vitesse.

La jeune femme vola dans les airs, s'agrippant à son fusil comme à une bouée de sauvetage. Son entraînement à l'autodéfense se manifesta dès qu'elle toucha le sol. Elle fit une roulade et dévala un talus herbeux à plus de vingt mètres de l'endroit où elle était tombée du dos de son cheval.

Elle vit des étoiles quand ses dents s'entrechoquèrent à l'impact, et le côté de sa tête résonna d'une douleur fulgurante. Des flashs de lumière lui bombardèrent le cerveau. Elle tenait toujours son fusil, mais elle le relâcha dans l'herbe quand elle s'y allongea, essayant de reprendre son souffle. Elle avait l'impression que ses côtes étaient aplaties, et sa poitrine était comprimée si fort que tout l'air de ses poumons avait été expulsé.

Elle ne pouvait pas bouger.

Parvenant lentement à inspirer une bouffée d'air, elle plissa les yeux entre des paupières douloureuses et aperçut le grizzly qui regardait au-delà du bord de la falaise. Il sembla sourire quand il s'avança. Il continuait de se déplacer. Il la chassait toujours. Elle saisit le calibre 30-30, sachant qu'il ne ferait pas le poids face à l'énorme créature. Elle l'arma avec son pouce, puis elle se leva lentement.

❄

Nat avait du mal à se concentrer sur les loups. Il avait pris des dizaines de photos immédiatement après le lever du soleil, lorsque la meute avait ramené un animal pour la femelle alpha qui était terrée dans la tanière. Mais depuis, il n'avait rien obtenu de valable. Pour la plupart, les loups étaient hors de vue, allongés sous le soleil brûlant. Quelques petits de l'année précédente étaient encore visibles, mais ils n'avaient pas beaucoup bougé, si ce n'était pour chasser une mouche gênante d'un coup d'oreille.

La cache qu'il avait construite deux hivers plus tôt se trouvait à une bonne centaine de mètres de la tanière, avec une vue dégagée sur les recoins sombres grâce à son téléobjectif. Il buvait un café à petites gorgées dans un thermos et essayait de ne pas songer à Eliza.

Bon sang ! Cette femme était une source d'ennuis avec un grand E. Il l'avait su dès l'instant où il l'avait vue et pourtant il n'avait pas pu résister à l'attirance qu'il éprouvait pour elle.

Si ce qu'elle lui avait dit était vrai, elle fuyait la mafia. Son esprit était ébranlé à l'idée que quelqu'un puisse lui vouloir du mal. Que quelqu'un l'avait déjà blessée. Il déglutit difficilement, avec l'impression de l'avoir abandonnée alors qu'il ne la connaissait même pas.

Et s'ils la traquaient jusqu'ici ? Il serra les dents si fort que l'émail grinça. Il ne lui faudrait que dix minutes en tête-à-tête avec ces ordures pour qu'ils comprennent ce que l'on ressentait lorsqu'on était victime de violence.

Mais il n'était pas question que de lui. Il devait prendre soin de sa mère, de sa sœur et de sa nièce.

Les oreilles d'un jeune loup se dressèrent une seconde avant que le mâle alpha n'arrive à l'ouverture de la tanière. Le mâle était grand, facilement soixante kilos, peut-être plus. Ses oreilles pointues se dressaient vers Nat, et ses yeux jaunes brillaient. C'était un animal magnifique, dont le pelage d'argent pâle scintillait au soleil. La meute commença à se rassembler autour de lui ; d'autres animaux sortaient de la tanière pour tourner en rond, agités.

La femelle enceinte se leva et se tint à côté de son compagnon. Sa fourrure noire contrastait fort avec celle de son compagnon.

Il se passe quelque chose.

Nat sentit des picotements dans sa colonne vertébrale alors qu'il prenait quelques photos. Les loups se retournèrent d'un bloc et scrutèrent l'étroite vallée. Ils se hérissèrent et commencèrent à japper quelques secondes avant que Nat n'entende le grognement caractéristique d'un grizzly. Aussitôt, il saisit sa Remington, bien rangée contre la paroi de la cache. Tout en appuyant sur le déclencheur, il enclencha la culasse et retira le cran de sûreté de l'arme. Se penchant le plus loin possible, il essaya de voir ce qui se passait, mais ce côté de la vallée était hors de son champ de vision.

Son cheval, Winter, n'était pas loin. Il l'avait laissé en liberté dans une petite clairière à environ quatre cents mètres de là. Le cheval n'irait nulle part. Sauf si l'ours l'attaquait.

Un à un, les membres de la meute s'éloignèrent, se dirigeant vers le bas de la gorge, en direction de l'ours. Pour protéger la tanière et les nouveau-nés. La femelle retourna à l'intérieur.

Nat saisit l'appareil photo de son trépied, le suspendit autour de son cou et se précipita vers la sortie. Au même moment, il entendit l'ours grogner à nouveau. Mais son cœur faillit s'arrêter lorsqu'il reçut comme réponse non pas des aboiements, mais un tir de fusil de petit calibre.

Marsh se réveilla sous un soleil radieux, la lumière blanche rougeoyant derrière ses paupières, et il se demanda combien de verres il avait bus la nuit précédente. Il plissa les yeux pour voir l'heure affichée par les chiffres carrés du radio-réveil. Près de onze heures du matin.

Bon sang ! Combien de temps ai-je dormi ? Quel jour sommes-nous ?

Il fixa les murs vert pomme de la chambre avec moins d'énergie qu'une limace déshydratée.

Josephine.

La vérité lui apparut dans un éclair aveuglant. *Cette sorcière l'avait drogué.*

Marsh déglutit convulsivement, la gorge sèche et doulou-reuse, la langue cotonneuse. Il ne savait pas comment elle avait trouvé le GHB enfermé dans sa mallette, mais c'était une voleuse plus accomplie qu'il ne l'avait cru. Il aurait dû savoir qu'il ne valait mieux pas la sous-estimer.

Ses souvenirs semblaient pourtant intacts, trop intacts. La pièce sentait la sueur et le sexe. À quoi avait-il pensé ? Mais le souvenir de ses mains parcourant l'intérieur de ses cuisses fit réagir son corps à nouveau, lui indiquant exactement où ses cellules cérébrales s'étaient réfugiées la nuit précédente.

Au moins, elle ne lui avait administré qu'une petite dose. Une quantité plus importante mélangée à de l'alcool aurait pu lui faire perdre connaissance pendant des jours.

Quel jour était-ce ?

Et peut-être se fichait-elle de savoir s'il était mort ou non. Sauf qu'elle voulait disparaître des radars et ne pas être inscrite sur la liste des personnes les plus recherchées par le FBI pour le meurtre d'un agent fédéral.

Ignorant le flou qui régnait dans son cerveau, il essaya de se redresser, mais il en fut empêché par quelque chose de très dur attaché à son poignet. Avec une fascination horrifiée, il fixa le bracelet métallique qui le retenait au montant du lit en fonte. Puis il s'écroula sur le lit et rit si fort qu'il faillit en pleurer.

Séduit et abandonné.

Menotté à ce foutu lit.

Bordel de merde. Ces femmes étaient admirables.

Essuyant ses larmes de sa main libre, il se souvint avoir atteint le lit avant qu'ils ne fassent l'amour. Qu'ils n'aient des *relations sexuelles*, se corrigea-t-il. Ils avaient eu des relations sexuelles, ils n'avaient pas fait l'amour.

Il aurait dû se douter de quelque chose dès qu'elle lui avait souri en lui disant « embrasse-moi ».

Ah !

L'humour semblait préférable au fait de crier après les murs. Il s'assit à nouveau dans un claquement de métal pour évaluer sa situation. Il fronça les sourcils quand il remarqua une petite tache de sang sur les draps blancs. Elle avait été très surprise lorsqu'il l'avait déshabillée et il se rendit compte avec une clarté soudaine que Josephine avait reçu beaucoup plus que ce qu'elle avait demandé la nuit précédente. Elle s'était trompée dans le dosage ; elle s'était attendue à ce qu'il s'écroule bien avant, et il avait fini par coucher avec elle à la place.

Au moins, il en avait tiré quelque chose.

Merde.

Il ferma les yeux.

Il n'avait pas utilisé de préservatif. Agrippant sa tête de sa main libre, il se laissa retomber contre l'oreiller. *Putain !* Les maladies n'étaient sûrement pas un problème, mais rien n'était garanti. Il était *clean* et, aussi improbable que cela puisse sembler, il était à peu près sûr qu'elle était vierge.

Mais un bébé ?

Bon sang !

Peut-être prenait-elle une contraception.

Marsh enroula sa main libre autour de sa nuque et frotta, espérant faire disparaître la sensation de malaise. L'idée de voir Josephine enceinte de son enfant ne l'effrayait pas autant qu'elle l'aurait dû. Il était surpris des sentiments que cette image suscitait, même s'il avait envie de tuer cette femme.

Ce lit était antique et solidement construit. Il était coincé. Il ne pouvait rien faire. Il devait appeler Dancer. Marsh allait être la risée de la division si jamais ils le découvraient.

Il traîna le lit sur le sol, se penchant de toutes ses forces pour garder l'élan. Il ignora le crissement du meuble qui grattait, centimètre après centimètre, le parquet en bois ciré. La sueur ruisselait le long de son dos, poisseuse et brûlante, quand il attrapa la veste accrochée derrière la porte. Il saisit son téléphone portable, heureux qu'il soit encore là. Il ne savait pas ce qu'il aurait fait si elle l'avait emporté avec elle.

Il passa l'appel et estima qu'il y aurait peut-être un moyen pour lui de s'extraire du lit au cours des trente minutes avant l'arrivée de Dancer. Tout ce qu'il lui fallait, c'était un tournevis.

Elizabeth leva les yeux vers l'ours. Elle avait gaspillé sa première balle en tirant au-dessus de la tête de l'animal afin de le faire fuir avant qu'elle ne devienne son repas. L'ours grogna. Le bruit gronda dans le sol comme un petit tremblement de terre avant de s'arrêter à ses pieds.

Des chiens jappaient au loin.

Étrange. Pendant une fraction de seconde, elle détourna son attention de l'énorme créature.

Elle comprit alors qu'il ne s'agissait pas de chiens, mais de loups.

Fantastique ! Elle avait maintenant deux des plus grands prédateurs de la nature à ses trousses. L'ours se trouvait à une vingtaine de mètres, se déplaçant au bord de la falaise et se rapprochant d'elle comme un train de marchandises au ralenti.

— Du balai, l'ours !

Si Nat était dans les parages, il avait dû entendre le coup de feu. Mais à en juger par la posture de l'ours, cela ne ferait pas la moindre différence. Il était en colère et affamé. Et elle était son dîner.

L'ironie de la situation ne pouvait pas lui échapper. Tous ses projets et ses combines, réduits à néant. Son Glock était dans la cabane et ses compétences en matière de combat au corps à corps étaient efficacement annihilées par quatre cent cinquante kilos de dents et de griffes.

La sueur s'accumula sur son front tandis qu'elle visait l'énorme bête. Elle ne voulait pas lui faire de mal, mais elle ne voyait pas quoi faire d'autre. L'ours parut aussitôt se rendre compte qu'il était devenu une cible, car il se détourna et se redressa de toute sa hauteur. Le regard d'Eliza le suivit. Deux mètres soixante-quinze d'omnivore affamé.

Merde. Son petit fusil n'allait pas infliger beaucoup de dégâts à cet animal, mais il n'était pas question qu'elle se contente de rester allongée et de mourir. Une larme lui échappa et roula sur sa joue. Elle l'essuya avec la manche de son t-shirt. Elle garda sa visée stable.

Un énorme loup gris pâle apparut à la limite de son champ de vision. Elle n'osa pas se tourner vers lui, mais elle sentit son énergie concentrée sur l'ours.

Pas sur elle, heureusement.

Elle était soulagée d'avoir un allié. Toutefois, la présence du loup ne semblait pas perturber l'autre animal. Il l'ignora et se rapprocha d'elle : elle comprit qu'il allait charger dans les prochaines secondes.

C'était le moment.

Elle s'y prépara, elle sut que c'était là que tout se terminait. Sur une colline isolée du Montana, en guise de repas pour le loup à côté d'elle, ou pour l'ours qui la suivait. Nat n'obtiendrait jamais les réponses qu'il méritait. Elle n'aurait jamais de seconde chance… et soudain, elle comprit qu'elle n'avait pas envie de mourir. Son cœur se mit à hurler contre cette injustice.

L'ours pivota et chargea. Elizabeth fit feu de son fusil, enclencha la dernière cartouche et tira de nouveau. L'ours tressaillit, mais continua d'avancer, furieux, agacé par les balles qui trouaient sa peau abîmée. Elizabeth se jeta au sol et se roula en boule, prête à encaisser le coup qui n'allait pas tarder.

Un coup de feu retentit, suivi d'un second quelques secondes plus tard.

Elle entendit l'ours tomber, puis elle sentit des pierres et de la terre lui piqueter la peau quand l'énorme créature s'arrêta net. Un souffle chaud lui effleura la joue. L'odeur de moisi, de fourrure humide et de sang frais envahit ses narines. Elle ouvrit les yeux, fixa le regard vide de l'énorme bête qui l'avait chassée. Puis elle se mit à trembler.

Des larmes de soulagement mouillèrent ses joues quand elle entendit quelqu'un se précipiter vers elle.

— Eliza !

C'était Nat.

Elle tenta de se lever, mais ses genoux tremblaient trop. Elle s'éloigna du corps en titubant, trébucha et recula, incapable de croire que l'animal était mort et qu'il n'était pas sur le point de charger à nouveau. Elle jeta son fusil vide au sol, se précipita dans les bras tendus de Nat et s'y accrocha. Il l'enveloppa d'une chaleur et d'une force si solides qu'elle se demanda comment elle pourrait jamais vivre sans lui.

Elle s'accrocha à lui de toutes ses forces.

— Oh, mon Dieu ! J'ai eu tellement peur !

C'était facile de l'admettre maintenant.

Nat la rapprocha, de sorte que toutes leurs courbes s'emboîtaient parfaitement.

— Je n'ai jamais été aussi terrifié de toute ma foutue vie, murmura-t-il dans ses cheveux.

— Je sais qu'on n'est pas censé courir, dit-elle, déglutissant, mal à l'aise. Malheureusement, mon cheval n'était pas du même avis. Je suis désolée que tu aies eu à lui tirer dessus, mais je suis tellement reconnaissante que tu sois arrivé à ce moment-là…

— En général, les ours n'attaquent pas les gens. Celui-ci a l'air malade ou blessé.

Ils s'étreignirent un long moment en attendant que le pouls de la jeune femme redevienne à peu près normal. Finalement, elle recula et leva le nez vers des yeux bleus remplis d'émotion. Puis elle baissa le regard et fixa sa lèvre inférieure pleine ; elle sut qu'elle voulait l'embrasser, désespérément. Elle n'était pas assez bien pour lui, mais quand même…

Les sillons durs autour de sa bouche s'estompèrent lorsqu'il esquissa un sourire.

— Et puis merde ! s'exclama-t-il, puis il approcha sa bouche de la sienne et l'embrassa.

La tête d'Elizabeth se mit à tourner et elle appuya sa bouche contre celle de Nat dans un baiser qui pénétra jusqu'à son âme. Elle s'y accrocha si fort que ses muscles se bloquèrent ; elle ne voulait pas et ne pouvait pas le laisser partir.

Ses bras étaient solides comme de l'acier, soutenant son dos, et ses jambes étaient collées à chaque centimètre des siennes. Elle voulait se noyer dans cette sensation de sécurité et de force, plonger tout entière dans les frissons de la libération physique. Des souvenirs assaillirent sa conscience, mais elle se déroba et se plongea davantage dans la sensation des lèvres chaudes de Nat, le grattement subtil de la barbe contre sa peau. Les bras d'Eliza se glissèrent autour de son cou, elle avait envie de se jeter sur cet homme, de se rassurer sur tout ce qu'il y avait de bon dans la vie. De découvrir à côté de quoi elle était passée avant qu'il ne soit trop tard.

S'écartant pour reprendre son souffle, elle cligna des yeux devant le soleil éclatant et fut surprise par le chant des oiseaux.

Nat poussa un profond soupir, puis il passa ses doigts dans les cheveux emmêlés de la jeune femme et encadra son visage de ses grandes mains. Il posa son front contre celui d'Eliza et se mit à rire. Ce son fut comme une grande bouffée de soulagement qui lui réchauffa le cœur.

— Tu as vraiment un goût prononcé pour les ennuis.

Elizabeth se hérissa dans ses bras.

— Je ne...

Elle sentit son rire gronder dans son torse à nouveau, et elle le vit déglutir fort.

— Si, c'est vrai.

Elle s'affaissa contre Nat et regarda la pauvre créature qui l'avait traquée avec une détermination mortelle quelques instants plus tôt.

— Effectivement, j'ai l'impression de les attirer, avoua-t-elle, frottant sa joue contre le coton doux de sa chemise.

Nat relâcha sa prise, puis tourna la tête vers la meute de loups qui se tenait à une courte distance.

Elizabeth les remarqua et se raidit. Nat lut dans ses pensées et fit un signe de tête en direction de l'ours.

— Ils ne te feront pas de mal, mais ils sont impatients de commencer le déjeuner.

Elizabeth frissonna, sachant qu'elle avait failli servir elle-même de déjeuner.

Le grand loup argenté était assis à moins de dix mètres de l'endroit où Nat et elle se trouvaient. Il haletait doucement, ses dents blanches brillaient contre le noir de ses lèvres.

Elizabeth recula d'un pas. Nat passa un bras autour de ses épaules, puis se pencha pour ramasser son fusil et il l'entraîna vers le bas de la vallée. Les loups s'écartèrent devant eux, se plaçant en demi-cercle pour les laisser passer. En fait, ils semblaient même plus amusés que menacés par les intrus humains.

— Beaucoup de ranchers les abattent à vue, lui expliqua Nat tandis que le grand loup suivait leur progression de son regard jaune.

Elizabeth marchait rapidement. Elle avait eu suffisamment de contact avec la faune sauvage pour toute une vie. Des grognements et des râles emplirent l'air derrière elle tandis que la meute commençait à dévorer son énorme repas.

Bon sang ! Des images de sa propre mort surgirent dans son esprit, lui retournant l'estomac. Elle frémit. Nat la rapprocha de lui et la serra fort. Sans lui, elle serait morte. Sans lui, elle ne voulait pas vivre.

Lorsque Steve Dancer entra dans le chalet, Marsh avait remis son pantalon. Il se tenait au milieu du salon, toujours menotté à une très grande tête de lit en fonte, très abîmée.

Ses cheveux étaient collés par la sueur. Il souffrait d'une méchante déchirure à l'épaule. Du sang coulait de son poignet et tachait le plancher sous ses orteils. Dancer sourit, puis il sortit son téléphone et prit une photo.

— Donne-moi tes clés.

Marsh avait le souffle court, et sa colère était à son comble. Ses propres clés avaient disparu, et il aurait pu parier une fortune qu'il savait qui les avait.

Il s'était servi d'une pièce de cinq cents et d'une détermination colossale pour démonter le lit. Il le ferait fondre à la première occasion. Il jeta un regard noir à Dancer qui se prélassait contre le chambranle de la porte. *Espèce d'enfoiré.*

Steve Dancer était l'archétype du « *boy next door* ». Des cheveux roux foncé, raides et tombants. Les femmes semblaient le trouver mignon, au grand dam des hommes de la division. Ses taches de rousseur et ses yeux bleu clair ne semblaient pas entraver son charme.

Ce type était aussi « mignon » que du verre brisé.

Marsh aperçut ses yeux qui débordaient de joie et un sourire réticent se dessina sur ses lèvres.

— Contente-toi de me donner les clés, d'accord ?

— J'espère qu'elle en valait la peine, répondit Dancer, qui sortit ses clés et les jeta à Marsh.

Il les attrapa fermement d'une main.

— Je n'ai pas encore décidé.

Il avait bien l'intention de lui rendre la monnaie de sa pièce. Elle était sans doute en train de rire à gorge déployée à cet instant, mais, tant qu'elle était en sécurité, cela n'avait pas d'importance. Il déverrouilla les menottes, jeta les clés à Dancer et glissa les bracelets métalliques dans sa poche. Il l'avait délibérément mise en danger, *et maintenant, elle pourrait être enceinte !* Cette inquiétude persistante ne voulait pas disparaître.

— Tout le monde va bien ? s'enquit Marsh.

Il avait été complètement injoignable pendant douze heures, et beaucoup de choses avaient pu se produire dans ce laps de temps. Elizabeth n'était pas son unique responsabilité.

Dancer s'éloigna de l'embrasure de la porte pour s'avancer vers la vue sur le lac.

— Oui. Mais Aiden est surexcité. Il a eu vent d'un Manet disparu depuis la Seconde Guerre mondiale, et il voulait que j'aille au Texas pour l'aider à s'en occuper.

Marsh jura, agacé par les retards qui coûtaient cher à leur opération. Ils travaillaient de longues heures pour attraper les voleurs et les fraudeurs ; et ils devaient être prêts à bouger à tout moment. Mais Elizabeth faisait partie de son équipe et elle était en danger. Le Manet pouvait attendre. La division des contrefaçons et des beaux-arts prenait soin des siens.

— Il peut faire l'examen initial tout seul.

Marsh espérait que cette affaire serait bientôt terminée. Les procès de la mafia approchaient et les choses se précipitaient. La rumeur courait que le tueur à gages, Peter Uri, se déplaçait à nouveau, mais personne n'arrivait à obtenir une piste solide sur cet homme. Il était comme un fantôme. Le ventre de Marsh se noua à l'idée du danger auquel les deux femmes étaient confrontées.

Dancer se déplaça derrière le canapé pour regarder par la fenêtre. Il se pencha et ramassa un morceau de dentelle. Le soutien-gorge de Josephine.

Marsh tendit la main et Dancer le lui donna, souriant en haussant les sourcils. Marsh le mit dans sa poche avec les menottes.

— Où est-elle ?

Il essaya de ne pas paraître anxieux et s'occupa en examinant les coupures sur son poignet. En dépit du sang, il n'y avait rien de grave.

Il suivit Dancer dans la cuisine en chêne du chalet et le regarda démarrer son ordinateur portable. Les secondes lui parurent des minutes alors que Marsh passait ses mains sur son visage fatigué et essayait de dissiper les effets de la drogue sur sa vision.

— Elle a eu douze heures pour arriver à destination. Merde ! s'exclama-t-il alors que la panique s'emparait de lui. Et si elle est hors de portée ?

— Elle pourrait être sur la lune qu'elle serait toujours à la portée de ce bébé. Cesse de t'inquiéter.

Marsh évita le regard que lui lançait Dancer. Cela faisait plus de dix ans qu'ils étaient collègues maintenant, et ils se connaissaient bien. Ils avaient travaillé dans d'innombrables situations dangereuses et d'autres terriblement drôles. Marsh était bien conscient que son sang-froid habituel était bien effiloché.

— Bois un café avant de t'écrouler et mange quelque chose, aussi, lui dit Dancer.

Il prenait les choses en main, et il appréciait manifestement que les rôles soient inversés, pour une fois.

— Si je dois monter dans cet hélicoptère avec toi, tu as intérêt à être en pleine forme, poursuivit Dancer en frémissant. Bon sang, je déteste ces trucs !

Marsh grogna, puis se pencha vers l'avant avec impatience lorsqu'un bip retentit dans la pièce. Dancer baissa le volume de l'ordinateur et le tourna vers lui.

— Je l'ai ; elle traverse la Pennsylvanie à une vitesse d'environ huit cents kilomètres-heure. Je pense qu'on peut supposer que, même si elle a volé ta voiture…, fit remarquer Dancer en souriant devant la grimace de Marsh, elle voyage en avion.

L'agent pointa du doigt un deuxième signal, stationnaire cette fois.

— La voiture est à l'aéroport de Logan. Je peux demander à Dora d'aller la récupérer pour toi.

Marsh secoua la tête.

— Laisse-la. Mieux vaudrait envoyer les démineurs l'inspecter avant que quiconque ne s'en approche.

C'était une précaution, au cas où la mafia aurait attrapé Josephine et chercherait à couvrir ses arrières.

Las, il s'éloigna du bip sonore, mit le café à chauffer et cassa des œufs pour une omelette. Il avait un jet et un hélicoptère en attente sur une base aérienne située à vingt kilomètres de là. Ils avaient le temps de prendre un petit déjeuner rapide, et il lui fallait du carburant.

— Continue à la suivre, ordonna-t-il par-dessus son épaule. As-tu eu quelque chose au sujet du portable qu'elle a appelé ?

Dancer secoua la tête en pianotant sur l'ordinateur portable.

— Mais tu as remonté le signal original jusqu'au Midwest

ou au sud des Rocheuses canadiennes, c'est ça? poursuivit Marsh.

— Oui, et on dirait bien que c'est là que notre petit oiseau se dirige, non? demanda Steve, hochant la tête en direction de la lumière qui clignotait régulièrement.

— Josephine ne peut pas franchir la frontière. Elle n'a pas de passeport sur elle, remarqua Marsh, caressant la barbe sur son menton. Mais elle pourrait avoir un coffre quelque part avec des papiers de rechange.

C'était ce qu'il aurait fait s'il avait été un hors-la-loi.

Elizabeth aurait fait de même aussi.

— Peu importe où elle va, boss, nous l'attraperons, annonça Steve, jetant un regard à sa montre. La transmission sera interrompue dans quelques minutes quand nous allons changer de satellite.

L'air arrogant, Dancer sourit à son patron.

— Alors, combien vaut cette photo? Et où est mon café?

CHAPITRE QUINZE

Il faisait nuit quand Eliza et Nat rentrèrent. Cal les attendait près de la porte des écuries, anxieux en dépit de l'appel que lui avait passé Nat par la radio.

— Tiger est revenue il y a plus d'une heure, dit-il. Elle va bien.

Le cow-boy regarda Eliza d'un œil critique et souffla un mince filet de fumée de cigarette.

— Je n'aurais jamais dû te laisser partir seule.

— Comme si elle faisait ce qu'on lui disait.

Nat parlait en souriant pour rassurer l'autre homme. Cela ne servait à rien de dire à Cal qu'il s'en était fallu de peu. Il avait suffisamment de culpabilité sur la conscience.

Eliza posa une main sur le bras de Cal.

— Désolée de t'avoir inquiété.

Cal regardait le sol, les yeux rivés sur ses bottes, et il donna un coup de pied dans la terre.

— Merde, Eliza.

Sans un mot de plus, il prit en charge les chevaux et les emmena dans les écuries. Nat prit la main d'Eliza et l'entraîna vers la cabane.

— Nous n'allons pas voir les autres ? demanda-t-elle, l'air fatiguée.

Sa voix était usée par trop d'événements dramatiques.

Nat secoua la tête et continua à marcher. Il n'y avait qu'un seul endroit où il voulait être à cet instant, et cela n'avait rien à voir avec sa mère.

Il gravit les marches à grandes enjambées, tint la porte et laissa passer Eliza. Elle gardait la tête baissée, traînant les pieds. L'intérieur était plongé dans le noir, à l'exception de larges pans de clair de lune entre les rideaux. Eliza se tourna vers lui. Elle était enveloppée de son manteau vert, blottie dedans, les mains enfoncées dans les larges poches, le menton enfoui dans le col. Des sourcils finement dessinés descendaient sur ses yeux émeraude et ses dents grignotaient sa lèvre inférieure. De mauvais souvenirs semblaient bouillonner juste sous la surface, et elle avait l'air aussi nerveuse qu'un poulain. Cependant, elle n'était pas effrayée, réalisa-t-il, seulement fatiguée et nerveuse.

Bon sang ! Lui aussi était nerveux.

Il se frotta la nuque, la bouche tendue. Cela lui mettait vraiment la pression. Il ne pouvait pas se planter. La dernière chose qu'il voulait, c'était la traumatiser à nouveau.

Il se rapprocha d'elle et défit lentement les boutons de son manteau, un à la fois, tandis qu'elle observait chacun de ses gestes. Ils n'étaient pas sur un terrain solide. Ni l'un ni l'autre ne savait comment cela allait se dérouler ni où cela les mènerait. Il n'avait jamais rien ressenti d'aussi fort auparavant et ses mains tremblaient à cause de l'effort qu'il faisait pour y aller doucement. Pendant tout ce temps, elle le scrutait avec ses yeux de félin, solennelle et silencieuse. Il ne voulait pas l'effrayer, il ne voulait pas se planter. Il retira le manteau de ses épaules, le suspendit à la patère derrière la porte et prit sa main dans la sienne.

— Viens t'asseoir avec moi, lui proposa-t-il, l'entraînant vers le canapé.

— Nat..., commença Eliza.

Le cœur de Nat se serra. Son rejet le prit aux tripes. Pas parce qu'il ne pouvait pas attendre, pas parce qu'il ne comprenait pas, mais parce qu'il ne voulait pas la laisser seule cette nuit.

De qui se moquait-il ? Il ne voulait pas la laisser seule, point final.

Elle lui serra les doigts.

— Viens au lit avec moi, murmura-t-elle.

La surprise le figea sur place. Nat prit une inspiration, puis une autre pendant qu'il entremêlait ses doigts à ceux d'Eliza, paume contre paume, et l'attirait près de lui. Le désir se confondait avec une émotion plus douce qu'il ne pouvait pas nommer, qu'il ne voulait pas analyser.

Elle était têtue et téméraire. Et blessée. Et il la désirait. Peu importait qu'elle ne soit pas faite pour lui et qu'elle ne reste pas, peu importait qu'ils risquent de perdre le ranch la semaine suivante. Il voulait être en elle et ne penser à rien d'autre qu'à elle le plus longtemps possible. Il l'embrassa, d'abord tendrement, puis plus profondément, la goûta, l'explora avec ses lèvres et sa langue. La passion jaillit comme une flamme, se propageant sauvagement, les marquant tous les deux de sa chaleur.

Ils étaient liés par les mains et la bouche, leurs corps étaient proches, mais ne se touchaient pas. Nat avait besoin qu'elle sache que c'était elle qui prenait la décision. Que, cette fois, personne ne la forçait.

— J'en ai eu envie dès le premier instant où je t'ai vue, avoua-t-il avant d'embrasser les taches de rousseur qui parsemaient son nez et ses tempes.

Elle gémit, cherchant la bouche de Nat avec la sienne.

Ses mains réclamaient qu'il les libère de son emprise, mais il les retint délicatement dans les siennes tout en caressant la peau blanche et douce sous son oreille avec son nez. Elle tira sur ses mains, mais il ne la lâcha pas.

— Tu es incroyablement belle. Exactement ce dont je n'ai pas besoin.

— Je ne me sens pas belle, répondit-elle d'une voix brisée.

— Pas de chance. Tu l'es.

Elle bascula la tête en arrière pour profiter davantage de ses caresses. Elle soupira. Eliza rapprocha son corps de celui de Nat, comblant l'espace entre eux, fusionnant avec lui.

Il la sentit fondre, et il sentit sa réserve se réduire en poussière. C'était ce qu'il voulait. Il posa une main sur sa joue, fit glisser l'autre lentement sur son corps, le long de sa mince cage thoracique, autour du dessous de son sein... Des effleurements qui la firent soupirer dans sa bouche, alors qu'elle commençait à le toucher à son tour. Il saisit son sein, s'émerveillant de son poids, de sa douceur. Tendrement, il passa son pouce sur son t-shirt, faisant dresser ses mamelons à travers le coton blanc et doux. Elle ne protesta pas. Au contraire, elle plongea plus profondément dans son étreinte et lui rendit ses baisers, mordillant sa lèvre inférieure.

Un grognement s'échappa de la gorge de Nat et gronda dans sa poitrine. Il leva la tête, contempla les turbulences de la passion qui traversaient les yeux d'Eliza. Il voulait perdre le contrôle et se fondre dans cette femme sans aucune pensée, sans aucun sentiment rationnel. Mais il devait se montrer prudent. Il devait y aller doucement.

— Dis-moi si je fais quelque chose que tu n'aimes pas, proposa-t-il, s'efforçant de garder une voix égale. Dis-moi si je te fais peur.

Eliza leva vers lui des yeux si sombres qu'ils brillaient d'un éclat noir.

— Tu ne le feras pas.

Quelque chose de dur se desserra en elle, bougea et fondit. La nervosité avait disparu, et sa douleur n'était plus qu'un écho lointain. Des larmes lui vinrent devant la beauté de ce moment, mais elle les refoula. Ce n'étaient pas des larmes qu'elle voulait montrer à Nat Sullivan ce soir-là. Elle se concentra sur sa faim grandissante, sa faim et son sentiment d'urgence. Elizabeth leva la main et repoussa une mèche de cheveux du front de Nat, surprise par leur douceur sous ses doigts.

De subtiles traces de savon au citron s'accrochaient à sa peau, surmontées d'une chaude odeur d'homme travailleur. Elle goûta son cou épais, absorba son essence comme un baume. Sous les lèvres d'Eliza, les joues de Nat étaient rugueuses comme du papier de verre. Elle gémit, elle voulait le sentir davantage, mais elle hésitait... elle avait peur. Elle enroula les doigts autour de son biceps puissant. Il semblait si juste, si parfait sous ses doigts. Il prenait tout son temps, il se montrait incroyablement doux avec elle, il la touchait comme si elle risquait de se briser en mille petits morceaux s'il appuyait trop fort.

Le cœur de la jeune femme battait trop vite. Elizabeth ne voulait pas de tendresse maintenant. Cela la touchait trop profondément et elle ne croyait pas pouvoir le supporter plus longtemps. Elle se mordit la lèvre inférieure, ravalant son incertitude. L'attirant plus près d'elle, elle tira sur sa chemise jusqu'à ce qu'elle soit dégagée de sa ceinture, et qu'elle puisse glisser ses mains dessous et toucher sa chair ferme. Son corps était incroyablement dur et pourtant sa peau était aussi douce que du satin.

Elle posa une main sur sa joue, savourant la sensation de la barbe rude contre sa paume. En dépit de ses nerfs ébranlés, elle recula d'un pas, passa son t-shirt par-dessus sa tête et le laissa tomber sur le sol. Elle vit sa pomme d'Adam s'agiter quand il déglutit. Immobile et tremblante, elle défit les petits boutons de la chemise de Nat. Il la fit descendre de ses épaules. Et la laissa tomber au sol avec son t-shirt.

Le clair de lune effleura son corps tout en muscles et tendons sculptés par un labeur constant. La lumière douce recouvrait d'argent ses larges épaules. Des poils blond clair couvraient sa poitrine et descendaient le long de son ventre en une ligne droite et fine. Inconsciemment, elle serra les poings contre ses flancs.

Elle avait toujours apprécié la beauté, et celle de Nat était sans défaut. Forte et robuste comme les montagnes qui l'avaient vu naître.

Elle s'obligea à détendre ses poings, tendit la main et fit danser le bout d'un doigt sur sa peau, fascinée de voir ses muscles se contracter. Elizabeth leva les yeux. Et découvrit qu'il l'observait sans ciller. Ses yeux d'un bleu nuit la transperçaient, mais il se retenait avec patience, la laissant prendre ce qu'elle voulait à son rythme.

Elle cilla pour chasser ses larmes en même temps que le souvenir des yeux d'un autre homme.

Nat la tenait souplement, comme s'il craignait à la fois de la lâcher et de la serrer trop fort. Des peurs dont elle ne s'était pas rendu compte qu'elles existaient encore furent balayées par la douce pression de ses mains. Eliza enroula ses mains autour du cou de Nat, l'embrassa, et se délecta de la sensation de sa chair nue contre la sienne. De la soie brute qui glissait contre de la soie brute. Il était chaud là où elle le touchait, comme s'il avait de la fièvre. Elle haleta quand il dégrafa son soutien-gorge, puis glissa les doigts sous la soie blanche.

Des ondes de choc parcoururent son corps tandis que les caresses de Nat devenaient plus exigeantes. Les genoux d'Eliza se dérobèrent, le sentiment d'urgence la traversant et lui faisant tout oublier, sauf la chaleur qui montait entre eux. Elle oublia le passé, le chagrin, elle oublia de s'inquiéter de l'avenir, et laissa Nat la submerger de sensations. La pièce tourna quand il la souleva dans ses bras et l'emmena dans la chambre. Eliza éclata de rire.

Nat essayait. Il essayait vraiment. Mais les doigts de la jeune femme couraient sur lui, déjouaient sa résolution, lui volaient son équilibre avec des gestes tendres et des ongles acérés. Puis la musique de son rire, comme un soleil chaud, le toucha profondément.

Il était perdu. Fou d'elle… complètement captivé. Il s'abreuva de la vue de sa chair nue et de ses courbes généreuses. Des seins pleins que ses mains brûlaient de toucher. Des mamelons pointus qui imploraient sa bouche de les goûter. Eliza était douce, résistante, solide.

Une ecchymose assombrissait ses côtes, mais elle ne dit rien. Nat s'arrêta une seconde, resserra sa prise et ferma les yeux quand il se rendit compte qu'il avait failli la perdre ce jour-là. Après une rapide prière de remerciement, il assouplit sa main, mais sans la relâcher.

Son parfum l'enveloppait, apaisait ses peurs au rythme des battements solides de son cœur sous ses doigts. S'approchant du bord du lit, il se réjouit que la lumière de la lune entre par les rideaux ouverts et lui permette de la voir. Il s'assit en prenant soin de ne pas heurter son flanc, la serra dans ses bras et l'embrassa à nouveau. Des baisers profonds et étourdissants qui épaississaient le sang et accéléraient le pouls. Il la séduisit avec sa bouche jusqu'à ce qu'elle gémisse de désir, puis il l'allongea sur le lit pour la déshabiller.

Il commença par lui retirer ses bottes. Puis il fit lentement descendre son jean sur ses longues jambes et le laissa tomber sur le sol.

Elle gardait le silence. L'observait. Ses yeux brillaient comme un océan chaud, ses lèvres étaient moites après ses baisers. Et le corps d'Eliza... des seins généreux, des hanches doucement galbées et des jambes qui n'en finissaient pas.

Ses genoux étaient couverts d'écorchures.

Nat serra les dents, la bouche crispée par le sentiment de peur qu'il avait éprouvé.

Si je n'avais pas été là... Si j'avais manqué mon tir...

— Ne t'arrête pas, murmura Eliza.

Elle glissa les mains dans les cheveux de Nat, l'ancrant à elle. Déterminée. Impatiente. Son souffle taquina ses lèvres.

Il déplaça son poids sur ses coudes, embrassa la jeune femme une nouvelle fois, puis sa bouche se déplaça plus bas, effleurant ses seins, taquinant ses mamelons. Cette exploration exigeait de la minutie et de la rapidité, des besoins contradictoires qui le poussaient et le tiraillaient.

Il descendit plus bas pour embrasser son ventre, la zone sensible au creux de ses cuisses avant de revenir à sa bouche comme une abeille vers une fleur. Le corps d'Eliza se cambra sous le sien, frémissant à chaque caresse. Les muscles de la jeune femme se tendaient, répondant au désir qui grandissait en Nat.

Elle se colla à lui. Ses yeux brillants de désir, sa bouche murmurant son nom comme une litanie. Les mains d'Eliza parcouraient son corps, la passion qui l'animait le poussait au bord du gouffre. Il haleta, saisit les mains de la jeune femme et les retint doucement au-dessus de sa tête. Il fit passer un doigt sur la peau délicate du dessous de son bras et suivit le frisson avec ses lèvres. Leur respiration était laborieuse et rapide. Elle l'observait avec des yeux sauvages qui le poussaient à continuer.

Il se mit sur le côté pour mieux la voir et ralentir les choses.

Il avait l'impression d'avoir attendu ce moment depuis une éternité et il entendait bien en savourer chaque instant.

Passant un doigt tout le long de son corps, il la regarda qui l'observait. Il laissa sa main descendre plus bas, la glissa sous sa culotte, puis dans son intimité brûlante et moite. Elle se contracta contre ses doigts, le regard dans le vague alors qu'il la caressait. Mais elle ne paniqua pas. Elle ne se précipita pas hors du lit avant de prendre la fuite.

Le rythme s'intensifia. Nat le sentait, il le voyait sur le visage d'Eliza, l'entendait dans sa respiration. C'était là qu'il voulait l'envoyer. C'était là qu'il voulait aller. Il serra les dents pour réfréner son propre désir et le besoin qu'il éprouvait de la rejoindre.

Elle plongea ses mains dans ses cheveux et l'attira plus près, l'embrassa, passa des mains affamées sur sa chair brûlante. Les sensations grimpaient de plus en plus haut, au point de devenir incontrôlables. Elle frémit et son corps se cambra quand elle poussa un cri. C'était trop, et pourtant, ce n'était pas encore assez.

Eliza tira sur la fermeture du jean de Nat, l'aida à le retirer, le tout sans quitter sa bouche. Ils retirèrent leurs derniers vêtements dans un enchevêtrement de bras et de jambes et s'effondrèrent sur le lit, roulant l'un contre l'autre, se touchant, haletant de plaisir.

Il la pénétra d'un seul et puissant coup de reins, l'emplissant profondément et avec force. L'intense frisson de plaisir les ébranla tous les deux. Il se tint immobile pendant un long moment et la regarda droit dans les yeux. Eliza contemplait Nat, les yeux écarquillés. Elle cilla.

— Merde ! s'exclama Nat, préservatif.

Il ferma les yeux, serra les dents, et se retira. Attrapant son pantalon sur le sol, il en sortit un étui carré et déchira l'emballage d'aluminium. Il avait besoin d'être en elle.

La deuxième fois fut tout aussi incroyable que la première. Elle était chaude, étroite et humide. Et lorsqu'il se mit à bouger, lentement, fermement, elle enroula ses jambes autour de lui et l'attira plus profondément. L'esprit de Nat cessa de fonctionner alors qu'il était enveloppé d'une chaleur humide et brûlante qui circulait autour de lui comme de la lave, resserrant l'étau autour de ses émotions.

Il s'accrocha à son contrôle avec l'unique neurone qui fonctionnait encore.

Le rythme augmenta, changea de cadence, puis le souffla comme un brasier. Leurs regards se croisèrent et se fixèrent, submergeant l'autre de désir. Les ongles d'Eliza se plantèrent avec force dans son dos, mais Nat s'en moquait. Le corps de la jeune femme se resserrait puissamment autour de lui, palpitait de manière exquise, l'entraînait vers cette limite fabuleuse. Il restait accroché à sa maîtrise de toutes ses forces, ralentissant la cadence jusqu'à une caresse paresseuse toute en retenue. Le souffle d'Eliza se bloqua, ses muscles se contractèrent, exigeant davantage.

Des sensations brutes et profondes lui déchirèrent les tripes alors qu'il plongeait dans son corps une dernière fois, et il la sentit exploser autour de lui au moment où il jouissait dans un éclair de flammes vives qui embrasa son esprit.

Ils retombèrent brutalement ensemble, aveuglés, dans l'obscurité.

New York, 14 avril

LES NERFS TENDUS comme des ressorts d'horloge, DeLattio faisait les cent pas sur la moquette bleue de sa suite d'hôtel. Il tira sur sa cigarette et remarqua que les taches de nicotine sur ses doigts devenaient de plus en plus profondes, s'insinuant autour de ses jointures et descendant le long de chaque doigt.

Comme de la pourriture.

Il frotta sa peau couleur moutarde, mais cela ne changea rien. La tache restait.

Il serra la mâchoire et se mit à jurer. Cette décoloration l'irritait, lui faisait perdre son sang-froid. Avec un ricanement, il abandonna. Il aspira la fumée de sa cigarette plus profondément dans ses poumons et se mit à rire. Son oncle, John-Paul Mallena, avait mis un contrat à sept chiffres sur sa tête. À en croire Charlie Corelli, il était comme mort. La couleur de ses doigts ne gênerait pas son cadavre.

Il n'avait aucune raison de ne pas croire Charlie. Il était le garde du corps et l'assistant personnel d'Andrew depuis huit ans. Il lui avait été offert par son oncle le jour où il avait obtenu son diplôme à Harvard. Sans doute le cadeau le plus utile qu'un homme pouvait recevoir.

Mais Charlie était aussi un mafieux, un *sgarrista*, au service de la famille Bilotti. Il faisait partie de la première équipe de John-Paul Mallena, qui avait fait le serment de travailler pour le bien de la famille. Un serment de sang qu'Andrew n'avait pas été autorisé à prononcer parce que son père n'était pas italien.

Il écrasa une cigarette et en alluma une autre. Il cacha le tremblement de ses doigts en secouant sa main. Son père avait été un métis franco-slave dont J.P. s'était débarrassé des années auparavant. Sa mère ne s'en était jamais doutée, mais Andrew l'avait su. Et il était reconnaissant de ne pas avoir été éliminé de la même manière.

Il lança un regard aux deux agents fédéraux qui avaient été chargés de monter la garde cette nuit-là. Aucun des deux hommes ne l'aimait, même si Andrew s'en fichait. Ce n'étaient que deux abrutis, arrogants et mesquins.

Il avait toujours su qu'il devrait s'enfuir un jour, car il escroquait la mafia depuis qu'il était en seconde. Et il s'était préparé. Mais il ne s'était pas attendu à se faire avoir par une garce pleurnicheuse.

Il inspira profondément, garda la fumée dans ses poumons jusqu'à ce qu'elle remplisse chaque espace et qu'il ne puisse plus la retenir. Il expira lentement, l'air pensif. Il avait partagé les bénéfices avec Charlie, mais Andrew ignorait où se situerait la loyauté de ce dernier au bout du compte. Il aimait ce type, mais il y avait des chances qu'une fois le moment venu, il soit le tueur à gages.

Dans son monde, la vie et la mort étaient les deux faces d'une même pièce.

L'un des agents, Wade, un type grand et maigre avec une coupe courte, jouait sur un ordinateur portable, tandis que Butler, son partenaire plus petit et plus sombre, se prélassait sur un siège en cuir en lisant le *New York Times*.

À les regarder, Andrew avait envie de sourire, car il savait qu'ils étaient en sursis.

Il écrasa sa cigarette, fit les cent pas, se dirigea vers le minibar et se servit un verre de bourbon.

Il était intelligent. Le plan était prêt. Bientôt. Très, très bientôt.

Andrew était impatient de tuer Juliette Morgan. Le désir le transperça, distrayant son esprit alors qu'il aurait dû se concentrer sur son évasion. Tapotant de ses doigts le cuir souple du dossier du fauteuil, il se souvint de la dernière fois qu'il l'avait vue, meurtrie et nue sur le lit.

Son nez le démangeait à cause du coup de pied qu'elle lui avait asséné au visage. Après tout ce qu'il lui avait fait, la seule chose dont il se souvenait, c'était cette douleur aiguë au moment où l'os s'était brisé. La colère lui fit plisser les yeux et tendit sa bouche. Il agrippa son verre si fort qu'il crut qu'il allait se casser.

Quelqu'un frappa à la porte et il sursauta, les nerfs à vif. Les abrutis se levèrent et dégainèrent leurs armes.

— Allez dans les toilettes, lui ordonna Butler, le plus petit.

Andrew s'éloigna vers la salle de bains carrelée en secouant la tête. Il détestait ces crétins. Le FBI pensait tout savoir, mais il allait leur montrer. Et il voulait connaître le vrai nom de cette femme avant de lui refaire la même chose, il voulait détruire Juliette et son alter ego une bonne fois pour toutes.

Derrière la porte, il entendit les agents saluer son avocat, Larry. Andrew sortit de la salle de bains, essuyant la fine couche de sueur sur son front avec un mouchoir. Larry faisait de petits miracles pour lui auprès du bureau du procureur. Sombre abruti. L'avocat jonglait avec sa mallette dans une main et une grande boîte de pizza à emporter dans l'autre, ainsi qu'un sac en plastique.

— J'ai croisé le livreur dans le couloir et je me suis dit que je ferais mieux de l'apporter, expliqua Larry, adressant aux agents un froncement de sourcils désapprobateur en leur remettant la nourriture. J'ai quelques points à revoir avec mon client.

Larry fit un signe de tête à Andrew, mais évita de le regarder dans les yeux.

L'intimidation donnait les meilleurs résultats.

— Allons dans la chambre pour en parler, si vous le permettez, suggéra Larry, la voix encore plus faible qu'à son habitude.

Les agents le fouillèrent, une palpation et une inspection rapide de sa mallette. Puis ils s'éloignèrent, impatients de manger pendant que c'était encore chaud. Ils s'installèrent à la table donnant sur les lumières vives de Soho et ouvrirent des canettes de soda.

Andrew conduisit Larry dans la chambre et ferma la porte

aux deux hommes. Les mains de l'avocat tremblaient tellement qu'il eut le plus grand mal à ouvrir sa mallette.

— J'ai votre parole que ma famille ne sera plus en danger ? s'enquit-il nerveusement alors qu'il sortait une lettre.

Il la tint pincée entre deux doigts comme si elle était contagieuse.

— Vous faites tout ce que Charlie vous dit ? demanda Andrew en s'emparant de la lettre, les yeux brillants d'impatience.

Larry hocha la tête.

— Alors, votre famille s'en sortira.

Andrew lut la lettre, en parcourut le contenu d'un seul coup d'œil. Charlie lui disait de ne pas s'inquiéter. Lui expliquait qu'il avait organisé une petite surprise pour les fédéraux.

Cela pourrait vouloir dire n'importe quoi.

Andrew fronça les sourcils et se dit qu'il n'avait pas le choix : pour l'instant, il devait faire confiance à Charlie.

Ses doigts le démangeaient. Il aurait aimé avoir une arme. Les ressorts du matelas grincèrent quand Larry s'y assit lourdement. Le vieil homme se prit la tête entre les mains. Il semblait sur le point de s'effondrer.

Voir sa famille menacée était un véritable enfer à vivre.

Andrew se rapprocha de la porte et tendit l'oreille. Un fracas retentit, et il entrouvrit le battant. Les deux agents gisaient sur la moquette bleue, agités de convulsions.

C'est quoi, ce bordel ?

Ils respiraient bruyamment. En se tenant la gorge.

— Charlie, murmura-t-il, soulagé.

Andrew ne savait pas avec quoi l'homme les avait empoisonnés, mais il était reconnaissant de n'avoir jamais aimé la pizza.

Avec précaution, il s'avança sur l'épaisse moquette pour toiser les hommes à l'agonie. Butler avait cessé de respirer et semblait déjà mort. Andrew le poussa avec son pied, mais le type ne cilla pas. Wade laissait échapper des gargouillis qui remontaient de ses poumons. Il songea à lui tirer une balle pour le soulager de ses souffrances, mais décida finalement de s'en abstenir. Ce serait trop fort, trop bruyant. Et pourquoi gaspiller une balle ?

Il s'attela à la tâche. Il retira le Glock de la ceinture de Butler, puis fouilla la poche de l'homme à la recherche de munitions. Le pouls d'Andrew ralentit, et la tension dans ses épaules se relâcha tandis qu'il soupesait l'arme. À présent, il pouvait se défendre. Maintenant, il avait une chance. Il ouvrit le portefeuille de Butler et trouva des photos de bébé sur le rabat intérieur.

Il releva la tête quand Larry s'approcha de la porte de la chambre.

— Oh, bon sang ! s'exclama l'avocat, portant les mains à sa gorge comme s'il sentait le poison agir. Je ne savais pas... Je veux dire, le livreur de pizza se tenait juste là... J'ai proposé de l'apporter...

Andrew entra dans la chambre et prit son manteau.

— Bien sûr, Larry. Allez le dire à un juge.

L'avocat en resta bouche bée.

— Je, je, je...

Andrew lui tira une balle dans la tempe et regarda l'homme s'écrouler sur le sol. Puis il ressortit et contempla à nouveau les agents qui l'avaient insulté et s'étaient moqués de lui. Wade était encore en vie, haletant ses dernières respirations avec un lent et douloureux désespoir. Andrew le salua d'un air moqueur et sentit le regard de l'homme qui le suivait pendant qu'il quittait la pièce.

À présent, il allait tenir la promesse qu'il avait faite à la petite Juliette. Il était impatient.

Ils restèrent allongés en silence tandis que les battements de cœur d'Elizabeth ralentissaient jusqu'à atteindre une douce cadence. Un loup hurla dans les collines, un bruit solitaire et triste, rivalisant avec le vent qui murmurait tranquillement contre la fenêtre. La supplique de l'animal résonnait en elle, mélancolique et dramatique, la faisant frémir et lui rappelant qu'elle était passée à deux doigts de la mort.

Et la mort la traquait toujours.

Nat attrapa l'édredon et le ramena sur eux, gardant Eliza au chaud tandis qu'il la serrait contre lui. *Il ne dormait donc pas encore.*

Elle aurait aimé qu'il soit assoupi.

Elle frôla son torse de ses lèvres, trembla, l'étreignit fermement pendant une seconde, avant de le relâcher. Il avait changé les choses pour elle, et elle ne savait pas vraiment comment y faire face. Il y avait quelque chose chez Nat Sullivan qui touchait son âme et l'effrayait profondément. Elle était en train de guérir, et cela la terrorisait presque autant que l'idée de mourir. Elle serra les poings avec incertitude, resta allongée avec raideur, collée contre lui.

Il l'avait arrachée au seuil de l'autodestruction et lui avait appris à faire confiance à nouveau. À aimer.

Se pourrait-il que ce soit de l'amour ?

Agitée, elle s'éloigna de sa chaleur, se dégagea des couvertures emmêlées et traversa le salon pour aller verrouiller la porte d'entrée. Tirant les rideaux, elle occulta la lune ; elle préférait l'obscurité maintenant. Elle appuya son front contre la fraîcheur du mur.

— Reviens au lit, sinon je vais devoir me lancer à ta poursuite, gronda la voix de Nat à travers l'embrasure de la porte ouverte.

Elizabeth enroula les lourds rideaux autour de sa main. Dans le monde de Nat, personne ne traquerait et ne tuerait quiconque, mais dans le sien, que ce soit pour l'argent, la vengeance ou le plaisir, ils le faisaient sans pitié.

Qu'avait-elle fait en venant ici ? Fermant les yeux, elle passa le doigt contre le bord dur de la fenêtre à battants. Elle se mordit la lèvre. Si DeLattio la trouvait ici, ils étaient tous morts.

Mais il ne la trouverait pas.

Ravalant sa douleur, elle comprit qu'elle ne pouvait pas rester, mais l'idée de s'en aller, de quitter Nat, lui arrachait le cœur.

Revenant vers le lit, elle se tint silencieusement au bord. Nat prit ses doigts dans sa paume et embrassa chaque extrémité, ses jointures, les veines bleues fragiles de son poignet. Il l'attira près de lui.

— Tu veux en parler ? lui demanda-t-il d'une voix grave et apaisante.

Elle se concentra sur son timbre, cherchant désespérément à l'imprimer dans sa mémoire.

Son viol. Voulait-elle parler de son viol ?

Un frisson lui parcourut les épaules et vibra dans tout son corps. *Il n'en est pas question.* Les souvenirs qui envahissaient son esprit la poussèrent à enfouir son nez plus profondément dans la courbe de l'épaule de Nat.

Ses poignets entravés. Des images troubles d'horreur accompagnées de flashs de clarté. La drogue avait atténué la douleur et les détails. Atténué la sensation de dégradation, à l'exception du rire de DeLattio qui se moquait d'elle. Il hantait encore ses rêves.

Elle ne *voulait* pas en parler, mais elle savait qu'elle devait le faire.

— Je travaillais sous couverture pour le FBI, mais pas dans les affaires du crime organisé. Je m'occupais du vol d'œuvres d'art, expliqua Elizabeth en pressant le bras de Nat, qui la serra en retour. J'assistais à un vernissage dans une galerie quand ce type a commencé à me draguer.

Sa voix trembla et elle fit une pause avant de reprendre.

— Il me rendait nerveuse, ce qui n'arrive pas souvent. Alors je suis partie. Je l'ai évité, dit-elle.

Elizabeth passa un doigt sur le torse de Nat dans un geste nerveux.

— Il s'est avéré que c'était un grand mafieux, poursuivit-elle, et son doigt s'immobilisa, appuyant doucement sur sa peau. L'unité de lutte contre le crime organisé m'a contactée le lendemain et m'a demandé de sortir avec lui pour quelques rendez-vous. De poser quelques micros. La routine.

Elle haussa les épaules.

Elle glissa les doigts dans les cheveux de Nat, dont la douceur contrastait avec la solidité de ses muscles. Elle aimait le toucher, elle aimait avoir cette liberté.

— Ils avaient promis de me protéger, mais ils ne l'ont pas fait.

Un nœud se forma dans sa gorge, empêchant les mots de sortir. Nat sembla comprendre qu'elle ne pouvait pas continuer et il appuya sa tête contre lui, la réconfortant avec le poids doux de sa main contre son crâne. Elle prit une grande respiration, inspira son parfum. Elle sentit le rythme lent des battements de son cœur contre son oreille.

Tremblante, elle l'étreignit et ravala les larmes qui voulaient s'échapper. Elle n'aurait pas dû faire l'amour avec cet homme, l'entraîner dans sa toile, dans le chaos qu'était devenue sa vie. Quoi que ce soit qui brûlait entre eux, il aurait fallu le laisser mourir. Mais il était trop tard pour cela. Elle n'avait pas pu résister à l'attirance, et cela la tuait de savoir qu'elle devrait bientôt le quitter.

Mais pas encore. Pas ce soir.

Déterminée à échapper aux confessions sur son passé, elle se redressa au-dessus de lui et passa une main sur les plans fermes de sa poitrine.

— Alors, qui es-tu, Nat ? Un cow-boy, un photographe, un tireur d'élite ? Qui est le vrai Nathan Sullivan ?

Elle tenta de sourire, le suppliant en silence de changer de sujet. Les souvenirs douloureux appartenaient au passé, et elle voulait qu'ils y restent. Nat l'attrapa avant qu'elle puisse bouger et il la fit rouler sous lui d'un mouvement souple.

— Tu as oublié amant démoniaque, ajouta-t-il en se mordillant la lèvre inférieure. Tu as rencontré le vrai Nathan Sullivan, m'dame. C'était celui qui a transpiré sur toi. Mais peut-être l'as-tu oublié.

— Peut-être, oui…, dit Elizabeth, suivant ses lèvres du bout du doigt. Peut-être devrais-tu me rafraîchir la mémoire.

Elle abaissa les mains, parcourant la chair de Nat pour jouer avec ses mamelons bruns et plats. Les muscles de son ventre se contractèrent contre celui d'Eliza, et son érection se pressa contre sa cuisse. Penchant la tête, elle le taquina avec sa langue, lécha ses mamelons et les suça doucement. Le souffle de Nat se bloqua, et ses mains s'agrippèrent à elle.

Elle ne pouvait pas répondre à beaucoup de ses questions et elle ne lui mentirait pas, mais peut-être pouvait-elle le rendre heureux un peu plus longtemps. Le rendre fou de volupté exactement comme elle voulait l'être.

CHAPITRE SEIZE

Stealth était agité à côté de lui, flairant la jument qui attendait patiemment devant. Nat essuya la sueur de son front alors que l'énergie brute émanait de l'étalon noir en vagues brûlantes qui puaient l'excitation et l'impatience. La jument poulinière était une Morgan, calme et expérimentée, avec de fortes chaleurs. Nat l'avait choisie comme première partenaire reproductrice de Stealth. Par le passé, il recueillait la semence grâce à un vagin artificiel et une monture fantôme.

C'était un moment délicat.

Les étalons inexpérimentés avaient tendance à débrancher leur cerveau et à se comporter de manière stupide la première fois qu'ils rencontraient une jument en chaleur. Comme la plupart des hommes. Nat jeta un coup d'œil à Eliza qui aidait Ezra à mettre des pierres à sel à l'arrière du pick-up. Vêtue d'un jean de travail, avec sa veste verte boutonnée jusqu'au menton, elle avait encore l'air d'avoir froid en dépit du vent chaud qui soufflait depuis la crête. Elle avait des cernes sous les yeux et son sourire était usé par la fatigue. Elle rit à quelque chose qu'Ezra dit, et le son se propagea le long de ses nerfs, lui rappelant comment ils avaient passé la plus grande partie de la nuit précédente.

L'étalon renâcla, ses naseaux de velours s'évasèrent et il s'agita, tirant d'un coup sec sur la longe. Le premier rapport sexuel de Stealth était plein de dangers potentiels : la plupart des choses dépendant de la jument. Si elle lui donnait un coup de sabot pendant l'accouplement, il pourrait devenir timide et avoir trop peur d'éjaculer. Ou encore, elle pourrait s'enfuir et rendre l'étalon enclin à se précipiter pour monter les juments à l'avenir, à s'y accrocher trop fort.

Merde ! Nat le comprenait parfaitement. Les relations avec les femmes n'avaient rien de simple.

La sueur s'accumulait sur le dos et le garrot de Stealth, signe qu'il était prêt à passer à l'action. Eliza leva la tête et le regarda, comme si elle sentait le poids de ses pensées. Puis elle observa la jument qui se tenait alignée dans la barre d'insémination.

Comparait-elle la saillie d'une jument à un viol ?

Il trébucha légèrement, et Stealth s'agita au bout de la rêne.

Nat s'obligea à se détendre. Il savait que ses propres angoisses pouvaient se transmettre facilement au jeune étalon. Il guida Stealth vers la jument, exerça une légère pression sur le licol de reproduction et fut ravi de voir comment l'étalon lui répondait, en dépit de la distraction étourdissante causée par l'imminence de l'acte sexuel.

Non, Nat ne faisait pas l'amalgame entre les deux. Une jument qui ne voulait pas être fécondée serait extrêmement difficile à forcer, même par quatre cents kilos de dents et d'hormones sexuelles.

Nat ravala le goût amer qu'il avait dans la bouche et essaya de se concentrer sur sa tâche. La jument se décala légèrement sur le côté, observa longuement le jeune étalon qui s'approchait d'elle, décidant si elle allait l'accepter ou non. Nat la laissa regarder, mais il ne sentit aucune réticence. Cal hocha la tête pour qu'il amène Stealth derrière la jument, puis il l'aida à s'accrocher à ses hanches. La jument s'arc-bouta contre le poids supplémentaire de l'étalon, mais elle ne se retourna pas et ne lui donna pas de coups de sabot.

Nat jeta un regard à Eliza et sentit l'air devenir brûlant entre eux. Stealth n'eut pas besoin d'aide pour pénétrer la jument et Nat se tint à l'écart, essayant de ne pas être excité par la pensée de faire quelque chose de similaire avec Eliza.

Bon sang ! C'était la routine, un travail normal dans une ferme en activité, mais aujourd'hui, cela semblait... personnel. Ses terminaisons nerveuses étaient en feu et son corps dans un état d'excitation accru. *C'était embarrassant.* Il passa ses mains sur ses yeux brûlants et se fit l'effet d'un pervers, plus vil que la pire des ordures.

Ezra dit quelque chose à Eliza qui se détourna.

Une voiture franchit la colline derrière la maison principale et Nat poussa un juron, sachant que le moment ne pouvait pas être plus mal choisi. La jument bougea nerveusement tandis que Stealth s'efforçait de terminer l'accouplement.

Le chauffeur poussa le moteur et Nat utilisa toute sa volonté pour calmer la jument et inciter Stealth à terminer le travail.

Il pinça les lèvres. Il avait envie de hurler après le conducteur, mais il n'osait pas détourner son regard de l'accouplement en cours. Avec un grognement inélégant, Stealth éjacula et s'effondra sur la jument.

Cal maintint la jument fermement pendant que l'étalon se retirait, et il s'affairait déjà à l'éloigner quand Nat fit descendre l'étalon sur le sol.

Les chevaux vont bien. Tout va bien.

Nat laissa échapper un soupir de soulagement, toujours aussi mal à l'aise dans son jean moulant.

Sans blague.

Il caressa le museau de Stealth, lui frotta les oreilles et lui dit qu'il avait fait du bon travail. Même si la jument ne concevait pas, l'événement avait été un succès. Il se tourna vers les nouveaux arrivants et maintint une expression neutre lorsqu'il aperçut Troy et Marlena Strange, debout à côté d'une Mercedes 4x4 dernier modèle.

Demain avait lieu la vente aux enchères.

Nat s'empêcha de grincer des dents. Il y avait fort à parier que d'ici le lendemain soir, Troy Strange posséderait un morceau de son cœur.

D'accord... les choses n'allaient peut-être pas si bien que ça.

Marlena jeta un coup d'œil à l'entrejambe de Nat avec un sourire malicieux qui tua net son excitation. Cette femme était d'une beauté stupéfiante, mais elle le laissa plus froid qu'une pierre tombale.

— Qu'est-ce que vous voulez ? leur demanda Nat.

Ce n'était pas vraiment digne d'un bon voisin, mais il s'en fichait complètement.

— Je me suis dit que vous me laisseriez peut-être jeter un autre coup d'œil à votre étalon, dit Troy, affichant un faux sourire éclatant assorti d'un accent purement texan, mais empreint d'un manque de sincérité. Et le voilà, prêt pour moi.

Troy s'approcha de Stealth, qui tremblait après l'effort, et leva la main pour caresser le museau de l'étalon noir. Le cheval montra les dents et roula les yeux jusqu'à ce que le blanc brille comme un croissant injecté de sang dans la lumière de l'après-midi.

— Touchez-le et je vous colle mon poing dans la figure, répliqua Nat sans élever la voix.

Il n'avait pas besoin de le faire. Il fit un pas pour s'interposer entre Troy et l'étalon.

Troy hésita, baissa la main.

— Vous ne pouvez pas vous permettre d'être difficile, *voisin.*

Comme si Troy avait son mot à dire sur ce que ressentait Nat.

— Si vous faites faillite, j'obtiendrai cet endroit pour une poignée de cacahuètes, comme les chevaux.

Troy claqua des doigts pour accentuer ses propos. Il sortit un paquet de cigarettes de la poche de sa chemise et en offrit une à Nat.

Comme s'il s'agissait d'une conversation entre amis.

Celui-ci garda le silence, même s'il brûlait d'envie de frapper Troy si fort qu'il avait du mal à se retenir. Ses poings s'arrondirent en blocs solides à ses côtés, mais il n'avait pas besoin d'un procès en plus de tout le reste, et Troy Strange *ferait* un procès.

Nat ne dit rien, resta parfaitement immobile et contempla son voisin comme s'il était un cafard à écraser.

—Vous le savez et je le sais, poursuivit-il, ignorant l'avertissement silencieux. Pourquoi ne pas aller droit au but : j'achète les chevaux et le ranch à un prix raisonnable maintenant.

Il offrit un chiffre ridiculement bas, tapota la cigarette sur le paquet et l'alluma. Il inspira profondément la fumée dans ses poumons, puis la souffla directement sur le visage de Nat.

Celui-ci ne cilla pas.

Troy croyait comprendre le code de l'Ouest, il pensait savoir comment être un vrai homme, mais il en était loin. S'il avait été plus grand, Nat aurait pu l'affronter, et au diable le procès, mais il était de taille moyenne et de corpulence légère. Ce serait comme donner un coup de poing à un enfant.

Marlena s'approcha de son mari. Elle le dominait largement, mince et légère, avec de longs cheveux bruns qui retombaient en vagues jusqu'à la moitié de son dos. Troy passa un bras possessif autour de sa taille.

Ricanant, Nat se dit qu'elle avait besoin d'une laisse. Alors que son mari ne la regardait pas, elle lui adressa un sourire hargneux.

Génial. Vraiment génial.

Troy lança un regard noir à Nat, qui garda un visage impassible. Il se tourna rapidement vers Eliza, mais elle avait disparu.

— Sortez de ma propriété avant que j'appelle le shérif, dit-il, se faisant violence pour ne pas ajouter « abruti ».

Sa voix resta calme et paisible, comme la surface d'un lac avant un orage. Intérieurement, il fulminait. La rancœur l'envahissait, telle une braise brûlant lentement.

— Le shérif Talbot serait quelque peu contrarié s'il devait venir ici deux jours de suite.

Strange afficha un rictus et soudain, Nat comprit. Troy avait tout manigancé : la bagarre, la visite du shérif. Il essayait de chasser les Sullivan de la ville. *Ordure.*

Qu'est-ce que Marlena avait dit de lui à son mari ?

— Comment va le condamné ? s'enquit Strange, souriant à nouveau.

Comme si Nat était trop stupide pour comprendre qu'il se faisait avoir par le Texan.

Il sentit Ryan s'approcher de lui. Son frère se déplaçait sans bruit quand il le voulait et Nat oubliait parfois qu'il n'était pas le seul Sullivan qui risquait de perdre le ranch.

— Vous saviez que la moitié de la ville s'est tapé votre femme ? demanda Ryan à Troy avec un sourire amical. Seulement la moitié masculine.

Il rit de sa propre petite plaisanterie, comme s'il la trouvait drôle.

Nat s'abstint. Il détestait la tournure que prenaient les événements, et il grimaça avant que Ryan ouvre la bouche.

— Elle a même offert une pipe à Nat il y a quelques semaines, mais il était un peu pressé et il n'a pas pu accepter son offre... Mais moi, je l'ai fait, plusieurs fois maintenant que j'y pense, murmura Ryan d'un ton égal, le roi de la décontraction, soudain énervé. Elle vous l'a dit ?

Merde.

Troy vibrait de colère, et ses poings se serraient et se desserraient contre ses flancs.

— Vous avez peut-être besoin de l'étalon pour elle, hein ? suggéra Ryan avec un sourire, mais Nat ne l'avait jamais trouvé aussi dangereux. Parce que vous ne savez pas comment satisfaire votre propre femme.

Marlena commença à bafouiller pour se défendre. Troy lui coupa la parole d'un geste vif de la main et lui saisit fermement le poignet.

— Ne croyez pas que je ne sais pas ce que vous essayez de faire ! s'exclama-t-il en fixant Ryan avec une fureur incontrôlée. C'est le type qui couche à droite et à gauche qui parle ? Je parie que votre défunte femme se retourne dans sa tombe, vu comment vous vous tapez tout ce qui...

Troy ne vit rien venir. Il se retrouva étalé sur le sol, cramponnant son visage à deux mains, en un clin d'œil. La seule chose que Nat regrettait, c'était de ne pas avoir frappé le premier.

— Ne parlez *plus jamais* de ma femme, gronda Ryan, serrant les dents.

Nat aurait peut-être dû prévenir Troy que c'était un point sensible pour Ryan. Peut-être pas.

Marlena décida tardivement que la meilleure défense était une bonne attaque, et se mit soudain à leur hurler dessus.

— Je ne lui ai pas fait d'avances. Il m'a attaquée !

Elle le pointait du doigt et ses yeux étaient remplis de larmes. Nat aurait parié qu'elle avait raconté une histoire fascinante qui ne mentionnait pas le fait de vouloir lui faire une fellation en guise de pourboire pour l'avoir raccompagnée.

— Et n'imagine pas que je vais accepter ces accusations

venant de toi ! ajouta-t-elle, pointant Ryan du doigt à présent. Tu auras des nouvelles de mon avocat.

Nat leva les yeux au ciel et fixa Troy qui se roulait toujours dans la poussière. Il secoua la tête. *Et maintenant, le couplet sur l'avocat, allons-y.*

— Tu n'as pas à avoir honte d'aimer le sexe, ma belle. Moi, en tout cas, je n'ai pas honte. Mais mentir à ce sujet et punir Nat parce qu'il t'a jetée ? C'est vraiment mal, dit Ryan avant d'éclater de rire, mais ce n'était pas beau à voir. Et n'hésite pas à me faire un procès. Je peux obtenir des déclarations sous serment signées par la moitié des cow-boys de la ville au sujet de ta position sexuelle préférée, *ma belle*. Et ça, c'est seulement ceux qui sont capables d'écrire.

Troy se leva, portant la main à sa lèvre fendue.

— Je vais vous détruire, bande d'ordures.

Nat croisa les bras et lança un regard dur à Troy ? Cet homme croyait-il vraiment qu'il avait posé la main sur sa dingue de femme ? Il jeta un coup d'œil à Marlena et jura dans sa tête. Elle était appuyée contre le 4x4, pleurant comme si elle avait le cœur brisé.

Ses mains le démangeaient d'applaudir et de crier *bravo*.

Elle était soit complètement folle, soit une excellente actrice. Il était possible qu'ils perdent le ranch familial parce qu'elle était une psychopathe vindicative.

— Nat ! cria Eliza. Nat !

Qu'est-ce que… ? Nat leva les yeux sur Eliza qui se tenait sur le porche de la maison principale, essayant de tenir sa mère debout.

Il se mit à courir.

— J'espère que cette vieille garce va mourir…, cria Troy dans son dos.

Nat sut que Ryan avait de nouveau frappé cette petite ordure, mais il ne s'arrêta pas pour regarder. Le temps qu'il atteigne le porche, Eliza avait étendu Rose sur le sol et s'était précipitée dans la cuisine pour appeler le 911.

Le teint de sa mère était d'un gris effroyable et sa peau était moite lorsqu'il toucha sa joue.

— Nat ! haleta Rose.

Sa main droite se cramponna à son sein gauche, et son dos se cambra sur le sol. Elle était en train de faire une nouvelle crise cardiaque.

— Ça fait mal...

La panique hurla dans sa tête, mais la raison l'emporta. Ses lèvres bleues étaient retroussées en une grimace de douleur, son souffle était court. Son propre cœur se ratatina et mourut dans sa poitrine. Il ne pouvait pas la perdre maintenant.

— Ça va aller, essaie de rester allongée.

S'agenouillant, il retira une couverture du rocking-chair de sa mère et la plaça en guise d'oreiller sous sa tête. Les services de secours mettraient trop de temps à arriver.

C'était Sas, les secours.

— Appelle les urgences de l'hôpital, Eliza, le numéro est sur le tableau, lui cria Nat à travers la porte. Demande-leur ce qu'il faut faire.

Rose se tenait la poitrine et grimaçait fort. Elle frissonna et prit une grande respiration brusque.

— Ne les laisse pas... prendre le ranch. Nat.

— Personne ne va rien prendre, maman, alors...

— Promets-le-moi, insista Rose qui lui serra la main si fort que c'en était douloureux. Dis-le-moi. Promets-le-moi.

Elle le regarda droit dans les yeux et le corps tout entier de Nat s'emplit d'effroi.

Ravalant le nœud qui se formait dans sa gorge, il hocha la tête.

— Je te le promets.

Eliza franchit la porte en courant au moment où Ryan garait le camion de Nat au bas des marches du porche.

— Le médecin dit de l'emmener aux urgences aussi vite que possible, expliqua la jeune femme en lui tendant des comprimés. Elle m'a dit d'en mettre un sous sa langue et de vous y rendre le plus vite possible.

Eliza sortit un cachet et le donna à Nat.

Il le plaça sous la langue de sa mère et la souleva dans ses bras. Il cala sa tête argentée contre sa poitrine. Elle sombra dans l'inconscience.

D'un air sombre, Nat soutint le regard d'Eliza quand il monta dans le camion. Il serra sa mère contre lui tandis que Ryan mettait le moteur en marche, mais les chances que Rose arrive vivante aux urgences étaient minces, voire inexistantes, et ils le savaient tous.

Cinq heures plus tard, Elizabeth attendait à la fenêtre de la cuisine, contemplant la lune au-delà des petits pots d'herbes aromatiques qui bordaient le rebord de la fenêtre. Nat avait téléphoné.

Rose était morte.

Elizabeth en était malade. Elle avait enfin compris que toute sa vie était maudite.

Elle n'était plus dans le déni. Elle avait les yeux grands ouverts. Elle aimait Nat Sullivan jusqu'au plus profond de son âme et elle ne pouvait rien y faire. Sa mère était morte, mais elle ne pouvait même pas rester pour le réconforter.

Le désespoir pesait des tonnes dans sa poitrine, lui faisant baisser les épaules en signe de défaite. Elle partirait le lendemain, l'abandonnerait comme s'il ne comptait pas pour elle, avec cette garce et son mari prêts à enfoncer des clous dans le cercueil financier des Sullivan.

Mais elle pouvait aider. Elle aiderait. Elle avait déjà enclenché le processus et elle espérait qu'il était encore temps. Nat n'aimerait pas ça, mais il n'avait pas à le savoir.

Le chagrin l'étouffait, elle n'arrivait pas à respirer, à faire passer l'air à travers le poids de la culpabilité et de la souffrance qui lui obstruait la gorge. Elizabeth se dirigea en titubant vers la porte. L'ouvrit et trébucha dehors. Elle sortit de la maison dans l'air froid de la nuit et atteignit l'enclos, grimpa sur la clôture et contempla les étoiles.

Stealth s'approcha en trottinant, comme un zéphyr dans l'obscurité, et frotta son nez doux comme du velours contre son bras. La souffrance ne s'arrêta pas pour autant. Désespérée, elle fit une chose qu'elle n'avait pas faite depuis qu'elle était petite fille. Elle trouva l'étoile la plus brillante et fit un vœu comme un enfant la veille de Noël.

Les épaules de Nat s'affaissèrent vers l'avant, sa gorge était si contractée qu'il avait beau déglutir, le chagrin l'étouffait comme un garrot.

Sarah… il ne voulait même pas penser au regard qu'elle lui avait lancé quand elle avait compris que la bataille était perdue. Toutes ces connaissances médicales et elle était toujours impuissante face à la mort. Il se cramponna au bord de l'évier de la cuisine, ferma les yeux, mais il ne voyait que le reflet creux du chagrin dans les yeux de sa sœur. Il avait su avant qu'elle ne le lui dise que Rose était partie.

Bon sang !

Debout dans la cuisine, entouré de ténèbres, le son de sa

respiration était rauque dans la pièce silencieuse. La maison était silencieuse, comme si elle était en deuil. *Elle l'était.*

Sarah était restée à l'hôpital pour organiser les funérailles. Il avait déposé Ryan et Cal dans un bar, puis il était rentré à la maison pour Tabitha. Et pour Eliza.

Il ne se souvenait pas que la maison ait jamais été aussi calme. Ni quand son père était mort ni quand la femme de Ryan, Becky, l'avait suivi quelques mois plus tard. Peut-être était-ce parce qu'il y avait un bébé dont il fallait s'occuper à l'époque, ou peut-être que, cette fois, la mort avait finalement volé le cœur et l'âme de sa famille.

Comme il ne voulait pas penser à sa mère, il finit méthodiquement son verre d'eau, lava le verre et s'essuya les mains sur un torchon. Passant à l'étage, il écouta l'écho de chaque pas sur le bois avant de progresser davantage. Tout lui semblait froid et solitaire. En haut, il s'avança sur le palier jusqu'à ce qu'il atteigne la dernière pièce au bout de la maison.

La porte était entrouverte et il la poussa. Eliza était allongée dans une faible lumière, endormie sur un couvre-lit Winnie l'ourson. Ses jambes pendaient sur le côté du minuscule lit de Tabitha, ses cheveux noirs étaient détachés et emmêlés autour de son visage, ses lèvres étaient légèrement écartées. Tabitha était recroquevillée contre elle, tenant un kangourou serré sous son menton.

Nat s'efforça de refouler ses larmes. Il ne voulait pas avoir à annoncer à Tabitha que sa grand-mère était morte... Il avait déjà assez de mal à le comprendre lui-même. Mais Sarah avait déjà bien assez de choses à faire, et Ryan... eh bien, Ryan ne réagissait pas bien face à la mort.

Nat se passa une main sur le visage, puis mordilla l'intérieur de ses lèvres. Il n'avait pas vraiment le choix. Peut-être était-elle tout simplement trop jeune pour comprendre, de toute façon. Et cette pensée déclencha une nouvelle vague de chagrin qui lui noua la gorge. Tabitha n'avait pas encore trois ans, et elle avait déjà perdu trois des personnes les plus importantes de sa vie. Quatre… si l'on comptait le détachement obstiné de Ryan.

La veilleuse couvrait la courbe de la joue d'Eliza d'une douce couleur pêche et assombrissait les taches de rousseur dorées qui se détachaient sur son nez. C'était aussi une orpheline, élevée par des étrangers.

Comment as-tu survécu sans une mère pour t'aimer ?

Une mère pour essuyer les larmes, apaiser les blessures et punir les bêtises ? Une mère qui vous obligeait à porter des pulls alors que vous n'aviez pas froid et à prendre une douche alors qu'il n'y a rien de mal à être sale ?

Il observa les épaules d'Eliza qui se soulevaient et s'abaissaient doucement pendant qu'elle dormait. Il avait envie de tendre la main et de la toucher, mais il ne parvenait pas à relâcher son emprise sur la poignée de la porte.

Rose Sullivan avait été une femme dure, élevée pour la rigueur dans les vallées de haute montagne, mais elle avait aussi un côté doux et aimait ses enfants aussi farouchement qu'un chat sauvage défend ses petits. Exactement comme il l'avait aimée en retour. Mais à présent, son chagrin lui pesait comme un boulet, deux fois plus lourd à cause de la promesse qu'il avait faite avant qu'elle ne s'éclipse.

Il sauverait le ranch. D'une manière ou d'une autre.

La vente aux enchères devait avoir lieu le lendemain matin. Les bois seraient sans doute vendus avant que les gens apprennent la mort de Rose. *Merde.* Nat lâcha la porte, se frotta les yeux et redressa les épaules. Eliza gémit et sa main se glissa sous son oreiller. Un sentiment protecteur le frappa comme une vague et l'ébranla. Ouvrant grand la porte, il entra dans la pièce et enjamba les peluches éparpillées sur le tapis. Il couvrit Tabitha de son plaid préféré, repoussa une fine boucle blonde de son front et l'embrassa sur la joue.

La petite fille remua, mais ne se réveilla pas. Dès leur plus jeune âge, ni Eliza ni Tabitha n'avaient connu l'amour d'une mère. Il n'allait pas perdre de temps à s'apitoyer sur son sort. Rose avait toujours détesté les pleurnicheurs, elle avait toujours détesté être le centre de l'attention.

Nat fit le tour du lit, glissa ses bras sous Eliza et la souleva. Heureusement, il n'y avait pas d'arme cachée sous l'oreiller. Elle se blottit contre son torse, s'enfonçant dans ses bras. Se baissant, il embrassa ses cheveux et perçut un soupçon de son parfum.

Nat la porta à travers la maison vide et la déposa avec précaution sur son propre lit. Il était trop engourdi pour éprouver de la colère, et même la douleur lui échappait. Il était trop meurtri pour vouloir faire plus que trouver du réconfort par tous les moyens possibles.

Il se déshabilla, étouffa les émotions diffuses qui menaçaient d'envahir sa poitrine, se glissa dans le lit et serra Eliza contre lui. Murmurant quelque chose d'inintelligible, elle se blottit plus près.

Nat resta étendu à regarder le plafond. Sa mère avait été le pilier de sa vie. À présent, elle n'était plus là. Il avait su qu'elle était malade, mais il n'avait pas voulu admettre qu'elle pouvait mourir. Frottant son menton contre les cheveux d'Eliza, il resserra sa prise par réflexe. Il ne savait pas ce qu'il allait faire d'elle, mais il ne voulait pas la laisser partir, pas tout de suite.

Peut-être jamais.

Il était tombé amoureux d'elle, et cela le terrifiait. Il avait été vraiment blessé par la trahison de Nina, et il ne voulait pas revivre un tel anéantissement.

Il luttait tant pour réprimer ses émotions que sa mâchoire était douloureuse, et son cœur martelait sa poitrine. Il avait promis à ses parents de sauver le ranch, et il n'abandonnerait pas. Jamais il ne pourrait s'en aller.

Nat gronda doucement. Qu'en était-il de Cal? D'Ezra? Qui emploierait un ancien détenu et un vieil homme qui aurait dû prendre sa retraite des années plus tôt?

Eliza gémit dans son sommeil et il l'apaisa d'un baiser sur la tempe.

Le lendemain, la vente des bois de Vénus permettrait peut-être de dégager suffisamment d'argent pour les sortir du pétrin cette année-là, mais qu'en serait-il de l'année suivante? Où trouverait-il l'argent pour construire le manège couvert dont il avait besoin pour entraîner les chevaux des autres pendant l'hiver? Les vautours les entouraient et Troy Strange était le plus vorace d'entre eux, attendant de dévorer les os.

Ses yeux le brûlaient. Cette ordure était la dernière personne que Nat voulait voir lui prendre quoi que ce soit. Son estomac se noua, puis se retourna dans un mélange de haine et d'effroi.

Eliza gémit à nouveau et tressaillit, le tirant de ses pensées. Il aurait voulu pouvoir dissiper la tristesse qui l'envahissait, assombrissait son regard et éteignait son bonheur.

Cela prendrait du temps. Une chose qu'ils ne semblaient pas avoir.

Le rythme de la respiration de la jeune femme changea, la tension envahit ses muscles et elle commença à s'agiter sous les couvertures comme pour s'enfuir.

Il se pencha sur elle et repoussa une mèche de cheveux de son front.

— Eliza, réveille-toi, ma chérie.

Ses yeux verts s'ouvrirent, écarquillés et choqués, mais elle se détendit avec un soupir dès qu'elle le reconnut. Nat vit dans son regard le moment où la prise de conscience se fit, chassant les vestiges du sommeil. Des larmes se formèrent sur ses cils. Elle leva la main pour la poser sur sa joue.

— Je suis tellement désolée pour ta mère.

Des larmes roulèrent sur les côtés de son visage, maculant

l'oreiller. Nat soutint son regard, même s'il n'en avait pas envie. Du bout du doigt, il suivit la course d'une larme avant de l'essuyer. Certaines choses étaient trop importantes pour pouvoir être évitées. Hochant la tête, il laissa la souffrance envahir son esprit et accueillit la douleur.

Eliza essaya de lui sourire, mais ses lèvres tremblaient trop pour que cela puisse fonctionner. Il ne parvenait pas à lire les émotions qui brillaient au fond de ses yeux, mais il se rappela que la compassion n'était qu'un piètre substitut à l'amour.

Ce n'était pas le moment d'y réfléchir.

Elle leva la tête, puis colla ses lèvres aux siennes dans une douce caresse. Le temps resta suspendu et elle prolongea le contact jusqu'à ce qu'il soit saturé de désir. Nat savoura la sensation des lèvres d'Eliza contre les siennes. Il goûta chacun de ses baisers et les laissa nourrir son chagrin.

Il la déshabilla lentement. Puis elle s'allongea sur lui. Il la laissa apaiser ses blessures et absorber sa douleur avec des baisers et une insoutenable douceur. L'oubli se profilait au-dessus de lui avec une intensité qui lui brûlait les paupières. Il s'accrocha à la passion, ignora la mort qui rôdait comme la bande-son de son existence. Il ne voulait rien ressentir d'autre que le souffle d'Eliza sur son corps, ou ses caresses sur sa peau. La douleur et le chagrin pouvaient attendre.

CHAPITRE DIX-SEPT

—DeLattio s'est échappé ? s'exclama Marsh empli d'effroi alors qu'il arpentait l'allée du jet.

Une demi-heure plus tôt, il se sentait en pleine forme, éveillé et alerte après quelques heures de sommeil. L'impatience de retrouver Elizabeth et Josephine avait fait vibrer ses nerfs comme de l'électricité. À présent, son moral était au plus bas, à cause d'une marée montante de peur.

— Quelqu'un a empoisonné les agents chargés de sa surveillance, Bob Butler et Peter Wade.

Dancer grimaça, puis pianota encore sur son clavier. Marsh ne connaissait pas personnellement ces agents, mais son ventre était quand même noué. Le Bureau était une famille.

— Cyanure de sodium. L'avocat de DeLattio a été retrouvé avec une plaie par balle de 9 mm à la tête.

— Bon sang ! s'exclama Marsh en fourrant les mains dans ses poches, inquiet de la tournure des événements. Et Ron Moody a dit Stone Creek, Montana ?

Un shérif d'une petite ville du Montana avait soumis à l'AFIS une demande d'identification sur la base d'empreintes digitales qui s'étaient révélées être celles d'Elizabeth.

— Oui, confirma Steve Dancer, pointant du doigt une carte GPS sur l'écran de l'ordinateur. Il m'a raconté les conneries habituelles, mais c'est ce qu'il a dit. Et cela correspond à l'itinéraire de Josephine. Elle se dirige vers le nord sur l'autoroute 15. Si nous volons directement vers Kalispell, nous pourrions l'attendre à son arrivée.

Marsh y réfléchit ; il aimait l'idée. Il aimerait beaucoup voir la tête qu'elle ferait. Il donna l'ordre au pilote de changer de cap. Toujours agité, il arpentait le couloir de long en large, étudiant leur plan à la recherche de failles.

— Comment allons-nous retrouver Elizabeth une fois arrivés dans cette ville ?

Marsh prit une pomme dans le bol prévu à cet effet, songea aux effets du cyanure et changea d'avis.

— Le shérif du coin est un type nommé Talbot. Je pense qu'il faut d'abord le contacter pour apprendre ce qu'il sait.

Dancer s'inclina sur son siège en cuir, étira ses bras au-dessus de sa tête et bâilla.

— Et si elle s'enfuyait ?

Marsh était mal à l'aise. Elizabeth ne serait pas restée aussi longtemps au même endroit, pas alors qu'elle avait croisé la route du shérif du coin.

— Nous continuons à suivre Josephine, remarqua Dancer, faisant un signe de tête vers le point rouge qui se déplaçait à travers l'écran. Tôt ou tard, ces deux-là vont se retrouver.

Et il serait prêt... c'était certain.

Marsh pria pour que cela arrive au plus vite.

Comme si le fait que DeLattio soit en liberté ne suffisait pas, il avait également reçu un appel du directeur Lovine lui annonçant que Peter Uri avait faussé compagnie à l'équipe chargée de sa surveillance. Marsh n'aimait pas le timing des événements, il ne croyait pas aux coïncidences. Le tueur à gages semblait connaître les agissements de DeLattio avant lui. Ou peut-être Uri avait-il un autre objectif.

Il devait y avoir une taupe au FBI, mais personne ne l'avait encore trouvée. Il y avait donc de fortes chances pour que Peter Uri soit également en route pour Stone Creek, Montana, comme eux. Marsh pela une banane et la mangea sans enthousiasme.

Il avait tendu un piège à une femme qui pourrait bien porter son enfant, sans s'attendre à ce que deux prédateurs se déchaînent dans la mêlée. Jetant la peau de banane à la poubelle, il s'installa sur son siège pour essayer de dormir un peu. Le mieux qu'ils pouvaient espérer, c'était retrouver Elizabeth avant tout le monde. Même avec ce salaud de DeLattio en liberté, c'était le mieux qu'ils pouvaient faire.

RIEN N'AVAIT CHANGÉ. Le ranch était toujours là. Le monde tournait toujours sur son axe et la mafia voulait toujours la tuer. Mais *elle* avait changé. Elle avait changé de façon incroyable.

Elle était étendue nue sur le lit, la respiration haletante. La laine douce des couvertures la chatouillait, la faisait frissonner, tout comme la sueur qui commençait à refroidir sur sa peau. Nat était allongé à côté d'elle, le visage enfoncé dans les couvertures, sans bouger.

Lentement, son rythme cardiaque revint à la normale et elle leva la tête, posa sa joue contre les muscles chauds de son large dos et goûta l'humidité salée de sa chair.

— Encore ? gronda la voix de Nat à travers l'oreiller. Déjà ?

Elle rit et embrassa le creux plat entre ses omoplates.

— Je suis tellement épuisée que je ne pourrais pas bouger même s'il y avait un tremblement de terre.

Elle passa un doigt le long de sa colonne vertébrale, sur chaque os, et s'émerveilla de la force de cet homme, tempérée par la douceur. Elle savourait cette liberté d'explorer son corps, ses épaules fortes et larges et ses membres longs et musclés. Sa peau était lisse sous la pulpe de son doigt, lui procurant des picotements de désir.

Il ne lui restait que peu de temps. Elle ne voulait pas le gaspiller.

Elle l'avait fait rire, avait tenté de lui faire oublier, et l'avait réconforté pendant qu'il était en deuil. Puis, alors qu'elle était enveloppée dans ses bras, il lui avait raconté comment Rose s'était battue vaillamment pour survivre et combien il avait été difficile d'admettre enfin qu'elle n'était plus là.

Elle s'en souvenait. Elle se rappelait la douleur d'avoir été abandonnée quand on lui avait annoncé la mort de ses parents. Elle avait eu peur et s'était sentie seule jusqu'à ce que sa tante vienne la chercher. Ensuite, elle avait eu peur et s'était sentie seule au pensionnat.

— Rose m'a dit qu'elle était mourante, avoua Eliza à Nat d'une voix douce.

Il leva la tête du matelas pour la regarder.

— Sérieusement ? s'enquit-il, sa voix rauque empreinte d'incrédulité.

Elizabeth étudia la façon dont la faible lumière coula sur son dos et évita ses yeux.

— Elle voulait être sûre que tu irais bien. Que je promette de ne pas te faire de mal.

— Que lui as-tu répondu ? voulut-il savoir, posant sur elle un regard bleu intense.

Des larmes obstruèrent la gorge d'Elizabeth qui s'obligea à croiser le regard de Nat.

— Que nous ne pouvons pas toujours faire les choix que nous désirons.

Nat roula sur le dos et l'attira à lui pour qu'elle s'allonge sur son torse. Elle tenta de s'éloigner, mais il la retint sans effort.

— Comment se fait-il que tu aies rejoint le FBI ? l'interrogea-t-il tout en scrutant attentivement ses yeux, comme s'il cherchait à percer ses secrets.

Elizabeth se détendit en soupirant.

— Marshall Hayes, l'un de mes amis. Je le connaissais depuis des années, dit-elle simplement, car les détails n'avaient plus d'importance. Il m'a recrutée alors que j'étais encore trop naïve pour savoir ce qu'il en était.

Elle se souvint à quel point tout cela lui avait semblé facile.

— Nous nous sommes beaucoup amusés au fil des ans et nous avons attrapé beaucoup d'escrocs.

Avec trois agents travaillant sous couverture et très peu de renforts, ils n'avaient pas le temps de s'occuper de la politique habituelle du Bureau. Ils n'appréhendaient pas les criminels, se contentaient de collecter des informations, puis appelaient les agents de terrain pour procéder à des arrestations. Pour l'essentiel, c'était un travail facile.

— Qu'est-ce qui t'a poussée à devenir agent ?

Nat caressa la joue d'Eliza avec son index, déclenchant des frissons en cascade jusqu'à ses orteils.

Elle haussa les épaules, jouant distraitement avec les poils blonds qui parsemaient son torse.

— Je ne sais pas vraiment... Je suppose que c'était lié à la perte de mes parents, expliqua-t-elle, puis elle leva les yeux vers Nat et lui toucha la main, puis se tapota le crâne. J'ai encore beaucoup de bagages là-haut. Je voulais aider les gens, faire la différence, et je me spécialisais dans l'art.

Elle s'interrompit, puis éclata de rire. Cela semblait tellement bête !

— Lorsque Marsh m'a proposé de rejoindre son équipe, l'occasion m'a semblé parfaite. Et j'étais douée pour ça. Je croyais enfin faire quelque chose d'important.

Elle plongea dans les yeux intenses de Nat, notant le contraste avec les cils pâles et la peau dorée. Elle sentait son érection sous elle, les muscles durs et les os qui constituaient son corps. La chaleur irradiait de lui comme une fournaise; elle voulait se souvenir de lui ainsi pour toujours.

— J'étais douée pour ça, jusqu'à ce que je commence à travailler avec l'unité de lutte contre le crime organisé.

Un frisson parcourut la peau de la jeune femme et elle remonta les couvertures autour de ses épaules. Nat l'observait, silencieux et sombre.

L'amertume envahit Eliza comme un poison.

— L'ULCO n'en revenait pas lorsqu'elle a compris que j'étais un agent fédéral sous couverture et qu'Andrew DeLattio m'avait proposé un rendez-vous. Ils ont organisé une deuxième rencontre, et, cette fois, j'ai accepté de sortir avec lui.

Ces ordures avaient remué ciel et terre pour les réunir à nouveau.

Se tenant parfaitement immobile, comme si un seul mouvement pouvait anéantir sa maîtrise d'elle-même, elle poursuivit.

— Il était poli au début, un vrai gentleman.

Elle ne voulait pas se rappeler qu'il était devenu moins poli et plus insistant. Plus violent.

— J'ai placé des mouchards dans des endroits où les autres agents n'avaient pas accès, raconta-t-elle, tapotant le torse de Nat du bout du doigt avant de se reprendre. J'ai été témoin de certains incidents et j'ai aidé l'ULCO à déterminer qui travaillait pour qui.

Elle baissa les yeux, marqua une pause, puis soutint son regard.

— Mais je suis devenue nerveuse et je me suis défilée.

— Tu ne voulais pas coucher avec lui.

C'était une affirmation, pas une question. Elle acquiesça, déplaça son regard vers les lèvres de Nat, puis y déposa un rapide baiser pour faire bonne mesure.

— L'ULCO m'a suppliée et menacée, mais j'ai arrêté de voir DeLattio, et je suis retournée à mes autres affaires.

Tirant les couvertures autour de ses épaules, Eliza s'assit.

— Je crois que j'étais assez fière de moi, affirma-t-elle alors que ses doigts cramponnaient la couverture. Ensuite, il est venu à la fête de Noël du musée, a mis de la drogue dans mon verre, puis m'a emmenée en disant à tout le monde que j'étais ivre et que je devais rentrer chez moi.

Sa voix tremblait d'angoisse et de colère, mais elle poursuivit.

— Il m'a emmenée dans mon appartement, m'a attachée, m'a tabassée, et puis...

Nat posa une main sur son épaule, la touchant doucement, comme si elle allait se briser.

— Tu n'es pas obligée de me le raconter si tu n'en as pas envie. Son regard était plein d'empathie et de rage. Elle comprenait la rage.

— Tu mérites de savoir, affirma Elizabeth, laissant la couverture pendre librement autour de ses épaules, étirant ses mains et ses bras devant elle. Je ne me souviens pas de la plus grande partie de l'attaque. Mais pour moi, le pire a été que les autres agents me trouvent attachée au lit.

Sa voix se brisa, et elle s'interrompit quelques instants avant de poursuivre.

— Le groupe de surveillance spéciale s'était retiré lorsque j'ai cessé de voir DeLattio, mais mon sac à main était toujours suivi et surveillé par l'ULCO. Ils ont enregistré chacun de mes cris, ils m'ont entendue appeler à l'aide et supplier. Et ils s'en sont servi. Ils s'en sont servi pour l'obliger à transformer les preuves de l'État et balancer ses relations criminelles. Tu imagines ?

Elizabeth voyait bien que Nat n'avait aucun mal à l'imaginer.

Elle soutint son regard.

— J'ai passé deux jours à l'hôpital avant que mon amie Josie ne me fasse sortir. Quand les ecchymoses sur mon visage se sont suffisamment estompées, je les ai camouflées avec du maquillage et je suis retournée au travail.

Mon Dieu ! Elle aurait été perdue sans Josie.

Elle ignora la douleur dans les yeux de Nat. C'était le reflet de sa propre souffrance, et elle voulait que cela cesse.

— J'ai fait beaucoup d'erreurs, Nat. J'ai ignoré les conseils que l'on m'a donnés. J'ai refusé de voir un psy. J'ai refusé de laisser l'ULCO informer Marsh ou mes autres collègues de ce qui s'était passé, poursuivit-elle alors que ses larmes coulaient. J'étais trop humiliée pour qu'ils l'apprennent.

Nat l'entoura de ses bras et lui offrit sa force en silence.

— J'ai tourné en rond comme un zombie pendant des semaines, terrifiée, totalement terrorisée à l'idée qu'il revienne. Je ne dormais pas beaucoup et je ne mangeais pas non plus, je portais une arme chargée partout où j'allais, expliqua-t-elle, et elle rit en le voyant hausser un sourcil. Encore pire que maintenant.

Elizabeth se passa une main dans les cheveux, les écartant de son visage.

— Un jour, j'ai démissionné. J'ai laissé Marsh en plan et je me suis enfuie. Comme une lâche, dit-elle, et elle chassa les larmes qui se formèrent sur ses cils. J'ai eu si peur pendant si longtemps...

Elle ne savait pas comment continuer, mais Nat la fit taire en posant deux doigts délicatement sur ses lèvres.

— Tu as fait ce que tu devais faire, la rassura-t-il, la serrant fort dans ses bras avant d'embrasser sa joue. Que vas-tu faire maintenant ?

Sa franchise surprit Eliza. Elle évita son regard et lui fit un aveu.

— Chaque jour depuis mon agression, j'ai rêvé de tuer Andrew Mario DeLattio.

Elle ferma les yeux pour dissimuler les émotions qui auraient pu révéler les plans qu'elle avait mis en place. Il ne comprendrait pas.

— Je dois partir d'ici avant de vous mettre tous en danger.

Nat appuya son front contre celui de la jeune femme.

— Écoute-moi, Eliza, ça n'a pas d'importance. Le passé n'a pas d'importance, affirma-t-il, lui prenant les mains. Je me fiche de savoir qui est après toi. Je me fiche de ce que tu as fait. Nous trouverons une solution.

Elle le regarda fixement. La tristesse noyait ce qui aurait dû être du plaisir. Ce n'était pas le passé qui l'inquiétait.

Les yeux de Nat brûlaient d'un éclat farouche et brillaient dans la lumière de la lampe tandis que sa poigne restait ferme.

— J'ai besoin que tu restes. Reste, je t'en prie.

Ces mots la secouèrent, comme si elle était tombée inopinément d'un trottoir. Elle leva les yeux vers lui, un bref regard intense qui lui confirma la vérité. Un regard reflétant une pure vulnérabilité. L'angoisse et le désespoir firent voler en éclat l'euphorie d'avoir enfin trouvé l'amour. Il était tout ce qu'elle avait toujours voulu. Nat était un homme bon et honnête, fort et courageux, dont l'intégrité s'accompagnait d'un sens inné de l'honneur.

Une autre larme se forma et roula sur la joue de la jeune femme. Elle ne voulait pas le quitter, mais elle le devait. Elle essuya une larme et remonta les couvertures autour de ses épaules.

Le monde était en train de s'écrouler autour d'elle. Tout se passait si vite maintenant qu'elle ne pouvait plus l'arrêter, qu'elle ne pouvait plus colmater les brèches avec des mensonges. Chaque jour qu'elle passait au ranch augmentait le danger pour les autres. Nat avait déjà perdu sa mère, elle ne voulait pas l'accabler de davantage de malheurs.

Il lui avait dit une fois qu'elle était source de problèmes et il avait raison.

Je t'aime, lui murmura-t-elle dans son esprit, mais elle ne pouvait pas le lui dire. Si elle le faisait, elle ne pourrait jamais le quitter. Il se fichait de ce qu'elle avait fait? Cela devrait lui importer. Il n'y avait pas de rédemption possible pour elle. Même si cela n'avait pas d'importance. Elle refusait de le mettre en danger.

L'odeur de leurs ébats saturait l'air, lui rappelant ce lien qu'ils avaient tissé, mais les mots sortirent quand même de sa bouche.

—Je ne peux pas rester. Je partirai aujourd'hui.

Elle n'avait pas voulu le lui dire, elle avait eu l'intention de s'enfuir comme une voleuse à la faveur de l'obscurité.

— Quoi? s'exclama-t-il, reculant comme s'il avait été mordu. Qu'est-ce que tu as dit?

Elizabeth baissa la tête.

—Je m'en vais. Après la vente aux enchères.

Nat bondit hors du lit et se mit à faire les cent pas. Il passa les mains dans ses cheveux couleur de lin, si bouleversé qu'elle le voyait physiquement trembler.

— Ma mère *est morte* et tu ne peux même pas attendre quelques jours?

Elizabeth garda le silence. Rien de ce qu'elle aurait pu dire n'aurait arrangé les choses. Elle ne pouvait que tout gâcher.

La colère de Nat ne l'effrayait pas. Elle avait redécouvert le courage qui l'avait abandonnée depuis si longtemps, grâce à lui. Il la regardait fixement, la mâchoire figée.

— Tu ne me dis pas tout.

Non, elle ne lui disait pas tout. Nat se tenait au bout du lit, indifférent à sa propre nudité, les jambes écartées, les bras croisés sur la poitrine. Il rentra le menton, plissa les yeux et fronça les sourcils.

— Tu pourrais rester ici, n'est-ce pas ? Personne ne sait que tu es là.

L'idée était si tentante... et confirmait toutes les raisons qu'elle avait de partir. Elle brûlait d'envie de rester. Elle le voulait désespérément.

Elle secoua la tête.

— Talbot le sait. Je lui ai donné une fausse adresse. Je dois partir.

— Pourquoi ? s'enquit Nat.

Elle voyait l'esprit de Nat travailler, essayer d'emboîter toutes les pièces du puzzle, tenter de résoudre les problèmes qu'elle fuyait, mais il n'avait pas tous les éléments.

— Pourquoi ? insista-t-il, plus fort cette fois.

Eliza ne répondit pas, se contentant de regarder ses doigts étalés sur la couverture. La bague que sa mère lui avait offerte pour son septième anniversaire brillait à son doigt.

— Tu crois que la mafia va te retrouver ici ? demanda Nat.

Elizabeth hocha la tête, mordant sa lèvre, luttant contre l'envie de rester.

Avec des mouvements rapides et saccadés, il commença à s'habiller, enfilant son jean et sa chemise.

Elle se rendit soudain compte que c'était un adieu. Nat se tenait au bord du lit et la regardait. Elizabeth releva la tête, croisant son regard troublé.

— Les choses ne doivent pas forcément se passer ainsi, Eliza, dit-il doucement.

— Si, répondit-elle, redressant le dos. C'est obligé.

Nat jura et s'en alla, refermant la porte derrière lui avec un léger déclic qui résonna comme le dernier clou planté dans son cercueil.

Un courant d'air glacial traversa la pièce et lui donna la chair de poule. Le parfum de Nat s'accrochait à l'oreiller et elle le serra contre elle, tentant de le mémoriser, mais elle savait qu'il s'estomperait. Avec le temps, tout s'estompait.

NAT ENCLENCHA LA TROISIÈME VITESSE, descendant la pente raide vers la vallée inférieure de la rivière, puis la seconde. Le moteur rugit en signe de protestation, mais le camion ralentit légèrement. La vieille Ford se mit à trembler au rythme de Dwight Yoakam et Sheryl Crow chantant *Baby Don't Go* et lui donna mal aux dents.

Chaque fois qu'il passait dans une ornière, son cerveau faisait des bonds, il s'arc-boutait sur le volant et s'accrochait pour continuer la route. Il était heureux de devoir se concentrer, il n'arrivait pas à bien réfléchir. Sas était rentrée à la maison aux environs de huit heures du matin, accablée de chagrin et épuisée, les yeux gonflés par les pleurs.

Elle tenait le coup, mais à peine. Ryan était inconscient dans le dortoir. Cal et Ezra, qui buvaient leur café, étaient calmes et silencieux lorsque Nat les avait quittés. Il avait refusé leur aide et se rendait seul à la vente aux enchères.

C'était ce que Rose aurait voulu.

Emprunter le sentier était à peine plus rapide que de redescendre sur la route principale et de suivre l'autoroute. Cette route secondaire n'était rien d'autre qu'une ornière de tracteur, à vrai dire, une double indentation de terre nue entourée par un paysage sauvage. Mais Nat avait envie de passer par ce chemin, car c'était peut-être la dernière fois qu'il en avait le droit.

Il ne savait pas si Eliza serait là à son retour. Cela lui brûlait les tripes de penser à elle, alors il mit un frein à ses réflexions et il appuya davantage sur ceux, défectueux, de la camionnette. Il voulait l'aider, mais elle refusait de le laisser faire. Elle se montrait impossible.

Il allait trop vite ; il heurta une grosse ornière et parvint tout juste à redresser le volant, évitant de finir dans le fossé. Serrant le plastique dur d'une poigne de fer, il s'obligea à se concentrer sur la conduite. Il pénétra dans la forêt fraîche et ombragée et baissa la vitre pour laisser l'air frais circuler dans la cabine étouffante.

Ces terres n'étaient pas propices à l'élevage et leur coûtaient cher en impôts. Peu importait la beauté de cet endroit, le sentimentalisme ne payait pas les factures.

La lumière dans la forêt était vive et brillante et une brise légère effleurait les ombres sur l'herbe verdoyante. Des jacinthes et des marguerites couvraient le sous-bois, jaillissant sur le bord du sentier comme des fanions aux couleurs vives.

Prenant une profonde respiration, il huma la terre fraîche et goûta à l'essence de la vie, alors que la nature profitait du printemps. Les oiseaux chantaient dans les arbres et il entendait le bourdonnement timide des insectes qui venaient de naître.

Il avait perdu sa virginité dans ces bois, dans ce même camion. Ses mains se crispèrent sur le volant. Adele Black et lui, deux ados de seize ans, la tête pleine d'hormones et de curiosité. C'était une créature minuscule, et il était bien plus petit lui aussi à l'époque. Il n'arrivait plus à s'imaginer le faire dans un camion. L'image d'Eliza étendue nue sur la banquette bordeaux faisait battre son cœur et bouillonner son sang.

Bon sang ! Il devait y faire face. Elle allait le quitter.

Il s'approcha du vieux portail qui menait à une prairie au bas de sa propriété. Si vous aviez l'argent nécessaire, c'était l'endroit idéal pour construire une maison de rêve. Nat espérait qu'un autre que Troy Strange aurait les fonds.

Se préparant, il contempla le fond de la prairie, au-delà du portail qui menait à la route, où des voitures étaient garées. Il aperçut Troy Strange en pleine conversation avec le directeur de la banque locale. Nat gara le camion derrière le portail, sortit et franchit la vieille barrière.

Il méprisait Strange, mais il refoula sa colère.

Marlena était adossée à la Mercedes, vêtue d'un haut moulant, d'un microshort et de talons hauts, aussi incongrue ici qu'une prostituée dans un jardin d'enfants. Elle le repéra et afficha un rictus.

Nat aperçut Molly Adams, une ancienne petite amie du lycée, assise sur le garde-boue d'une petite Honda. Dodue et jolie, elle tenait un saloon à l'ancienne qui attirait les touristes. Elle sourit et agita une pomme à moitié mangée dans sa direction. Manifestement, elle n'avait pas encore appris la mort de Rose, mais il était encore tôt. Dépité, il acquiesça, mais resta en retrait ; il n'était pas d'humeur pour les amabilités ou la conversation.

Plusieurs types ressemblant à des avocats agrippaient leur téléphone portable comme autant de personnalités de substitution, et il reconnut certains des collègues de Sarah à l'hôpital. Nat sourit avec raideur et tira son chapeau pour saluer un couple qu'il avait rencontré lors d'un mariage un an plus tôt. Il espérait que son sourire n'avait pas l'air aussi aigre qu'il ne l'était.

Nat se dirigea vers l'endroit où le commissaire-priseur, Rich Willard, un homme petit et costaud, était juché sur une sorte de podium en bois. C'était un grand ami de son père, un homme qu'il était bon de connaître en cas de crise. Son ventre dépassait d'un pantalon à boucle serrée et un morceau de nourriture pendait de sa moustache.

Nat l'avait toujours apprécié.

— Je suis désolé pour ta mère, mon garçon dit Rich d'une

voix tranquille. Nous pouvons faire cela une autre fois si tu le souhaites.

Nat scruta la foule. Il ne voulait en aucun cas revivre cette situation. *Jamais.*

— Non. Aujourd'hui, dit-il avant de s'éclaircir la voix. J'apprécie que vous fassiez cela pour nous.

— Je t'en prie. Je suis heureux de pouvoir t'aider, lui répondit Rich avant de jeter un œil à sa montre. Tu es prêt à commencer, fiston ?

La compassion dans les yeux de Rich fit grimacer Nat. Cette situation n'était pas facile à vivre pour lui, mais il était hors de question qu'il montre sa faiblesse à Troy Strange.

— Finissons-en, dit Nat.

— Si cela peut te rassurer, Atty est dans la foule et nous sommes prêts à payer au moins le prix de réserve.

Rich balaya les environs du regard, cherchant sa minuscule femme au milieu de la foule. Nat déglutit. Lorsqu'il répondit, ce fut d'une voix chargée d'émotion.

— Vous n'avez pas à faire ça, monsieur.

Rich baissa la tête d'un air conspirateur.

— Nous adorerions posséder cette terre. Tu connais les femmes, mon garçon, une fois qu'elles ont une idée en tête…, dit-il, puis il laissa échapper un rire qui ressemblait à un gargouillis, et qui était aussi forcé que le sourire de Nat. Si elle s'emporte, je ferai semblant de ne pas la voir.

Nat s'éloigna de quelques mètres pour observer le déroulement des événements. Marlena le scruta avec attention et il espéra qu'elle n'allait pas causer davantage d'ennuis. Il n'avait pas l'énergie émotionnelle nécessaire pour l'affronter ce jour-là. Troy passa une main autour de la taille de sa femme et la rapprocha de lui. Avec un peu de chance, il ne la lâcherait pas.

Rich commença la séance par une présentation de la terre et de ses caractéristiques. Le ruisseau avec sa cascade, les droits de pêche, les droits de chasse. Presque trois hectares de forêt mature, principalement du pin jaune, du peuplier faux-tremble et un peu de cèdre rouge. Et plus d'un hectare de prairies printanières verdoyantes. Chaque mot était comme un clou planté dans le cœur de Nat. Les enchères commencèrent à deux cent mille dollars.

Nat regarda les petits joueurs augmenter la mise, lentement, inexorablement, vers la barre des trois cent mille dollars. C'était la somme qu'il lui fallait pour éponger ses dettes immédiates. Cela suffisait à rembourser la banque.

Peu à peu, les petits enchérisseurs se retirèrent et les combattants sérieux entrèrent en scène.

Nat tâcha de rester impassible. Après tout, ce n'était qu'un terrain. Mais sa mère avait toujours adoré ce coin de terre... Un type à l'allure d'un touriste débraillé fit une offre à quatre cent mille dollars, à sa grande surprise. Nat se demanda s'il se lançait dans l'action uniquement pour mettre un peu de piquant dans sa journée ou s'il voulait vraiment posséder une terre dans le Montana.

Troy Strange arborait l'air suffisant d'un homme qui savait qu'il pouvait doubler l'offre de tous ceux qui se trouvaient là. Il porta son offre à quatre cent cinquante mille dollars avant de retourner à sa conversation avec le banquier.

Bon sang.

Nat avait envie de serrer les poings. À la place, il fourra les mains dans ses poches. L'un des médecins des environs renchérit à quatre cent soixante mille dollars et Nat commença à espérer.

Strange augmenta encore sa mise, avec un sourire plus crispé cette fois, comme s'il était agacé que quelqu'un ait osé enchérir contre lui. Rich se tourna vers le médecin qui secoua la tête. Sa femme lui chuchota vivement à l'oreille, mais le praticien secoua à nouveau la tête et lui passa un bras autour des épaules.

Le cœur de Nat se mit à tambouriner dans sa poitrine.

Non. Non. Non.

Il fixa le visage narquois de Troy, serra les dents et sa mâchoire se crispa.

— D'autres enchérisseurs ? demanda Rich d'un ton plein d'espoir.

Il connaissait l'aversion des Sullivan pour leur voisin texan. Un homme leva la main, tout en parlant dans un téléphone portable. Rich inclina la tête, l'interrogeant poliment du regard. Le type leva à nouveau la main pour se concerter rapidement avec son interlocuteur.

— Mais, c'est ridicule…, fut tout ce que Nat put entendre à cette distance.

Impatient, il croisa les bras et laissa échapper un lourd soupir. Il voulait en finir avec tout cela, découvrir si Eliza l'avait quitté, et aller enterrer sa mère.

— Un million de dollars, cria l'homme au téléphone. Un million de dollars américains.

À en juger par sa tête, on aurait pu croire qu'il avait avalé sa langue.

Nat aurait aimé avoir le plaisir de voir la bouche de Strange s'affaisser, mais lui-même resta bouche bée de surprise.

— Un million, une fois, annonça Rich, fixant Strange qui grinçait des dents et foudroyait du regard le petit homme au téléphone. Deux fois…

Il patienta le temps d'un battement de cœur…

—Adjugé !

Nat eut l'impression que ses genoux allaient flancher. Un million de dollars ? Ses jambes revinrent lentement à la vie, mais ses oreilles résonnaient encore. *Un foutu million de dollars.* Il avait envie de rire, il l'aurait fait si on ne lui avait pas arraché le cœur et si sa fierté n'avait pas été piétinée dans la boue comme un déchet.

Même Troy Strange n'y croyait pas. C'était l'*autre* bonne nouvelle. Nat s'obligea à descendre la colline jusqu'à l'endroit où se tenait son banquier, vêtu de son habit du dimanche.

— Vous recevrez votre argent dès qu'il aura été versé, Brent, lui annonça-t-il, relevant son chapeau, incapable de cacher la satisfaction dans sa voix.

— Manifestement, je sais quelque chose que vous ignorez, Sullivan.

Le ton de Brent Whittaker sous-entendait un « comme d'habitude », qui flotta dans l'air comme un drapeau rouge.

Nat scruta le banquier. Cet abruti s'arrangeait toujours pour avoir l'air hautain et condescendant, quel que soit le sujet. C'était un homme d'argent qui ne se souciait guère d'autre chose que de la richesse et du pouvoir.

Que des conneries.

— Votre prêt a été racheté à la banque...

Nat empoigna Brent par le col de sa chemise et le rapprocha de lui.

— Qui ?

— Je ne sais pas..., bafouilla Brent.

Nat le relâcha brusquement.

— Arrêtez vos conneries. Qui a acheté le prêt ?

— Peut-être la même personne qui a acheté le terrain, répondit Whittaker, frottant sa gorge endolorie tout en lançant un regard vers l'homme qui avait fait l'offre à un million de dollars. Il a peut-être l'intention de vous forcer à partir.

Nat se foutait éperdument de ce qu'ils essayaient de faire. Avec un million de dollars en banque, le ranch pouvait survivre pendant quelques années. Suffisamment longtemps pour que le haras soit opérationnel.

Cela valait presque la peine d'avoir perdu les bois.

— Comment savoir qui détient la dette ? l'interrogea Nat.

— Je pense qu'ils vous contacteront assez rapidement.

Les lèvres de Whittaker se tordirent en un sourire qui convenait à son visage pincé et autoritaire, avant qu'il se retourne et s'éloigne.

Crétin.

Nat s'approcha de Rich qui échangeait des détails avec le type au téléphone. L'homme jonglait avec son téléphone, quelques papiers et une mallette entre ses genoux. Il lui tendit la main et se présenta.

— Ravi de vous rencontrer, monsieur Sullivan. Je suis Arthur Nugent.

Pour Nat, l'accent était anglais.

— Avez-vous l'intention de construire une maison ici, monsieur Nugent ?

L'homme rit, l'air fatigué, et faillit faire tomber son téléphone.

— Non, non, monsieur. J'agis pour le compte d'un client, expliqua-t-il avec un signe de tête vers son téléphone, comme s'il s'agissait d'une personne réelle. Un client qui souhaite rester anonyme, c'est tout ce que je peux vous dire, je le crains.

Mal à l'aise, Nat remercia Rich et Arthur Nugent et accepta de retrouver ce dernier le lendemain matin dans le bureau de son avocat pour finaliser le contrat. Il signa les papiers et retourna à son camion, incapable de se défaire du trouble qui le taraudait.

Il était hors de question que quelqu'un mette la main sur son ranch.

Hors de question.

Il franchit la barrière, sauta dans son camion, et fit marche arrière pour remonter le chemin. Soudain, l'euphorie de la vente retomba. L'argent n'était que l'un de ses nombreux problèmes.

CHAPITRE DIX-HUIT

Elizabeth récupéra son fusil en haut de l'armoire où elle l'avait placé pour plus de sécurité. Elle le chargea, laissa le chien à moitié armé et la chambre vide, puis le glissa dans son étui et le posa à côté de son sac à dos. Dans le salon, elle rassembla le reste de ses affaires, réunit un peu d'argent liquide, un passeport de secours et des vêtements de rechange dans un petit fourre-tout qu'elle pourrait attraper si elle avait besoin de s'enfuir.

Juste au cas où.

Elle essayait de se concentrer sur son travail, et non sur la douleur lancinante qui la transperçait chaque fois qu'elle pensait à quitter Nat. Mais sa présence ici les mettait tous en danger.

Les procès devaient commencer d'un jour à l'autre. Les journaux télévisés continuaient à parler de sa disparition et elle se sentait exposée et mal à l'aise. Elle ne ressemblait plus à Juliette Morgan, mais Nat n'avait pas eu de mal à découvrir son identité, ce qui signifiait que d'autres pouvaient en faire autant.

Nat...

Elle déglutit, puis ferma son sac d'un geste résolu. Peut-être devrait-elle transformer sa voix, atténuer son accent irlandais persistant ? Un sentiment de malaise se répandit le long de son échine. Avait-elle raté quelque chose ? S'était-elle plantée et trahie ?

DeLattio la poursuivait.

Elle le savait. Elle pouvait presque sentir ses doigts lui griffer le dos.

Elle vérifia son Glock puis le glissa dans le holster d'épaule qu'elle avait enfilé par-dessus son t-shirt.

Elle portait une casquette de base-ball bleu marine rabattue sur ses yeux. Elle ramassa ses lunettes de soleil et porta ses affaires jusqu'à la Jeep. Blue ne la lâchait pas ; il essaya de sauter à l'intérieur, mais n'y parvint pas tout à fait.

— Désolé, mon pote, tu ne peux pas venir avec moi.

Elle lui caressa la tête, s'attardant sur le velours doux de ses oreilles, et ravala la boule dans sa gorge. Elle regarda les montagnes au loin. Le ciel était d'un bleu intense. Profond et limpide comme les yeux de Nat. Elle tâcha de s'imprégner de la scène. Elle savait qu'elle ne mettrait plus jamais les pieds dans le Montana.

La cour était paisible. Le bétail avait été déplacé vers des pâturages plus élevés. Les poulains gambadaient à côté de leurs mères. Les chatons chassaient des brins de paille près de la porte ouverte de la grange et Stealth hennissait depuis sa stalle.

Il n'y avait personne pour lui dire adieu. Ils étaient tous occupés. Exactement comme elle l'avait prévu.

Une impression de solitude s'abattit sur elle. C'était une émotion qu'elle connaissait bien. En revanche, le chagrin d'amour était nouveau, inconnu. Elle souleva le dernier sac et le poussa dans les recoins sombres du coffre.

Elle ne voulait pas s'en aller.

Un gouffre de chagrin se creusa en elle, si large qu'il menaçait de l'engloutir tout entière. Des émotions profondément enfouies remontaient à la surface et supplantaient le besoin de fuir. S'affaissant contre le côté de la Jeep, elle plaqua une main sur ses yeux, essayant de ne pas pleurer.

Le soleil était chaud sur sa peau. Le métal, dur sous ses doigts, luisait sous le soleil de midi. Les oiseaux chantaient et volaient autour de la cabane. La brise faisait bruisser les branches des arbres dans un refrain familier. Elle avait trouvé un foyer ici, une famille à aimer. La peur et la vengeance semblaient des cousins dérisoires face à de telles richesses. Mais, se rappela-t-elle, elle ne partait pas pour sa propre sécurité. Elle le faisait pour les Sullivan. Pour Nat. Si elle ne partait pas maintenant, ils pourraient tous être en danger.

Elizabeth s'écarta du métal chaud de la voiture et fit le vide dans sa tête. Reculant d'un pas, elle tendit la main et referma le coffre d'un coup sec qui se répercuta sur les collines lointaines une dernière fois. Se déplaçant rapidement, elle retourna vérifier une dernière fois la cabane, et Blue suivit chacun de ses pas.

MARSHALL HAYES ÉTAIT ASSIS derrière Dancer dans la vieille Blazer déglinguée du shérif Talbot, agrippant anxieusement l'appuie-tête.

— Vous dites avoir interrogé Elizabeth Reed il y a trois jours ? demanda-t-il au policier.

— Oui, monsieur, répondit ce dernier avec l'accent traînant du Midwest. J'ai tout de suite su qu'il y avait quelque chose d'étrange chez elle. On dirait bien que j'avais raison, hein ?

Il se tourna vers Marsh, attendant manifestement une réponse.

Le shérif voulait savoir sur quel genre de criminel il était tombé.

— Nous apprécions vraiment que vous nous conduisiez, shérif, lui dit Marsh, évitant de répondre à la question.

Il avait besoin que ce type reste de son côté, mais sans risquer de fuites dans la presse.

Le désodorisant en forme de sapin tressautait tandis que le shérif reportait son attention sur la route. Elizabeth aurait dû être assez maligne pour quitter le ranch après l'interrogatoire de Talbot. Même s'il n'avait pas montré de signe de méfiance, elle était forcément partie, non?

Marsh essaya de se concentrer sur ce que disait le shérif.

— Pardon?

— Je me demandais si l'un d'entre vous, agents fédéraux de haut vol, répéta-t-il, une pointe d'irritation dans la voix, allait expliquer à un campagnard comme moi ce qui se passait.

Marsh lui sourit. Les membres des forces de l'ordre énervés étaient son point fort.

— Plus tard, shérif, je vous le promets, affirma-t-il, croisant le regard de Talbot dans le rétroviseur.

Les yeux du shérif s'enflammèrent un instant, puis il hocha la tête, apparemment satisfait.

Pour le moment.

Marsh observa le paysage à travers le pare-brise. Il admira les sommets enneigés, les vallées profondes et les longues étendues de forêt intacte. La terre était prête pour le printemps. Des verts éclatants éclaboussaient la toile de fond montagneuse, avec des fleurs sauvages en bordure de route.

C'était un bel endroit.

— Triple H est derrière la prochaine crête, annonça le shérif avec un signe de tête en direction de la montée qui se profilait devant eux.

— Comment sont les propriétaires? s'enquit Marsh.

— Les Sullivan? répondit Talbot, l'air sinistre. Rose Sullivan, la mère, est morte d'un infarctus hier, donc ils n'acceptent pas vraiment les visites de courtoisie pour le moment.

— C'est loin d'être une visite de courtoisie, shérif.

Ce dernier le regarda par-dessus son épaule.

— Exact. Nat Sullivan est un grand gaillard, et il vaudrait mieux ne pas l'énerver. Mais il devrait être à la vente aux enchères en ce moment même. Ils vendent un terrain près du réservoir, expliqua Talbot, tapotant le volant de ses doigts boudinés. Ce sont des gens bien. Ils sont là depuis des générations. Nat a aussi un frère et une sœur qui vivent au ranch. Elle est médecin à l'hôpital du comté. Des gens normaux et honnêtes.

Il haussa les épaules, puis il descendit la vitre et appuya son avant-bras sur le rebord de la portière. Il ajusta son rétroviseur.

— C'est une petite structure par rapport à d'autres. Ils se battent pour la maintenir à flot, et les Sullivan sont têtus. Trop têtus pour se laisser couler sans se battre.

Ils franchirent la crête et le ranch s'étira devant eux dans la petite vallée. Marsh admira la grande maison centrale avec sa charpente en forme de L. Une grande grange hollandaise orange dominait la cour et un long hangar, sans doute des écuries, y était adossé. Il y avait trois enclos circulaires en bois et des chevaux étaient disséminés dans les prairies tout autour de la vallée.

— Coupez le moteur et descendez la colline en roue libre, ordonna Marsh.

Il repéra un cow-boy à cheval qui s'éloignait d'eux sur la crête la plus éloignée. Deux petits cottages étaient visibles à la lisière des arbres, au-delà de l'enclos le plus éloigné. Une Jeep et un Explorer rouge étaient garés à côté de la grange.

— Tout vous semble normal, shérif ?

Talbot fixa Marsh pendant un moment avant de comprendre

l'importance de la question. Le shérif se tourna et observa la scène du point de vue des forces de l'ordre.

Il pointa du doigt le cow-boy sur la crête.

— C'est le vieil Ezra Jenkins, un des ouvriers, qui se dirige vers les pâturages supérieurs, à ce qu'il semble, expliqua-t-il, avant de poser les yeux sur le ranch lui-même. La Jeep est celle d'Eliza Reed, ou quel que soit son nom. L'Explorer appartient à Sarah Sullivan. Je ne vois pas le camion de Ryan. Mais il pourrait être garé dans la vieille grange.

Il désigna un bâtiment délabré situé de l'autre côté du ranch.

— Cal Landon, l'autre cow-boy qui travaille ici, ne possède pas de véhicule, il peut donc être n'importe où, poursuivit le shérif, qui s'illumina soudain. Vous êtes ici à cause de lui ?

Marsh secoua la tête.

Le visage de Talbot se décomposa.

— Oh ! J'allais oublier. Il y a aussi une petite fille sur les lieux, annonça-t-il.

Marsh et Dancer échangèrent un regard. *Génial.* Ils devaient maintenant s'inquiéter d'une enfant en plus de tout le reste.

Marsh sortit son Glock, une balle déjà dans la chambre.

— Je passe par l'arrière. Vous deux, faites le tour de la façade et vérifiez.

Il se glissa hors de la voiture et traversa en courant le chemin de gravier, franchit une clôture en bois et sprinta vers le côté de la maison. DeLattio aurait déjà pu venir et repartir. C'était peu probable, mais cela aurait pu arriver. La sueur perla sur le front de Marsh et il l'essuya du revers de la main. Il ne voulait pas qu'Elizabeth se retrouve entre les griffes de cet homme. Le rapport médical était déjà assez horrible, et, la prochaine fois, DeLattio ne s'arrêterait pas avant qu'elle ne soit morte.

La prochaine fois...

Marsh serra les dents. *Pas si j'ai mon mot à dire.* Il contourna la maison, piétina quelques arbrisseaux et se piqua la main sur un rosier. Aspirant le sang de son doigt, il vérifia les fenêtres. Il ne vit personne. Se baissant, il courut sur la pelouse arrière bien taillée jusqu'à l'autre côté de la maison. Au coin, il s'arrêta un moment, puis balaya la zone du regard avant de courir le long d'un autre mur. Le shérif et Steve Dancer se tenaient sous le porche et frappaient à la porte.

Le second avait la main dans la poche de sa veste, où son arme était dissimulée. Marsh entendit quelqu'un répondre.

— Bonjour. Shérif Talbot, encore vous ?

— Désolé de m'imposer, Ryan. Mes condoléances pour votre mère, ajouta Talbot, les mains sur les hanches, les formalités étaient terminées. Mlle Reed est là ?

— Que lui voulez-vous, cette fois ?

Marsh perçut la contrariété dans la voix du jeune homme.

— Répondez à la question, Ryan.

Marsh entendit l'hésitation, comprit avec certitude qu'Elizabeth était dans les parages, puis se figea au son du chargement d'une cartouche.

Merde.

S'équilibrant sur la pointe des pieds, prêt à plonger à couvert, il leva son Glock. Il ne respira pas quand il se retourna pour faire face à un cow-boy blond qui le fixait derrière le canon d'une Winchester 308.

Marsh expira, soulagé. Au moins, ce n'était pas un gangster qui l'avait surpris. Ce cow-boy ne semblait pas particulièrement amical, mais au moins il n'avait aucune raison de vouloir sa mort.

L'agent l'observa, essayant de comprendre la lumière qui brillait dans les yeux bleus de l'homme.

Son regard était vif, froid, concentré.

— Lâchez votre arme et sortez à découvert pour que je puisse vous voir, exigea le cow-boy d'une voix grave et neutre.

Il était calme. Ne paniquait pas facilement.

Bien.

Marsh fit glisser son arme dans la cour en direction des véhicules garés. Il mit les mains sur la tête et s'éloigna du côté de la maison.

Les trois hommes sur le perron le regardèrent, bouche bée. Le cow-boy le suivit, mais il resta près de la maison, à couvert.

— Bon sang, Nat ! Qu'est-ce que tu fais ? s'exclama Talbot, tâtonnant avec son holster.

— Touchez à ce pistolet, Talbot, je vous colle une balle et je vous enterre si profondément que même les ours ne vous trouveront pas, affirma le cow-boy sans jamais détourner son attention de Marsh. Levez tous les mains en l'air, avant que quelqu'un ne fasse quelque chose qu'il regrettera.

Talbot dut voir sa carrière partir aux oubliettes ; il haleta.

— C'est un agent fédéral !

Marsh ne vit aucune surprise sur le visage de Nat Sullivan. N'était-ce pas intéressant ? Et il ne baissa pas son fusil.

— Les mains en l'air, répéta Nat. *Maintenant.*

Marsh adressa un imperceptible signe de tête à Dancer. Ce dernier leva les mains. Le shérif fit de même, à contrecœur.

— Qu'est-ce que vous voulez ? demanda Nat à Marsh.

— C'est un foutu agent fédéral, Nat ! Peu importe ce qu'il veut ! s'exclama Talbot, dont la voix se brisa. Pose ton arme.

— Je me fiche qu'il soit le président des États-Unis, *shérif*, rétorqua-t-il d'une voix dure comme l'acier. Pourquoi se faufile-t-il dans ma propriété avec une arme dégainée ?

Un silence pesant flotta dans l'air. Marsh le ressentit tandis que les autres l'observaient, attendant un signal.

— Il me cherche.

L'agent jeta un coup d'œil derrière lui et éprouva un tel soulagement que ses genoux faillirent flancher. Elizabeth sortit de derrière les portes de l'écurie et rangea son Glock dans son holster. Elle portait un jean et une chemise délavée par-dessus un t-shirt défraîchi de l'université du Montana.

Elle avait l'air fatiguée et amaigrie. Ses cheveux noirs étaient ramenés en queue de cheval et cachés sous une casquette. Ses pommettes étaient saillantes au-dessus de ses joues creuses et ses lèvres, normalement souriantes, étaient exsangues et sinistres.

Cela faisait longtemps qu'il ne l'avait pas vue autrement que comme la très mondaine Juliette Morgan. Eliza Reed était une créature tout à fait différente.

— Elizabeth, dit-il avec soulagement.

Dancer bondit par-dessus la rambarde et courut vers elle. Il la souleva et la fit tourner. Marsh resta immobile tandis que Dancer l'écrasait dans une étreinte féroce et l'embrassait sur la bouche. La tension irradiait de Nat Sullivan en vagues solides. Il tenait son fusil pointé droit sur le cœur de Marsh.

Bien joué, Dancer.

— J'avais oublié à quel point tu étais laide comme un pou ! s'exclama Dancer en retirant la casquette d'Elizabeth pour lui ébouriffer les cheveux.

Une partie de la tension disparut de la posture de la jeune femme et ses lèvres s'incurvèrent pour former le sourire dont Marsh se souvenait.

— Bon sang, Dance ! Vire tes pattes de moi ! s'exclama Elizabeth en riant, et elle le repoussa.

Elle s'essuya la bouche du revers de la main.

— Quand t'es-tu rasé pour la dernière fois ?

— Je croyais que tu aimais le genre bourru.

Dancer passa un bras autour des épaules d'Elizabeth. Puis il haussa les sourcils en regardant le grand cow-boy en colère qui tenait toujours Marsh en joue.

❄

— Pas aussi bourru que toi, idiot, répondit Elizabeth, puis elle suivit le regard de Dancer et son sourire s'estompa. *Nat.*

Son nom était un murmure sur ses lèvres.

Il était incroyablement beau vêtu de denim délavé qui faisait ressortir le bleu de ses yeux. Elle cilla pour chasser l'image de lui couvert de sang.

— Laisse-moi te présenter l'agent spécial en charge, Marshall Hayes, commença-t-elle, puis elle posa une main sur l'épaule de Dancer, et cet idiot est l'agent spécial Steve Dancer. Tous deux travaillent pour la division des contrefaçons et des beaux-arts du FBI.

Il y eut une seconde de silence pendant laquelle Elizabeth fixa Nat droit dans les yeux.

— Marsh est mon ancien boss.

Elizabeth ignora les halètements de Ryan et du shérif Talbot et se concentra sur l'homme face à elle. *L'homme qui tenait suffisamment à elle pour pointer son fusil sur un haut fonctionnaire fédéral.*

Ces deux hommes étaient importants pour elle. Tous deux voulaient la protéger. Nat était aussi blond que Marsh était brun, les traits de son visage étaient plus durs et plus minces que ceux du Bostonien à la mâchoire carrée. Les deux hommes étaient grands et en pleine forme. Nat avait une carrure plus imposante au niveau des épaules grâce au dur travail manuel qu'il effectuait tous les jours de sa vie. Le costume de Marsh contrastait vivement avec le vieux jean de Nat, mais les deux hommes se tenaient avec la grâce naturelle de leaders nés.

Des nuages d'orage commencèrent à se former au loin. Ils frôlaient les sommets dentelés des montagnes, ce qui était de mauvais augure.

— Tu peux poser le fusil, Nat, il fait partie des gentils, lui dit-elle doucement.

— Tu en es sûre, Eliza ? insista Nat.

Elizabeth s'écarta de Dancer et s'approcha de lui, posant une main sur son poignet. Sous ses doigts, sa peau était chaude, son pouls battait la chamade ; il était bien vivant. Elle ne voulait pas que cela change.

— Certaine.

Nat chercha une trace de doute dans son regard et, n'en trouvant aucune, il leva finalement le fusil. Il tendit une main pour saisir le menton de la jeune femme, puis caressa sa lèvre inférieure avec son pouce. Elizabeth se laissa aller contre sa main ; elle aurait voulu se jeter dans ses bras, mais elle se retint. Rien n'avait changé. Elle devait quand même partir. Nat baissa la main. Il sembla ressentir son recul et elle le vit ramener son regard sur Marsh.

Nat alla ramasser l'arme de son boss qui gisait sur le sol. Il la tint dans sa paume ouverte et souffla pour en retirer la poussière.

— Tenez, dit-il en la tendant à Marsh, canon pointé vers le sol.

Les deux hommes se tenaient à courte distance l'un de l'autre, se jaugeant mutuellement. Elizabeth les observait, à la fois amusée et un peu triste. *Des mâles alpha en action.* Dans d'autres circonstances, ils auraient pu devenir amis.

— Quelqu'un va-t-il m'expliquer ce boxon ? aboya le shérif Talbot.

Son débit de voix traînant avait disparu, remplacé par un grognement exaspéré.

Elizabeth l'ignora et s'approcha de Marsh. Elle se faisait l'impression d'être une écolière qui a fait l'école buissonnière et qui se retrouve convoquée devant le directeur.

— Salut.

Elle ne savait pas quoi dire d'autre après tous les désagréments qu'elle avait provoqués. Rien ne l'avait obligé à la traquer, mais elle savait qu'il essaierait.

— Salut à toi, répondit Marsh en l'attirant dans ses bras pour l'étreindre avec force.

Elle sentait le regard de Nat dans son dos. Il était en colère et tendu. Il exigeait des réponses.

— DeLattio s'est échappé, murmura Marsh dans l'oreille de la jeune femme.

Soudain, elle eut le souffle coupé, et son ventre se noua. Elle s'éloigna de ses bras, le corps réduit à une masse tremblante.

— Quand ? demanda-t-elle d'une voix faible.

Elle détestait l'effet que cette ordure avait sur elle. Son boss rengaina son pistolet.

— Avant-hier soir.

Elizabeth reporta les yeux vers les arbres. *Merde. Il pourrait être déjà là.* La terreur et la haine se bousculaient dans son esprit. Occultant toutes ses autres pensées. Elle scruta les bois. Repéra des zones d'ombre si obscures qu'elles auraient pu cacher un éléphant. Elle recula ; le désir de s'enfuir était si puissant qu'elle avait l'impression qu'on la poussait dans le dos. Elle glissa la main sur le Glock qu'elle venait juste de rengainer. Par réflexe, elle desserra le fermoir et dégagea à nouveau son arme. Sa lèvre supérieure était trempée de sueur. Son cœur martelait sa poitrine. Elle ne percevait rien de malveillant dans les bois. Elle ne détectait rien qui sorte de l'ordinaire, mais cela ne signifiait pas qu'il n'était pas là.

— J'étais sur le point de partir.

Elle était en train de dire au revoir à Red, le petit poulain, quand le shérif était arrivé. Elle avait été stupide de rester dans les parages.

Stupide. Stupide. Stupide.

Elle allait tous les faire tuer.

Le regard interrogateur de Nat la transperça, mais elle l'ignora. Elle n'avait pas voulu être là quand il reviendrait de la vente aux enchères, elle ne supportait pas d'être témoin de sa douleur.

Le regard de Marsh oscilla entre Nat et elle, puis il se pencha vers elle, les mains sur les hanches.

— Et si nous attrapions cette ordure ?

Secouant la tête, Elizabeth frotta ses bras couverts de chair de poule.

— Nous allons lui tendre un piège. L'attirer ici, suggéra Marsh avec un petit sourire, comme si c'était déjà décidé. Qui sait ? Peut-être que cet enfoiré sera tué dans un tir croisé.

Le regard de la jeune femme vacilla sous l'œil attentif de Marsh et elle se détourna. Son envie de tirer une balle entre les yeux de DeLattio était si forte qu'elle lui faisait mal à la poitrine. Mais la loi exigeait une procédure judiciaire alors que tout ce qu'elle désirait, c'était un règlement de compte digne de l'Ancien Testament.

Elle serra les dents. Ce contretemps la rendait impatiente.

— Non.

— Alors, tu vas continuer à fuir cet enfoiré ? insista Marsh.

Elizabeth écarquilla les yeux en entendant ce ton, avant que la logique ne reprenne le dessus. Il essayait de la mettre en colère. C'était une technique qui avait déjà fonctionné par le passé.

— Lui, la mafia, et à peu près tous ceux qui veulent me mettre une balle dans la tête.

Ou pire... dans la tête de quelqu'un d'autre.

Marsh brûlait de se battre, mais elle n'avait pas le temps. Elle commença à s'éloigner. Elle devait s'en aller de là. Marsh lui agrippa le bras et lui fit faire demi-tour.

— Ce qui pourrait m'inclure si nous ne réglons pas ce bordel ! s'écria-t-il à quelques centimètres de son visage, blessant ses tympans.

Une fureur brûlante envahit la jeune femme. Comme s'il avait le droit d'être en colère !

Un rire retentit, rebondissant sur les arbres avant de remonter dans la vallée. Nat était hilare, presque plié en deux. Son fusil reposait sur ses cuisses.

— Qu'y a-t-il de si drôle ? s'enquit-elle avec un regard noir, haussant un sourcil.

— Toi, répondit aussitôt Nat. Tu es la femme la plus têtue que j'aie jamais rencontrée.

Il riait toujours, et Elizabeth ne savait pas si elle devait balancer un coup de pied dans l'aine de Marsh ou gifler Nat.

Son cœur battait à tout rompre sous l'effet de la vague d'adrénaline qui envahissait son organisme. Combattre ou fuir. Quand elle regarda Nat, elle sut ce qu'elle devait faire. Elle repoussa la main de Marsh et se retourna vers la Jeep.

— C'est tout ? Tu vas simplement t'en aller ? l'interpella la voix de Nat, emplie d'angoisse.

Elle s'immobilisa, mais ne put pas se retourner. Les larmes étaient trop proches de la surface. Elle resserra sa prise sur son Glock, et ses articulations blanchirent autour de la résine moulée.

— Je n'ai jamais rien eu à perdre auparavant, Nat. Ne me rends pas la tâche plus difficile qu'elle ne l'est déjà.

Elle monta dans sa Jeep, aveuglée par les larmes. Elle claqua la portière et démarra le moteur.

Une explosion ébranla le 4x4 et la projeta contre la vitre, si fort qu'elle se cogna la tête. Sa mâchoire se décrocha quand elle vit Marsh pointer son Glock sur l'autre roue arrière et appuyer à nouveau sur la détente.

Il creva le deuxième pneu.

Espèce de sale ordure !

Il commença à passer à l'avant de la Jeep ; Elizabeth ouvrit la portière et descendit du véhicule.

— Tu... Arrête !

Marsh pointa son arme sur le troisième pneu, les yeux réduits à des fentes.

— Tu restes ?

La peur d'Elizabeth le disputa à la colère, et la colère l'emporta.

— Ai-je le choix ? répliqua-t-elle, foudroyant Marsh du regard, regrettant de l'avoir rencontré.

Rengainant son arme dans son holster, elle repartit vers le ranch, prenant soin de ne pas regarder Nat. Les fondations tremblèrent quand elle claqua la porte derrière elle.

CHAPITRE DIX-NEUF

— Alors, comment doit-on t'appeler, ma belle ? demanda Ryan.

Le chagrin et la gueule de bois transparaissaient autour de ses yeux et rendaient sa beauté plus rugueuse. Il était assis à la table de la cuisine, une tasse de café serrée dans les mains, comme si cela pouvait les empêcher de trembler.

— Eliza, Elizabeth, peu importe, c'est la même chose pour moi, répondit-elle.

Elle haussa les épaules, puis elle coula un regard vers Nat. Il était appuyé sur le mur du fond, impassible, indéchiffrable.

— Mes parents m'appelaient Eliza.

Méthodiquement, Nat commença à vérifier son fusil.

La cuisine était bondée, mais elle n'avait nulle part où aller. *Trop de monde et pas assez d'air.* Elle se laissa tomber lourdement sur la chaise à côté de Ryan, sa colère passée, et elle but une gorgée de thé chaud sucré.

— Agent spécial Elizabeth Claire Paden Ward, l'interrompit Marsh, alias Juliette Morgan, alias Eliza Reed.

Il les avait informés de la plupart des détails, mais elle n'aimait pas être au centre des conversations.

Marsh essayait de lui rappeler qui elle avait été et ce qu'elle avait accompli dans sa vie, mais elle n'en était plus fière : elle avait payé trop cher.

— *Ancien* agent spécial. J'ai démissionné, le corrigea-t-elle, puis elle leva les yeux et lui adressa un sourire amer. Écoute, je n'ai pas le temps de parler de l'histoire ancienne avec toi, Marsh. Nous savons tous les deux que je dois partir d'ici.

Marsh consultait son ordinateur portable, mais elle ne voyait pas ce qu'il regardait. Quoi que ce soit, cela le faisait sourire et irritait Eliza au plus haut point. Cette situation n'avait rien d'amusant. Dancer était censé changer ses pneus. Le connaissant, il commencerait par installer ses gadgets.

Elle jeta un regard noir au shérif qui s'appuyait sur l'évier, une tasse de café à la main.

— Qu'avez-vous fait, shérif ? Vous avez diffusé mon adresse aux informations nationales ?

En fait, l'homme de loi avait récupéré sa tasse le jour où il l'avait interrogée, et procédé à une recherche sur ses empreintes digitales.

Talbot lui lança un regard peu amène ; puis il plissa les yeux sur son nez rondouillard.

— Je n'ai jamais donné votre adresse à qui que ce soit, m'dame, pas même à mes adjoints. Les fédéraux m'ont sauté dessus à la seconde où j'ai demandé l'identification des empreintes digitales, expliqua-t-il avec un petit rire déçu. Je pensais avoir attrapé un autre Unabomber[1].

Nat chargea quatre balles dans son fusil, les insérant avec

---

1. *NdT :* Terroriste américain ayant commis une série d'attentats aux États-Unis entre 1978 et 1995. Ses premières cibles étaient des universitaires et des compagnies aériennes, ce qui lui valut le surnom de Unabomber (pour « university and airline bomber »).

aisance. Il maintint les balles en place avec son pouce, en inséra une cinquième et ferma la culasse.

Eliza serra plus fort sa tasse et détourna le regard avant qu'il ne la surprenne à l'observer.

— Et maintenant, Marsh ? Si je ne m'en vais pas d'ici rapidement, des innocents pourraient être blessés.

Nat s'éloigna du mur, puis plaça le fusil sur un râtelier au-dessus de la porte.

— Tu ne vas nulle part.

Son regard la cloua sur place, et, pendant une seconde, son cœur cessa de battre. Pourquoi ne comprenait-il pas qu'il était la personne dont elle ne risquerait jamais la vie ? Elle s'obligea à arborer une expression impassible. Froide.

— Tu ne comprends pas…, commença-t-elle.

— Ne sois pas condescendante, répliqua Nat d'un ton net et inflexible.

Il se redressa de toute sa hauteur et posa ses mains sur sa ceinture de cuir. Le Nat tendre et chaleureux avait disparu. Le grand Nat énervé avait pris sa place.

— Je comprends parfaitement. Tu as une ordure à tes trousses, et tu es trop têtue pour laisser quiconque t'aider.

Incapable de rester immobile, Eliza bondit de sa chaise ; il fallait qu'elle maintienne ce mouvement qui gardait les démons à distance.

— La mafia ne se contente pas d'abandonner et d'oublier, tu sais. Ils tueront tous ceux qui se mettront en travers de leur chemin.

Elle arpenta le sol de la cuisine. Il lui fallait plus d'espace, elle était incapable de respirer correctement ou de réfléchir clairement. Trop de gens seraient en danger si elle s'attardait ici… Pourquoi ne comprenaient-ils pas ?

— Qu'en est-il de Sarah ? De Tabitha ? De *toi*, pour l'amour du ciel !

— Tabitha et Sarah peuvent aller chez des amis pour un petit moment.

Le regard de Nat était déterminé, comme si la décision était déjà prise. Elizabeth se passa les mains dans les cheveux, agrippant son crâne avec des doigts raides.

— Non. Je ne vais pas gâcher la vie des autres comme ça. Je ne mettrai pas d'autres personnes en danger à cause de ce monstre.

— Mais tu vas foutre ta vie en l'air ? La mienne ? demanda Nat d'une voix si douce qu'elle dut s'arrêter de faire les cent pas pour entendre ses mots.

À contrecœur, elle se tourna vers lui, hypnotisée, tandis qu'il s'avançait vers elle.

— La nôtre ?

Les larmes de la jeune femme l'empêchaient de voir.

Comment pouvait-il s'imaginer qu'ils avaient une chance d'avoir un avenir ensemble ? Elle était comme morte. Si elle ne s'en allait pas d'ici rapidement, il pourrait l'être aussi.

Nat attendit tranquillement, patiemment, sa réponse.

Les larmes d'Eliza débordèrent et roulèrent sur ses joues avant de goutter sur son t-shirt.

— Tu ne comprends pas ? Je ne veux pas que tu meures.

Nat franchit la distance qui les séparait pour la toucher, prenant son visage entre ses mains pour essuyer ses larmes avec ses pouces. Ses paumes étaient chaudes et réconfortantes. Elle leva les yeux vers lui, sachant que sa vulnérabilité était exposée comme un nerf à vif.

— Je n'ai jamais rien eu à perdre auparavant, murmura-t-elle.

— Pars maintenant et il aura gagné. Il t'aura fait du mal, encore une fois. Il t'aura effrayée, encore une fois. Il t'aura battue, encore une fois.

Les yeux de Nat étaient d'un noir d'encre. Un sourire ourla ses lèvres, mais il semblait perdu.

— Regarde autour de toi. Tu as ici des gens qui veulent t'aider, qui tiennent à toi. Ne rejette pas tout ça à cause de ce qu'il t'a fait.

Eliza posa sa paume contre le cœur de Nat, se délectant des battements réguliers sous sa main. Cherchant à gagner du temps, elle suivit le contour d'un bouton de nacre et le déplaça pour toucher le « v » de peau chaude qui était à peine visible. Elle tenta de bloquer ses paroles. Elle essaya de le distraire en le touchant.

Nat saisit sa main et l'immobilisa.

— Tu ne peux pas fuir éternellement, Eliza. Même si c'est effrayant de te dresser contre l'ennemi et de te battre. Tu as dit toi-même que nous ne pouvions pas toujours faire les choix que nous désirons.

Surprise, elle retira sa main et leva les yeux vers ceux de Nat. Elle se rendit compte qu'il pensait à sa mère. Sa douleur était encore vive et fraîche. *Ce n'était pas juste.* Il n'aurait pas dû avoir à affronter cela maintenant, il n'aurait pas dû avoir à gérer les problèmes d'Eliza en plus de son chagrin.

Nat la regarda dans les yeux et lut dans ses pensées.

— Je ne te laisserai *pas* partir, affirma-t-il, puis il croisa le regard de Ryan. Emmène Tabitha et Sarah en ville. Ezra et Cal aussi.

Ce dernier, appuyé contre le mur, se redressa.

— Je n'irai nulle part.

— Tu ne peux pas rester ici…, dit Elizabeth.

— Je te suis redevable, répliqua-t-il sans jamais quitter le shérif du regard. Je paie mes dettes.

Talbot se raidit.

— Vous n'allez pas porter d'arme.

Cal éclata d'un rire lugubre en fixant le shérif.

— Je n'ai pas besoin d'une arme.

Ryan protesta lui aussi en dépit de ses yeux rougis et de son air fatigué.

— Je peux emmener les filles chez Atty Willard, puis appeler Eban Winters, un de mes amis qui est dans la police d'État, expliqua-t-il à Marsh et à elle.

Le shérif laissa échapper un rire moqueur que Ryan ignora.

— Il pourra faire en sorte de mettre davantage de policiers aux trousses de ce mafieux. Peut-être même pourra-t-il l'arrêter avant qu'il arrive ici. Ensuite, je reviendrai pour aider.

Nat répondit d'un ton ferme et sans appel.

— Non. J'ai besoin de savoir que Sarah et Tabitha sont en sécurité, vraiment en sécurité, quoi qu'il arrive.

— Et l'enterrement de maman ?

Ryan n'avait pas l'air en état de conduire une voiture, et encore moins de manier une arme.

— Cela peut attendre quelques jours, affirma Nat, qui devait avoir réfléchi à la question. Rose aurait voulu que nous aidions Eliza.

— Je reste, les interrompit Sarah, qui se tenait dans l'embrasure de la porte. Je veux aussi aider.

Tabitha s'agrippait au genou de la jeune femme, observant les adultes avec de grands yeux bleus.

— Non ! répliquèrent Nat et Elizabeth à l'unisson.

— Vous pourriez avoir besoin d'un médecin...

— Non, insista Eliza, le ton féroce.

Elle ne voulait pas mettre quelqu'un d'autre en danger. Marsh secoua la tête et se leva. Sarah croisa les bras, ignorant les agents fédéraux pour se concentrer sur son frère.

— C'est ma maison.

Elizabeth garda le silence. Sarah avait raison, et *elle* devait partir. La pression des doigts de Nat sur son épaule lui interdit d'aller où que ce soit. Il se baissa et tendit les bras à Tabitha. La petite fille dévisagea les inconnus avec méfiance, puis lâcha la jambe du pantalon de sa tante et courut vers son oncle.

Nat la souleva dans les airs et l'embrassa.

— Salut, petit tigre. Tu voudrais aller chercher une friandise au magasin de jouets ?

Tabitha sourit et attrapa son oreille de sa petite main. Nat saisit le poing de l'enfant dans le sien et embrassa les délicates fossettes de ses doigts.

— Elle a besoin de toi, dit-il à sa sœur.

Il se tourna ensuite vers son frère, qui contemplait avec détermination sa tasse de café.

— Tu ne le crois peut-être pas, mais elle a besoin de toi aussi.

Pendant un instant, Elizabeth crut que Ryan allait refuser. Il resta immobile, les épaules raides, la bouche tordue en une grimace. Il but ensuite une grande gorgée de café, l'avala, et hocha la tête. Finalement, il repoussa sa tasse et s'approcha de sa fille, accrochée à l'épaule de Nat. Les mains de Ryan tremblaient quand il prit son enfant dans ses bras. Qu'il s'agisse de *delirium tremens* ou de quelque autre émotion, Elizabeth n'aurait su le dire.

— Allez, ma jolie. Nous allons faire un tour. Je vais appeler Eban en chemin pour voir s'il peut envoyer des renforts.

Ryan s'approcha pour déposer un baiser rapide sur la joue d'Elizabeth, puis tourna les talons et s'en alla.

Sarah fixa d'un air rebelle son frère aîné qui se tenait dans la cuisine de leur mère décédée, entouré d'inconnus. Elle dut lire la détermination dans la posture de Nat et le mouvement obstiné de son menton, car elle soupira, secoua la tête et céda. Elle marcha droit vers Elizabeth et la serra rapidement dans ses bras. Le geste était si naturel, si éloquent et si inattendu que la jeune femme n'eut pas le temps de réagir avant que Sarah ne jette ses bras autour du cou de son frère et ne l'embrasse à son tour.

— Je n'y vais qu'à cause de Tabitha. Sois prudent, le prévint Sarah en le serrant dans ses bras, avant de suivre Ryan dans le couloir.

Elizabeth la regarda partir. Elle se détestait d'être la cause d'une telle perturbation de vies innocentes. Elle remarqua le silence et regarda autour d'elle. Nat, Cal, Marsh et le shérif l'observaient tous.

Un sentiment de panique remonta le long de son échine et se déversa dans sa bouche comme de la bile. Apparemment, la pauvre petite orpheline avait enfin trouvé son chez elle et elle allait y rester, qu'elle le veuille ou non.

Un malaise s'empara d'elle lorsqu'elle pensa au tueur à gages qu'elle avait engagé. Il était son plan de secours, sa sécurité au cas où DeLattio ou la mafia la trouveraient. Son contrat était simple. Quand DeLattio serait libre, il le tuerait. Elle espérait seulement que le tueur le trouverait avant que le mafieux n'arrive au ranch.

Stone Creek, Montana, 16 avril.

— Bon sang, mais qu'est-ce qu'on fait ici ? râla Charlie, frottant ses gros doigts sur son cuir chevelu dégarni.

Andrew était courbé sur le siège à côté de lui, une casquette de base-ball en cuir bien enfoncée sur la tête. La ceinture de son jean lui rentrait dans le ventre et son blouson de cuir neuf était trop raide. Charlie était vêtu d'un costume gris impeccable et ne voulait même pas enlever sa veste. Il avait l'air d'un gangster. Même au volant d'un minivan dans le Montana, il avait l'air d'un gangster.

Tant pis pour le côté incognito.

Charlie n'était pas content. Il avait cru qu'ils se rendraient directement dans les îles Caïmans. Pour lui, il fallait qu'Andrew oublie Juliette Morgan, ou plutôt Elizabeth Ward, mais Charlie avait tort. Andrew avait un contact au sein du FBI qui lui fournissait des informations depuis des années. L'agent lui avait appris qu'un shérif du Montana avait demandé une identification sur la base d'empreintes digitales correspondant à celles de la femme qui l'avait ridiculisé. Plutôt que de quitter les États-Unis, ils avaient pris un petit avion privé pour se rendre dans l'Ouest, et ils roulaient maintenant en direction de la ville où elle avait été vue pour la dernière fois. Andrew se fichait du temps que cela prendrait. Il la retrouverait. Il lui apprendrait qu'il tenait ses promesses.

Frottant ses mains sur ses cuisses, Andrew aspira une bouffée d'air entre ses dents.

Elizabeth Ward.

Joli nom pour une garce morte.

Une blonde élancée se débattait avec le pistolet à essence alors qu'elle essayait de faire le plein d'une voiture de location. Elle était sexy et Andrew envisagea d'aller l'aider ; son sexe tressaillit lorsqu'elle se pencha pour ramasser le bouchon du réservoir d'essence. Mais quelqu'un pourrait le reconnaître et les stations-service avaient toujours des caméras cachées.

Andrew tressaillit lorsque le portable de Charlie sonna. Il ne pensa plus du tout à la blonde lorsque ce dernier colla le téléphone sur son oreille.

Il sortit un stylo et griffonna en haut d'un journal étalé maladroitement sur le volant. Il tendit le papier à Andrew, démarra le moteur, puis s'arrêta quand il remarqua lui aussi la blonde.

— Eh bien, regarde-moi ça.

— Quoi ? demanda Andrew.

Un gros sourire ourla les lèvres de Charlie, le premier depuis longtemps. Andrew se redressa et s'agrippa au tableau de bord.

— *Quoi ?* insista-t-il.

— Tu te souviens que je t'ai dit qu'une fille s'était fait passer pour Juliette Morgan quand elle a disparu ? Qu'on a buté son père, mais qu'on l'a ratée ?

— Oui, répondit Andrew, qui s'en souvenait, mais ne comprenait toujours pas.

Charlie fit un signe de tête en direction de la blonde qui entra dans la station pour payer son essence.

— C'est elle. C'est la fille.

ELIZABETH ÉVITA les yeux de Nat et glissa son Glock à l'arrière de sa ceinture. *Port à la mexicaine.* Avec sa chance, elle se tirerait probablement une balle dans le derrière. Le gilet pare-balles en Kevlar qu'elle portait sous son sweat-shirt ne lui permettait pas d'utiliser son holster d'épaule. Dancer lui avait prêté un autre SIG qu'elle portait comme arme de poing.

Ce n'était pas ce qu'elle avait prévu.

Sa respiration se précipita lorsqu'elle comprit que ce salaud ne se montrerait peut-être même pas. C'était vraiment pathétique. Mais son instinct lui disait autre chose : Andrew DeLattio n'était pas connu pour sa patience ni sa nature clémente.

Marsh avait ordonné au shérif de se retirer. Il avait demandé à la police d'État de lui signaler directement toute apparition, mais de ne pas arrêter ou interpeller le fugitif. Il estimait qu'il serait plus sûr pour le public que DeLattio soit appréhendé dans le ranch. L'équipe de libération des otages avait été appelée et devait arriver dans la matinée. Elizabeth aurait voulu pouvoir se reposer, mais chaque fois qu'elle fermait les yeux, elle revoyait le visage du mafieux. Dormir était impossible.

La lumière avait commencé à faiblir. Des nuages d'orage bloquaient les derniers rayons du soleil. Le tic-tac de l'horloge de la cuisine résonnait bruyamment dans le silence qui s'étirait entre Nat et elle.

Il l'observait, mais ne disait rien.

L'adrénaline circulait dans son sang, la rendait nerveuse et faisait trembler ses mains. Elle posa les paumes sur le bord de l'évier, s'obligea à se calmer et prit deux grandes respirations. Le téléphone sonna et son cœur faillit s'arrêter.

Elle vérifia le numéro sur son portable et se détendit légèrement en répondant.

— Josie ?

— Je t'ai manqué ?

Il y avait dans cette voix de la malveillance à l'état pur, délétère et mortelle, une maladie diabolique.

L'effroi lui paralysa l'échine, et la nausée la priva de la parole. Le visage de DeLattio lui apparut aussi clairement qu'une photographie. Elle s'affaissa contre le plan de travail et vit Nat se lever et s'approcher d'elle.

Il lui toucha le bras, une timide pression en signe de soutien, et elle puisa dans sa force, luttant pour retrouver sa voix et étouffer la panique qui jaillissait comme du sang d'une plaie.

— Où est Josie ?

— Tu ne m'as jamais dit que tu avais de si jolies amies. Tut tut, dit l'ordure qui éclata d'un rire moqueur, comme il l'avait fait des mois plus tôt. Et elle est blonde, aussi. Je croyais préférer les rousses, mais peut-être pas, finalement. Mais tu n'es pas naturellement rousse, n'est-ce pas… Elizabeth ?

Elle ne pouvait plus bouger. Ses lèvres s'entrouvrirent et les mots jaillirent dans un élan de panique.

— Ce n'est pas elle que tu veux. Tu me veux, *moi*.

La main de Nat se resserra sur son bras, mais elle l'ignora. DeLattio ricana et elle ne sut pas si elle pourrait tenir le coup.

Pendant un moment, elle n'entendit rien d'autre que son souffle rauque.

— Tu te trompes. Je la veux.

Il touchait Josephine. Elle le savait. Elle pouvait presque sentir le glissement de sa main, et elle sut qu'un seul mot de travers, un seul faux pas suffirait à signer l'arrêt de mort de son amie. Elizabeth serra les dents pour s'empêcher de le supplier, parce que cela ne fonctionnerait pas.

— Mais je *te* veux encore plus.

Des bras puissants l'entourèrent comme pour la soutenir. Quand ses jambes avaient-elles cessé de fonctionner ?

— Nous allons faire un échange. Je suis en route pour te rejoindre, annonça DeLattio. Je serai là d'ici quelques minutes. Si je vois quelqu'un d'autre, je tuerai la blonde.

Il raccrocha et ses paroles résonnèrent dans le silence.

Chancelante, elle leva les yeux vers Nat. Son visage était sinistre, déformé.

— Il détient mon amie Josie, expliqua-t-elle d'une voix fragile.

Elle n'avait pas de temps à perdre. Et elle n'avait pas le temps de planifier.

— Il est en route. Il veut l'échanger contre moi.

Comment avait-il mis la main sur Josie ? Depuis combien de temps la détenait-il ? La bile lui laissait un goût nauséabond dans la bouche. Elle la ravala et maudit le jour où elle avait rencontré Andrew DeLattio.

Les paumes moites, le cœur battant à tout rompre, elle composa le numéro de Marsh, lui donna les dernières informations et lui demanda de rester hors de vue. Elle raccrocha avant qu'il puisse lui donner des ordres. Il n'était plus son patron.

Nat sortit son fusil du râtelier et glissa une boîte de munitions dans sa poche arrière avant d'enclencher la culasse. Il leva la tête et croisa le regard d'Elizabeth.

Des phares dévalèrent la colline derrière la maison, éclairant l'intérieur sombre de la cuisine tandis que la voiture pénétrait dans la cour. Elizabeth regarda la porte, effrayée. Il était déjà là. Andrew DeLattio était juste derrière cette porte. Étourdie, elle déglutit, posa la main sur la partie dure de l'arme qui s'appuyait sur sa colonne vertébrale. Elle lança un regard à Nat.

—Je dois sortir, lui dit-elle.

S'approchant d'un pas, il lui toucha le bras.

—Je ne te laisserai pas faire.

—Je n'ai pas le choix.

Ses émotions menaçaient de la submerger. Elle devait sauver Josie. Elle s'obligea à se redresser et à le regarder droit dans les yeux.

—Je l'ai entraînée dans ce pétrin. Tout ça, c'est ma faute.

La tension était à son comble entre Nat et elle.

Nat laissa retomber sa main, ses yeux bleus étaient sombres, navrés, mais résolument déterminés.

— Tu n'es pas Dieu, Eliza. Tu n'es pas responsable du monde entier et de tous ses habitants. Tu n'as pas à te sacrifier pour les autres.

Le van tournait au ralenti dans la cour. Elle percevait le grondement du moteur comme un roulement de tambour qui l'accompagnait vers la mort. La lumière des phares se déversait dans la maison principale, les éblouissant alors même qu'ils se tenaient dans l'ombre à se regarder l'un l'autre. Peut-être pour la dernière fois.

L'expression de Nat devint méchante, ses traits se durcirent sous l'effet de l'angoisse.

— Eliza...

— Non, l'interrompit-elle, posant une main sur sa joue.

Elle déposa un baiser rapide sur ses lèvres. Elle ne voulait pas que cela se termine ainsi.

— Je sais que je ne suis pas Dieu, mais je suis responsable de cette situation et je ne m'enfuirai plus.

Pas maintenant qu'elle avait trouvé tout ce qu'elle avait cherché au cours de sa vie.

Elle se détourna et se prépara à l'adieu. Elle ne pouvait pas supporter de prolonger ce moment : elle avait déjà prouvé qu'elle n'était pas assez forte pour le laisser partir. Jetant un coup d'œil par-dessus son épaule, elle fit un signe de tête en direction de son fusil.

— À quel point es-tu doué avec cette chose, réellement ?

— Si je peux le voir, je peux le toucher.

Les yeux de Nat brillaient dans l'obscurité. Il ne dit pas un mot de plus, il ne la supplia pas, ne l'implora pas. Au lieu de cela, il s'enfonça dans l'ombre.

— Je t'aime.

Elle articula les mots en silence, sachant qu'il ne pouvait pas l'entendre. Mais elle avait besoin de les dire, juste une fois.

Elle lui accorda quelques secondes pour se mettre en place, puis elle entrouvrit la porte. L'air sentait l'ozone, la pluie tombait, l'électricité crépitait dans le crépuscule comme une chose vivante.

Le van tournait toujours au ralenti, et de la vapeur s'échappait de son capot. Elizabeth ouvrit en grand la porte de la cuisine et se tint dans la lumière des phares. Il pouvait l'abattre maintenant, mais elle pariait sur une fin plus personnelle et concrète pour sa vendetta.

La portière passager arrière du van s'ouvrit, et DeLattio poussa Josie devant lui, se servant d'elle comme d'un bouclier. La voiture protégeait son dos. Il empoigna les cheveux de Josie et la tira vers lui.

Elizabeth eut la chair de poule en le voyant. Son beau visage était basané et sévère, ses cheveux humides plaqués contre son crâne. L'homme qui hantait ses rêves. Son cauchemar personnel. Un rire monta en elle, lui arrachant un sourire hystérique. À ses yeux, il avait toujours eu l'air d'un diable. Au vu de sa carrure imposante, cet enfoiré sournois portait lui aussi un gilet pare-balles. Il faudrait qu'ils lui collent une balle dans la tête pour l'éliminer.

Mais DeLattio n'irait nulle part, se rappela-t-elle. Il avait au moins quatre fusils braqués sur lui, et il ne gagnerait pas cette dernière bataille. Elle ignorait si elle vivrait ou si elle mourrait. Mais sa mort ne serait pas vaine.

DeLattio plaça un pistolet sous le menton de Josie et l'estomac d'Elizabeth se retourna. La tête de son amie était rejetée en arrière, et, dans ses yeux, elle lut un mélange d'horreur et de défi. Elle lança un regard d'excuse à Elizabeth, comme si elle était responsable de ce chaos. La jeune femme essaya de lui rendre son sourire, mais il ressemblait davantage à un frémissement désordonné de ses lèvres.

— Nous nous retrouvons enfin ! cria DeLattio par-dessus le bruit de la pluie.

Elizabeth fit abstraction de ses peurs, de l'arrogance du mafieux, et se mit en pilote automatique. Debout, les mains relâchées le long du corps, elle se tint prête à agir.

— Laisse-la partir.

DeLattio secoua la tête avec un sourire.

— Je ne crois pas, non. Tu sors la première, *Elizabeth*.

La nausée la tenaillait, brûlante et visqueuse. L'entendre prononcer son prénom revenait à donner le contrôle de son âme au côté obscur. Frissonnant, elle ignora les minuscules perles de pluie qui lui piquaient la peau quand elle s'avança à découvert. Trempée en quelques secondes, elle était ravie d'avoir une excuse à ses frémissements. L'eau ruisselait sur son visage, alourdissait ses vêtements, les rendant lourds comme du plomb.

Josie chancela et cria. DeLattio la ramena contre lui en raffermissant sa poigne dans ses cheveux.

S'avançant à grandes enjambées, Elizabeth s'efforça de reprendre le contrôle de son corps rongé par la peur. Elle commença par soutenir le regard de Josie, puis elle braqua les yeux sur le sol à la droite de cette dernière, essayant de lui faire passer son message.

— Laisse-la partir, répéta-t-elle. Elle ne t'a rien fait.

— Mais toi, si, *sale garce*. Tu m'as piégé ! s'exclama Andrew qui rapprocha Josie de lui, arrachant un gémissement à son amie. Jette ton arme.

Il fit un signe de tête en direction de l'arme de poing d'Elizabeth.

Cette dernière secoua la tête, mais il resserra son emprise sur les cheveux de Josie qui poussa un cri de douleur. Le son frappa Eliza de plein fouet. Pourquoi avait-elle impliqué Josie dans ses problèmes ? Elle ouvrit le holster, en retira l'arme et la posa sur le sol.

— Je t'ai manqué, Elizabeth ? railla DeLattio. Est-ce que tu penses à la nuit où on s'est envoyés en l'air ? Quand tu m'as supplié de t'en donner plus ?

Elle l'avait supplié d'arrêter.

Ses yeux trahissaient ses pensées et sa répulsion ; il sourit.

Elizabeth fit abstraction de son visage et de ses paroles et songea à Nat. Elle devait lui offrir une vue dégagée pour qu'il puisse faire exploser cet enfoiré. Elle s'obligea à passer devant le capot de la voiture, contournant DeLattio avec l'espoir de donner un meilleur angle de tir à quelqu'un. Elle ne voulait pas mourir, mais apparemment, elle n'aurait pas le choix. DeLattio la fixait avec une intensité fébrile.

C'est ça, espèce d'ordure, laisse Josie partir.

Andrew ne la voulait pas morte. Pas encore. Pas avant d'avoir pris sa revanche et d'avoir réitéré ses actes. Aussi étrange que cela puisse paraître, cela ne l'effrayait plus. Elle voulait mettre un terme à tout cela. Et elle voulait le voir mort. Elizabeth se rapprocha ; elle n'était plus qu'à une longueur de bras, et la tentation était suffisante. La fureur qui vibrait en lui était si puissante qu'elle en sentait le goût.

L'ordure repoussa Josie si fort qu'elle vola et atterrit dans la boue, puis il s'élança sur Elizabeth. Il la saisit à la gorge avec une main et serra. Désespérée, elle chercha l'autre arme dans son dos, la poitrine enflammée par le manque d'oxygène, mais elle ne pouvait pas l'atteindre à cause du gilet. *Continue d'essayer. Ne laisse pas cette sombre ordure te battre maintenant.*

Il lui empoigna le bras, le fit remonter entre ses omoplates et plaqua ses hanches contre les siennes comme un amant. La panique l'assaillit, toutes les fibres de son corps se raidissant sous l'effet de la peur. Elle n'arrivait pas à respirer, elle ne parvenait pas à aspirer la moindre molécule d'air. Ses doigts étaient engourdis et sans force, et sa vision devenait grise. Finalement, il relâcha sa prise sur sa gorge, la laissant respirer faiblement. La brûlure dans sa gorge diminua ; son bras restait douloureusement tendu, mais il ne menaçait plus de se déboîter. La main qui entourait son cou glissa lentement contre la peau fragile de sa nuque, puis DeLattio fit courir le museau froid de son Beretta contre sa tempe. Il sourit. *Des lèvres parfaites, des dents parfaites. Pas d'âme.*

Le regard d'Elizabeth dévia gauchement vers l'endroit où son amie gisait, roulée en boule dans la boue.

— Cours vers la maison, Josie.

DeLattio lança un regard à cette dernière qui luttait pour se relever.

— Cours, insista Elizabeth.

L'homme devant elle tuerait pour le plaisir, et la pâle lueur dans ses yeux lui disait qu'il y songeait déjà.

Josie se précipita vers la maison, juste dans la ligne de mire de Nat.

Merde.

La malveillance emplit les yeux de DeLattio et il ajusta sa prise sur son arme. Elizabeth lui cracha au visage, puis tressaillit face à la fureur qui la traversait. Il leva son arme une fraction de seconde, et elle sut qu'il allait la tuer. Pas de sursis, pas de répétition, pas de danse.

Elle lui attrapa le bras, poussa son arme vers le haut et lui balança un coup de genou dans l'aine, si fort qu'elle le souleva du sol. Elle n'était plus droguée à présent ; pas de chance pour cette ordure.

Une balle fut tirée, fracassant le pare-brise à côté d'elle.

Elle arracha le Beretta des doigts de DeLattio et le jeta au loin. Lui tenant toujours la main, elle lui tordit les doigts dans un simulacre de geste affectueux, puis lui donna un coup de pied dans les reins. La haine l'envahit quand elle le regarda s'écrouler, se roulant par terre de douleur. Du bout de sa botte, elle le retourna sur le dos, s'installa à califourchon sur lui, plantant ses genoux dans la boue froide et humide. Elle enroula étroitement la main autour de sa trachée.

Cette fois, Elizabeth n'eut aucun mal à attraper son arme. Elle la dégagea de sa ceinture, puis la fourra dans la bouche de DeLattio qui tressaillit lorsque le métal heurta ses dents.

Jamais la vengeance ne lui avait semblé aussi grandiose ni la rédemption aussi lointaine.

Ses lèvres se retroussèrent en un sourire qui tendit sa peau.

— Qu'en penses-tu, Andrew ? Tu aimes ?

Il blêmit et ses yeux pâles s'écarquillèrent à l'idée qu'il était sur le point de mourir.

Et pourquoi ne le tuerait-elle pas ?

Un mouvement flou à la limite de son champ de vision attira son attention. Marsh était là, et il la regardait.

— Ça n'en vaut pas la peine, Elizabeth.

— Vraiment ?

Elle ne quittait pas sa proie des yeux. Elle voulait à tel point qu'il meure que cette idée agissait comme une drogue addictive dans son organisme. Elle n'avait qu'à appuyer... Elle n'avait qu'à appuyer... Elle n'avait qu'à appuyer sur cette foutue détente.

Perplexe, elle regarda son propre doigt.

Elle ne pouvait pas le faire. Pourquoi n'y arrivait-elle pas ?

Lentement, à contrecœur, elle recula son arme de quelques centimètres. Ses mains tremblèrent quand elle resserra sa prise.

Elle repéra l'instant exact où DeLattio comprit qu'elle ne pouvait pas le tuer. Une lueur sauvage s'alluma dans ses yeux et il ricana, ses lèvres cruelles remontant sur des dents d'une blancheur de perle.

— Garce.

Elle tira un coup de feu qui pulvérisa la terre à côté de sa tête. Le bruit fut assourdissant, mais elle tira une autre balle de l'autre côté de son crâne, en espérant que ses tympans exploseraient.

Se détachant de lui, les oreilles bourdonnantes, elle s'éloigna en titubant, trébuchant, car ses pieds ne fonctionnaient pas. Marsh pouvait s'occuper de cette ordure qu'elle ne voulait plus jamais revoir.

Elle continua à avancer, respirant de petites bouffées qui lui permettaient de rester ancrée dans la réalité. Une émotion ressemblant étrangement au pardon enfla dans sa poitrine. Pas pour lui, mais par elle-même. Nat était devant elle, illuminé par les phares. Il se rua hors de la maison, son fusil à la main, et tout allait pour le mieux dans son monde. Il sourit. Ses magnifiques yeux se plissèrent de soulagement, avant de s'écarquiller de peur lorsque son regard glissa au-delà d'elle. Son visage cria un avertissement, mais aucun son ne pénétra son monde.

Elle se retourna, comme au ralenti ; son cœur battait si fort dans ses oreilles qu'elle sut à quel moment il trébucha. Elle bascula sous l'impact, et la douleur lui fit l'effet d'un millier de volts d'électricité dans la jambe.

Pourquoi ne l'avait-elle pas fouillé à la recherche d'une seconde arme ? Une erreur de débutante, alors qu'on lui avait rabâché de le faire à l'académie. *Une erreur totalement stupide.*

Ses pensées s'estompèrent, ralentirent comme prises dans la glace.

DeLattio sourit, allongé par terre, de la boue maculant son visage. Il pointa son arme derrière elle sur Nat et elle hurla ; son cœur se mit à battre avec une fureur toute-puissante alors qu'elle essayait de lever son pistolet.

Le visage de DeLattio fut arraché par une balle à haute vitesse qui lui brisa le crâne à l'impact.

Une partie d'elle avait envie de hurler de joie. Une partie d'elle avait envie de lever les bras en l'air en chantant un alléluia, mais la douleur était trop intense. Des pointes de douleur chauffées à blanc étaient enfoncées profondément dans son corps, chargées de mercure, d'acide et de poison.

Les traits mutilés de DeLattio lui brûlaient la vue. Elle ne voulait pas le retrouver en enfer.

Où était Nat ? Était-il touché ? Où était-il ?

C'est alors qu'elle le vit, l'homme qui représentait tout pour elle. L'homme qui lui avait permis de se sentir entière après avoir passé une vie entière à être brisée. L'homme qui lui avait offert une chance de bonheur alors qu'elle était condamnée à la souffrance.

— Je t'aime.

Elle espérait que les mots sortiraient. Elle espérait qu'il pouvait les entendre, même si ses propres oreilles bourdonnaient encore, et que la douleur anesthésiait ses sens. Elle tenta de lever la main pour caresser la courbe rugueuse de sa mâchoire, elle voulait effacer l'angoisse qui brillait au fond de ses yeux, mais elle ne parvenait pas à faire fonctionner ses mains correctement.

Elle voulait le remercier de l'aimer. Il n'avait pas prononcé les mots, mais elle savait. Personne ne l'avait jamais aimée ainsi.

Le regret la tirailla alors que quelqu'un le poussait, et que Marsh essayait d'endiguer le flot de sang.

Il était trop tard.

Elle essaya d'afficher un sourire, de prononcer une phrase de réconfort qui leur permettrait de se pardonner... et peut-être pourrait-elle se pardonner aussi. Puis l'obscurité arriva. Elle lutta contre cette sensation jusqu'à ce que ses yeux ne puissent plus la combattre. La paix et un vague contentement la firent dériver là où la douleur ne pouvait plus l'atteindre.

CHAPITRE VINGT

— **E**liza ! hurla Nat si fort qu'il en eut mal à la poitrine. Eliza !

Le sang imbibait le devant de sa cuisse, noircissant son jean. Il s'assit, sans rien pouvoir faire, lui serrant les épaules tandis que Marshall Hayes arrachait sa ceinture et s'en servait comme d'un garrot sur le haut de la jambe d'Eliza.

— Vous avez un couteau sur vous ?

Nat fouilla dans sa poche et en sortit l'outil qu'il y gardait. Il était arrivé trop tard, trop lentement pour la sauver.

Marsh lui passa l'extrémité de la ceinture.

— Tirez bien.

Engourdi, Nat tira, et regarda l'autre homme faire un trou supplémentaire dans la sangle. Il tenta de ne pas fixer la chair béante ni l'éclat des os brisés visible au milieu de tout le cramoisi qui s'accumulait. Le bord dur du cuir mordit dans la chair de sa main, et le saignement ralentit. Mais il y avait du sang *partout*. Sur ses mains, son visage, ses bras, le sol. Il se répandait comme du sirop sur le gilet en Kevlar qu'elle portait en guise de protection.

Sans mot dire, il reprit l'outil des mains de Marsh et le glissa dans sa poche, relâchant sa prise sur la ceinture. Nat fit une courte prière en observant la poitrine d'Eliza qui se soulevait et s'abaissait au rythme de ses respirations superficielles, un réflexe alors que ses poumons demandaient de l'oxygène.

Elle respirait, mais à peine.

S'il vous plaît, mon Dieu, laissez-la vivre.

Le visage de la jeune femme était blême, si blême qu'il avait l'impression qu'elle était en train de disparaître. *Bon sang.* Il lui toucha la joue, puis lécha son pouce et essuya une trace de terre. Sa chair était chaude, douce. Ses doigts tremblèrent quand il posa sa main sur sa mâchoire. Il ne lui avait jamais dit qu'il l'aimait. Pas une seule fois il n'avait prononcé ces mots. La peur l'avait retenu, enfermant ces paroles qu'il avait été trop peureux pour lui avouer.

— Je t'aime, Eliza, lui déclara-t-il en repoussant les cheveux de son front avant de l'embrasser. Tu n'as pas intérêt à mourir. Je t'aime.

Cal se posta derrière lui et posa une main sur son épaule en signe de soutien. La femme blonde se précipita et s'agenouilla à côté d'eux dans la boue. Nat avait envie de lui crier que tout était sa faute, mais il n'en fit rien. Il jeta un regard au corps de l'homme qui avait terrorisé Eliza et regretta de ne pas avoir tiré le coup lui-même.

Marsh sortit un téléphone portable, l'alluma et jura.

— Combien de temps faut-il à des secouristes pour arriver ici ?

Il rangea le téléphone inutile dans sa poche. Puis il reporta son attention sur la blonde qui pleurait dans la boue.

— Trop longtemps.

Pourquoi avait-il éloigné Sarah ? Secouant la tête, il se baissa pour prendre Eliza dans ses bras.

Marsh lui attrapa le bras, ignorant son regard noir.

— Non. Ne la déplacez pas. Nous devons d'abord poser une attelle sur sa jambe.

Nat s'affaissa sur ses talons. Il ferma les yeux et chassa les larmes.

— Cela peut parfois prendre une heure.

Il leur fallait un miracle.

— *Merde !* s'exclama Marsh en regardant tout autour de lui.

Il prit des planches posées contre le côté de la maison.

— Il me faut de la corde ou du ruban adhésif. Ensuite, prenez des couvertures, et votre camion...

Marsh reporta son attention sur Cal, comme s'il avait déjà compris que Nat était incapable d'agir.

Eliza était mourante. Nat voulait la toucher quand cela arriverait.

NAT NE POUVAIT PAS s'asseoir ni rester debout. L'effroi le maintenait en mouvement. Quand il arrêtait de bouger, même pour une seconde, sa raison commençait à imploser. Lorsqu'il fermait les yeux, tout ce qu'il voyait, c'étaient ses mains qui essayaient frénétiquement d'endiguer le flux du sang d'Eliza et, en dépit de ses efforts, celui-ci continuait irrémédiablement à s'écouler de ses veines.

Les infirmières l'ignoraient. Les médecins poursuivaient leur tournée, soignaient des patients et sauvaient des vies. Il s'écarta d'un mur, s'affala sur une chaise marron, posa ses mains sur ses genoux, puis s'adossa à son siège. Il se leva. Incapable de se détendre. Incapable de supporter la vue de son jean taché de sang. Se passant une main dans les cheveux, il en décolla la saleté qui les maculait. La frustration et la peur se mêlaient en lui, un cocktail de désespoir. Il serra les poings, la mâchoire. Il scruta le plafond comme si les carreaux gris pouvaient, d'une manière ou d'une autre, lui donner les réponses qu'il demandait dans ses prières. Il avait passé bien trop de temps dans les hôpitaux à attendre la mort de personnes auxquelles il tenait.

Sarah observait le bloc. Ils essayaient de stopper l'hémorragie et de remettre en état le fémur brisé d'Eliza. Il avait donné son sang. *Merde !* Il donnait toujours son sang, mais cela ne semblait jamais pouvoir sauver ceux qu'il aimait.

Nat baissa les yeux sur ses vêtements. Il était sale et à vif. Il devait avoir l'air d'un dingue, mais la seule chose qui lui importait, c'était qu'Eliza se battait pour sa vie sur la table d'opération. Cal se leva de son siège et posa sur son bras une main qui se voulait réconfortante. Nat le repoussa d'un coup d'épaule, incapable de supporter l'idée d'être réconforté alors qu'il était totalement dévasté. Cal se rapprocha de la fenêtre, les traits marqués par l'inquiétude.

Était-ce ce que Ryan ressentait ? Avec son pouce, Nat massa la paume de son autre main. Était-ce pour cela que son jeune frère se perdait dans l'alcool et le sexe ? Soudain, il comprit mieux l'angoisse de Ryan. Ezra était là aussi, il attendait des nouvelles comme tous les autres. Nat ne savait pas vraiment quand Eliza avait cessé d'être une invitée pour devenir un membre de la famille, mais le visage fripé du vieil homme reposait dans ses mains tandis qu'il s'affaissait sur la chaise.

Les fédéraux étaient partis pour remplir des rapports et aider la police locale à gérer la scène de crime. Abandonnant Eliza au moment où elle en avait le plus besoin. Encore. Il tordit un magazine dans ses mains.

Josephine Maxwell était partie avec eux. Nat ignorait si elle y était allée de son plein gré ou non, mais il était heureux qu'elle n'attende pas ici avec lui. Il détestait que ce soit Eliza et non elle qui soit au bloc. Il n'en était pas fier, mais il s'occuperait de cela plus tard. À cet instant, il aurait été capable de marchander avec le diable en personne pour garder Eliza en vie. Son cœur était comme un bloc de glace, sa tête comme un volcan sur le point d'exploser, et il n'éprouvait qu'un pressentiment de mort.

Si seulement Nat avait été plus rapide, cela ne serait jamais arrivé. Si seulement il l'avait abattu de sang-froid alors qu'il gisait dans la boue...

Une effervescence commença autour du poste des infirmières, alors que l'équipe de nuit s'installait dans un chaos organisé. Une infirmière s'approcha de lui, quelqu'un qu'il n'avait jamais vu auparavant. C'était une grande femme afro-américaine aux immenses yeux bruns et aux cheveux coupés près du crâne. Avec des yeux gentils. *Alors pourquoi ai-je envie de la fuir ?* Elle allait lui annoncer la mort d'Eliza. Voilà pourquoi.

— Venez par ici, monsieur Sullivan.

Il la suivit comme un petit enfant obéissant.

Elle lui fit franchir la double porte au fond du hall et emprunter un couloir étincelant bordé de larges vitres. Nat détestait les hôpitaux, l'odeur, les lumières, les murs en béton. Elle lui prit la main, enroulant ses grands doigts chauds autour des siens. Nat ferma les yeux, il ne voulait pas regarder à travers la vitre.

— Elle est vivante, monsieur Sullivan, mais à peine.

Surpris et choqué, il écarquilla les yeux et regarda à travers la vitre. Eliza était allongée, enveloppée de pansements et plâtrée. Sa peau était pâle sur les draps d'un blanc immaculé. Des perfusions et des tubes pénétraient dans son corps et les moniteurs émettaient des bips et des bourdonnements faibles.

Elle avait le teint cireux et l'air fragile, *mais elle était vivante.*

— C'était une fracture nette. La balle a traversé l'os, mais il a fallu réparer l'artère. Elle a perdu beaucoup de sang, et elle se trouve dans un état très grave. Si elle passe la nuit...

Nat ne se rendit compte qu'il s'était affaissé contre la vitre que lorsque l'infirmière lui tapota doucement le dos.

— Nous lui avons fait une transfusion et son état s'est stabilisé, mais nous allons devoir la surveiller en permanence jusqu'à ce qu'elle soit hors de danger...

— Puis-je m'asseoir avec elle ? l'interrompit Nat.

Des braises d'espoir remuaient dans sa poitrine et il avait besoin de toucher la femme qu'il aimait.

L'infirmière fronça le nez et plissa les yeux vers ses vêtements sales.

— Normalement, c'est uniquement les parents...

— Je vous en prie, insista Nat, qui était prêt à se mettre à genoux s'il le fallait.

— Comme vous êtes le frère du Dr Sullivan, je suppose que c'est possible.

Elle le toisa de haut en bas, mordillant sa lèvre couleur rubis, l'air de réfléchir à sa requête. Personne ne l'empêcherait d'entrer dans cette pièce. Il serra les dents et se tint bien droit.

L'infirmière sembla sentir sa détermination.

— Elle est encore inconsciente à cause de l'anesthésie et le restera pendant un petit moment ; et elle sera faible, lui expliqua-t-elle avant de pincer les lèvres et de prendre une décision. Venez avec moi.

Nat jeta un regard à la silhouette pâle, avec ses cheveux noirs étalés en éventail sur l'oreiller. À contrecœur, il suivit l'infirmière jusqu'à une salle de douche dans les pièces réservées aux médecins, et elle lui donna une tenue propre.

Dix minutes plus tard, frais et propre, il repartit avec l'infirmière dans le couloir impeccable. Il ignora l'odeur d'antiseptique et le murmure sourd des chaussures à semelles souples de la femme. L'espoir commençait à poindre en lui et il n'avait pas l'intention de le laisser s'envoler.

Quand il franchit la double porte de l'unité de soins intensifs, il regarda Eliza. Déglutissant avec difficulté, il alla se placer sur le côté gauche du lit et fixa son visage. Elle était très pâle, et sa peau semblait presque transparente dans la lumière tamisée. Son cœur battait régulièrement sur le moniteur, et elle avait des tubes dans le nez et dans les bras. Elle portait une blouse d'hôpital, et le drap était remonté sur sa cuisse. Un plâtre d'un blanc étincelant entourait sa jambe. Nat tendit un doigt, caressa ses cheveux et repoussa une boucle égarée derrière son oreille parfaite. Il prit sa main molle et froide dans la sienne et s'assit à côté du lit.

— Ne t'avise pas de mourir, Eliza, lui intima-t-il d'une voix bourrue.

Du bout des doigts, il lui caressa doucement les tempes. Et soudain, cela n'importa plus qu'il n'ait rien à lui offrir. Peu importait qu'elle ait eu l'intention de le quitter. À présent qu'il savait pourquoi, il regretta de ne pas l'avoir laissée partir.

—Je t'aime, Eliza. Je t'en prie, ne meurs pas.

MARSH SE TINT au-dessus de la dépouille d'Andrew DeLattio pendant qu'ils refermaient le sac mortuaire. La balle avait pénétré par sa tempe gauche, était ressortie par la droite, et avait tout détruit entre les deux. Marsh n'éprouvait ni chagrin ni remords, rien qu'un froid sentiment de justice à l'idée que ce salaud soit enfin hors d'état de nuire.

Andrew DeLattio ne pouvait plus faire de mal à quiconque.

Charlie Corelli avait été tué par le premier coup de feu tiré à travers le pare-brise, et son corps était transporté à la morgue. Dancer s'était servi des téléphones portables des morts pour découvrir l'identité d'un agent qui avait été transféré de New York à Quantico environ un an auparavant. L'homme avait fourni des informations à DeLattio en échange de contributions régulières à son fonds de pension personnel. Il avait déjà été interpellé par ses collègues de l'académie de formation. Marsh poussa un soupir, fourra ses mains dans ses poches et leva les yeux vers le ciel. Le soleil se levait sur une nouvelle journée. De fines traînées de rouge, de rose et d'or coloraient le ciel en rubans de teintes qui se mêlaient.

Elizabeth était sortie du bloc et les médecins étaient optimistes quant à son rétablissement complet. Mais c'était la faute de Marsh si elle s'était fait tirer dessus.

La fraîcheur atteignit sa peau sous sa chemise et sa veste, et les poils de son torse se hérissèrent. Il se frotta les bras pour se protéger du froid, contempla la cabane d'Elizabeth à la lisière des arbres puis la grange à chevaux. D'où qu'il ait été, le tireur avait effectué un tir magistral. *Peter Uri. Forcément.* Personne d'autre n'aurait pu le faire.

Elizabeth n'avait pas été la cible du tueur à gages. C'était DeLattio.

Marsh n'avait même pas compris qu'il y avait un autre tireur avant d'arriver à l'hôpital, et à ce moment-là, Uri était déjà parti depuis longtemps. Elizabeth se battait encore pour sa vie.

Marsh gardait ses émotions sous contrôle, sans montrer le moindre signe de détresse. Josephine Maxwell lui avait complètement détraqué le cerveau.

Uri avait rempli son contrat à quelques mètres seulement des forces de l'ordre et personne ne l'avait remarqué. Marsh serra les poings. Son souffle se transforma en un nuage de vapeur et s'envola comme un spectre. Uri était réputé pour son ingéniosité, sa discrétion et ses prix élevés. Il figurait régulièrement sur la liste des personnes les plus recherchées par le FBI, en dépit de l'absence d'image claire de son visage et d'enregistrement de son ADN. Mais le Bureau ne parvenait pas à lui mettre la main dessus, et Marsh se demandait s'il y avait une raison à cela. Le FBI se servait-il d'Uri à ses propres fins ? Il savait où trouver DeLattio avant même que ce dernier ne sache qu'il se rendrait là. Comment cela s'était-il produit ? Une fuite ? Ou des renseignements confidentiels ?

Avec un sentiment d'horreur, Marsh comprit qu'il savait.

S'éloignant du shérif et de ses adjoints qui discutaient bruyamment, stimulés par les événements de la nuit précédente, il se dirigea vers le pâturage où paissaient deux chevaux alezans. Il n'était qu'un homme qui prenait le temps de récupérer après une longue nuit. Il alluma une cigarette qu'il avait obtenue d'un adjoint alors qu'il avait arrêté de fumer depuis des années. Puis il renversa la tête en arrière et expulsa la première bouffée de fumée dans l'air. Comme s'il ne se souciait de rien au monde.

Son esprit s'emballa. Il escalada la barrière et commença à scruter lentement le bardage de la grande grange orange. Ses pieds s'enfoncèrent dans l'herbe, la rosée du matin détrempa les jambes de son pantalon et imprégna ses chaussures hors de prix. Ses orteils se recroquevillèrent : il détestait la sensation d'avoir les chaussettes mouillées.

L'un des chevaux arriva au trot, la tête haute, tendant son museau blanc. Marsh caressa les douces moustaches de velours tandis que son autre main frottait le bois de la grange, brossait quelques écailles de peinture et avançait. Le cheval le suivit, curieux et affectueux, semblant avide de compagnie humaine.

Le shérif local dirigeait l'affaire, et Marsh n'avait aucune envie de reprendre l'enquête.

C'est irrévocable, n'est-ce pas ? Nous avons abattu cette ordure. N'est-ce pas ?

Le shérif Talbot n'avait jamais entendu parler de Peter Uri, et Marsh ne l'avait pas éclairé. Ce dernier marcha le long de la grange, et le cheval le suivit à deux pas. À moitié enfoui dans la terre, reflétant les rayons obliques du soleil, un doux reflet de cuivre attira son attention. La balle qui avait traversé le cerveau de DeLattio.

Marsh avait vécu toute sa vie en suivant toutes les nuances de la loi. La chaîne de preuves était un élément majeur de ce processus. Se baissant pour faire son lacet, il ensacha subrepticement la balle et la mit dans sa poche. Peut-être la mafia avait-elle engagé Uri. Peut-être la source de DeLattio au sein du FBI avait-elle travaillé sous plusieurs angles et découvert l'adresse à Stone Creek plus rapidement que Dancer et lui, et l'avait ensuite subrepticement transmise à la famille Bilotti.

Mais peut-être n'était-ce pas le cas.

Apercevant un mouvement du coin de l'œil, il se retourna et vit Josephine traverser le champ dans sa direction, traçant une deuxième ligne à travers la rosée du matin. Il jura en silence. Il n'avait pas besoin de cela. Dans les poches de sa veste, ses poings se fermèrent et les muscles autour de sa bouche se tendirent.

La veille au soir, quand Elizabeth lui avait dit au téléphone que DeLattio détenait Josephine, il avait eu un haut-le-cœur. C'était la faute de Marsh si Josephine avait été enlevée. Il avait été pris de nausées jusqu'à ce que son ventre ne contienne plus rien.

Et lorsque DeLattio s'était retrouvé gisant dans la boue et la crasse, le simple soulagement de savoir Josephine saine et sauve avait brouillé son instinct et donné à cet enfoiré la fraction de seconde dont il avait eu besoin pour dégainer l'autre pistolet. Ensuite, tout s'était déroulé au ralenti et Elizabeth avait failli perdre la vie à cause de son incompétence.

Plissant les yeux, il lutta contre sa réaction à l'égard de la femme qui lui avait causé plus de chagrin qu'un millier de Joconde volé. Josephine ne s'était pas tournée vers lui après la fusillade. Elle lui adressa un sourire capable de faire tourner le lait, puis elle se retrancha derrière sa façade de reine des glaces.

Il lui sourit, mais il se sentait vide intérieurement.

— Je parie que tu te crois malin d'être arrivé avant moi.

Vêtue d'un legging noir et d'un pull rouge qui lui montait jusqu'au menton, ses doigts s'agrippaient les uns aux autres en un réseau complexe.

— Bien sûr, quand je me lève tous les matins, c'est exactement ce que je pense.

La lueur dans le regard de Marsh lui indiqua qu'il pensait à un matin en particulier.

Elle se détourna, évitant son regard comme une voiture échappant à une collision frontale.

Il la provoqua davantage, un mécanisme de défense aussi vieux que le monde.

— Tu aurais dû me dire que tu étais vierge, Josephine. J'aurais été plus doux avec toi.

Le regard de la jeune femme se planta sur le sien, mêlé de gêne et de frustration.

— Comment as-tu… ? Et que veux-tu dire par « plus doux » avec moi ?

— Considères-tu ce qui s'est passé entre nous comme un viol ? s'enquit Marsh, faisant un pas vers elle.

— Oh, mon Dieu ! s'exclama-t-elle avant de déglutir. Je n'y avais pas songé de cette manière.

Il ne pouvait expliquer le plaisir de voir sa mâchoire se décrocher ou ses joues pâlir, mais il éprouvait une étrange satisfaction à l'énerver. C'était préférable à son indifférence ou à sa pitié.

Ensuite, elle se mit sur la défensive.

— Ce n'est pas comme si je t'avais forcé. Tu étais comme un chien après un os.

— Je m'en souviens vaguement.

Il grimaça lorsque sa fureur remonta à la surface et explosa.

— Tu n'es qu'un enfoiré arrogant !

Sa voix retentit dans la clarté du matin et incita le shérif et ses adjoints à jeter un coup d'œil. Marsh tressaillit, masquant son expression avant qu'elle n'aperçoive la moindre faiblesse.

— Alors, tu vas m'arrêter ?

Elle avait du mal à respirer, ses épaules se soulevaient et s'abaissaient. Elle leva ses poignets joints, paumes vers le haut, devant elle et il fut fortement tenté de lui passer les menottes. Il s'avança vers elle, mais elle recula de quelques pas.

Elle n'est pas aussi sûre d'elle qu'elle le paraissait au moment... ou peut-être le détestait-elle vraiment.

— Tu as raison. Tu ne m'as pas forcé. Je t'ai voulue dans mon lit dès l'instant où je t'ai vue, affirma-t-il avec un lent haussement d'épaules. J'ai obtenu exactement ce que je voulais, alors je te laisse t'en tirer pour cette fois.

— Cette fois ? bafouilla-t-elle.

Ses yeux pâles brillaient de colère tandis qu'elle prenait une grande inspiration.

— Monsieur *Je suis les règles*. C'est pour ça qu'Elizabeth ne s'est pas tournée vers toi après avoir été violée. Elle savait que tu n'aurais jamais...

Elle ferma aussitôt la bouche, semblant se rendre compte qu'elle en avait trop dit.

— Oui ? demanda-t-il d'une voix paresseuse, comme du miel dans un pot. Jamais quoi ?

Il s'approcha jusqu'à ce qu'il puisse la toucher ; mais il garda ses mains pour lui. Il se pencha pour que ses lèvres effleurent son oreille. Elle tint bon, mais ses pupilles se dilatèrent sous l'effet de la panique.

— Jamais compris qu'Elizabeth a engagé un tueur à gages pour tuer DeLattio ? souffla-t-il à voix basse. Compris qu'elle a attiré DeLattio ici pour qu'il meure ?

— Elle n'a pas attiré cette ordure *ici* ! s'exclama Josephine, dont les yeux s'écarquillèrent, et elle secoua la tête. Elle ignorait où cela aurait lieu.

Marsh éclata d'un rire amer ; Josie ouvrait et fermait la bouche comme un poisson stressé. Sa surprise fut de courte durée. L'expression du visage de la jeune femme devint têtue, comme avant qu'elle lui inflige un silence de vingt-quatre heures d'affilée.

— De toute façon, tu ne peux rien prouver.

— Rêve toujours, petite fille.

Il lui toucha le nez et passa devant elle en la frôlant, s'éloignant de son parfum et de sa beauté. Il avait beau la désirer, elle ne voudrait jamais de lui, et il n'avait pas l'intention de s'infliger cette souffrance. Se retournant, il marcha à reculons, s'éloignant de la seule femme qu'il ait jamais vraiment désirée.

— Fais-moi savoir si tu es enceinte.

Le visage de Josie se vida de ses couleurs, et même ses lèvres virèrent au blanc.

— Je veux savoir.

Il s'arrêta, attendit qu'elle acquiesce, puis il se détourna. Josephine Maxwell était une erreur qu'il n'avait pas l'intention de répéter. Quand il franchit la barrière, il fit signe à Dancer qui avait assisté à tout l'échange depuis la terrasse de la maison. Marsh avait besoin de voir Elizabeth. À partir de maintenant, Josephine pouvait se débrouiller seule.

Elizabeth revint à elle en traversant un tourbillon de sensations qui lui donnait l'impression de flotter. *Était-ce le paradis ?* Mais le paradis ne sentait sûrement pas aussi fort le désinfectant et le linge de lit usé ?

Il devait s'agir d'un hôpital. *Et d'un grand nombre de médicaments contre la douleur.*

Un bip sonore l'agaçait... jusqu'à ce qu'elle ouvre une paupière et se rende compte qu'il s'agissait de son moniteur cardiaque. Tout à coup, le bruit ne la dérangea plus autant. Elle avait du mal à y croire, mais elle était vivante. Son cœur battait la chamade, et elle l'entendit se répercuter dans le rythme de la machine. S'efforçant de respirer régulièrement, elle détendit ses doigts un à un.

L'horreur de la nuit précédente lui revint en mémoire, comme un film en accéléré. Elle s'était crue morte. Elle avait cru avoir perdu Nat. Mais il était là, profondément endormi, affalé sur son lit, la tête contre son bras. Froissé et fatigué. Sa chaise était placée aussi près du lit que possible. Levant la main, elle la passa dans ses cheveux blonds qui brillaient dans la lumière du matin. Maladroitement, elle bougea, et un millier de minuscules poignards la transpercèrent.

Elle gémit. Nat se réveilla en sursaut, confus, et il manqua de tomber de sa chaise. Se ressaisissant rapidement, il lui adressa le plus beau et le plus large sourire qu'elle ait jamais vu.

— Salut, croassa-t-elle.

— Salut à toi.

Il lui souriait toujours. Lentement, il se pencha et l'embrassa sur la bouche.

— Comment te sens-tu ?

— Comme si une ordure m'avait tiré dans la jambe et que j'avais failli mourir.

Elle regretta sa tentative d'humour quand elle le vit pâlir.

— Hé ! lui dit-elle en lui prenant la main, frottant sa paume calleuse avec des doigts fragiles.

— Je vais bien.

Nat regarda leurs mains jointes et les serra.

— Tu vas tellement mieux que bien, Eliza.

L'émotion lui serra la gorge et elle refoula les larmes qui menaçaient de couler. De bonnes larmes, cette fois-ci.

— J'ai une question à te poser, lui dit-il, soudain curieux.

— Laquelle ?

Il s'empara de la télécommande pour monter et descendre le lit. Puis il appuya sur le bouton qui permettait de surélever ses jambes.

— L'infirmière m'a montré comment faire. Elle a dit que ce serait bon pour toi une fois que tu te réveillerais. Il tourna la tête vers la vitre et le bureau des infirmières, sa culpabilité se lisant sur son front.

— J'étais censé les appeler dès ton réveil, murmura-t-il.

Il haussa les épaules et appuya à nouveau sur le bouton.

Elle sentit le plâtre tirer sur les points de suture, rien de grave, juste une étrange sensation de luxation qui aurait dû être douloureuse. Ses yeux remontèrent le long de son plâtre. Les larges lettres noires étaient écrites à l'envers sur une ligne verticale pour qu'elle puisse lire.

Tu veux bien m'épouser ?

Elle lui sourit.

— Moi ?

Nat laissa échapper un long soupir exaspéré.

— Oui, toi. Qui d'autre ?

— Je...

Elle cilla et mordit sa lèvre inférieure, ne sachant pas quoi dire. Elle observa le fin coton de drap blanc, y posa les mains et déglutit.

— Je ne t'ai pas tout dit...

— Cela n'a pas d'importance.

— J'ai acheté le terrain.

— Je l'ai déjà compris. Et le prêt ? s'enquit-il, haussant un sourcil, et il n'avait absolument pas l'air en colère.

Elle hocha la tête.

— J'ai l'argent.

— Bien. Il était temps que la chance tourne un peu pour cette famille.

Il lui sourit, l'air d'un homme qui se fichait éperdument des raisons qu'elle pourrait invoquer.

— Et j'ai fait des choses horribles.

Nat s'assit, prit la main de la jeune femme et entreprit de masser ses jointures tendues.

— Eliza, je t'aime. Tu as traversé l'enfer. Nous avons tous fait des choses que nous regrettons.

Elle avait été fière de ne pas avoir fait sauter la cervelle de DeLattio, mais elle n'était pas sûre de savoir qui l'avait tué à la fin. Son tueur à gages ? *Peut-être.*

Pourrait-elle se le pardonner ? Elle songea à Josie et Nat, et à la façon dont DeLattio avait infiltré son mal dans leur monde. Oui, elle pourrait vivre avec. Ils étaient tous les deux vivants, et ils pouvaient s'en accommoder.

Elle ouvrit les lèvres pour parler, mais Nat posa deux doigts sur elle.

— Tu te souviens quand je t'ai dit que ce que tu avais fait ou ce que tu fuyais n'avait pas d'importance ? Je le pensais vraiment. Je t'aime. Je veux me marier avec toi.

— Tu en es sûr ?

Nat bascula la tête en arrière et rit si fort que même les infirmières à l'extérieur de la pièce l'entendirent.

Elles se précipitèrent pour voir si tout allait bien.

— Oui, dit Elizabeth en jetant un coup d'œil par-dessus la tête des infirmières qui le poussaient hors de la chambre pour qu'elles puissent l'examiner.

Oui !

ÉPILOGUE

Juliette Morgan mourut trois jours plus tard. Le visage de la rousse fit la une des journaux pendant une journée, sa mort étant inextricablement liée à celle d'Andrew DeLattio.

Elizabeth avait regardé les nouvelles sans réagir. Elle ne pleurait pas son passé.

Marsh était venu la voir, lui glissant sans mot dire les résidus d'une balle. Elle savait ce que ce simple geste lui coûtait. La balle aurait pu mener à elle, ou pas ; elle n'en était pas sûre et espérait ne jamais le découvrir. Avec un baiser chaleureux sur la joue, elle le renvoya à Boston et jeta la balle aux ordures.

Elle n'y retournerait jamais.

Josie resta au ranch, l'air plus fatiguée et stressée qu'Elizabeth ne l'avait jamais vue. Josie jura que DeLattio ne l'avait pas touchée, sauf un rapide contact, mais Elizabeth savait que quelque chose la tracassait. Elle avait décidé qu'elles suivraient toutes les deux une thérapie. Il était plus que temps.

Les médecins lui avaient dit qu'elle était coincée ici, peut-être pour des jours. Ils diminuaient les analgésiques et la faisaient marcher quelques pas toutes les heures. Nat restait avec elle des heures durant, à lire, à la faire rire, et à dépenser son argent dans sa tête. Elle n'avait pas souvenir d'avoir autant apprécié sa richesse, et elle savait que sa chance ne se résumait pas à des dollars.

La vie était belle. Nat était fantastique.

La vie était fantastique.

Par la vitre de l'unité de soins intensifs, elle repéra Sarah qui portait Tabitha dans ses bras. Cal, Ryan, Josie et Ezra les suivaient avec des fleurs, des chocolats, des ballons *Just Married* et une bouteille de champagne.

Ils entrèrent, tapageurs, bruyants. Ryan poussa les jambes de Nat hors du lit, le réveillant de sa sieste de l'après-midi. Ce dernier lui donna un coup dans l'estomac, puis il attrapa sa nièce et la serra fort contre lui. Tabitha s'installa ensuite dans le lit à côté d'Elizabeth et commença à changer les chaînes à l'aide de la télécommande.

Des larmes de bonheur s'accumulèrent dans les yeux de la jeune femme quand elle vit sa nouvelle famille admirer son anneau d'or étincelant.

Nat se pencha et l'embrassa doucement sur la bouche avant de lui murmurer à l'oreille :

— Je t'aime.

La vie n'avait jamais été aussi belle.

MERCI beaucoup d'avoir lu l'histoire de Nat et Eliza. Pour découvrir ce qui se passe entre Marsh et Josie, commandez *Une dernière chance pour elle* dès aujourd'hui !

UNE DERNIÈRE CHANCE POUR ELLE (LIVRE N° 2)

Il y a dix-huit ans, le Chasseur au couteau a trouvé sa première victime dans les rues de New York.

Enfant, Joséphine Maxwell a été attaquée et laissée pour morte. Elle a appris à ses dépens que l'existence est un combat permanent pour la survie, et elle ne peut pas perdre son temps à se languir d'un homme qu'elle ne peut pas avoir. Aujourd'hui, le tueur est de retour et la seule personne qui puisse la sauver est l'agent du FBI qu'elle a trompé et trahi six mois plus tôt.

Le Chasseur au couteau est là pour terminer le travail.

L'agent spécial responsable Marshall Hayes consacre sa vie à la défense de la loi et de l'ordre, même si cela lui a coûté la seule femme qu'il ait jamais aimée. Le retour d'un tueur en série lui fournit l'excuse dont il a besoin pour revenir dans sa vie. Mais pour capturer le tueur et protéger la vie de Josie, il doit enfreindre toutes les règles et prendre le risque de perdre à nouveau son cœur.

Pour découvrir la suite (et les scènes bonus des livres de Toni), inscrivez-vous à la newsletter de Toni Anderson en français : https://www.toniandersonfrancais.com/newsletter/

REMERCIEMENTS

Un sanctuaire pour elle est le tout premier livre que j'ai écrit. Il a été publié à l'origine en 2006 par Triskelion Publishing, qui a ensuite fait faillite. En 2009, il a été réédité par les charmantes personnes de The Wild Rose Press. Cependant, après avoir trempé mes orteils dans les eaux de l'autoédition en avril 2013 avec *The Killing Game*, j'ai décidé d'autoéditer *Un sanctuaire pour elle* ainsi que l'histoire suivante, *Une dernière chance pour elle* (l'histoire de Marsh et Josie), et *Un risque pour elle* (l'histoire de Cal et Sarah).

J'espère que vous apprécierez ces histoires. Je tiens à remercier mon éditrice, Ally Robertson, qui a fait un travail formidable et m'a aidée à améliorer les manuscrits originaux. Et merci à Elaini Caruso qui a relu les versions 2021.

Je remercie toujours ma partenaire critique, Kathy Altman, qui est ma caisse de résonance et mon roc.

Mon plus grand remerciement va à mon mari et à mes enfants qui supportent les détails quotidiens de mon travail d'écrivain. Et aux lecteurs qui ont fait de mes rêves une réalité !

Merci à mon équipe de traduction française, Sophie Salaün et Florence Glémot. Et aussi à ma merveilleuse assistante, Jill Glass.

DÉCOUVREZ L'UNIVERS DE LA SÉRIE COLD JUSTICE (EN ANGLAIS)

COLD JUSTICE® SERIES
A Cold Dark Place (Book #1)
Cold Pursuit (Book #2)
Cold Light of Day (Book #3)
Cold Fear (Book #4)
Cold in The Shadows (Book #5)
Cold Hearted (Book #6)
Cold Secrets (Book #7)
Cold Malice (Book #8)
A Cold Dark Promise (Book #9~A Wedding Novella)
Cold Blooded (Book #10)

COLD JUSTICE® – THE NEGOTIATORS
Cold & Deadly (Book #1)
Colder Than Sin (Book #2)
Cold Wicked Lies (Book #3)
Cold Cruel Kiss (Book #4)
Cold as Ice (Book #5)

COLD JUSTICE® – MOST WANTED
Cold Silence (Book #1)
Cold Deceit (Book #2)
Cold Snap (Book #3)
Cold Fury (Book #4)
Cold Spite (Book #5)
Cold Truth (Book #6)

À PROPOS DE L'AUTEUR

Auteur de best-sellers du *New York Times* et de *USA Today*, Toni Anderson écrit des thrillers romantiques sur le FBI, à la fois incisifs et sexy.

Originaire d'une petite ville du Shropshire en Angleterre, Toni a étudié la biologie marine à l'université de Liverpool et à l'université de Saint-Andrews (oui, vous pouvez l'appeler « Dr Anderson ») avec l'intention de ne jamais s'éloigner de l'océan. Ce plan s'est retourné contre elle, et elle a fini au milieu des prairies canadiennes. Les plus grandes réalisations de Toni sont : la maîtrise du métro de Tokyo, l'escalade du Ben Lomond, la plongée en apnée sur la Grande Barrière de corail et survivre à dix-neuf hivers à Winnipeg (jusqu'à présent). Toni aime voyager pour faire des recherches et a eu la chance de visiter le centre d'opérations et d'informations stratégiques au sein du quartier général du FBI à Washington, D.C. Lors d'une formation à la Writer's Police Academy dans le Wisconsin, elle a eu l'occasion de pousser une autre voiture hors de la route lors d'une course-poursuite.

Ses livres ont remporté le prix Daphné du Maurier pour l'excellence dans le domaine du mystère et du suspense, le Readers' Choice, l'Aspen Gold, le Book Buyers' Best, le Golden Quill, le National Excellence in Story Telling Contest et le National Excellence in Romance Fiction. Elle a été finaliste du Vivian Contest et du RITA Award des Romance Writers of America, et présélectionnée pour le Jackie Collins Award for Romantic Thrillers, dans le cadre des Romantic Novel Awards.

Les livres de Toni ont été traduits en cinq langues et plus de trois millions d'exemplaires ont été téléchargés.

Inscrivez-vous à la newsletter de Toni Anderson en française :
www.toniandersonfrancais.com/newsletter/

Découvrez la bibliographie de Toni Anderson :
https://www.toniandersonfrancais.com/livres/

N'hésitez pas à visiter la boutique de Toni Anderson pour découvrir ses autres livres et bénéficier d'offres exclusives !
https://toniandersonshop.com

 facebook.com/ToniAndersonFrancais

 instagram.com/toni_anderson_author

 tiktok.com/@toni_anderson_author

bsky.app/profile/toniandersonauthor.bsky.social